HEYNE BÜCHER

SCIENCE FICTION

Herausgegeben
von Wolfgang Jeschke

Von Timothy Zahn erschienen in der Reihe
HEYNE SCIENCE FICTION & FANTASY:

Die Blackcollar-Elite · 06/4586
Die Backlash-Mission · 06/4587
Astra · 06/4645
Totmannschaltung · 06/4737

TIMOTHY ZAHN

Totmann-schaltung

Roman

Science Fiction

WILHELM HEYNE VERLAG
MÜNCHEN

HEYNE SCIENCE FICTION & FANTASY
Band 06/4737

Titel der amerikanischen Originalausgabe
DEADMAN SWITCH
Deutsche Übersetzung von Brigitte Gruß
Das Umschlagbild schuf Ian Craig

Redaktion: E. Senftbauer

Printed in Germany 1990
Umschlaggestaltung: Atelier Ingrid Schütz, München
Satz: Schaber, Wels
Druck und Bindung: Elsnerdruck

ISBN 3-453-04460-6

1. Kapitel

Seit einer Stunde saß ich am Fenster meines kleinen Zimmers, lauschte einer Joussein Symphonaria und beobachtete aus dem hundertzwanzigsten Stockwerk, wie Licht und Schatten ihre verschlungenen Muster über der Stadt zeichneten. Endlich kam der Anruf, auf den ich den ganzen Morgen gewartet hatte. »Gilead? Sind Sie da?«

»Ja, Sir«, antwortete ich, schaltete mit der Fernsteuerung die Musik ab und stand auf. Die Haussprechanlage im Carillon-Gebäude war ausgezeichnet, und die Aufregung und Erwartung in der Stimme meines Arbeitgebers waren unüberhörbar. Bei Lord Kelsey-Ramos konnte das nur eines bedeuten. »Ich nehme an, die Aktion ist gelaufen?«

Er schnaubte verächtlich, gerade laut genug, daß ich es hören konnte. »Ist es so offensichtlich?«

»Für mich, ja.«

Er schnaubte wieder. »Stimmt, Sie haben recht. Kommen Sie herüber.«

»Ja, Sir.« Ich durchquerte den — auf meinen Wunsch — völlig nüchternen Raum, legte die Fernsteuerung beim Plattenspieler ab und wandte mich der zweiten der beiden Türen des Raumes zu. »Gilead Raca Benedar«, sagte ich deutlich. Die Stimmenkontrollsperre war hier, im inneren Heiligtum des Carillon-Gebäudes, eine etwas lächerliche Vorsichtsmaßnahme, doch ich ärgerte mich schon lange nicht mehr darüber. Paranoia in der einen oder anderen Form zählt zu den vielen Bürden des Reichtums. Die Tür ging auf, und ich trat von meinem kleinen Raum in das Büro von Lord Kelsey-Ramos.

Lord Kelsey-Ramos hatte einmal den Kontrast zwischen den beiden Räumen mit dem Unterschied zwischen Mitternacht und Mittag verglichen; der Vergleich war viel zu schwach. Vom Dunkel auf dem Grund eines Minenschachtes, hinaus in das helle Mittagslicht, vielleicht; oder, noch besser, hinaus in die sengende Helligkeit, die ein Raumschiff umflutet, das auf einer Schleuderbahn an einem Stern vorbeizieht. Ich blieb kurz auf der Schwelle stehen; meine Sinne hatten Mühe, sich nach dem Frieden meines kahlen Zimmers und der leisen Musik an den üppigen Luxus vor mir zu gewöhnen.

An den Luxus und vor allem an die raffiniert eingebauten Gegensätze. Der milchweiße, warme Teppich, die schimmernde Vendant Kunstholz-Täfelung und die Camo-Schnitzereien, der massige Schreibtisch aus Kunststein — das Zimmer strahlte außergewöhnlichen Reichtum, Ruhe und Sicherheit aus. Gleichzeitig vermittelten die leisen, unverkennbaren Geräusche des In-Web Nachrichten- und Datenanalysiergeräts und des Wall Street Interactiv-Geräts ein vollkommen gegenteiliges Gefühl: das Gefühl von fieberhafter Eile und Rastlosigkeit. Das führte zu einer emotionalen Verwirrung, die den Besucher beim ersten Mal unweigerlich aus der Fassung brachte; jedoch nur wenigen wurde bewußt, was sie eigentlich irritierte.

Lord Kelsey-Ramos saß in der Mitte des Raumes kerzengerade an seinem Schreibtisch: Er war, genau wie das Büro, ein Paradebeispiel für Kontraste. Gleichgültig blickte er auf die ihm gegenüber stehenden Bildschirme. Er paßte sehr gut in seine ruhige Umgebung ... aber als ich näher trat, bestätigten mir die Linien um seine Augen und das Spiel seiner Gesichtsmuskeln die Botschaft, die ich bereits aus seiner Stimme kannte. Irgendwo dort draußen, auf einem ätherischen Schlachtfeld aus Papier und Computerspeichern tobte ein Krieg. Ein stiller, zivilisierter Krieg ... zwischen gegnerischen Vermögenswerten ... mit dem Ziel, noch mehr Vermögen anzuhäufen.

Die Liebe zum Geld ist die Wurzel alles Bösen, zitierte ich im stillen. Aber das war damals ein automatischer, fast ritueller Gedanke. In meiner Überheblichkeit hatte ich einst geglaubt, daß meine Anwesenheit genügen würde, Lord Kelsey-Ramos' Einstellung zu seinem Reichtum zu beeinflussen. Heute, Jahre später, konnte ich froh sein, daß jener Teil meines Gewissens nicht vergeblich abgestumpft war. *Hoffart kommt vor dem Sturz und Hochmut kommt vor dem Fall ...* Wieder ein ritueller Gedanke, diesmal einer, der mich stets daran erinnerte, daß der Sturz auf verschiedene Weise erfolgt; auch als Stagnation.

Nach acht langen Jahren paßte ich immer noch nicht hierher. Das wußten beinahe alle.

Lord Kelsey-Ramos bewegte sich in seinem Stuhl, und das leise Geräusch von besticktem Tuch auf Cami-Leder erinnerte mich daran, daß ich nicht hergekommen war, um mich in Selbstmitleid zu ergehen. Neben den vertrauten Gerüchen von Holz und Teppich spürte ich einen Hauch von *Marisee Tinge,* dem Parfum der Chefsekretärin, und außerdem den sehr menschlichen Geruch von Lord Kelsey-Ramos' Spannung. Die Bilder, Geräusche und Gerüche vermischten sich zu dem vertrauten Eindruck von zivilisierter Kriegführung, den ich beim Eintreten gehabt hatte. Ich hatte es bei Carillon schon oft erlebt ... aber diesmal war etwas anderes dabei. Diesmal stand nicht nur Geld auf dem Spiel, sondern etwas viel Wichtigeres.

In diesem Augenblick war es schlagartig vorbei. Die gespannten Linien verschwanden aus Lord Kelsey-Ramos' Gesicht, und seine Augen wurden sanft. »Beglückwünschen Sie mich, Gilead.« Die Befriedigung in seiner Stimme war nicht zu überhören. »Nach zehn Jahren harter Arbeit habe ich es endlich geschafft.«

»Meinen Glückwunsch, Sir. Was haben Sie endlich geschafft?«

Anstelle der früheren Spannung trat jetzt Belustigung, und die Befriedigung verstärkte sich. »Ich habe für die Carillon-Gruppe eine Transportlizenz für Solitaire erworben.«

Mein Magen krampfte sich zusammen. »Ich verstehe«, brachte ich heraus.

Er sah mich schief an. »Beunruhigt Sie das sehr?«

»Reichtum wird mit einem Blutopfer bezahlt«, entgegnete ich frei heraus.

Seine Lippen zuckten, und etwas von seiner Zufriedenheit schwand aus seinem Gesicht, aber nicht viel. »Es tut mir leid, daß Sie es so sehen.« Er streckte die Hand aus, angelte sich die Fernsteuerung und drückte auf Knöpfe; meine Ansicht hatte er bereits abgetan. »Wenn es Ihr Gewissen beruhigt, Carillon wird keine Flüge in das Solitaire-System und zurück durchführen, zumindest nicht direkt. Ich habe einfach die Aktienmehrheit von HTI Transport gekauft, jener Gesellschaft, die diese spezielle Lizenz hält. Es könnte interessant sein, den Chef von HTI anzurufen und zu sehen, wie er auf die Neuigkeit reagiert.«

Das war natürlich auch der Grund, warum er mich sprechen wollte. »Soll ich auf etwas Bestimmtes achten?«

»Hauptsächlich auf Anzeichen für Widerstand. HTI war stets mit starrköpfiger Eifersucht auf seine Unabhängigkeit bedacht. Ich möchte gern wissen, wie sehr sie sich darüber ärgern, daß ich sie geschluckt habe. Ah ...«

Eine sehr gut aussehende junge Frau war auf dem mittleren Bildschirm erschienen. »HTI Transport; Büro von Mr. O'Rielly«, sagte sie freundlich.

»Lord Kelsey-Ramos von der Carillon-Gruppe. Mr. O'Rielly wird mit mir sprechen wollen.«

Die Sekretärin wirkte einen Augenblick verunsichert, aber sie kannte offensichtlich die Namen der Unternehmer von Portslava und schaltete widerspruchslos den Schirm auf Warteposition. Einen Augenblick später erschien das Gesicht eines Mannes mittleren Alters, der ein teures Straßen-Capelet trug. »Lord Kelsey-Ramos«, sagte er und nickte. »Was kann ich für Sie tun?«

»Er weiß es noch nicht«, murmelte ich so, daß es über das Telefon nicht zu hören war.

Lord Kelsey-Ramos schloß für einen Augenblick zustimmend die Augen. »Guten Morgen, Mr. O'Rielly! Ich rufe an, um Sie persönlich in der Carillon-Gruppe willkommen zu heißen.«

O'Riellys Gesicht durchlief eine ganze Skala von Gefühlen — Schock, Unglauben, noch größerer Schock, Empörung — alles innerhalb von anderthalb Sekunden. Der Hintergrund auf dem Bildschirm verschob sich, als er sich vorbeugte und die Kamera seiner Bewegung folgte. In der lähmenden Stille hörte ich das leise Klicken nervöser Finger auf den Tasten. Ein einziger Blick reichte ihm. »Hol Sie der Teufel, Kelsey-Ramos!« knurrte er. »Sie korrupter, schmieriger ...«

»Danke, aber das kenne ich alles schon«, unterbrach ihn Lord Kelsey ruhig. »Ich überlasse es Ihnen, den Vorstand von HTI davon zu unterrichten. Setzen Sie bitte eine Konferenz fest, damit wir eventuelle Änderungen besprechen können. Möchten Sie außer Beschimpfungen noch etwas sagen? Offiziell oder auch nicht, versteht sich.«

Der nackte Zorn wich aus O'Riellys Gesicht und machte eiskalter Verbitterung und erheblichem Unbehagen Platz. »Was heißt inoffiziell, Ihr Liebling, der Lügendetektor Benedar, ist doch sicher in der Gegend!« höhnte er und suchte blitzschnell den Rand des Bildschirms nach einer Spur von mir ab. Es gelang ihm nicht, sein Unbehagen unter Sarkasmus zu verbergen. »Oder glauben Sie, ich wüßte nichts von ihm?«

Lord Kelsey-Ramos hatte es tatsächlich geglaubt, aber nur ich bemerkte seinen Ärger. »Sie heben demnach Ihre Stellungnahme für die Sitzung auf! Auch gut. Ihre Sekretärin soll meine anrufen, sobald der Termin feststeht. Noch etwas, wir möchten gerne einen Repräsentanten auf Solitaire schicken, um Ihr dortiges Personal zu überprüfen. Bitte geben Sie Whitecliff Bescheid, damit man ihn dort erwartet.«

O'Rielly verzog die Lippen. »Sie genießen die Situation, nicht wahr? Seit acht Jahren versuchen Sie, eine Solitaire-Lizenz in Ihre klebrigen, kleinen Finger zu bekommen, oder?«

»Fast zehn Jahre«, antwortete Lord Kelsey-Ramos kühl. »Aber es spielt keine Rolle. Ich schicke sofort einen Kurier zu Ihrem Büro; bitte halten Sie Kopien von allen Unterlagen und Dokumenten bereit. Einen guten Morgen, Mr. O'Rielly.«

Ein Schwenk mit der Fernsteuerung, und der Bildschirm war leer. »Das war's«, bemerkte er, ließ die Fernsteuerung auf den Tisch fallen und blickte wieder zu mir auf. Die Aufregung und der Triumph verebbten langsam und zurück blieb eine gewisse Müdigkeit. »Ich würde sagen, ein profitabler Tag.«

Ich nickte unbestimmt. »Sie werden wahrscheinlich selbst nach Solitaire fliegen?«

Er lächelte. »Ist es dermaßen ...?« Sein Lächeln verschwand schlagartig. »Ist es dermaßen offensichtlich?« fragte er vorsichtig.

Die Paranoia der Reichen. »Für mich, ja.«

Einer seiner Wangenmuskel zuckte. »Könnte es auch für O'Rielly so offenkundig gewesen sein?«

Ich dachte zurück und rief mir jede Nuance des Mannes in Erinnerung. »Es könnte sein«, stimmte ich zu. »Gegen Ende ließ der Schock nach, und er war noch nicht bereit aufzugeben. Wenn er erst darüber nachdenkt, könnte er zumindest soviel erraten.«

Lord Kelsey-Ramos preßte die Lippen zusammen. »Erzählen Sie mir alles, was Ihnen aufgefallen ist.«

Ich ging das Gespräch nochmals durch und bemühte mich, das Gefühl wiederzugeben, das ich bei jedem wichtigen Punkt von O'Rielly gehabt hatte. »Glauben

Sie, er wird es darüber zum Kampf kommen lassen?« fragte er, als ich geendet hatte.

»Ja.«

»Vor Gericht oder anders?«

Ich zuckte die Achseln. Darüber bestand bei dem Mann absolut Klarheit. »Er wird bis an die Grenzen seiner Fähigkeiten oder seines Gewissens kämpfen. Ich weiß nicht, wo die Grenzen jeweils liegen.«

Lord Kelsey-Ramos nagte an der Innenseite seiner Wange. »Ich habe von beiden Grenzen eine recht gute Vorstellung«, brummte er. »Leider. Er nimmt also an, daß ich nach Solitaire sause, und dort die Carillon-Flagge aufpflanze.« Er fluchte leise. »Gilead, Sie wissen, daß ich seit zehn Jahren auf diesen Augenblick warte. Ich habe Anträge eingebracht und Register gezogen, damit die Patri neue Transportlizenzen vergeben; ich habe Firmen, die bereits Lizenzen besaßen, auf jede erdenkliche Weise bearbeitet ...« — unbehaglich starrte er zu mir empor — »*und* ich habe eine Menge Geld in den Versuch gesteckt, einen Ersatz für die Totmannschaltung zu finden. Ich habe es *verdient,* der erste zu sein, der in einem Carillon-Schiff nach Solitaire reist, verflucht noch mal!«

Er brach ab und holte tief Luft. »Und jetzt muß ich hierbleiben und mich mit O'Rielly und dem Aufsichtsrat von HTI herumschlagen. Das verdanke ich Ihnen.«

»Sie brauchen nicht auf meinen Rat zu hören«, erinnerte ich ihn. »Es wäre nicht das erstemal.«

Er fand seinen schwarzen Humor wieder, wie ich es erwartet hatte. »Meistens habe ich es bereut«, bemerkte er bitter. »Außerdem, wozu stelle ich einen Watcher an, wenn ich nicht auf ihn höre?«

»Manche Menschen haben sich schon Seltsameres angetan, Sir. Oft sogar mit Absicht.«

Er blickte an mir vorbei zur Tür meines — in seinen Augen — übertrieben nüchternen Raumes. »Noch öfter haben sie anderen die seltsamsten Dinge angetan. Ohne Absicht.«

Die Sünden der Väter werden zurückfallen auf die Kinder und Kindeskinder, bis ins dritte und vierte Glied ... »Die Ausbildung war wirklich keine Belastung«, versicherte ich ihm. »In Gottes Universum gibt es sehr viel Schönheit — Schönheit, die einem vielleicht niemals auffällt, geschweige denn, daß man sie würdigen kann.«

»Entschädigt diese Schönheit für alles Häßliche?« fragte er anzüglich. »Entschädigt sie Sie auch dafür, daß Sie einen Raum praktisch völlig ausräumen müssen, um die sensorische Überbelastung etwas zu erleichtern?«

Einem gab er fünf Talente, einem anderen zwei und einem dritten eines ... »Mit dem, was mir gegeben wurde, tue ich, was ich kann«, antwortete ich schlicht. »Zumindest in dieser Hinsicht bin ich nicht anders als Sie.«

»Vielleicht. Eines Tages müssen Sie mir erklären — *wirklich* erklären — was es heißt, ein Watcher zu sein.«

»Ja, Sir.« Ich würde es natürlich nie tun. Er wollte es auch gar nicht wissen. »Ist das alles ...?«

»Nicht ganz.« Sein Gesicht wurde härter. Ich spürte, er mußte mir eine unangenehme Neuigkeit beibringen. »Sie haben recht: Im Augenblick kann ich es mir nicht leisten, mich nach Solitaire davonzumachen. *Jemand* muß aber fliegen, zumindest damit sie wissen, daß Carillon die Zügel fest in die Hand nehmen wird. Für mich ist es naheliegend, Randon mit diesem Job zu betrauen.«

Er war sichtlich auf eine negative Reaktion gefaßt, aber ich erhob keinen Einwand. Der Sohn von Lord Kelsey-Ramos war fünfundzwanzig und hatte noch eine Menge über das Leben zu lernen, aber er konnte mit Menschen umgehen — mit seinesgleichen und anderen — und würde einen annehmbaren Abgesandten zu einem neuen Unternehmen abgeben. »Ich nehme an, Sie werden doch einen Finanzexperten mitschicken?« fragte ich. »Für den Fall, daß ihre Unterlagen überprüft werden müssen.«

»Machen Sie sich darüber keine Sorgen, ich gebe ihm einen ganzen Expertenstab mit. Aber auch Fachleute übersehen oft wichtige Einzelheiten ... und darum fliegen Sie mit.«

Ich holte vorsichtig Luft; mein Herz schlug schneller. »Wenn es Ihnen gleich ist, Sir ...«

»Es ist mir nicht gleich«, erwiderte er entschieden, »ich muß leider darauf bestehen. Ich möchte, daß Sie Randon begleiten.« Er zögerte. »Ich weiß, daß Sie die Sache mit der Totmannschaltung stört, aber ich bin überzeugt, daß Sie dieses eine Mal damit fertigwerden können.«

Solitaire ... und die Totmannschaltung. Einen Augenblick lang wollte ich Nein sagen; diesmal war der Preis zu hoch. Aber als ich den Mund öffnen wollte, fiel mir ein, warum ich überhaupt für ihn arbeitete, und der Widerstand schwand.

So ging es immer. *Die Sünden der Väter werden zurückfallen auf die Kinder und Kindeskinder, bis ins dritte und vierte Glied ...* »In Ordnung, Sir«, erwiderte ich ihm statt dessen. »Ich werde mein Bestes tun.«

2. Kapitel

Zur bescheidenen Flotte der Carillon-Gruppe zählten mehrere kleine Kurierschiffe, und ich nahm natürlich an, daß unsere Gruppe in einem oder mehreren dieser Schiffe nach Whitecliff reisen und von dort einen der großen Frachter von HTI benutzen würde. Aber Lord Kelsey-Ramos wollte davon nichts wissen. Das war sein persönlicher Triumph, und er wollte uns nicht wie Anhalter oder zusätzliches Frachtgut in einem fremden Schiff nach Solitaire reisen lassen.

Daher war es beinahe unvermeidlich, daß er uns die *Bellwether* aufhalsen würde.

Er betrachtete es natürlich als großzügige Geste. Die *Bellwether* war sein eigenes Schiff, eine echte Superyacht: luxuriös und mit Hochleistungs-Einrichtungen. Leider forderten Größe und Schnittigkeit ihren Preis. Infolge ihrer Größe konnte die *Bellwether* nur achtzehn Stunden durchgehend mit dem Mjollnir-Antrieb zurücklegen; danach mußte sie auf normale Raum-Geschwindigkeit gehen, um die überschüssige Hitze loszuwerden; infolge ihrer schnittigen Linienführung brauchte sie danach sechs Stunden, um soweit abzukühlen, daß sie weiterbeschleunigen konnte.

Das bedeutete, daß wir anstatt dreiundzwanzig Lichtjahre und mehr, die ein extrem gut mit Kühlrippen ausgestattetes Kurierschiff pro Tag zurücklegen kann, müde mit knappen achtzehn dahintrödelten. Das wieder bedeutete, daß wir für die über hundert Lichtjahre bis Whitecliff fast sechs Tage brauchten, anstatt wie ein Kurier viereinhalb.

Das hatte zur Folge, daß die HTI-Vertreter in Alabaster City uns bei unserer Ankunft präpariert und vorbereitet erwarteten.

Ich hatte halb erwartet, daß sie versuchen würden, Ahnungslosigkeit vorzutäuschen, doch sie waren offensichtlich zu klug, um sich dumm zu stellen. Statt dessen hatten sie sich für die entgegengesetzte Reaktion entschieden: Sie trugen den Honig ganz dick auf.

Es begann praktisch noch ehe wir einen Fuß auf den Boden gesetzt hatten: Der Direktor des Raumfahrthafens begrüßte uns persönlich bei der Druckschleuse der *Bellwether.* Nervös und respektvoll sprudelte er eine Begrüßungsbotschaft heraus, führte uns durch eine unnatürlich kurze Zollabfertigung und begleitete uns durch den Terminal zum angrenzenden Hotel. Hier waren die drei besten Suiten für uns reserviert, ebenso das sicherste und ruhigste Konferenzzimmer auf der Lobby-Ebene. Randon hinterließ bei der Rezeption des Hotels eine Nachricht für das örtliche HTI-Büro, und wir zogen uns in unsere Zimmer zurück.

Auch jetzt bewiesen die Leute von HTI ihre Erfahrung auf diesem Gebiet: Bevor sie im Hotel eintrafen, gönnten sie uns eine halbe Stunde zur Erholung und Akklimatisierung nach der Landung.

Als wir das Konferenzzimmer betraten, saßen sie an einem Ende des polierten Steintisches: Zwei Männer, der eine dunkel und fast zu jung, in einem etwas zu formellen schwarz- und burgunderfarbenen Capelet, das sorgfältig über seine Tunika drapiert war, der andere älter und grauer. Er trug ein weißes Arzt-Capelet, und die Müdigkeit vieler Jahre schien auf seinen Schultern zu lasten. Auf dem Tisch vor dem jüngeren Mann stand — leise summend — ein offener Computer. »Einen guten Tag«, sagte Randon und nickte, als sie sich erhoben. »Ich bin Randon Kelsey-Ramos von der Carillon-Gruppe; Sie sind sicherlich unsere Gastgeber von HTI.«

»Auch Ihnen einen guten Tag, Sir«, antwortete der jüngere Mann; sein Nicken war genauso förmlich wie sein Capelet. Seine dunklen Augen blickten rasch zu mir, dabei wechselte seine Ausstrahlung von steifer, widerwilliger Höflichkeit zu Feindseligkeit. »Ich bin Sahm Aikman — HTI, Rechtsabteilung«, setzte er zu Randon gewandt hinzu. »Das ist mein Kollege, Dr. Kurt DeMont ...« — er machte eine verkrampfte Handbewegung — »der für die diversen medizinischen Aspekte des Fluges nach Solitaire zuständig ist.«

Auch DeMont hatte mich besorgt gemustert und blickte dann zu Randon. »Mr. Kelsey-Ramos«, sagte er ernst. Sein Blick wanderte wieder zu mir, und ich spürte seine wachsende Kühnheit, als er überlegte, ob er mich direkt ansprechen sollte. Aber Vorsicht und das Protokoll waren stärker, die Dreistigkeit schwand, und er schwieg.

Hätte ich einen Beweis gebraucht, daß O'Rielly seinen Leuten mitgeteilt hatte, Randon würde vielleicht den Watcher seines Vaters mitbringen, das wäre er gewesen. Aber noch waren sie nicht ganz sicher ...

»Ich freue mich, Sie kennenzulernen«, sagte Randon nach der Vorstellung. Auch ihm war ihr Interesse an mir aufgefallen; er hatte offenbar vor, sie so lang wie möglich im unklaren zu lassen. »Ich möchte Ihnen vor allem sagen, wie froh ich bin, daß Sie uns die Probleme mit der Unterbringung abgenommen haben — es erleichtert meinen Begleitern das Leben.« Er deutete unbestimmt in meine Richtung; wie durch Zauberei richteten sich die beiden Augenpaare wieder auf mich. Randons Hand beschrieb eine harmonische Wende und wies schließlich auf den Computer auf dem Tisch. »Sie haben mir Kopien Ihrer Unterlagen mitgebracht?«

»Ah ja, Sir«, schaltete Aikman mit sichtlicher Mühe; er war in Gedanken immer noch mit mir beschäftigt, auch nachdem er sich bereits wieder Randon zugewandt hatte. Die übliche Geschäftsetikette schrieb vor, daß Gefolgsleute wie ich erst direkt angesprochen wurden, sobald man sie formell vorgestellt hatte; es begann ihn zu irritieren, daß Randon es mit Absicht unterließ.

»Wenn Sie wollen, würde ich gern ein paar Minuten darauf verwenden, sie durchzugehen.«

»Haben Sie *alle* HTI-Unterlagen hier?« fragte Randon.

»O nein, nur jene, die den Transport über Whitecliff betreffen«, entgegnete Aikman. »Die vollständigen Berichte befinden sich natürlich im Büro auf Solitaire.«

»Ach so.« Randon nickte. »In diesem Fall hat es nicht viel Sinn, Zeit für eine Ecke des Gemäldes zu verschwenden, wenn ich in wenigen Tagen das ganze Ding zu sehen bekomme.«

Die beiden Männer reagierten leicht überrascht und gleich darauf unterschiedlich verärgert. Das örtliche HTI-Büro hatte die Unterlagen bestimmt mit erheblicher Mühe in eine leicht verständliche Form zusammengefaßt; Aikman war eindeutig durch Randons lässige Ablehnung verärgert. »Wie Sie wünschen, Mr. Kelsey-Ramos«, es gelang ihm, höflich zu bleiben. »In diesem Fall ...«

»Viel lieber würde ich das Nachtleben von Whitecliff kennenlernen«, unterbrach ihn Randon. »Es *gibt* doch ein Nachtleben?«

Wieder Überraschung. DeMont erholte sich als erster. »Natürlich. Nicht das, was Sie von Portslava gewohnt sind, nehme ich an, aber auf seine Art unterhaltsam. Speziell hier in Alabaster City haben wir eine breite Palette von Unterhaltungsmöglichkeiten.«

»Ja, das ist in Hafenstädten häufig so«, stimmte Randon zu. »Obgleich ich mich nicht für einen solchen Snob halte, daß ich mich nicht über etwas Neues freuen würde. Selbstverständlich sind Sie beide meine Gäste!«

Aikman und DeMont tauschten Blicke. Randon paßte eindeutig nicht in ihre Vorstellungen, und sie waren nicht ganz sicher, wie sie ihn behandeln sollten. »Es wird uns eine Ehre sein, Ihnen als Führer zur Verfügung zu stehen, Mr. Kelsey-Ramos«, antwortete Aikman diplomatisch.

»Ausgezeichnet«, sagte Randon lächelnd. »Ich muß natürlich zwei meiner Beschützer mitnehmen. Ist leider Firmenpolitik.«

»Verständlich«, erwiderte Aikman. »Also, wann immer Sie bereit sind ...«

»Ach ja, und Mr. Benedar kommt auch mit«, fügte Randon verbindlich hinzu und deutete auf mich. »Es tut mir leid, ich war nachlässig! Mr. Aikman, Dr. DeMont — Gilead Raca Benedar.«

Für Randon war es natürlich ein Spiel — nicht mehr und nicht weniger als eine Möglichkeit, ihnen plötzlich meinen Namen und meinen Status als Watcher an den Kopf zu werfen und sie zu einer Reaktion zu zwingen. Er war bestimmt nicht daran interessiert, das Nachtleben von Alabaster City zu genießen, wenn er jemand, den er für einen religiösen Fanatiker hielt, verächtlich im Hintergrund wußte. Mein Interesse an dieser Rolle war ebenso mikroskopisch klein.

Aber das wußten Aikman und DeMont nicht. »Mr. Benedar«, nahm Aikman förmlich zur Kenntnis, und wurde noch steifer. »Mr. Kelsey-Ramos ... bei allem Respekt für Ihre Stellung möchte ich doch vorschlagen, daß Ihr Begleiter nicht mitkommt.«

»Tatsächlich?« fragte Randon unschuldig. »Gibt es ein Problem, Mr. Aikman?«

Aikman fixierte ihn. »Um offen zu sein, Sir, Watcher sind in Alabaster City nicht gerade gern gesehen.«

Randon hielt seinem Blick stand. »Soviel ich weiß, haben die Watcher auf Whitecliff eine Siedlung.«

»Dort ist er sicherlich willkommen«, entgegnete Aikman. »Aber nirgendwo sonst auf dem Planeten.«

Lange Zeit herrschte Stille im Raum; eine Stille, voll von DeMonts Unbehagen, Randons kühler Berechnung und Aikmans abgrundtiefem Haß. *Ich liege von Löwen umgeben, die gierig sind auf Beute ...*

Ein eisiger Schauer lief mir über den Rücken. Haß war nichts Neues für mich — Watcher, die ihre Siedlungen verließen, begegneten ihm damals unweigerlich. Bevor Aaron Balaam darMaupine und seine Jünger auftauchten, wurden wir gerade noch geduldet; heute, zwei Jahrzehnte später, erhitzten sich die Gemüter immer noch über uns. Überall gab es Haß — gedankenlosen Haß, Haß aus Angst, und auch ererbten Haß. Aber Aikmans Haß war anders. Er war kalt und vom Verstand geprägt; unter seiner Oberfläche brodelten viel weniger echte Gefühle als man erwartet hätte.

Einer meiner Lehrer hatte einmal gesagt: Gott hat dem Menschen den Verstand gegeben, und der Sündenfall das Vorurteil; keine menschliche Kraft ist gefährlicher, als eine Kombination dieser beiden Gaben.

Randon brach als erster die klirrende kalte Stille. »Soweit ich mich erinnere, Mr. Aikman« — er wählte seine Worte sehr genau —, »war es einer der Marksteine der ursprünglichen Patri-Artikel, auf den Patri-Welten und allen künftigen Kolonien die religiöse Diskriminierung zu verbieten. Es ist mir neu, daß diese Politik widerrufen wurde.«

Die Worte waren zwar ungehalten, es steckte aber wenig Gefühl dahinter. Randons Vater wäre bei einer derart unverfrorenen Diskriminierung automatisch wütend geworden, doch Randons Weltanschauung war anders. Für ihn war ich weniger ein menschliches Wesen, als ein Werkzeug mit nützlichen Eigenschaften. Das hinderte ihn aber nicht daran, bei dem psychologischen Tontaubenschießen, zu dem er Aikman angestachelt hatte, mit Hilfe meiner menschlichen Natur Punkte zu erzielen.

Aikman mußte nicht besonders angespornt werden. »Wir haben viele Emigranten aus Bridgeway«, erwiderte er scharf. »Sie haben nicht vergessen, was darMaupine dort beinahe angerichtet hat. Auch wir erinnern uns recht gut daran.«

»Das war vor mehr als zwanzig Jahren«, machte ihn Randon kühl aufmerksam. »Als darMaupines Theokratie-Experiment zu Fall gebracht wurde, war Mr. Benedar ganze elf Jahre alt.«

»Für sein Alter kann ich nichts.« Erstmals klang hinter Aikmans Zorn ein wenig Vorsicht durch; er erinnerte sich offenbar plötzlich daran, wer der junge Mann war, mit dem er stritt. »Ich bin auch nicht dafür verantwortlich, daß eine Schuldassoziation erfolgt. Ich stelle nur die wesentlichen Fakten fest.«

»Dann haben Sie den wesentlichsten Faktor vergessen, Mr. Aikman«, schoß Randon zurück. »Dieser Mann untersteht mir ... und HTI untersteht der Carillon-Gruppe. Das bedeutet, daß *auf dieser Reise ich* die Entscheidungen treffe.«

Aikman biß die Zähne zusammen und für einen Augenblick haßte er nicht nur mich, sondern auch Randon.

»Entschuldigen Sie, Mr. Kelsey-Ramos«, warf ich ein, bevor Aikman noch eine Antwort gab, die er später vielleicht bereute. »Wenn Sie nichts dagegen haben, möchte ich heute abend lieber hierbleiben. Ich würde mich gern einmal in echter Schwerkraft ausschlafen.«

Randon drehte sich um und blickte mich an; seine Ausstrahlung signalisierte Zustimmung. Er hatte seinen Standpunkt klargemacht — hatte den anderen gegenüber seine Autorität klar und deutlich hervorgekehrt — jetzt war für mich der Zeitpunkt gekommen, mich zu entschuldigen und zurückzuziehen. »Richtig, ich erinnere mich, Sie haben an Bord nie gut geschlafen«, bemerkte er. »Ist in Ordnung, Sie sind entschuldigt.« Er wandte seine Aufmerksamkeit wieder Aikman und DeMont zu; die beiden sahen drein, als hätten wir ihnen soeben den Teppich unter den Füßen weggezogen. Genau das hatten wir auch getan ... und obwohl ich wußte, daß es nicht richtig war, genoß ich ihre Niederlage ein wenig. »Sie entschuldigen, meine Herren«, fuhr Randon lebhaft fort, »wir werden demnach nur zu dritt sein. Wenn Sie sich ein paar Minuten gedulden!

Ich ziehe nur etwas Passendes an und bin sofort zurück. Ach, ich *nehme* diese Berichte doch! Vielleicht — wird meinem Finanzexperten heute abend langweilig.«

Aikman zog einen Zyl aus dem Computer. Seine Hand zitterte sichtlich vor Aufregung. »Bis gleich, Mr. Kelsey-Ramos«, sagte er, als er Randon den Zyl reichte, und er mußte sich sehr zusammennehmen, um höflich zu bleiben.

Randon nickte, und wir gingen. Im Fahrstuhl wandte er sich erst einige Stockwerke oberhalb der Lobby-Ebene mir zu. »Eine schöne Vorstellung, Benedar, was?« meinte er lächelnd.

Ich schluckte. »Allerdings, Sir. Obwohl ich die Art, mit der Sie sie geködert haben, für keine gute Idee halte.«

Er schob die Bemerkung mit einer Handbewegung beiseite. »Der schnellste Weg, die Maske einer Gesellschaft zu durchschauen, besteht darin, der Person, die sie trägt, einen kräftigen Stoß zu versetzen«, erklärte er mir lässig. »Es tut mir leid, wenn Sie sich vorhin verletzt fühlten, aber Sie müssen zugeben, Sie eignen sich vorzüglich dazu, als Hebel angesetzt zu werden.«

Ein Werkzeug mit nützlichen Eigenschaften. »Ich kann Menschen auch recht gut durchschauen, ohne rücksichtslos zu sein«, erinnerte ich ihn verärgert. »Der Grund, warum ich hier bin ...«

»Ist, Ihre wunderbare Beobachtungsgabe zu nutzen, damit Sie Dinge erkennen, die ich übersehe«, schnitt mir Randon mit einem geduldigen Seufzen das Wort ab. »Ja, ja, ich weiß. Mein Vater hat uns oft Ihre Watcher-Fähigkeiten im Gedankenlesen gerühmt.«

»Es ist nicht Gedankenlesen ...«

»Also sagen Sie's! Was haben Sie dort unten gesehen, was mir entgangen ist?«

Ich biß die Zähne zusammen. »Die beiden mögen Sie nicht. Sie sind sich noch nicht ganz darüber im klaren, ob Sie ein kluger Drahtzieher oder ein aufgeblasener Idiot sind, aber sie werden Sie auf keinen Fall mögen.«

»*Das* ist ziemlich offenkundig«, schnaubte Randon verächtlich. »Genauso offenkundig ist, daß besonders Aikman Sie noch weniger mag als mich. Ich dachte eher an etwas Hintergründigeres. Zum Beispiel, sind das wirklich alle Unterlagen der Whitecliff Transportroute?« Er schwenkte den Zyl.

Ich überdachte nochmals das Gespräch und wie sich die Ausstrahlung der zwei Männer dabei verändert hatte. »Keiner der beiden war sich einer Lüge bewußt«, erklärte ich Randon. »Was Sie bekommen haben, gab man Ihnen in gutem Glauben.«

Er zuckte die Achseln. »Davon bin ich auch überzeugt. Meiner Meinung nach ebenfalls selbstverständlich. Mit der Fälschung von Unterlagen betraut man nicht Leute aus der mittleren Ebene wie diese beiden. Zumindest nicht, wenn die Gesellschaft klug ist.«

»Wieso wissen Sie, daß sie der mittleren Ebene angehören?«

»Glauben Sie wirklich, HTI würde einen hohen Angestellten darauf verschwenden, hin und her zu rennen und Zombies zu begleiten? Das ist einfache Logik, Benedar.«

Mein Magen krampfte sich zusammen. Zombie. Ein Ausdruck, der das Menschsein absprach. »Jawohl, Sir.«

Er schaute mich scharf an. »Es wird Ihnen doch nicht schlecht werden, wenn wir die Wolke erreichen?«

»Wenn wir Solitaire erreichen, bin ich in Ordnung«, versicherte ich ihm.

Ich hatte seine Frage eigentlich nicht beantwortet. Er bemerkte es, ging aber darüber hinweg. »Das hoffe ich«, sagte er statt dessen. »Wenn uns HTI behindern will, dann stecken die Leute im Solitaire-Büro dahinter. Sobald wir Ihnen gegenüberstehen, müssen Sie voll einsatzfähig sein.«

Ich nickte vage, denn ich hörte die Erwartung in seiner Stimme. *Er wuchs zu einem jungen Löwen heran; er lernte, seine Beute zu zerreißen; er wurde ein Menschenfresser. Die Völker kamen, um von ihm zu hören; er fing sich in ihrer Fallgrube; sie schleppten ihn mit Haken davon, nach Ägypten ...* »Ja, Sir«, murmelte ich. »Bis dahin bin ich soweit.«

Am nächsten Morgen erkannte ich, daß Randon sein Spiel mit Aikman und DeMont, nachdem ich gegangen war, fortgesetzt hatte, nur in veränderter Form. Die trüben Augen der zwei Beschützer, die er mitgenommen hatte, verrieten mir, daß Mitternacht — Ortszeit — lange vorbei war, als sie in das Hotel zurückgekommen waren. Aikman und DeMont schleppten sich beinahe eine Stunde nach unserem Eintreffen müde zur *Bellwether,* und daraus schloß ich, daß Randon einen alten Eröffnungszug seines Vaters verwendet hatte. Lord Kelsey-Ramos war in seiner Jugend dafür bekannt gewesen, daß er seine Gegner unter den Tisch trank. Es war klar, daß Randon das Durchhaltevermögen seines Vaters geerbt hatte und auch ebensoviel Wodkya vertrug; für dieses Spiel brauchte man beides.

Meiner Meinung nach ein gefährliches, kindisches Spiel ... und doch, rückschauend frage ich mich, ob nicht vielleicht mehr dahinter steckte, als Randons grimmig Entschlossenheit, die Oberhand zu behalten. Denn wären Aikman und DeMont nicht zu spät gekommen — wäre ich bei ihrem Eintreffen nicht bereits in meiner Kabine gewesen, um mich für den Start vorzubereiten, — ich hätte beinahe sicher an der Druckschleuse gestanden, als sie zusammen mit den Beamten des Raumfahrthafens eintrafen.

Aikman und DeMont, die Beamten ... und die zwei Menschenopfer, die sie dem Schiff lieferten. Unsere zwei Zombies.

3. Kapitel

Zwei Tage später erreichten wir die Wolke; laut Schiffszeit war es Nachmittag, und ich spielte in einer Ecke des Mannschaftsraums gerade Schach.

Sonderbarerweise gab es keine Vorwarnung, obwohl der Wirkungsradius der Wolke angeblich stationär und genau definiert war. Doch wir erreichten sie ohne Vorwarnung. Aus dem hinteren Teil der *Bellwether* kam das typische Geräusch der Unterbrecher, weil der Mjollnir-Antrieb plötzlich ausfiel. Einen Augenblick später folgten die Flüche der anderen im Aufenthaltsraum, als Mannschaft und Getränke in alle Himmelsrichtungen geschleudert wurden: Der elektrische Ultra-Hochfrequenzstrom auf dem Deck, der im Mjollnir-Raum als Pseudoschwerkraft-Generator fungierte, hatte seine Tätigkeit eingestellt.

Plötzlich herrschte Stille. Eine düstere Stille, als sich plötzlich jeder daran erinnerte, was im nächsten Augenblick geschehen würde.

Ein Turm trieb, sich langsam um seine Längsachse drehend, an meinen Augen vorbei. Vorsichtig streckte ich die Hand aus und pflückte ihn aus der Luft. Mir wurde eiskalt ums Herz. Wir befanden uns am Rand der Wolke, zehn Lichtjahre von Solitaire entfernt ... und in wenigen Minuten würde oben auf der Brücke jemand sterben.

Denn zur Ehre ihrer Götter haben sie alles Widerwärtige getan, das Gott haßt; ja, zur Ehre ihrer Götter verbrennen sie sogar ihre Söhne und Töchter als Opfer ...

Die Bordsprechanlage unterbrach meine Gedanken. »Es tut mir leid«, entschuldigte sich Kapitän Jose Bartholomy. Er sprach mit sorgfältig gepflegtem Starlit-Akzent und versuchte, genauso unbewegt wie immer zu klingen ... aber wahrscheinlich ließ sich niemand an Bord der *Bellwether* täuschen. »Normale Raumgeschwindigkeit, falls es jemand noch nicht bemerkt hat. In etwa fünfzehn Minuten wieder Mjollnir. Halten Sie sich bereit.« Er machte eine Pause und holte tief Luft. »Mr. Benedar, bitte auf die Brücke!«

Ohne mich umzusehen, wußte ich, daß sich alle Blikke im Raum auf mich richteten. Langsam glitt ich aus meinem Sitz und hielt mich an der Armlehne fest, bis ich mich an die Schwerelosigkeit gewöhnt hatte; dann stieß ich mich in Richtung Tür ab. Jetzt gerieten auch die anderen in Bewegung: Zwei von der Mannschaft holten Handsauger aus den Spinden, die übrigen erinnerten sich plötzlich daran, daß die herumschwebenden Gläser und Essensreste eingesammelt werden mußten. Ich nutzte die ungemütliche Aufregung und verließ den Raum.

Randon wartete vor der Brücke auf mich. »Benedar«, begrüßte er mich; Stimme und Gesicht waren wahrscheinlich ernster als ihm lieb war.

»Warum?« Ich wußte, daß er meine Frage verstehen würde.

Er verstand sie sehr wohl, überging sie jedoch. »Kommen Sie herein«, sagte er statt dessen, aktivierte die Türfreigabe und packte den Griff des Türrahmens, als die Täfelung aufglitt.

»Ich möchte nicht«, sagte ich.

»Kommen Sie herein!« wiederholte er in einem Ton, der keinen Widerspruch duldete.

Ich schluckte krampfhaft, dann stieß ich mich leicht ab und gehorchte.

Ein ganz bestimmter Geruch begleitet den Tod. Ich meine damit nicht den tatsächlichen, physischen Geruch von verwesendem Fleisch, sondern einen umfassenderen Geruch, der alle Sinne anspricht. Ich hatte ihn schon zweimal gerochen: Einmal am Totenbett meines Großvaters; nicht einmal die Desinfektionsmittel des

Krankenhauses konnten ihn überdecken. Das zweite Mal bei einem Unfall, als das Opfer bis zum Ende bei Bewußtsein war. Beide Male hatte ich nachher stundenlang versucht, meine Gefühle dabei in einzelne Eindrücke zu trennen, die ich verstehen konnte ... beide Male vergeblich. Bestimmt spielte die Furcht vor dem Unbekannten eine Rolle und auch das unergründliche Geheimnis, das den Abgang einer menschlichen Seele aus dieser Welt umgibt. Aber es steckte mehr dahinter, und weder mein Verstand, noch die Watcher-Ältesten, denen ich es vorlegte, konnten das Rätsel jemals gänzlich lösen.

Randon und ich betraten die Brücke ... zum dritten Mal in meinem Leben begegnete ich dem Geruch des Todes.

Kapitän Bartholomy und sein Erster Offizier Gielincki waren natürlich anwesend. Gielincki hatte Dienst auf der Brücke, aber Bartholomy gehörte nicht zu den Männern, die solche Pflichten auf ihre Untergebenen abwälzten. Aikman und DeMont standen neben ihnen auf dem Haftteppich; ein kleiner Recorder baumelte an Aikmans Hand, DeMont hielt krampfhaft eine Arzttasche fest. Daiv und Duge Ifversn, zwei von Randons Beschützern, flankierten rechts von ihnen den Steuersitz. Sie zogen sich eben zurück. ... im Stuhl saß ein Mann.

Das Opfer der *Bellwether.*

Ich sah von ihm nur eine Hand, die an die linke Armlehne geschnallt war, und seinen an die Kopfstütze gefesselten Hinterkopf. Mehr wollte ich nicht sehen — weder von ihm, noch von dem, was hier gleich geschehen würde. Aber Randon schaute mich an ...

Die Tage meines Lebens sind kurz: Wende deine Augen ab und gönne mir ein wenig Freude, bevor ich an den Ort ohne Wiederkehr gehe, in das Land der Finsternis und des Schattens, dunkel wie der Tod ...

Ich holte tief Luft, schob mich auf den Haftteppich und trat vor.

Als wir eintraten, war Daiv Ifversn zu Aikman unterwegs gewesen; jetzt wandte er sich statt dessen uns zu. »Der Gefangene ist befehlsgemäß gefesselt, Sir«, meldete er Randon; aus seiner Stimme und seinem Gesicht war deutlich zu entnehmen, daß er für diese Pflicht nichts übrig hatte. »Weitere Befehle?«

Randon schüttelte den Kopf. »Sie beide können gehen.«

»Ja, Sir.« Daiv wechselte mit seinem Bruder einen Blick und sie wandten sich zur Tür.

Alles war bereit. Aikman trat einen Schritt an den Mann im Stuhl heran und stellte seinen Recorder so auf einen Greifer am Armaturenbrett, daß er den gesamten Raum erfaßte. »Robert Roxbury Trembley«, seine Stimme war genauso kalt und amtlich wie die Atmosphäre um uns. »Sie wurden angeklagt und von einem Gericht der Verbrechen des Mordes und des Hochverrates für schuldig befunden; die angeführten Verbrechen wurden auf der Welt Miland begangen, die der Rechtssprechung der Vier Welten der Patri untersteht.«

Von meinem Platz neben Randon und Kapitän Bartholomy sah ich jetzt das Profil des Mannes. Seine Brust hob und senkte sich unter den kurzen, flachen Atemzügen. Das Gesicht war eingefallen und blaß, und der Geruch des Todes lastete schwer auf ihm ... trotzdem spürte ich deutlich, daß er wirklich die Verbrechen begangen hatte, für die er sterben sollte.

Das war aber kein Trost.

»Sie sind daher«, fuhr Aikman gleichmütig fort, »im Namen des Gesetzes der Vier Welten der Patri und ihrer Kolonien, von einem ordnungsgemäß bevollmächtigten Gericht zum Tode verurteilt worden. Die Hinrichtung erfolgt an Bord dieses Schiffes, der *Bellwether,* registriert in der Patri-Welt Portslava durch eine tödliche Injektion; die Hinrichtung wird von Dr. Kurt DeMont vollzogen, der vom Gouverneur von Solitaire dazu bevollmächtigt wurde.

Robert Roxbury Trembley, haben Sie noch etwas zu sagen?«

Trembley wollte den Kopf schütteln und bemerkte, daß ihn die Kopffessel daran hinderte. »Nein«, flüsterte er; seine Stimme versagte fast.

Aikman wandte sich halb zu DeMont und nickte. Der Arzt ging mit fest zusammengepreßten Lippen hinten um den Stuhl herum und auf Trembleys rechte Seite. Er öffnete seine Arzttasche und entnahm ihr eine kleine, bereits vorbereitete Injektionsspritze. Trembley schloß die Augen, die Angst vor dem nahenden Tod verzerrte sein Gesicht ... DeMont berührte mit der Spitze der Nadel seinen Arm.

Trembley bäumte sich auf und holte tief Luft. »Connye«, flüsterte er; sein Unterkiefer zitterte, als er lang und rasselnd ausatmete.

Seine Augen öffneten sich nicht mehr ... eine Minute später war er tot.

DeMont starrte eine Minute lang auf die Anzeigegeräte in seiner Arzttasche, bevor er mit müder, aber entschlossener Stimme offiziell bestätigte: »Hinrichtung wie befohlen ausgeführt. Zeit: fünfzehn Uhr siebenundzwanzig, Schiffszeit, Anno Patri Datum: 14. Octyab 422.« Er blickte zu Bartholomy auf. »Er ist so weit, Kapitän.«

Bartholomy nickte; er nahm sich sichtlich zusammen und trat vor. Er löste die Riemen von Trembleys Schaltbrett, das mit dem Hauptschaltpult gekoppelt worden war. Sobald er es berührte, leuchteten Anzeigen auf. Er stellte es über der Steuerung genau vor dem Stuhl auf den Greifer des Hauptschaltpultes. »Muß ich sonst noch etwas tun?« fragte er Aikman flüsternd.

»Nein.« Aikman schüttelte den Kopf. Er warf mir einen Blick zu, und ich spürte seine boshafte Befriedigung über meine Anwesenheit. Der große, fromme Watcher war gezwungen, der Hinrichtung eines Menschen beizuwohnen. »Nein, jetzt können wir uns zurücklehnen und die Reise genießen.«

Bartholomy funkelte Aikman angewidert an und zog sich zurück.

Wie auf ein Stichwort bewegte sich der Leichnam.

Ich wußte, was kommen würde, aber der Anblick war trotzdem niederschmetternd. Trembley war *tot* — alle Signale, die ich dank meiner Watcher-Ausbildung empfing, sagten mir, daß er tot war ... doch als sich seine Arme langsam vom Stuhl erhoben, überlief mich ein eiskalter Schauer. Dennoch konnte ich meine Augen nicht abwenden. Die Szene hatte eine beinahe hypnotische Faszination, die meinen Verstand fesselte und mich gleichzeitig gefühlsmäßig abstieß.

Trembleys Arme bewegten sich vorwärts und griffen nach der schwarzen Totmannschaltung. Einen Augenblick lang zögerten sie, als wären sie nicht ganz sicher. Dann kam Bewegung in die Hände, die Finger krümmten sich und die Arme senkten sich auf den Mjollnir-Schalter. Eine Hand suchte tastend ... zögerte — berührte ihn ...

Die Schwerkraft kehrte schlagartig zurück. Wir waren wieder auf Mjollnir-Antrieb und auf dem Weg durch die Wolke.

Mit einem Toten am Steuer.

»Warum?« fragte ich Randon nochmals.

»Weil Sie der erste Watcher sind, der nach Solitaire reist.« Während er zu mir sprach, ruhten seine Augen auf Trembley. Die morbide Faszination, die ich empfunden hatte, ließ Randon noch immer nicht los. »Es ist kaum zu glauben!« fuhr er geistesabwesend fort. »Siebzig Jahre sind seit der Entdeckung der Totmannschaltung vergangen, aber noch nie hat ein Watcher an der Reise teilgenommen.«

Ich bekam eine Gänsehaut. Man konnte die Totmannschaltung kaum eine »Entdeckung« nennen — das erste Schiff, das Solitaire anflog, war durch einen glücklichen Zufall darauf gestoßen ... falls *›glücklich‹* das richtige Wort ist. Die wissenschaftliche Expedition einer Universität hatte sich tagelang am Rand der Wolke herumgetrieben, um herauszufinden, warum hier der Mjollnir-Antrieb nicht funktionierte. Plötzlich und ohne sichtbaren Anlaß lief er wieder, und ihre zehnstündige Reise in das Innere des Solitaire-Systems begann. Sie waren so sehr mit den Anzeigen und Instrumenten beschäftigt gewesen, daß sie erst im System entdeckten, daß der Mann am Steuer tot war — er war kurz vor dem Eintauchen in die Wolke an einem Herzschlag gestorben.

Sie saßen zwei Monate im System fest, bis sie endlich den richtigen Schluß zogen. Unter solchen Bedingungen wachsen Freundschaften schnell. Wie es wohl gewesen war, als sie losten, wer sterben sollte, damit der Rest nach Hause fliegen konnte?

Mich schauderte. »Watcher sehen in der Totmannschaltung eine Form des Menschenopfers«, erklärte ich ihm.

Randon warf mir einen geduldigen Blick zu ... aber trotz seiner scheinbaren belustigten Blasiertheit verursachte ihm die moralische Seite der Sache Unbehagen. »Ich habe Sie nicht mitgenommen, damit wir über öffentliche Moral diskutieren«, entgegnete er scharf. »Ich habe Sie mitgenommen, weil ... weil Sie vielleicht die Frage klären können, ob die Wolke lebendig ist oder nicht.«

Alle längst vergrabenen Ängste meiner Kindheit waren plötzlich aus den halbvergessenen Schatten auferstanden. Ich sollte gezielt versuchen, das Vorhandensein eines Wesens aufzuspüren, das kaltblütig die Kontrolle über einen menschlichen Leichnam übernommen hatte ...

»Nein«, brachte ich heraus.

Randon verzog das Gesicht. »Nein was? Nein, sie ist nicht lebendig?«

Trembleys tote Hände bewegten sich und veränderten den Kurs der *Bellwether* um ein paar Grad auf der gewundenen, sich ständig ändernden Bahn nach Solitaire ... ich fühlte mich plötzlich sehr elend. »Nein, das kann ich nicht.«

Randon runzelte die Stirn. »Ich erwarte keine Wunder, Benedar ...«

»Ich kann es nicht *tun*«, fuhr ich ihn an.

Alle Köpfe im Kommandoraum drehten sich nach mir um. Selbst Randon schien verblüfft. *Muß ich auch wandern im finsteren Tal, fürchte ich kein Unheil; denn du bist bei mir* ... Ich atmete tief durch und zwang mich zur Ruhe. »Mr. Kelsey-Ramos, der Mann hier ist tot. Er ist *tot!*«

»Er war ein verurteilter Verräter«, bemerkte Aikman mit boshafter Schadenfreude über mein Unbehagen. »Der Tod von mehr als zwanzig Menschen auf Miland geht auf sein Konto. Tut er Ihnen leid?«

Unsere Blicke trafen sich, aber ich sagte lieber nichts. Er konnte nicht begreifen — würde auch nicht begreifen wollen —, daß der Zombie für mich viel gräßlicher war als für ihn. Mit überwältigender Klarheit spürte ich, daß er tot war; und gleichzeitig hatte ich den Beweis von Leben vor Augen ...

»Wer war Connye?« fragte Randon.

Aikmans Aufmerksamkeit gehörte wieder Randon. »Wer?«

»In dem Augenblick, als Dr. DeMont die Nadel ansetzte, erwähnte Trembley eine Connye.« Obwohl Randon sich vielleicht über mich geärgert hatte, weil ich seinen Befehl verweigerte, ließ er nicht zu, daß mich ein Außenseiter wie Aikman attackierte. »War sie eines seiner Opfer?«

Aikman schüttelte den Kopf. »Sie war eine Komplizin.« Er blickte wieder zu mir. »Sie wurde übrigens auf einem früheren Flug nach Solitaire hingerichtet.«

Ich biß die Zähne zusammen. »Mr. Kelsey-Ramos ... wenn Sie gestatten, ich würde gerne gehen.«

Er sah mich kurz prüfend an und nickte. »In Ordnung. Vielleicht werden Sie auf der Rückreise besser damit fertig.«

Ich nahm seine Bemerkung zur Kenntnis, teilte jedoch nicht unbedingt seine Meinung. »Wenn Sie mich brauchen, ich bin in meiner Kabine.«

»Vielleicht möchten Sie zuerst kurz bei der Zelle des zweiten Zombies vorbeischauen«, rief mir Aikman nach, als ich mich zum Gehen wandte.

Ich blieb stehen und schaute ihn an. Wieder der Haß auf mich ... aber diesmal war noch etwas dabei; etwas wie Schadenfreude. »Ja?« fragte ich.

»Oder auch nicht«, meinte er betont lässig. »Wie Sie wollen.« Er drehte sich um und gab vor, Trembley zu beobachten.

Ich blickte kurz zu Randon; er war ebenso verwirrt wie ich. Schweigend verließ ich die Brücke.

Aikman trieb ein Spiel mit mir, das war klar. Leider wußte auch er, daß ich das wußte. Das konnte zweierlei bedeuten: Entweder er wollte mich dazu bringen, den zweiten Gefangenen der *Bellwether* zu besuchen, oder er wollte verhindern, daß ich die Zelle betrat.

Aber ich würde nicht mitspielen ... ich mußte für meine Vorgangsweise *eigene* Gründe haben. Und in diesem Fall ...

In diesem Fall wollte ich dem Gefangenen nicht begegnen. Er hatte ein Verbrechen begangen, das den Tod verdiente, und so jemanden wollte ich nicht kennenlernen.

Ich wollte mich nicht in die Lage eines Menschen versetzen müssen, der mich nichts anging und der auf jeden Fall in zwei Wochen sterben würde.

Ein Samariter, der des Weges kam, ward vom Mitleid überkommen, als er ihn sah ...

Verbittert dachte ich, daß die religiöse Pflicht manchmal zu einer schweren Last wurde. Seufzend machte ich mich auf den Weg zur Zelle des Gefangenen.

Die »Zelle« war nichts anderes als eine eigens hergerichtete Kabine: Man hatte alles entfernt, was zur Flucht benutzt werden konnte, und außen ein Schloß angebracht. Natürlich würde vor der Tür eine Wache stehen. Als ich den Korridor entlangkam, sah ich, daß zumindest diese Sorge unnötig gewesen war. Mikha Kutzko, der von Lord Kelsey-Ramos bevorzugte Beschützer und Kommandant der Wachmannschaft, hielt selbst Wache; er war einer der wenigen an Bord, die mich weder als leicht komischen Fanatiker behandelten noch sich in meiner Gegenwart wie auf Eiern bewegten.

Als er mich kommen sah, trat ein ehrliches, freundliches Lächeln auf sein Gesicht. Seine Hand rutschte zwar ein paar Zentimeter näher zu der an seinen Oberschenkel geschnallten Injektionspistole, aber das war ein unbewußter Reflex, dem er wahrscheinlich verdankte, daß er all die Jahre am Leben geblieben war. »Gilead«, grüßte er und seine Augen zwinkerten hinter den getönten Gläsern seines Visiercomputers. »Willkommen im Verlies der *Bellwether!* Was führt Sie hierher?«

»Ich habe gehört, daß ein Wunder geschehen ist — Sie bewachen die Zugbrücke selbst«, antwortete ich todernst.

Sein Lächeln wurde zum Grinsen. »Und da haben Sie sich gesagt: ›Ich muß hingehen und das Wunder selbst schauen!‹« meinte er ironisch.

... und sehen, warum der Busch nicht verbrennt, ergänzte ich automatisch das Zitat. Kutzkos Bibelwissen beschränkte sich im allgemeinen auf gängige Sprüche, trotzdem war es so schön, daß wenigstens diese einmal öffentlich zitiert wurden. »Sie müssen zugeben, daß es ein oder zwei Jahre her ist, seit Sie Wache geschoben haben.«

Sein Blick wurde ernst. »Es ist noch länger her, seit einer meiner Leute eine Todeszelle bewachen mußte«, entgegnete er ruhig. »Es ist verdammt deprimierend, hier herumzustehen und darüber nachzudenken.«

Ich nickte. Bis zu unserer Ankunft auf Solitaire hatte Kutzko mit der Koordination seiner Wachen wenig Arbeit ... und wie Kapitän Bartholomy war er nicht der Typ, der unangenehme Pflichten an Untergebene abschob. Lord Kelsey-Ramos hatte das Talent, solche Leute für sich zu gewinnen. »Da haben Sie recht«, stimmte ich ihm zu. »Was können Sie mir über ihn erzählen?«

»Sie«, korrigierte er mich. »Es ist eine Frau aus Outbound. Eine verurteilte mehrfache Mörderin.«

Mein Magen verkrampfte sich. Outbound. In der Watcher-Siedlung auf Outbound war ich aufgewachsen. »Haben Sie eine Ahnung, wo auf Outbound es geschehen ist?«

Er runzelte die Stirn. »Nein. Warum?«

»Aikman hat vor ein paar Minuten gemeint, es könnte für mich aufschlußreich sein, sie kennenzulernen.« Kutzko gegenüber konnte ich ehrlich sein. »Ich wüßte gern ...«

»Ob sie Sie vielleicht kennen?« Kutzko befragte seinen Visiercomputer. »Identitätskarte: *Bellwether* Rückflugzombie.«

Das Wort verursachte mir Unbehagen. Ich wappnete mich ...

»Sie heißt Calandra Paquin«, las Kutzko vom Bildschirm des Visiercomputers ab. »Kommt Ihnen der Name bekannt vor?«

Ich schüttelte den Kopf; der Knoten in meinem Magen löste sich ein wenig. »Nein.«

»Hm. Sehen wir weiter ... ursprünglich aus Bridgeway ... die Morde wurden in der Hauptstadt von Outbound, Transit City, verübt.«

Einige der Watcher aus der Siedlung Cana hatten manchmal geschäftlich in Transit City zu tun. Kannte ich vielleicht eines ihrer Opfer? »Haben Sie die Namen der Ermordeten hier?« fragte ich Kutzko.

»Nein, tut mir leid.« Wieder sah er mich scharf an. »Richtig, Sie sind auch von Outbound, nicht wahr?«

»Ich bin dort aufgewachsen.« Ich zögerte ... wenn die Schiffsunterlagen diese Information nicht enthielten, dann gab es außer Aikman nur eine Person, die sie kannte. Ich sprach lieber mit einer Mörderin, als Aikman um einen solchen Gefallen zu bitten. »Kann ich hineingehen und mit ihr sprechen?«

Kutzko musterte mich. »Warum?«

»Ich weiß es nicht genau. Ich habe einfach das Gefühl, daß ich es tun soll.«

»Tja ... genau genommen dürfen nur meine Leute und die Leute von HTI mit ihr zusammenkommen.« Er kratzte sich nachdenklich an der Wange. »Andererseits *wollte* ich ohnehin in Kürze nach ihr sehen; und wenn Sie rein *zufällig* hineingehen und mir Gesellschaft leisten ...« Er zog fragend die Augenbrauen hoch.

Ich nickte. »Ich stehe in Ihrer Schuld.«

»Ist schon in Ordnung.« Er drehte sich um und machte sich am Schloß zu schaffen. »Ich gehe voraus«, wies er mich an, als er den Mechanismus auslöste. »Bleiben Sie draußen, bis ich Ihnen grünes Licht gebe.«

Er klopfte zweimal an die Tür und drückte auf den Türöffner. Das Klopfen ist typisch dachte ich, als die Tür aufglitt — für einen Mann mit diesem Beruf war Kutzko ungewöhnlich höflich. Ein Mann, so hatte ich manchmal gedacht, der sich für die Unannehmlichkeit entschuldigt, während er dir das Genick bricht.

Einen Augenblick lang verdeckte mir sein Rücken die Aussicht auf das dahinterliegende Zimmer. Dann trat er einen Schritt zur Seite. »In Ordnung«, sagte er über die Schulter. »Sie können hereinkommen.«

Zunächst konnte ich mich nicht rühren. Hinter ihm saß die Frau — die Mörderin — vor dem Lesegerät der Kabine. Sie blickte Kutzko fragend an. Unsere Blicke trafen sich ... diese Augen, dieses Gesicht, ihre ganze Erscheinung — es konnte keinen Zweifel geben.

Calandra Paquin war ein Watcher.

4. Kapitel

Ich trat zögernd in den Raum. Die Frau beobachtete mich; auch sie hatte unser gemeinsames Erbe erkannt. »Mikha«, sagte ich vorsichtig, »ich würde gern einen Augenblick mit Miss Paquin allein sprechen.«

Er drehte sich mißbilligend halb um. »Darf ich Sie daran erinnern ...?«

»Es ist schon in Ordnung«, unterbrach ich ihn. Ein Durcheinander widersprüchlicher Gefühle ließ meine Knie zittern. »Bitte!«

Kutzko blickte auf Calandra und dann wieder zu mir. »In Ordnung. Aber nur für eine Minute.« Er drückte sich an mir vorbei und verließ das Zimmer. Die Tür glitt halb zu und er begab sich auf die gegenüberliegende Seite des Korridors, von wo er uns sehen aber nicht wirklich hören konnte.

Ich holte tief Luft. »Gilead Raca Benedar«, stellte ich mich vor. »Siedlung Cana, Outbound.«

Vielleicht hat ihr Gesicht kurz gezuckt, als ich Outbound erwähnte. »Calandra Mara Paquin«, antwortete sie.

»Von ...?«

»Ich wuchs in der Siedlung Bethel auf Bridgeway auf. Falls Sie das etwas angeht!«

Mir wurde kalt. Bridgeway: die Welt von Aaron Balaam darMaupine. Einen kurzen, entmutigenden Augenblick lang fragte ich mich, ob sie vielleicht in diese Perversion verwickelt war ... doch mir wurde sofort klar, wie unwahrscheinlich das war. Calandra war ungefähr achtunddreißig, fünf Jahre älter als ich. Demnach war sie kaum sechzehn gewesen, als darMaupines irdischer Machtanspruch endgültig niedergeschlagen wurde. »Wir sind beide Watcher«, erinnerte ich sie.

»Gott und einander verpflichtet. Daher geht jeden von uns das Leben des anderen etwas an.«

»Tut mir leid, aber solche Verpflichtungen habe ich schon vor langer Zeit aufgegeben.«

In mir stieg leiser Ärger hoch. Ich versuchte, so gut ich konnte, ihr Verbrechen zu vergessen und sie als meinesgleichen zu akzeptieren, und sie hatte nichts Besseres zu tun, als meine Geduld zu reizen. »Vielleicht haben wir anderen Sie noch nicht aufgegeben«, knirschte ich. »Nur weil Sie Ihre Leute im Stich gelassen haben, als man Sie brauchte ...«

»Ach, Sie glauben, daß ich wegen Aaron Balaam dar-Maupines wahnsinniger Vision und den Folgen, die sie für uns hatte, davongelaufen bin?«

»Sie wären nicht die erste gewesen.« Verbissen bemühte ich mich, im Zweifelsfall dem Angeklagten recht zu geben. »Bei all der Feindseligkeit, zu der diese böse Geschichte geführt hat ...«

»Feindseligkeit«, fuhr sie dazwischen. »Ist man Ihnen auf Outbound mit *Feindseligkeit* begegnet?«

Ich besann mich. *Andere fielen unter die Dornen, und die Dornen wuchsen heran und erstickten sie ...* »Sicherlich war es auf Bridgeway viel schlimmer. Besonders für einen Teenager.«

Sie starrte mich wütend an. »Ich bezweifle, daß Sie es sich vorstellen können. Ganz bestimmt nicht von Ihrem erhabenen, abgeschirmten Platz bei der Carillon-Gruppe aus. Schauen Sie nicht so überrascht — ich weiß, auf wessen Schiff ich bin. Ich habe während all der Jahre nicht in einem Loch gelebt! Auch nicht in einer Watcher-Kolonie.« Sie legte den Kopf schief. »Und bevor Sie anfangen, mir etwas über das Verlassen der Glaubensgemeinschaft zu erzählen, denken Sie vielleicht daran, daß Sie auch nicht gerade in *Ihrer* Siedlung leben. Seit Jahren nicht.«

Ich wurde zornig ... und fühlte mich schmerzhaft hilflos. Natürlich hatte sie es bemerkt: Meine Art zu sprechen, meine Bewegungen und unzählige andere Anhaltspunkte wiesen so deutlich auf meine lange Abwesenheit von der Watcher-Siedlung hin wie eine Leuchtreklame auf einem Raumflughafen.

Plötzlich fiel mir etwas auf: In den elf Jahren, die ich von zu Hause weggewesen war, hatte ich vergessen, wie es ist, mit einem anderen Watcher zusammen zu sein. Wie nackt man sich vorkommt, wenn man vor diesem allwissenden Blick steht.

Beinahe hätte ich mich umgedreht und den Raum verlassen. Doch ich blieb. *Selig sind die Barmherzigen, denn sie werden Barmherzigkeit erfahren …* Vielleicht wollte ich nur beweisen, daß ich nicht nur die Worte kannte, sondern auch danach handeln konnte. »Ich würde Ihnen gern ein paar Fragen über Ihr Verbrechen stellen«, brachte ich heraus.

»Warum?« entgegnete sie scharf. »Haben die Ältesten ihrem Repertoire noch ein letztes Ritual hinzugefügt?«

Ich überging den Spott, da mir nichts anderes einfiel. »Ich möchte einfach nur reden und Ihre Version hören … von dem, was geschehen ist.«

Sie sah mich lange an, und mein Unbehagen wuchs. »Es sind keine Watcher gestorben. Weder aus Ihrer Siedlung Cana noch aus anderen Siedlungen. Das wollten Sie doch wissen?«

»Unter anderem«, gab ich zu; das Gefühl, nackt zu sein, wuchs. Ich versuchte, so gut ich konnte, meine Gefühle vor ihr zu verbergen. Doch sie las darin nicht nur wie in einem Buch, sondern erriet nebenbei auch meine Gedanken. Ich fühlte mich wieder wie ein Kind. »Ich wüßte gern, warum Sie es getan haben.«

Sie sah mir in die Augen. »Ich habe es nicht getan.«

Im ersten Moment glaubte ich, daß ich sie falsch verstanden hatte. »Ich … Sie …?«

»Sie haben richtig gehört. Ich habe es nicht getan.«

Ich blickte sie lange an. »Ich kann nicht …«, begann

ich, und verstummte dann. Sie verbarg sehr viel vor mir — das war klar. Aber sie konnte nicht alles verbergen ... und ich spürte eindeutig, daß sie die Wahrheit sprach.

»Sie können es nicht glauben?« vollendete sie meinen begonnenen Satz. »Das überrascht mich nicht. Es hat mir auch sonst niemand geglaubt.«

»Aber ... ich meine ...« Ich brach ab und versuchte, die Sprache wiederzufinden.

»Es war eine Falle«, erklärte sie leise, »eine sehr professionelle Falle. Die meisten Beweise wiesen eindeutig auf mich.«

»Und die Beweise, die nicht auf Sie deuteten?« bohrte ich weiter. »Gab es keine Entlastungszeugen? Entscheidende materielle Beweise? Ihre Aussage unter der Wahrheitsdroge?«

»Die meisten Beweise paßten genau«, wiederholte sie. »Die, die nicht paßten ... nahm man nicht zur Kenntnis.« Sie schüttelte den Kopf und senkte den Blick.

Ich holte tief Luft. Aber bevor ich sprechen konnte, hörte ich hinter mir ein Geräusch und wandte mich um: Kutzko stand in der Tür. »Daiv hat sich eben gemeldet — Aikman ist unterwegs«, berichtete er. »Sie sollten verschwinden, bevor er Sie hier findet und zu Mr. Kelsey-Ramos stürzt.«

»In Ordnung.« Ich wandte mich wieder an Calandra. Mein Herz schmerzte vor Mitgefühl. Man hatte sie eines Verbrechens beschuldigt, das sie nicht begangen hatte ... nun sollte sie dafür dem großen Gott Profit geopfert werden. »Keine Sorge, Calandra«, beruhigte ich sie. »Ich bringe das in Ordnung.«

Sie fuhr überrascht auf. »Moment! Ich möchte nicht, daß Sie sich einmischen ...«

»Ich habe mich bereits eingemischt«, gab ich zur Antwort und verließ rückwärts gehend das Zimmer. »Ich bin ein Watcher.«

Die Tür glitt zu und Kutzko sah mich mürrisch an. »Sie glauben ihr wirklich?«

Ich nickte und zitterte dabei am ganzen Körper. Die Gegenüberstellung hatte mich mehr belastet als ich angenommen hatte.

»Ja! Ich bin ein Watcher, oder nicht?« wiederholte ich.

Er wollte offenbar darauf hinweisen, daß Calandra ebenfalls ein Watcher war, ließ es aber doch bleiben. »Was jetzt?« fragte er statt dessen.

»Ich werde natürlich Mr. Kelsey-Ramos damit beglücken«, antwortete ich im Weggehen.

»Er wird nicht begeistert sein«, warnte Kutzko.

»Ich kann es nicht ändern«, rief ich zurück. »Bis später!«

Ich fand Randon in seiner Kabine, wo er zusammen mit Dapper Schock, einem von Lord Kelsey-Ramos' besten Finanzexperten, die Zahlen von Whitecliff durchging. »Kann es nicht warten?« fragte er leicht verärgert, als ich eintrat. Er hatte seine ganze Aufmerksamkeit dem Bericht zugewandt und wollte eindeutig nicht unterbrechen.

»Die Details ja, Sir, falls es sein muß«, erwiderte ich. »Das Wichtigste sollten Sie allerdings sofort erfahren. Ich habe Grund zur Annahme, daß Calandra Mara Paquin, unser ... Rückflugzombie ... das Verbrechen, für das sie verurteilt wurde, nicht begangen hat.«

Die Finanzdaten waren schlagartig vergessen. »Wirklich?« Randon runzelte die Stirn und lehnte sich zurück. »Wie kommen Sie darauf?«

Ich zog die Augenbrauen hoch, und er lächelte. »Ich weiß«, gab er gequält zu, »eine dumme Frage.«

Schock räusperte sich. »Calandra *Mara*, sagten Sie? Ist das nicht ein bei den Watchern üblicher Mittelname?«

»Ein Demutsname«, korrigierte ich ihn. »Ändert das etwas?«

»Nun ...« Er warf Randon einen Blick zu. »Bekanntlich kann ein Profi-Zauberer dem anderen leicht die Show stehlen, einfach weil er weiß, wie die Tricks funktionieren.«

»Meine Beobachtungsgabe ist kein Trick«, stellte ich richtig. »Auf keinen Fall in diesem Sinn. Ich wurde von Kindheit an geschult, Gottes Universum wirklich zu *sehen.*«

»Das wissen wir«, schaltete sich Randon ein, dem der harmloseste Bezug auf die Religion unangenehm war. »Schock meint, daß ein Watcher, der weiß, was Sie suchen, Sie vielleicht täuscht. Er kann die auslösenden Signale unterdrücken oder Sie im richtigen Moment ablenken.«

»Ich verstehe. Ich glaube nicht, daß Sie mich *derart* in die Irre führen kann; theoretisch ist es wahrscheinlich möglich. Drehen wir die Sache um. Welchen Vorteil kann sie sich erhoffen, wenn sie lügt?«

»Einen Aufschub der Hinrichtung?« warf Schock ein. Er löschte die Finanzdaten vom Bildschirm und machte sich an den Tasten zu schaffen.

Randon schüttelte den Kopf. »Scheint kaum den Aufwand wert zu sein. Sie könnte sich bestenfalls ein paar Wochen erhoffen.«

Schock starrte auf den Bildschirm. »Hier ist der Bericht über das Verfahren«, sagte er. »Oh, ... Sie wurde verurteilt, weil sie aus einem Fenster der Outbound-Zentrale von Melgaard Industries eine Bombe in die Menge auf der Straße geworfen hat. Zeugen haben sie beobachtet ... als sie das Gebäude verlassen wollte, hat man sie verhaftet.«

Ich kaute an meinen Lippen. »Mildernde Umstände?«

Er sah mich erstaunt an. »Bei einem *Bombenattentat?*«

Mir fielen auch keine ein. »Vielleicht eine Verwechslung?« fragte ich. »Wie soll sie überhaupt in das Gebäude *hinein*gekommen sein?«

»Sie hat dort gearbeitet.« Schock überflog noch einmal den Bildschirm. »Sie hatte seit zwei Monaten im Empfang gearbeitet.«

»Ein netter, bequemer Job für einen Watcher«, knurrte Randon und überlegte einen Augenblick lang. »Wie war der Verfahrensverlauf?«

Schock blätterte einige Seiten durch. »Soweit ich hier sehe, normal.«

»Keine besonderen Verfügungen? Kein Hinweis auf eine psychologische Rekonstruktion oder etwas ähnliches?«

»Nein, Sir. Ein Standardverfahren und die vorgeschriebene zweimalige Berufung. Es ist nicht einmal sicher, ob jemand die Verwendung eines Wahrheitsserums forderte.«

Randon schüttelte den Kopf. »Tut mir leid, Benedar, aber wenn Melgaard nicht bereit war, Geld und Einfluß bei ihrem Prozeß einzusetzen, dann müssen sie von ihrer Schuld überzeugt gewesen sein.«

»Oder zumindest davon, daß sie sie nicht haben wollten?« fragte ich anzüglich.

Randon warf mir einen scharfen Blick zu. »Ich gebe zu, daß es in den Patri und den Kolonien Vorurteile gibt«, antwortete er gleichmütig. »Ohne Beweise höre ich mir definitive Anschuldigungen nicht einmal an.«

Meist wäre diese Vorsicht durchaus verständlich gewesen. Hier, auf seinem eigenen Schiff, in seiner privaten Kabine, lieferte sie ein schwaches Argument; er wußte das auch. »Dann reden wir rein theoretisch darüber. Nehmen Sie einmal an, Calandra wurde *wirklich* falsch beschuldigt. Nehmen wir weiter an, daß es kein Einzelfall war.«

»Die große Verschwörung?« Randon lächelte amüsiert. »Ach, kommen Sie! Was würde es bringen, wenn jemand einen Watcher nach dem anderen aus dem Weg räumt?«

»Wer sagt, daß wir nur über Watcher reden?« konterte ich. »Es gibt viele Minoritäten, religiöse und auch andere, die als Zielgruppe in Frage ...«

»Zu welchem Zweck?« fragte Schock dazwischen.

Ich deutete auf seinen Computer. »Sehen Sie bitte einmal nach, ob Melgaard Industries eine Transportlizenz für Solitaire besitzt.«

Er wandte sich seinem Gerät zu, aber Randon war schneller: »Nein, haben sie nicht. Sie haben sich mindestens schon so lange wie Carillon um eine bemüht. Worauf wollen Sie hinaus?«

»Sie könnten Calandra aus anderen Gründen fallengelassen haben.«

»Interner Druck?« mutmaßte Schock. »Vielleicht will sich das Stammhaus von Melgaard bei den Patri einen Stein im Brett erwerben, indem sie bei der Beschaffung neuer Zombies keinen Krach schlagen.«

Die Beschaffung neuer Zombies. Insgeheim wunderte ich mich, wie man mit den richtigen Worten den Tod beschönigen und verharmlosen konnte. »Genau, nur daß der Druck vielleicht nicht nur von innen stammen muß, sondern teilweise auch von außen gekommen sein kann.«

Schock zog nachdenklich die Augenbrauen hoch. »Vielleicht sogar von den Patri?«

»Warum nicht? Solange die Ring-Minen von Solitaire so gewinnbringend arbeiten, muß laufend für Todeskandidaten gesorgt sein.«

»Jetzt machen Sie einen Punkt!« knurrte Randon. »Wenn Sie andeuten wollen, daß die Patri die Justiz unter Druck setzen — *und* die Justiz sich diesem Druck beugt, — dann kommt das einer Verleumdung, wahrscheinlich sogar einem Hochverrat gefährlich nahe.«

Schock und ich sahen einander an. »Es ist keine Verleumdung, Mr. Kelsey-Ramos«, widersprach ich. »Jeder vernünftige Mensch muß zugeben, daß der Druck existiert. Die Patri *müssen* die Versorgung mit Zombies gewährleisten, darüber hinaus ist die Öffentlichkeit schon lange gegen die zu freizügige Anwendung der Todesstrafe.«

»Es wird noch schlimmer werden«, murmelte Schock. »Sobald der vierte Rockhound 606 voll im Einsatz steht, überschreiten sie wieder die genehmigte Transportkapazität. Entweder die Patri erhöhen die Zahl der Flüge — und das bedeutet mehr Todesurteile — oder man entwickelt einen Mjollnir-Antrieb für größere Frachtschiffe.«

Ich stimmte zu. »Wie gesagt, der Druck ist vorhanden. Die Frage ist nur, ob die Patri und die Justiz sich diesem Druck beugen.«

Eine Minute lang war es still im Raum. Eine kurze, fast unmerkliche Verschiebung der Pseudoschwerkraft verriet mir eine neuerliche Kursänderung der *Bellwether.* Was wohl geschehen würde, wenn die Totenstarre den Körper am Steuer lähmte, bevor wir unsere zehnstündige Reise durch die Wolke beendet hatten? Aber nach siebzig Jahren hatten Dr. DeMont und die anderen Hohenpriester dieser Opferhandlung vermutlich eine Lösung für dieses Problem gefunden.

Randon unterbrach schließlich die Stille. »Es kann nicht schaden, wenn wir uns näher mit der Sache beschäftigen.« Er riß sich zusammen, als er mich ansah. »Leider, was Paquins Fall betrifft ...« Er zuckte verlegen die Achseln.

»Mr. Kelsey-Ramos, sie ist *unschuldig*«, wiederholte ich.

»Vielleicht. Vielleicht auch nicht. So oder so — was erwarten Sie von mir?«

»Genehmigen Sie einen Aufschub der Hinrichtung, bis ihre Geschichte überprüft werden kann. Es ist das einzige, was Sie tun *können.*«

Kaum hatte ich es gesagt, wußte ich, daß das ein Fehler gewesen war. Randons wohlwollendes Interesse ließ sofort nach, weil er sich von einem Untergebenen zu stark unter Druck gesetzt fühlte. Lord Kelsey-Ramos hätte in meiner Hartnäckigkeit nur ein Übermaß an Gefühlen gesehen. Randon war noch zu jung; er konnte es sich nicht leisten, schwach zu erscheinen, auf keinen Fall in Gegenwart eines Dritten. »Darf ich Sie daran erinnern«, fuhr er mich an, »daß die *Bellwether* im Solitaire System festsitzt, wenn ich das tue?«

»Wir könnten mit einem anderen Schiff eine Nachricht nach Hause schicken«, beharrte ich verbissen. Wenn ich jetzt einen Rückzieher machte, hatte Randons emotioneller Widerstand Zeit, sich zu verhärten. Ich hatte keine andere Wahl: Ich mußte weiter Druck ausüben, seine Gedanken und Gefühle mußten in Bewegung bleiben, bis ich eine Formel fand, die ihm ermöglichte, das Gesicht zu wahren und Calandra trotzdem am Leben zu lassen. »Ein Kurierschiff kann die Reise nach Outbound und zurück in zwölf Tagen zurücklegen, stimmt das?«

»Eher zehn«, schaltete sich Schock ein.

»Okay, dann eben zehn Tage«, sagte ich. »Wir könnten die vollständige Dokumentation von Calandras Verhandlung anfordern und es noch vor unserer Abreise von Solitaire überprüfen.«

»Es sei denn, daß vielleicht im Augenblick kein Kurier nach Outbound abgeht«, entgegnete Randon. »*Außerdem* ist die Justiz in Outbound keineswegs verpflichtet, uns ihre Aufzeichnungen zu überlassen.«

»Aber ...«

»*Und*«, fiel er mir ins Wort, »nehmen wir an, Sie haben recht. Nehmen wir an, wir finden *tatsächlich* etwas, das ein neues Verfahren rechtfertigt?«

»In diesem Fall ...« Ich blieb mitten im Satz stecken.

Randon nickte grimmig. »Richtig. Wie gelangt die *Bellwether* durch die Wolke, wenn wir beschließen, sie nach Outbound mitzunehmen?«

Ich blickte Schock an. Aus irgendeinem Grund hatte ich nicht so weit gedacht. »Ja, also ... Wir könnten gleichzeitig eine Nachricht nach Whitecliff senden und um einen anderen Verurteilten als Ersatz für Calandra ersuchen.«

»Das werden sie nie tun.« Randon war seiner Sache sicher, er wußte genau, daß es sich nicht um eine theoretische Diskussion um der Diskussion willen handelte. »Die Behörden bewilligen nur zwei Zombies pro Schiff, außer unter *extrem* ungewöhnlichen Umständen. Sie würden erst dann einen Ersatz in Erwägung ziehen, wenn Sie beweisen können, daß Paquin unschuldig ist.«

»Wie können wir etwas Derartiges beweisen, wenn wir keine Verhandlungsprotokolle haben?« knurrte ich. »Es ist eine typische Speicher-Programmschleife.«

»Stimmt«, pflichtete mir Randon bei. Er entschuldigte sich nicht und war nicht böse: Er stimmte mir einfach zu. »Es tut mir leid, aber das System verhindert, daß verurteilte Verbrecher in diesem Stadium noch durch das Netz rutschen.«

Anders ausgedrückt, Calandras Leben war ihm nicht genug wert, um ausgetretene Wege zu verlassen. Lord Kelsey-Ramos hätte den Mut dazu besessen ...

Aber hier trug nicht Lord Kelsey-Ramos die Verantwortung, sondern Randon.

Ich holte tief Luft. Mich hatte der gerechte Zorn nur selten mit solcher Wucht übermannt; es kostete mich große Mühe, durch den Nebel hindurch einen Gedanken zu fassen. »Also gut, wenn es mir gelingt, einen Ersatz-Zombie zu finden, bevor wir abreisen, werden Sie dann als Kommandant des Schiffes Calandra einen vorläufigen Exekutionsaufschub gewähren?« fragte ich schließlich.

Randon musterte mich nachdenklich. »Ist ein Leben mehr wert als ein anderes? Das hätte ich nicht von Ihnen erwartet!«

Ich hätte es auch nicht von mir erwartet. Ich schwieg, und einen Augenblick später nickte er. »In Ordnung, Benedar, abgemacht.« Er zögerte. »Ich muß Sie nicht daran erinnern, daß Sie bei Ihrer Suche nach diesem Zombie innerhalb der gesetzlichen Grenzen bleiben müssen!«

Die Warnung klang erstaunlich nach einer Beleidigung. Aber vielleicht kam das messerscharfe Gefühl in meinem Magen einzig und allein von meinem Gewissen. Wenn ich fähig war, im Austausch für Calandras Leben ein anderes anzubieten, war es dann ein so großer Schritt, ein Leben gegen Geld und Profit zu tauschen? »Ich weiß, Sir.« Mein Mund war trocken. »Danke, Sir.«

Ich wandte mich zum Gehen. »Benedar?« rief er mir nach.

Ich nahm mich zusammen und schaute mich um. »Ja?«

Sein Blick war so intensiv, daß ich ihn fast körperlich spürte. »Wenn Sie sich nur nicht geirrt haben!«

Ich schluckte. *Wahrheit? sagte Pilatus. Was ist das?* »Ja, Sir«, antwortete ich ruhig und ging.

5. Kapitel

An diesem Abend konnte ich lange nicht einschlafen. Ich lag noch immer wach, als sich der Mjollnir-Antrieb um ein Uhr dreißig abschaltete und die *Bellwether* wieder normale Raumgeschwindigkeit hatte.

Schon seit langer Zeit kannte ich das unheimliche Gefühl, in der Stille der Nacht allein zu sein. Geräusche, die am Tag ganz normal waren, bekamen etwas verborgen Bedrohliches ... und das entfernte *Thunggk* der Unterbrecher des Mjollnir-Antriebs war kaum ein normales Geräusch.

Ich lag lange in der Dunkelheit, plötzlich wieder schwerelos; ich horchte auf mein Herz, das mir bis zum Hals schlug, und bemühte mich, noch andere Geräusche auszumachen. Wenn etwas nicht stimmte — wenn wir uns irgendwo in der Wolke verirrt und sie zu früh verlassen hatten ...

Vom hinteren Teil des Schiffes kam ein schwaches, dumpfes Dröhnen, das allmählich anschwoll und höher wurde. Unter meinem Bett vibrierte das Keramikdeck meiner Kabine, das sich verschob, um im rechten Winkel zum Beschleunigungsvektor zu bleiben. Die Schwerkraft kehrte zurück, zuerst nur schwach, nahm aber langsam zu. Die Reise der *Bellwether* verlief offensichtlich normal.

Soweit bei einem Flug, den ein Toter steuerte, das Wort »normal« überhaupt angebracht war.

Ich biß die Zähne zusammen und schwang mich aus dem Bett. Ich kannte mich viel zu gut, um darüber hinwegzugehen. In mir lauerte immer noch die dunkle, irrationale Angst, die *Bellwether* könnte hilflos in der Tiefe des Weltraums gestrandet sein, Lichtjahre von Solitaire entfernt.

Du wirst die Wahrheit erfahren, und die Wahrheit wird dich frei machen ...

In diesem Fall war die Wahrheit zum Glück leicht zu finden. Ich tappte die zwei Schritte zu meinem Schreibtisch, griff nach der Fernsteuerung und ließ mich auf die körpergerecht geformte Couch fallen. Ich schaltete den Computer ein und gab einen kurzen Befehl ein: »Wand: Aussicht vorne.« In das Pastellblau der Kabinenwand vor mir blendete sich das Schwarz des Alls ein.

Ich holte tief Luft, der Knoten im Magen löste sich und meine Angst schwand. Links überstrahlte das künstlich gedämpfte Licht von Solitaires Sonne die verstreuten Sterne.

Ich beobachtete sie kurz und wandte dann meine Aufmerksamkeit der übrigen Himmelslandschaft zu, auf der Suche nach Solitaire. Er war leicht zu finden: Ein kleiner Halbmond, gleich unterhalb der Mitte, etwas nach rechts, mit einem identischen Halbmond ein paar Grade entfernt. Astronomisch gesehen waren wir praktisch genau darüber in normale Raumgeschwindigkeit gefallen. Unglaubliche Präzision, besonders, wenn sie von einem besessenen Toten ausging.

Ich schüttelte den Gedanken ab. »Wand: Raster«, verlangte ich als nächstes. Die schwachen roten Netzlinien erschienen — »Wand: Bereich sechsundfünfzig: Vergrößerung eintausend.«

Das Bild veränderte sich und die Vergrößerung der zwei Halbmonde füllte die Wand. Solitaire und Spall — die einzige bekannte Ausnahme zur üblichen Regel, daß der Besitz von Doppelplaneten den Menschen kein Glück bedeutete. Ich hatte irgendwo gelesen, daß beide Welten bewohnbar waren, doch ich wußte nicht mehr, warum man Solitaire den Vorzug vor Spall gegeben hatte. Aber im Augenblick war mir das egal. Die Krise war vorüber, wir hatten es durch die Wolke geschafft, und mit ein bißchen Glück konnte ich mich endlich doch noch entspannen und einschlafen. Ich streckte mich auf der Couch aus ...

Ich hielt inne. Da ich schon wach war ... »Wand: Collet finden«, befahl ich. »Vergrößerung, Viertelfüllung.«

Eine kurze Pause trat ein, während der Computer den Gas-Riesen suchte und die Vergrößerung berechnete, um das Bild in der verlangten Größe zu zeigen. Dann verschwanden die Zwillingshalbmonde ... und obwohl ich wußte, was mich erwartete, hätte ich beinahe aufgeschrien.

Nicht über den Planeten. Collet füllte ein Viertel der Wand, wie ich verlangt hatte: Seine dunstige, graugrüne Oberfläche wies zarte, keineswegs sensationelle Streifen auf, wie alle Gas-Riesen. An beiden Polen lag ein cremefarbener Nebel und zu beiden Seiten des Äquators konnte ich an etwa ein Dutzend verschiedenen Punkten die spiralförmigen Muster riesiger Wirbelstürme ausmachen; einige hatten schon getobt, als vor siebzig Jahren die ersten Siedler im System eintrafen. Ein ganz normaler Planet ... bis man seine Ringe betrachtete.

Nicht die üblichen Ringe eines Gas-Giganten, armselige Kreise aus Staub und Eis, die nur dem besonders aufmerksamen Beobachter auffielen. Diese Ringe füllten buchstäblich den Rest der Wand aus. Sie begannen fast an der Oberfläche des Planeten und erstreckten sich in tausend milchweißen Bändern nach außen.

In keinem der Patri oder der kolonialisierten Systeme existierte eine derartige Anomalie der Natur. Man hatte mehr als einmal die Überlegung angestellt, daß Collet eine bedeutende Touristenattraktion abgeben würde, wenn die Reise nach Solitaire nicht solchen Beschränkungen unterläge. Im alten System der Erde konnte sich nur Saturn mit diesem Anblick messen. Die wenigen, die beide Ringsysteme aus der Nähe gesehen hatten, bezeichneten einstimmig Collets Ringe als weitaus beeindruckender.

Weitaus beeindruckender ... und unglaublich wertvoller.

Ich starrte lange auf das Bild und eine seltsame Melancholie übermannte mich. Es kam mir irgendwie unrecht vor, daß eine so auserlesen schöne Schöpfung Gottes letzten Endes für die Totmannschaltung und die dafür benötigten Menschenleben verantwortlich war. Selbst aus dieser Entfernung konnte der Computer wahrscheinlich ein recht deutliches Bild von einem der riesigen Rockhound 606, den Bergwerksplattformen, einfangen, die gemächlich die Ringe durchkämmten. Sie schaufelten Rocheoide von ultrahochwertigen Erzen ein, und die waren die Anstrengungen um das Solitaire-System wert ... und die vielen Menschenleben ...

Ich schüttelte zornig den Kopf und verscheuchte den Gedanken. Wir waren noch kaum im Solitaire-System, und schon kam ich immer wieder auf die Totmann-Schaltung zurück und auf den Preis, den wir bezahlt hatten, um die *Bellwether* herzubringen. Ich mußte entweder bessere geistige Disziplin lernen, oder mich auf zwei überaus depressive Wochen gefaßt machen.

Sorge dich nicht um das Morgen; das Morgen wird selbst für sich sorgen. Jeder Tag bringt genügend eigene Sorgen mit sich ...

Ich blendete das Bild auf der Wand aus, erhob mich mühsam von der Couch und schleppte mich die zwei Schritte zu meinem Bett. Schließlich schlief ich ein.

Am Vormittag des nächsten Tages landeten wir auf dem Raumhafen von Solitaire — man hatte ihm den passenden Namen Rainbow's End gegeben. Wir auf dem Schiff hatten Vormittag, auf Solitaire war es bereits später Nachmittag. Wahrscheinlich war es bereits zu spät, um noch viel zu erledigen, aber es konnte nicht schaden, wenn ich anfing, mich mit der lokalen Bürokratie vertraut zu machen. Fünfzehn Minuten nach der Landung fuhr ich bereits in einem Mietwagen über eine sehr moderne Straße nach der zwanzig Kilometer entfernten Hauptstadt Cameo.

Im Autocomputer war eine Vielzahl von Querverweisen eingespeichert, und nach einer kurzen Besprechung kamen wir zu dem Schluß, daß ich in das Habrin Tsiosky-Justizbüro mußte. Sobald wir die Außenbezirke von Cameo erreichten, überließ ich das Steuer dem Computer, und nach wenigen Minuten war ich am Ziel.

Abermals ein paar Minuten später saß ich bereits wieder im Auto und befand mich auf dem Rückweg nach Rainbow's End.

Bei meiner Rückkehr stand Kutzko an der Druckschleuse und überwachte die Errichtung der Kabine für die Wache. »Mr. Kelsey-Ramos sucht Sie«, begrüßte er mich, als ich an Bord kam. »Warten Sie einen Augenblick: Ich möchte den Waffensensor überprüfen. Fangen Sie!«

Kutzko warf mir einen Ladestreifen für die Injektionspistole zu — Puffotter, seine bevorzugte Munition — und ich fing ihn auf. Ich verstaute ihn in meiner Tunika und gab mir Mühe, keine Miene zu verziehen. Ich hatte gesehen, was diese Spritzen bei einem Menschen bewirkten, und mir wurde beinahe übel, wenn ich einen solchen Ladestreifen nur in der Hand hielt. »Ich habe Kapitän Bartholomy gemeldet, daß ich nach Cameo fahre«, sagte ich, während Duge Ifversn zur Kabine trat und zwei Schalter betätigte.

Aus dem Bogen über mir kam ein schweineähnliches Quieken. »Scheint in Ordnung«, nickte Duge.

»Dann hat er sich nicht beim Kapitän erkundigt«, meinte Kutzko. »Sie hätten ein Telefon mitnehmen sollen. Er ist jetzt mit Aikman in seiner Kabine.«

Großartig! Eine Auseinandersetzung mit Aikman hatte mir heute gerade noch gefehlt. »Welch Freude und Entzücken«, murmelte ich und gab den Ladestreifen zurück.

Kutzko musterte mich. »Alles okay?«

»Vorübergehend nicht. Aber ich gebe noch nicht auf, noch nicht.« Ich deutete auf die Wachkabine. »Was soll das? Erwarten wir Gesellschaft?«

»Gesellschaft, und nicht wenig«, bejahte Kutzko. »Mr. Kelsey-Ramos hat beschlossen, daß wir hierbleiben und nicht in ein Hotel ziehen.«

»Wirklich?« Ich runzelte die Stirn. »Warum?«

Er grinste schwach. »Sie sind der Fachmann — erklären Sie's mir. Wirklicher Grund und offizieller Grund.«

Das war ein altes Spiel zwischen uns, aber im Augenblick hatte ich keine Lust dazu. »Mikha, ich habe keine Zeit ...«

»Kommen Sie, Gilead, tun Sie mir den Gefallen! Sie sehen außerdem aus, als würde Ihnen ein billiger Sieg guttun.«

Ich verzog das Gesicht, aber im Augenblick war ich sogar für einen schlechten Scherz dankbar. »Also gut.«

Er setzte eine steinerne Miene auf, und ich versuchte, trotzdem in seinem Gesicht zu lesen. Es war wirklich einfach; Kutzko hatte zwar einen Beruf, in dem man oft mit fragwürdigen Gestalten zusammentraf, war aber im Grunde ein ehrlicher Mensch. »Der wirkliche Grund ist, daß er den Hotels nicht traut«, sagte ich langsam. Ich warf einen Blick auf die Wachkabine und registrierte, wo und wie sie aufgestellt war. »Er fürchtet sich weniger vor einem Angriff als vor Bespitzelung?«

Kutzko grinste sarkastisch. »Stimmt genau! In unseren Suiten in Whitecliff fanden wir zwei raffinierte kleine Wanzen und eine *ganz* entzückende in dem Computer-Zyl, das wir von Aikman bekamen.«

»Glauben Sie, daß sie von Aikman stammen?«

»Glauben Sie es?« entgegnete er.

Ich dachte zurück und erinnerte mich an Aikmans Ausstrahlung bei unserem ersten Zusammentreffen. »Nein.«

Kutzko gab mir recht. »Ich habe es auch nicht geglaubt. Aikman steht viel zu sehr im Vordergrund, als daß er etwas so Hinterlistiges selbst durchziehen würde. Wahrscheinlich war es ein unbedeutender Mitarbeiter, der punkten wollte. Und wie wäre es mit dem offiziellen Grund?«

Es kostete mich Mühe, zu unserem Wettstreit zurückzuschalten. »Keine Ahnung. Mr. Kelsey-Ramos hat wahrscheinlich behauptet, daß keines der hiesigen Hotels gut genug für ihn ist.«

Neben uns kicherte Duge Ifversn leise. Kutzko warf ihm einen flüchtigen Blick zu. »Zwei von zwei«, räumte er ein. »Sie wollen nicht vielleicht noch versuchen, unser heutiges Frühstück zu erraten?«

»Sie müssen entschuldigen, wenn ich mit meiner Zeit Nützliches anfange«, antwortete ich trocken. Doch ich fühlte mich *wirklich* besser. »Danke, Mikha.«

Er verstand. »Kostet nichts. Vergessen Sie nicht, Mr. Kelsey-Ramos erwartet Sie.«

»Ich bin schon unterwegs. Bis später.«

Auf dem Weg durch die Korridore der *Bellwether* hoffte ich, daß ich einerseits nicht so spät dran war, um Randon zu verärgern, aber doch spät genug kam, um Aikman nicht mehr zu treffen.

Halb hatte ich Glück.

»Ist an der Zeit«, knurrte Randon, als ich läutete und er mich einließ. »Wo sind Sie gewesen?«

»Cameo«, antwortete ich. Ich nickte Aikman so höflich wie möglich zu. Er starrte mich nur an und erwiderte die Geste nicht. »Ich habe Kapitän Bartholomy gemeldet, wohin ich ging«, fügte ich hinzu.

Randon war leicht verärgert, aber mehr über sich selbst als über mich. Wenn Lord Kelsey-Ramos seinem Sohn etwas beigebracht hatte, dann die Verpflichtung, sowohl für seine Taten als auch für seine Versehen die Verantwortung zu übernehmen. »Ach so. Spielt keine Rolle.« Er wandte sich wieder seinem Computer zu.

»Was haben Sie in Cameo gemacht?« fragte Aikman, und ich spürte, daß er einen bestimmten Verdacht hegte.

»Geschäftliches«, antwortete ich absichtlich vage.

»Es war eher Mitleid«, warf Randon ein. »Benedar vermutet, daß man unserem Zombie die Verbrechen angehängt hat.«

Ralls sich Randon von Aikman eine schärfere Reaktion erhofft hatte, wurde er enttäuscht. Aikman verzog die Lippen, und ich spürte, daß sich seine schlimmsten Erwartungen erfüllt hatten. »Weil sie es sagt?« fragte er anzüglich und warf mir einen zynischen Blick zu. »Oder weil ein Watcher etwas so Ungehöriges wie einen Mord einfach nicht tut?«

Ich wollte ihm antworten, aber Randon kam mir zuvor. »Sie kannten demnach ihre Behauptung, unschuldig zu sein?«

»Ja.« Angesichts Randons unerwartet kühler Reaktion ließ Aikmans Gehässigkeit ein wenig nach. »Aber was soll's? Verurteilte Verbrecher behaupten das immer — was bleibt ihnen anderes übrig? Wenn die Justiz von Outbound sie für schuldig hält, dann werde ich es auch glauben.«

»Vielleicht können wir ein bißchen mehr tun.« Randon wandte sich an mich. »Was haben Sie herausgefunden?«

Ich biß die Zähne zusammen, weil ich mich immer noch darüber schämte, daß ich versagt hatte. »Sie wollen uns nicht helfen.«

Er legte die Stirn in Falten. »Warum nicht?«

»Ein hiesiges Gesetz offenbar ...«

Aikman schnaubte. »Tatsächlich ein hiesiges Gesetz: ›Ungeachtet eines Verbrechens oder einer verhängten Strafe wird kein Bürger von Solitaire der Gerichtsbarkeit des Solitaire-Systems entzogen, um ein interstellares Schiff zu navigieren, zu steuern oder Beistand bei der Steuerung zu leisten.‹«

Ich war unwillkürlich beeindruckt. »Ja, das war es«, bestätigte ich.

»Bestimmt. Es handelt sich nämlich um einen wesentlichen Bestandteil des ursprünglichen Abkommens zwischen den Siedlern von Solitaire und den Patri.« Er strahlte unverkennbar Schadenfreude aus. »Es gibt keine Ausnahmen. Absolut keine.«

»Jedes Gesetz hat Ausnahmen«, warf Randon scharf ein.

»Dieses nicht. Nicht einmal der Gouverneur kann sich darüber hinwegsetzen, egal ob mit den Patri abgesprochen oder nicht.«

»Warum?« fragte ich.

»Warum glauben Sie?« fuhr er mich an. »Weil sie nicht wollen, daß ihre Welt ein Zombie-Reservoir wird, deshalb.«

Rückblickend war es natürlich klar, und ich kam mir wie ein Idiot vor, weil ich es nicht früher begriffen hatte. Wenn mit dem Rückflug-Zombie eines Schiffes etwas schiefging, dann war es eindeutig am bequemsten, unter der Bevölkerung von Solitaire einen Ersatz zu finden. Wahrscheinlich *zu* bequem ... ich verstand sehr gut, daß sich die ersten Siedler deswegen Sorgen machten.

»Das würde nie geschehen«, beharrte Randon. Aber hinter seiner Sicherheit lauerte ein leichter Zweifel. »Die Patri würden nicht zulassen, daß Solitaire zu einer Zombie-Farm wird.«

»Überzeugen Sie die Solitarier davon«, konterte Aikman. »In den vergangenen zwanzig Jahren war das Gesetz zumindest ein Dutzend Mal gefährdet, und jeder einzelne Fall hätte einen Präzedenzfall geschaffen.«

»Sie haben vermutlich nie nachgegeben?« fragte Randon.

Aikman lächelte verbissen. »Einem Schiff gelang es, sich von Whitecliff einen Ersatz zu erbetteln. Den übrigen blieb schließlich nichts anderes übrig, als ein Mitglied der Mannschaft hinzurichten, um wieder wegzukommen.«

Mein Magen krampfte sich zusammen. »Das haben die Solitarier zugelassen? Wie konnten sie gutheißen, daß ein Unschuldiger stirbt, wenn jemand, der den Tod *verdient* ...«

»Unschuldig?« spottete Aikman. »Seit wann ist einer von uns ach so sündigen Menschen wirklich unschuldig? Klingt ein wenig nach Ketzerei, wenn Sie mich fragen.«

»Genug davon«, unterbrach ihn Randon. Er wollte nicht, daß Aikman mich in seiner Gegenwart schikanierte; gleichzeitig löste sich seine Spannung ein wenig. War er erleichtert, weil ich jetzt das gute Einvernehmen mit den Behörden wegen Calandra nicht mehr gefährden würde?

Wenn ja, dann erwartete ihn eine Enttäuschung. »Ich habe noch nicht aufgegeben, Mr. Kelsey-Ramos.«

Er sah mich argwöhnisch an. »Ach. — Wieso?«

»Es müssen sich derzeit zumindest zehn weitere Schiffe im Solitaire-System befinden, Sir. Sollte auf einem der Schiffe zufällig jemand ein Kapitalverbrechen begehen, dann können wir die Justizbehörde von Solitaire vielleicht dazu überreden, ihn uns zu überlassen.«

»Innerhalb von zwei Wochen?« knurrte Aikman. »Wo um Himmels willen haben Sie Ihren Verstand, Benedar? Glauben Sie wirklich, daß ein Gericht eine Entscheidung über Leben und Tod innerhalb von zwei Wochen treffen kann?«

»Es ist schon geschehen«, erinnerte ihn Randon kühl.

Aikman getraute sich nicht, Randon seine Wut zu zeigen, aber der kurze Blick, den er ihm zuwarf, ließ wenig Zweifel offen. »Ich weiß nicht, warum ich überhaupt hier sitze und darüber diskutiere«, knirschte er. »Das ganze ist nur eine Zeitverschwendung. Ob es Ihnen paßt oder nicht, Calandra Paquin ist des Mordes schuldig. Und wenn hundert Richter den Fall hundertmal neu aufrollen, so wird sich nichts daran ändern.«

»Dann verschwende ich eben meine Zeit«, antwortete ich ihm, um Beherrschung bemüht. Ich stand einem abgrundtiefen Haß gegenüber und konnte ihn nicht erwidern ... »Außerdem ist es *meine* Zeit, die ich verschwende.«

»Wenn wir schon von Zeitverschwendung sprechen«, warf Randon ein, »ich habe nicht die Absicht, mit dieser Auseinandersetzung noch mehr von *meiner* Zeit zu verschwenden. Benedar, Sie können Kapitän Bartholomy sagen, er soll eine Anfrage an die örtlichen Nachrichtenagenturen richten; vielleicht ergibt sich daraus etwas Nützliches. Vergessen Sie nicht die Ring-Minen, denn die meisten Menschen auf den Rockhounds sind keine Solitarier.« Er funkelte uns beide kurz an, und ich spürte, daß das Thema zumindest für den Augenblick erledigt war. »Benedar, wir haben uns gerade den Terminplan angesehen, den HTI für uns erstellt hat. Morgen früh treffen wir die Manager des hiesigen Büros, dann besichtigen wir die Anlagen auf Solitaire.«

Es würde natürlich nicht viel sein. Was zählte, war die Ausrüstung zur Gewinnung und Verarbeitung von Solitaires gewaltigem Mineralreichtum, und die befand sich auf Collets Ringen; auf Solitaire selbst waren nur die Verwaltung sowie Erholungs- und Freizeiteinrichtungen untergebracht. »Ja, Sir. Wann treffen wir den Gouverneur und die hiesigen Beamten?«

Er zog die Augenbrauen hoch; natürlich wußte er, daß sich meine Gedanken immer noch mit Calandras Problem beschäftigten. »Gouverneur Rybakov gibt morgen abend in ihrem Haus ein halboffizielles Dinner für uns. Die wichtigsten Leute werden dort sein. Ist Ihnen das früh genug?«

Ich wurde rot. »Ja, Sir.«

»Gut. Übermorgen fliegen wir zu Collet hinaus und besichtigen einen Rockhound, der für HTI arbeitet.«

Übermorgen ... ich wußte, daß der Ausflug zu Collet zumindest vier Tage dauern würde. Vier Tage, und für unseren Besuch waren nur zwei Wochen vorgesehen. »Werden wir nach dieser Tour nach Solitaire zurückkommen?« fragte ich vorsichtig.

»Nur wenn es einen Grund dafür gibt.«

Übermorgen also ... — Mir blieben nicht einmal zwei Tage, um jemanden zu finden, der an Calandras Statt sterben sollte. »Ich verstehe, Sir.«

Randon wandte sich gleich wieder Aikman zu. »Wir sind die Standorte durchgegangen, das Personal und den Zoll. Gibt es noch etwas?«

»Ich bin fertig, Mr. Kelsey-Ramos.« Aikman stand auf. »Sollte Ihnen noch etwas einfallen, ich bin in meiner Kabine.«

»Danke.« Randon nickte. Aikman nickte ebenfalls und streifte mich im Hinausgehen.

»Wohnt er auf dem Schiff?« fragte ich, als mich Randon zum Platznehmen aufforderte. »Ich hätte gedacht, daß HTI ein Gästehaus für seine zu Besuch weilenden Angestellten hat.«

»Sie haben ein halbes Dutzend Gästehäuser«, antwortete Randon trocken. »Aber Randon und DeMont hatten die Güte, meine Gastfreundschaft in Anspruch zu nehmen.«

Ich musterte ihn. »Sie wollen sie nicht aus den Augen lassen?«

»Sagen wir es so: Ich möchte nicht, daß Fremde auf der *Bellwether* nach Belieben ein- und ausgehen; vor allem keine Eiferer.« Er drehte den Computer um, so daß ich ihn sehen konnte. »Nehmen Sie das dann mit in Ihre Kabine und studieren Sie es in Ruhe; ich möchte nur zuerst die wichtigsten Punkte mit Ihnen durchgehen.«

Ich nickte. »Ich soll also morgen mitkommen und beobachten, was vorgeht?«

Er zuckte die Achseln. »Ich würde es nicht so ausdrücken. Um ganz ehrlich zu sein: Ich finde, daß Ihre Anwesenheit eine gewisse geistige Trägheit fördert. Meiner Meinung nach setzt mein Vater Sie viel zu oft ein und hat dadurch einen Teil seiner alten Schärfe eingebüßt.«

Das wußte ich bereits, aber es überraschte mich, daß er es zugab. »Es tut mir leid, daß Sie es so sehen. Wenn Sie wollen, bleibe ich auf dem Schiff.«

Er schob mein Angebot mit einer Handbewegung beiseite. »Danke, aber mein Vater würde uns beide zu Hühnerfutter verarbeiten, wenn er davon erführe.« Er griff wieder nach dem Computer; für ihn war das Thema bereits abgeschlossen. »Sie sind vielleicht eine Krücke, Benedar, aber zwei Wochen mit einer Krücke werden mir nicht schaden.«

»Ganz meine Meinung, Sir.« Ich riß mich zusammen. »Ich glaube jedoch, daß in den meisten Fällen *zwei* Krücken besser sind als eine.«

Er reagierte blitzschnell. Obwohl er in Gedanken schon bei den Plänen für morgen war, kam er sofort wieder auf die Sache zurück. »Meinen Sie damit, was ich glaube, daß Sie meinen?« fragte er ruhig.

Seltsamerweise wirkte er keineswegs zornig; aber der Hauch eisiger Kälte in seinem Blick schüchterte mich noch mehr ein als Wut. Auf meine Art war ich jedoch ebenso starrköpfig wie er, und ich weigerte mich, nachzugeben. »Ja, Sir. Hier bietet sich Ihnen eine einmalige Gelegenheit, die Ihr Vater nicht vorhersehen konnte.«

»Sie wollen, daß ich einen Zombie zu einer geschäftlichen Besprechung auf höchster Ebene mitnehme.« Sein Blick wurde noch eisiger. »Und Sie wollen mir einreden, daß mein Vater damit einverstanden wäre?«

»Warum nicht? Es muß niemand wissen, wer oder was sie ist.«

»Benedar, sie ist eine *verurteilte Mörderin,* wissen Sie das noch?«

»Solange wir sie von hohen Gebäuden und Bomben fernhalten ...«

Das saß. Randon starrte mich an; dann grinste er widerwillig, und das Eis begann zu schmelzen. »Ihnen ist doch klar, daß ich es nie wieder auswetzen kann, wenn ich einen Verbrecher zu einer Konferenz mitnehme?«

Ich zuckte die Achseln. »Es ist manchmal recht nützlich, wenn man für ein wenig unberechenbar gehalten wird. Ihr Vater weiß das sehr gut.«

Er starrte mich eine volle Minute lang schweigend an. Dann schnaubte er sanft. »Sie machen niemandem etwas vor. Ich durchschaue Ihr Spiel. Sie wollen, daß ich mich genauso gefühlsmäßig für Ihren kleinen Kreuzzug engagiere wie Sie. Wenn Sie mich davon überzeugen, daß mir eine lebende Paquin nützlicher ist als eine tote, wäre es ein guter Anfang.«

Wirklich sehr scharfsinnig. »Zugegeben, das ist ein Teil der Überlegung«, gestand ich seelenruhig. »Aber es ist doch logisch. Besonders wenn man bedenkt, daß die Leute von HTI vermutlich wissen, daß ich komme.«

»Dann wissen sie es eben. Was können Sie dagegen unternehmen?«

»Da gibt es mehrere Möglichkeiten. Zum Beispiel, mich von der Besprechung auszuschließen.«

»Das sollen sie versuchen«, antwortete er überlegend. Ich blieb ruhig und beobachtete, wie sich seine Ausstrahlung veränderte. »Ich werde es später mit Kutzko besprechen«, sagte er plötzlich. »Wenn er es für sicher hält, so ziehe ich es vielleicht in Erwägung.«

»Danke, Sir.«

»Können wir uns jetzt den anstehenden Geschäften zuwenden? *Danke!* Fangen wir mit der grundlegenden organisatorischen Struktur von HTI an ...«

6. Kapitel

Randon unterschätzte gerne, wie schnell ich Informationen aufnehmen konnte. Die Darstellung der »wichtigen Punkte«, wie er es nannte, dauerte wahrscheinlich eine Stunde länger als notwendig. Endlich waren wir fertig. Ich brachte den Zyl, den er mir gegeben hatte, in meine Kabine und ging direkt zu Calandras Zelle, um ihr die guten Neuigkeiten zu überbringen.

Oder das, was ich für gute Neuigkeiten hielt.

»Nein«, sagte sie entschieden. »Ich gehe nicht.«

Ich versuchte, trotz meiner sprachlosen Verblüffung in ihrem Gesicht zu lesen. Ich spürte nur ihren Zorn und ihre Verachtung für mich. »Vielleicht verstehen Sie nicht, was das bedeutet, Calandra ...«

»Oh, ich verstehe sehr gut«, erwiderte sie. »Sie dachten, ich würde mich auf jede Gelegenheit stürzen, um diesen Raum endlich zu verlassen und das Universum in all seiner Pracht wiederzusehen.«

Ich biß die Zähne zusammen. Wieder einmal hatte sie mich mühelos durchschaut. »Und warum nicht? Jeder normale Mensch würde es tun.«

Sie funkelte mich an. »Dann bin ich vielleicht nicht mehr normal. Vielleicht werden Sie das Leben auch anders sehen, wenn *Sie* einmal zum Tode verurteilt sind.«

Wir standen uns einen Augenblick lang gegenüber. Da tauchte durch den Nebel meiner Gefühle ein Gedanke auf, und ich verwandte all mein Können darauf, ihn festzuhalten ... diesmal gelang es mir. Tief unter dem Zorn vergraben fand ich die Angst.

Im Nachhinein leuchtete es ein. Irgendwann während oder nach den monatelangen Verhandlungen und Berufungen hatte sie sich schließlich mit ihrem bevorstehenden Tod abgefunden ... Jetzt gefährdete ich ihre

Resignation, drohte sie wieder in Ungewißheit zu stürzen. »Es tut mir leid«, sagte ich ruhig. »Ich weiß, es wird nicht einfach für Sie sein ...«

»Sie *wissen* das!« Ihr Ton war sarkastisch.

»Ich versuche, Ihnen zu helfen«, fuhr ich sie schroff an. Zuerst Aikman und jetzt Calandra, ich hatte endgültig genug. »Ich bin Ihr Freund, Calandra — ob Sie es glauben oder nicht, ob es Ihnen *paßt* oder nicht! Sie kommen morgen mit! Vielleicht bringen wir dadurch Randon Kelsey-Ramos auf unsere Seite.«

»Wunderbar«, grinste sie höhnisch. »Vielleicht überrascht es Sie, aber zufällig *will* ich die Hilfe Ihres Kelsey-Ramos nicht.«

»Dann werden Sie sterben.«

»Es gibt schlimmere Dinge als den Tod. Zum Beispiel wenn man den Reichen dabei hilft, auf Kosten anderer noch reicher zu werden. Wenn das Geld von Carillon nicht alle ethischen Grundsätze von ihrem kostbaren Watcher-Etikett gekratzt hätte, dann müßte ich Ihnen das nicht sagen.«

Weißglühender Zorn erfüllte mein Herz. Zorn und Schuldbewußtsein. Sie sah es, und trat unwillkürlich argwöhnisch einen Schritt zurück. »Dann helfen Sie uns eben nicht«, fuhr ich sie an. »Sie können schweigen wie ein Grab morgen, wenn Sie wollen. Aber Sie *kommen* mit!«

Als ich mich umdrehte und hinausstapfte, stand sie immer noch am selben Fleck und starrte mir nach.

Sie blickte immer noch finster, als wir am nächsten Morgen mit Randon, Dapper Schock, Kutzko und Daiv Ifversn in das Auto stiegen und nach Cameo fuhren. Sie blickte finster, und ich war immer noch schuldbewußt.

Mein Schuldbewußtsein war unsinnig, bedachte man, daß wir nur versuchten, ihr Leben zu retten. Aber das Wissen um meine guten Motive war für mich immer ein schwacher Trost gewesen; dieser Fall war keine Ausnahme ... besonders weil ich nicht ganz davon überzeugt war, daß ich das Richtige tat.

Behandle andere immer so, wie du von ihnen behandelt werden möchtest; das ist das Gesetz der Propheten ... Ich war selbstverständlich bereit, zu gehorchen ... aber konnte ich tatsächlich *wissen,* wie ich unter diesen Umständen behandelt werden wollte? Calandra hatte recht: Solange ich mich nicht in ihrer Lage befand, konnte ich nur raten, was sie von mir brauchte.

Wenn ich mich irrte, dann würde ich ihr nur die letzten Tage ihres Lebens erschweren.

Ich war so in meine eigenen Gedanken vertieft, daß ich die Welt um mich nicht beachtete ... ich schrak auf, als ich plötzlich bemerkte, daß Calandra ihre Umwelt zu registrieren begann, wenn auch mit Widerwillen.

Für einen normalen Menschen war der Anblick nicht besonders interessant. Sobald wir Rainbow's End verlassen hatten, verschwanden die mittelhohen Gebäude des Raumhafens und wurden durch die niedrigeren Häuser ersetzt, die man in allen unterentwickelten Gebieten findet, wo das Land billig und im Überfluß vorhanden ist. Zwischen den Gebäuden wuchsen die riesigen, mehrstämmigen heimischen Pflanzen, die auf dieser Welt offenbar den ökologischen Platz von Bäumen einnahmen. Einfach, still, und auf den ersten Blick prosaisch ... aber für einen Watcher war nichts in Gottes Universum prosaisch. Mir und Calandra bot die Landschaft draußen reichlich Möglichkeit, den Geist einer Welt zu studieren.

Ich erkannte rasch, daß die Bewohner dieser Welt noch in einem zwiespältigen Verhältnis zu ihrem Planeten standen.

Die Spannung machte sich auf tausend Arten, in tausend verschiedenen Kleinigkeiten bemerkbar. Wir fuhren an einem Haus vorbei, dessen Besitzer sich verzweifelt bemühte, zwischen sich und dem Planeten Distanz zu schaffen: Er hatte sein Grundstück mit importierten Bäumen und Sträuchern eingezäunt. Anderswo gab es stumme Anzeichen dafür, daß jemand derartige Versuche aufgegeben, aber immer noch keinen Frieden gefunden hatte. Ich hatte das schon am Abend zuvor gefühlt, und jetzt, im hellen Licht des Tages, war es nicht weniger beunruhigend ... besonders da ich nicht wußte, *wogegen* sie alle kämpften. Die Umweltbedingungen auf Solitaire waren angeblich so günstig wie kaum sonstwo in den Kolonien.

»Vielleicht ist es die Wolke«, murmelte Calandra.

Ich war überrascht und verärgert, weil sie wieder einmal meine Gedanken mühelos erraten hatten. »Angeblich beeinflußt die Wolke die Menschen nicht«, erinnerte ich sie.

»Außer sie sind schon tot«, gab sie grimmig zurück.

Ich schluckte. Ihr bissiger Hinweis auf das, was sie erwartete, verursachte mir Magenkrämpfe. »Stimmt. Viele Forscher haben sich eingehend mit der Wolke beschäftigt und keiner von ihnen hat je erwähnt, daß sie sich auf Lebende auswirkt.«

»Wie lange haben sie sich in der Wolke aufgehalten?« fragte sie. »Manche von *diesen* Menschen haben wahrscheinlich ihr ganzes Leben hier verbracht. Abgesehen davon, Sie sehen ja, wie schwer erkennbar die Spuren sind. Ob sie ein durchschnittlicher Wissenschaftler überhaupt bemerkt?«

»Wahrscheinlich nicht«, gab ich zu. Wahrscheinlich würde sie nur ein Watcher erkennen — und laut Randon waren wir die ersten Watcher auf Solitaire.

Jemand im Auto bewegte sich; ich blickte auf und sah in Randons fragende Augen. »Über diesem Ort liegt eine Spannung, Mr. Kelsey-Ramos«, erklärte ich. »Wir haben das Gefühl, daß sich die Menschen, die hier leben, in ihrer Welt nicht wohl fühlen.«

Ich spürte, wie sich Calandra innerlich duckte; halb erwartete sie, daß sich Randon entweder über unsere

Beurteilung oder über uns oder beides lustig machte. Aber er saß nur schweigend da und blickte gelegentlich nachdenklich zum Fenster hinaus, während ich versuchte, Calandras und meine Empfindungen in Worte zu fassen.

»Sie vermuten, es könnte eine Nebenwirkung der Wolke sein?« fragte er, sobald ich fertig war.

»Oder die Paranoia zu wissen, daß ihre gesamte Existenz auf Menschenopfern aufbaut ...« Randon versuchte so offensichtlich, nicht die Geduld zu verlieren, daß ich abbrach. »Es könnte auch etwas völlig anderes sein«, fügte ich hinzu. »Im Augenblick wissen wir nur, daß es die Spannung gibt.«

Er nickte geistesabwesend und blickte wieder aus dem Fenster.

»Haben Sie eine Ahnung«, fragte er langsam, »wie lange man sich hier aufhalten muß, damit sich diese Spannung bemerkbar macht? Ein Jahr? Mehr? Weniger?«

»Keine Idee. Sie glauben, daß Aikmans Schwierigkeiten damit zu tun haben?«

Randon wandte sich an Schock. »Wie lange ist Aikman schon auf Solitaire?«

Schock nahm seinen Computer heraus. Auf Randons anderer Seite machte sich Kutzko an seinem Visiercomputer zu schaffen. »Drei Jahre«, berichtete Schock. »Li, der Leiter der Station, ist schon achtzehn Jahre da, seit HTI den Betrieb hier laufen hat. Die stellvertretenden Direktoren Blake und Karash jeweils zwölf und vier Jahre.«

»Ich erinnere mich an diese Zahlen.« Randon nickte abwesend. Er überlegte sich bereits, wie er diesen Einblick in das planetare Ethos von Solitaire zu seinem Vorteil verwenden konnte. Verglichen mit dem vergangenen Abend hatte sich seine Ausstrahlung leicht geändert. Ich spürte, wie er seine frühere Einstellung, daß ein Watcher nur eine Krücke ist, neu überdachte. Wenn er über *einen* Watcher so dachte ...

Ich spürte Calandras Gegenwart neben mir. *Sie übersteigt bei weitem den Wert von Rubinen ...* Ich konnte nur hoffen, daß auch Randon zu dieser Erkenntnis gelangen würde.

Kutzko las immer noch hinter seinem Visiercomputer. Ich wußte, welche Berichte er überprüfte. Nervöse Sicherheitsbeamte neigten dazu, ihre Gegenspieler ebenso nervös zu machen. »Nun?« fragte ich ihn.

»Dürfte kein Problem sein«, sagte er. Weiter nichts.

Wie nahezu überall auf Solitaire gab es auch in Cameo nur relativ niedrige Bauwerke; die höchsten Gebäude waren nur zwei Stockwerke hoch. Da in der Psychologie der Gesellschaften Höhe und Macht in einem unmittelbaren Verhältnis standen, überraschte es mich nicht, daß die HTI-Zentrale zu den höchsten zählte. Trotzdem fragte ich mich, wozu sie soviel Platz brauchten. Die automatische Park-Einrichtung geleitete uns auf einen VIP-Parkplatz neben einer der Elegy-Säulen am Haupteingang. Als wir ausstiegen, trat uns aus dem geschmiedeten Styralin-Tor ein Mann entgegen; er trug ein Capelet der mittleren Betriebsebene. Als wir auf ihn zugingen, fiel mir etwas ein: Als Lord Kelsey-Ramos damals O'Rielly, den Präsidenten von HTI, anrief, um ihm zu eröffnen, daß Carillon seine Gesellschaft erworben hatte, trug O'Rielly die gleiche Schließe auf seinem Capelet. Offensichtlich zählte HTI zu jenen Gesellschaften, die eine Schwäche für die äußere Dokumentation des Teamgeists hatten. Ob diese Symbole ihren Zweck erfüllten, würden wir bald herausfinden.

»Guten Tag, Mr. Kelsey-Ramos; wir heißen Sie willkommen«, begrüßte uns der Mann und nickte mit angebrachter Ehrerbietung. Seine Ausstrahlung strafte seine Worte allerdings Lügen: Wir waren hier alles andere als willkommen. »Ich bin Brandeis Pyatt von HTI Transport, Erster Assistent des Stationsleiters Chun Li.«

»Guten Tag«, erwiderte Randon. »Mr. Chun Li erwartet uns doch?«

»Ja, Sir. Er wartet im Konferenzsaal.« Pyatt warf mir einen kurzen Blick zu, als er sich umwandte, um uns vorauszugehen; er wußte, wer ich war. »Wenn Sie mir bitte folgen wollen ...!«

Wir gingen schweigend durch den mit aufwendigen Steinornamenten ausgestalteten Korridor. Einige Angestellte und Wächter beobachteten uns mit unterschiedlichem Interesse — und unterschiedlichem Mißtrauen. Ich hatte diese Reise einmal mit dem Besuch eines Botschafters in einem eroberten Land verglichen; jetzt fühlte ich mich langsam wie ein spionierender Eindringling.

Wir erreichten schließlich eine Tür, an der zwei Wächter standen. Beide trugen als Krageninsignien identische Spangen wie Pyatt auf seinem Capelet. Pyatts gab ihnen ein Zeichen, und einer zog die schwere Holztür auf.

Es war, als ob man uns plötzlich von Solitaire in die Zentrale einer Gesellschaft auf einer der Patri-Welten versetzt hätte. Nichts im Korridor hatte mich auf den großzügigen Raum und die verschwenderische Ausgestaltung vorbereitet; alles war von auswärts importiert. Ein sorgfältig zusammengestelltes Bombardement der Sinne, das wahrscheinlich den Besucher bei den Verhandlungen einschüchtern und gleichzeitig die Bedeutung HTIs in seiner Vorstellung unbewußt erhöhen sollte. Noch ein Gedanke kam mir, und ein kurzer Blick bestätigte ihn: Der Raum konnte mit nur geringem Aufwand von einem Konferenzsaal in einen Ballsaal verwandelt werden.

In der Mitte des Raumes stand ein gediegener Tisch mit einer Formit-Ziersteinplatte. Hier saßen zwei Männer und eine Frau, die ich bereits aus Schocks Zyl kannte: Stationsleiter Wilmin Chun Li, sein erster Stellvertreter Tomus Blake und sein zweiter Stellvertreter

Angli Karash. Zwischen ihnen saßen ein halbes Dutzend Berater und Assistenten; an den Wänden dahinter standen oder saßen an zusätzlichen Arbeitsplätzen weitere Berater sowie das Wachpersonal.

»Guten Tag«, begrüßte uns Chun Li würdevoll und erhob sich; die anderen am Tisch folgten seinem Beispiel. »Ich bin Stationsleiter Wilmin Chun Li und heiße Sie im Namen der HTI-Niederlassung auf Solitaire willkommen.«

Er war ein stolzer Mann, nicht unbedingt im negativen Sinn des Wortes. Stolz auf seine Leistungen, stolz auf seine Organisation und auf die Arbeit, die er hier vollbracht hatte ... und er war sehr nervös. Befürchtete er, daß Carillon ihn fristlos entlassen würde? Die Möglichkeit bestand, und die Angst war leider berechtigt: Wechselte eine Gesellschaft wie diese den Besitzer, so war eine lange, treue Firmenzugehörigkeit oft ein Nachteil. Doch auch hier überlagerte eine allgemeine Spannung alle übrigen Gefühle wie eine durchscheinende Glasur. Vielleicht war es die gleiche Spannung, die Calandra und ich auf ganz Solitaire gespürt hatten ...

»Guten Tag«, erwiderte Randon. »Es ist mir eine Ehre, hier zu sein.« Er deutete auf Schock und mich. »Darf ich Ihnen meine Berater vorstellen, Dapper Schock und Gilead Raca Benedar.«

Keiner am Tisch zeigte sich über meinen Namen auch nur im geringsten überrascht. Es war eine weitere Bestätigung dafür, daß sie mich erwarteten.

Chun Li nickte uns höflich zu und deutete auf seine Nachbarn. »Meine stellvertretenden Direktoren, Tomus Blake und Angli Karash.«

Blake war zornig und wenig bemüht, es zu verbergen. Mit zusammengepreßten Lippen und einem Minimum an Höflichkeit nickte er Randon zu. Schock und mir schenkte er nur einen flüchtigen Blick. Doch anders als bei Aikman war es nicht sein Vorurteil gegen Watcher: Blake war auf uns alle wütend. Vielleicht fühlte er sich im Stich gelassen, weil HTI unfähig gewesen war, die Übernahme durch Carillon zu verhindern. Vielleicht ging es nur darum, daß er jetzt im Wettstreit um Chun Lis Position aus dem Rennen war; daß er diese Position anstrebte, war offensichtlich.

Karash hingegen war viel phlegmatischer als die beiden Männer und sicherlich höflicher als Blake. Sie war eine tüchtige, politisch denkende leitende Beamtin, die unbeteiligt abwartete und bereit war, sich den kommenden Veränderungen anzupassen. Sie hatte weniger Jahre in das Unternehmen auf Solitaire investiert und hatte daher auch weniger zu verlieren als die beiden anderen. Alles in allem war sie als möglicher Verbündeter von den Dreien am vielversprechendsten.

Das rituelle gegenseitige Nicken war vorüber und Chun Li winkte uns zu unseren Stühlen. »Nehmen Sie bitte Platz, Mr. Kelsey-Ramos, meine Herren. Sie haben sicher viele Fragen.«

»Richtig«, bestätigte Randon. Wir setzten uns, Calandra und die zwei Beschützer begaben sich an die Wand hinter uns. »Zuerst möchte ich Ihnen die Grüße meines Vaters, Lord Kelsey-Ramos, und des Aufsichtsrates der Carillon-Gruppe überbringen.«

An der Wand direkt hinter Chun Li saß eine auffallend schöne Frau; ich konnte sie unmöglich übersehen, wenn ich in diese Richtung schaute.

Es war ein alter Trick, aber nichtsdestoweniger wirkungsvoll. Die Frau beherrschte ihn besser als viele andere, die ich erlebt hatte. Ihre ungezwungene Haltung betonte unterschwellig den Reiz von Brüsten und Beinen. Ein Kunstwerk von einer Frisur — viel zu aufwendig für ihre angedeutete Stellung in der Gesellschaft — umrahmte elegant ihr affektiert aufreizendes Gesicht. Wenn sich unsere Blicke trafen — also praktisch jedes Mal, wenn ich in ihre Richtung sah — kräuselten sich ihre Lippen zu einem kaum erkennbaren, aber trotzdem erotischen kleinen Lächeln.

Sie hatte diese Falle vermutlich schon oft gestellt, aber es war klar, daß sie es noch nie mit einem Watcher zu tun gehabt hatte. In meinem Körper regte sich die Begierde, mit der sie mich ablenken wollte, aber dennoch entging mir der Rest ihrer Persönlichkeit nicht ... und mein Verlangen schwand von selbst. Sie war kalt, berechnend, überheblich, belustigt — also das vollkommene Gegenteil des sanften, sinnlichen Geschöpfs, das sie vorgab zu sein; dadurch wurde ihr verführerischer Zauber zu einer plumpen Parodie. Erbärmlich und abstoßend, anstatt bezaubernd. Ich sah ihr ein letztes Mal in die Augen; sie wußte, daß sie versagt hatte, aber nicht, warum. Ich schaute bewußt weg.

»Zuerst möchte ich Ihnen versichern«, fuhr Randon fort, »daß Carillon, zum Unterschied von anderen Gesellschaften, nicht die Gewohnheit hat, Direktoren und Angestellte neu erworbener Firmen automatisch zu ersetzen ...«

Vielleicht hatte man befürchtet, daß die Verführung auf Distanz fehlschlagen würde, vielleicht war man bloß vorsichtig. Auf alle Fälle hatte man für mich eine zweite Ablenkung arrangiert ... und diese erwies sich als weit wirkungsvoller als die erste.

Es war einer der Wächter von HTI — oder, um genau zu sein, er trug die Uniform eines HTI-Wächters: Der Mann mit dem faszinierenden, zuckenden Gesicht stand so an der Wand, daß ich ihn gerade noch sehen konnte. Ich spürte, wie instabil er war; so etwas hatte ich noch nie erlebt.

»... Es ist unsere Politik, wo immer es möglich ist, die Kontinuität und die bestehenden Beziehungen beizubehalten, vor allem dann, wenn diese Beziehungen gut funktionieren ...«

Er war nicht wahnsinnig, zumindest hatte ich mir Wahnsinn anders vorgestellt. Seine Gefühle gingen rund, wie auf einer Achterbahn. Einen Augenblick lang war er gespannt und nervös, im nächsten ängstlich, dann wieder äußerst selbstzufrieden, dann schmollte er und war in sich gekehrt.

»... Was wir *verlangen,* ist Tüchtigkeit. In der Carillon-Gruppe ist kein Platz für Unfähigkeit. Angestellte, die sich ein leichtes Leben gemacht haben, während andere weggeschaut oder sie gedeckt haben, müssen sich auf einen schweren Schock gefaßt machen ...«

Kein Kommandant einer Wachmannschaft eines Unternehmens konnte einen Mann mit einem derart ausgeglichenen Gefühlsleben dulden. Es stellte sich die Frage, ob HTI eine Heilanstalt überfallen, oder einen ihrer eigenen Leute mit einer Psycho-Droge verrückt gemacht hatte. Aber im Augenblick war die Methode Nebensache. Auch wenn ich mich noch so sehr bemühte, konnte ich den Mann nicht völlig übersehen; und die Kraft, die ich dafür brauchte, drohte selbst zur Ablenkung zu werden.

»... Sobald wir alle Unterlagen durchgegangen sind, werden im Lauf der nächsten Monate Memos und vielleicht Reorganisationsvorschläge bei Ihnen eintrudeln. Meine Ausführungen sollten Ihnen eine kurze Übersicht über unsere Pläne geben. Haben Sie dazu Fragen?«

Nicht nur sein Gesicht zuckte, sondern auch Schultern, Knie und Händen wurden von unterschiedlich starken Krämpfen geschüttelt.

Auch die Hand, die sich knapp neben dem Griff der umgeschnallten Injektionspistole befand.

Ich fuhr mir mit der Zunge über die Lippen. *Keine Gefahr* war mein erster Eindruck; doch unter den gegebenen Umständen konnte ich mich nicht auf eine Schlußfolgerung verlassen, die mein Unterbewußtsein aus nicht identifizierten Hinweisen gezogen hatte. Ein Schizoider mit einer Injektionspistole konnte buchstäblich alle Menschen im Raum innerhalb weniger Augenblicke niedermähen.

Andererseits machte sich keiner der anderen HTI-

Wächter seinetwegen Sorgen. Hatte ich etwas bemerkt, während sie die Gefahr noch nicht erkannt hatten? Vielleicht; aber mein Gefühl hatte deutlich *keine Gefahr* signalisiert.

»Ich spreche für uns alle«, ergriff Chun Li das Wort, »wenn ich sage, daß wir unser Bestes tun werden, um den Übergang sowohl für Carillon, als auch für uns, so reibungslos wie möglich zu gestalten ...«

Mein Telephon vibrierte; das stumme Signal für einen Anruf. Mit Mühe wandte ich meinen Blick vom zuckenden Wachtposten ab, zog das Instrument vorsichtig aus dem Gürtel und gab den Code für stumme Übermittlung ein. Hinter mir hörte ich eine schwache, unverständliche Stimme — Kutzko — und unter dem Tisch sah ich seine Worte über den kleinen Bildschirm fließen:

CALANDRA LÄSST IHNEN SAGEN, DASS SEINE WAFFE NICHT GELADEN IST: SAGT IHNEN DAS ETWAS?

Ich spürte ein unheimliches Gefühl im Nacken. Sie hatte es wieder geschafft! Sie las mühelos meine Gedanken ... diesmal sogar, ohne mein Gesicht zu sehen.

Sie hatte natürlich recht. Ich blickte wieder auf den Wächter — im Augenblick strahlte er kindliche Schläue aus — es war offenkundig; seine Injektionspistole saß so hoch im Halfter, daß sie nicht einmal einen teilweise gefüllten Ladestreifen enthalten konnte. Außerdem baumelte sie gegen sein Bein, wenn es zuckte — die Hinweise waren alle dagewesen. Mein Unterbewußtsein hatte sie deutlich wahrgenommen und erkannt, daß der Mann keine Gefahr für uns darstellte. Mir tat nur leid, daß ich die Zusammenhänge nicht früher erkannt hatte, zumindest genauso schnell wie Calandra.

Hoffart kommt vor dem Sturz, und Hochmut kommt vor dem Fall ... aber schließlich spielte es keine Rolle, wer von uns was merkte, solange wir zusammen alles herausfanden. Ich holte tief Luft und verscheuchte den Anflug von Mißgunst. Ich konnte wieder klar sehen und wandte meine Aufmerksamkeit Chun Li zu.

»... vermutlich wollen Sie unsere Unterlagen durchsehen; wir haben alles für Sie vorbereitet.« Er zog unter seinem Capelet einen Zyl hervor. »Das ist alles aus den vergangenen fünf Jahren«, fügte er hinzu, legte es auf die Formit-Tischplatte und versetzte ihm einen kleinen Stoß. Der Zyl rollte über die zuerst konkave und dann konvexe Formit-Platte, wurde anfangs schneller und kam schließlich vor Randon zum Stillstand. »Alle früheren Berichte sind auf Portslava, wo Ihre Mitarbeiter sie wahrscheinlich abholen.«

»Danke«, nickte Randon, nahm den Zyl und steckte ihn ein. »Sie haben vermutlich auch Kopien der älteren Unterlagen hier?«

Chun Li war unangenehm berührt, doch es gelang ihm erstaunlich gut, Gesicht und Stimme unter Kontrolle zu halten. »Natürlich«, gab er zu. »Wenn Sie Kopien davon wünschen, so schicke ich sie heute nachmittag auf Ihr Schiff.«

»Warum kann ich sie nicht jetzt haben?«

Auch bei Blake und Karash stieg die Spannung, und es war Blake, der Randons Frage beantwortete. »Das Problem ist, daß sie im ganzen System verstreut sind, und zwar in einem unleserlichen Code«, sagte er knapp. »Es dauert zumindest eine Stunde, bis wir sie beisammen haben und in verständliche Form bringen können.«

»Oh, das macht nichts.« Randons Stimme klang lässig, hatte aber einen harten Unterton. »Schock ist bei solchen Ausgrabungsarbeiten sehr geschickt. Wenn er ein paar Minuten lang einen Terminal benutzen kann, dann hat er es wahrscheinlich erledigt, noch ehe wir unser Gespräch beenden.«

Blake biß die Zähne zusammen. »Ich möchte Sie nicht behindern, Mr. Kelsey-Ramos, aber die Daten sind derart auf verschiedene Akten und Eintragungen verteilt, daß es sehr lange dauern wird, sie zu sammeln.«

Ich hatte mich abgewandt, spürte aber immer noch Randons Lächeln. »Die Wunder der modernen Technologie, Mr. Blake. Haben Sie schon von einem Templex-Dechiffriergerät gehört?«

Ich sah es den anderen an, daß es ihnen neu war ... und keiner war neugierig darauf. »Leider nicht«, gab Chun Li vorsichtig zu. »Kann man damit solche Daten wieder auffinden?«

»Ja, und auch verschiedene Sperren damit umgehen.« Randon wählte seine Worte sehr sorgfältig. »Aufgeteilte Akten, verstreute Daten — alles in der Art.«

Absichtlich eingebaute Sperren konnten damit ebenfalls umgangen werden. Hier hakten die drei an der anderen Seite des Tisches sofort ein, und ihre unterschiedlichen Gefühle wurden noch interessanter. Karash zögerte nur ganz kurz; dann stand sie auf. »Wenn Sie bitte hierher kommen, Mr. Schock ...?«

Schock schob seinen Stuhl zurück und stand auf. Chun Li und Blake folgten ihm mit den Augen. Randon ergriff energisch das Wort: »In der Zwischenzeit würde ich gerne erfahren, welche Projekte Sie gegenwärtig laufen haben, Mr. Blake.«

Blake riß seine Aufmerksamkeit nur mit Mühe von Schock los. »Wie Sie wahrscheinlich wissen, hat ein neuer Rockhound 606 — Nummer vier — vor kurzem die Arbeit in den Ringen aufgenommen. Er wurde leicht abgeändert, so daß er Rocheoide bis zu einem Durchmesser von hundert Metern aufnehmen und zerkleinern ...«

»Ich habe geglaubt«, unterbrach ihn Randon ruhig, »daß die kieselsteingroßen Rocheoide die reinsten Erze enthalten.«

Blake warf ihm unwillkürlich einen wütenden Blick zu. »Das stimmt, Sir«, erwiderte er mit gezwungener

Höflichkeit. »Doch auch die Oberfläche der meisten größeren Rocheoide ist reich an Schwermetallen, in manchen Fällen bis zu einer Tiefe von einigen Zentimetern. In diesem Fall stellte sich jedoch etwas viel Wichtigeres heraus: Im Innern der größeren Blöcke sind leichte und schwere Elemente eher gleichmäßig verteilt; einige der leichten Elemente werden bei der Gewinnung und Veredelung verwendet. Wenn wir sie direkt auf den Ringen gewinnen, ersparen wir uns den Transport von Solitaire.«

»Ich verstehe.« Randon hatte das bereits gewußt, das war nicht zu übersehen, weder von mir, noch von den anderen. Er erinnerte einfach alle wieder daran, daß er hier den Ton angab. »Steht Rockhound Vier im Einsatz?«

Blakes Mund bewegte sich nervös. »Ja, Sir. Wir verhandeln mit ihnen um einen Anteil ihrer Ausbeute an leichten Elementen und auch um einen Vertrag, für den Transport eines Teils der Molybdän- und Wolfram-Ausbeute. Auch ...«

»Ich hatte den Eindruck, daß Ihre Transportkapazität bereits voll ausgelastet ist«, unterbrach ihn Randon wieder. »Es stehen Ihnen jährlich hundert Flüge in beide Richtungen zu, nicht wahr?«

Der Posten mit dem zuckenden Gesicht machte eine beinahe ernste Bewegung in Richtung Waffe. Er war zwar schizoid, dennoch ausreichend vorsichtig und hielt inne, ehe er der Waffe so nahe kam, daß er den Abwehrreflex eines unserer Wächter auslöste. »Richtig, unsere Flugkapazität ist bereits voll ausgelastet«, antwortete Blake steif und seine Spannung stieg deutlich. »Ich wollte noch erwähnen, daß wir auch zwei neue Frachtschiffe vom Typ Fafnir bestellt haben. Sobald sie geliefert werden, wird sich unsere Transportkapazität beträchtlich erhöhen.«

»Vorausgesetzt die Fafnirs können fliegen«, warf Randon lässig ein. »Diese Dinger haben die Mjollnir-

Grenze erreicht und ich weiß nicht, ob ich ihnen mehr als zwei Flüge zutrauen würde.«

Blakes Gesicht verdüsterte sich; der Kauf der Fafnir war offenbar sein Lieblingsprojekt, und er ertrug nicht die leiseste Kritik daran. Doch bevor er etwas sagen konnte, schaltete sich Chun Li ein. »Wir werden dafür sorgen, daß wir entsprechende Garantien für sie bekommen. Zusätzlich haben wir die Patri ersucht, unsere Quote auf jährlich einhundertzwanzig Reisen zu erhöhen.« Ein leises Piepsen kam aus der Richtung, wo Schock unter Karashs wachsamen Augen arbeitete; das Geschäft irritierte Chun Li ein wenig. »Vielleicht sollten wir die alte Idee wieder aufleben lassen, und unheilbar Kranke und freiwillige Selbstmörder zur Ergänzung der bisherigen Zahl von Zombies heranziehen«, fuhr er zerstreut fort.

»Wenn nicht, dann steigt vielleicht die Verbrecherrate an?« ergänzte Randon zynisch.

Chun Li wurde rot vor Zorn. »Das ist nicht fair, Mr. Kelsey-Ramos.«

Randon begegnete seinem Blick ohne mit der Wimper zu zucken ... doch er wußte, daß er einen Schritt zu weit gegangen war. »Vielleicht nicht«, lenkte er ein. »Entschuldigen Sie, Mr. Chun Li. Ah ... Schock, sind Sie schon fertig?«

Die anderen sahen sich nach Schock um, als er mit Karash wieder an den Tisch trat. »Ja, Sir.« Schock nickte und hielt uns drei Zyls entgegen. »Ich glaube, ich habe alles.«

Ich zweifelte nicht daran. Karash folgte ihm und auf ihrem Gesicht spiegelten sich Staunen und Spannung, aber die Spannung dominierte.

»Das wäre es dann für heute.« Randon stand auf, während Schock um den Tisch herumging. Auch ich erhob mich, Kutzko, Calandra und Ifversn traten hinter uns, und die beiden Wachen nahmen uns unauffällig in ihre Mitte. »Danke für Ihre Zeit und Ihre Gastfreundschaft, Mr. Chun Li, Mr. Blake, Miss Karash. Ich freue mich auf die Tour zu den Ring-Minen. Wir bleiben in Verbindung.«

Das war's. Es hatte nur wenige Minuten gedauert: Wir waren hineingegangen, hatten alle wichtigen Informationen bekommen — zumindest auf Zyls — und gingen wieder ... in unserem Kielwasser hinterließen wir Spannung, vielleicht sogar die ersten Anzeichen von Panik.

Lord Kelsey-Ramos wäre zufrieden gewesen.

7. Kapitel

Die Beschreibung meiner Beobachtungen von der Konferenz dauerte doppelt so lange wie die Konferenz selbst. Als ich fertig war, zeigte sich Randon beeindruckt.

Er wollte es nur noch nicht offen zugeben. »Interessant.« Er saß am Arbeitstisch in seiner Kabine und blickte Calandra und mich nachdenklich an. »Wirklich sehr interessant. Die meisten wichtigen Punkte sind mir ebenfalls aufgefallen, aber eine Bestätigung tut gut. Was glauben Sie also, was man vor uns verbirgt?«

Ich schaute Calandra an, fühlte mich ebenfalls bestätigt und zuckte die Achseln: »Das kann ich unmöglich sagen, Sir. Bedenken Sie bitte auch, daß sie vielleicht nichts *Bestimmtes* verbergen. Es könnte auch sein, daß man Ihnen die Sache nur nicht zu leicht machen will.«

Er knurrte verächtlich. »Ach, dieser Teil der Gruppenpsychologie kam deutlich genug zum Ausdruck! Trotzdem glaube ich, daß sie etwas verbergen.«

»Wahrscheinlich«, räumte ich ein. »Aber ich wollte alle Möglichkeiten erwähnen.«

»Sie halten wieder einmal die zweite Wange hin, was? Wir müssen eben warten, bis Schock die abgezapften Zyls fertig überprüft hat und wir sie uns anschauen können.« Eine schreckliche Ungeduld überfiel ihn, aber er wußte genau, daß Schock die Zyls nicht einfach in den Schiffscomputer eingeben konnte, ohne sie zuerst zu überprüfen. Wenn HTI in einer Information ein Virus eincodiert hatte, konnte das zu einer Katastrophe führen, sobald wir diese Information in das System der *Bellwether* übernahmen. Wir konnten nicht nur alle HTI-Daten verlieren, sondern ein dementsprechend raffiniertes Virus könnte alle Dateien an Bord für

HTI zugänglich, und sogar eine Manipulation über das Telephonsystem möglich machen.

Es gab wirksame Methoden, zur Säuberung verdächtiger Zyls, aber das dauerte seine Zeit. Randon bezwang daher seine Ungeduld und wandte sich Calandra zu. »Sie haben Benedars Analyse gehört; haben Sie noch etwas hinzuzufügen?«

»Eigentlich nicht. Auch ich bin der Meinung, daß sie etwas verbergen. Es hängt wahrscheinlich mit den Transportunterlagen zusammen, oder mit den Fahrtquoten oder der Wechselbeziehung zwischen den beiden.«

Randon runzelte die Stirn. »Warum sagen Sie das?«

»Weil die Spannung bei diesen Themen ihren Höhepunkt erreichte. Und nur diese Themen berührten alle drei Manager in gleicher Weise.«

Randon sah mich an. »Ist Ihnen das auch aufgefallen?«

»Ich habe die erhöhte Spannung bemerkt«, gab ich zu, »kann aber nicht mit Bestimmtheit sagen, ob sich alle drei gleich verhielten. Karash stand zu diesem Zeitpunkt mit Schock am Computer, aber die anderen zwei reagierten sehr heftig, als Sie diese Themen ansprachen. Und den Wächter, der mich ablenken sollte, schüttelte es in dem Moment besonders arg.«

»Das war Zufall«, widersprach Calandra. »Er hatte sich nicht soweit unter Kontrolle, daß er seine Bewegungen steuern konnte.«

»Sind Sie sicher?«

»Ja. Aber ich habe Karash beobachtet; sie reagierte genauso wie Chun Li und Blake.«

Randon brummte. »Sehr interessant.«

Einen Augenblick war es still im Raum. Ich beobachtete Randon genau und versuchte festzustellen, ob sich seine Haltung Calandra gegenüber veränderte. Aber auch wenn sich etwas geändert hatte, so war es unter den unzähligen Dingen, die ihn beschäftigten, begraben.

Das Pfeifen des Telefons unterbrach unser Gespräch. Randon richtete seine Fernsteuerung auf den Apparat. »Ja?«

Das Bild erschien: Der kräftig gebaute Brad Seqoya, der zu Kutzkos Wachmannschaft gehörte. »Seqoya, Sir, an der Druckschleuse. Ich wollte Ihnen nur sagen, daß Mr. Aikman eben zurückgekommen ist.«

Randon verzog das Gesicht. »Danke, Seqoya. Ist er auf dem Weg zu mir?«

»Wahrscheinlich, Sir. Er hat nicht gerade glücklich ausgesehen.«

Randon wirkte leicht amüsiert. »Ist gut, ich bin bereit. Ist sonst etwas bei Ihnen los?«

»Nichts Besonderes, Sir. Vor einer halben Stunde war jemand von Billingsgate zusammen mit den Leuten vom Zoll hier; sie holten die Sendung für die Molekülfabrik ab. Seither nichts.«

Randons Belustigung schwand, und ich spürte, wie er widerwillig wurde. »Einer unserer Männer ist hoffentlich mit hinunter gefahren?«

»Jawohl, Sir, wie befohlen.«

Randon nickte; er bemühte sich, seinen Ärger zu unterdrücken, aber es gelang ihm nicht ganz. Eines der Gesetze, die mit der Totmannschaltung zusammenhingen, besagte, daß auch Passagierschiffe Fracht nach und von Solitaire mitnehmen mußten; für die *Bellwether* hatte man keine Ausnahme gemacht. Ich hielt es für anständig: Wenn der Preis für unsere Reise schon mit einem Menschenleben bezahlt wurde, dann sollte dieses Leben zumindest so gut wie nur irgendmöglich genutzt werden. Randon sah das anders. Für ihn war der Tote ein Zombie, der als menschliches Wesen nicht mehr zählte; das Kommen und Gehen der vielen Fremden, die ihre Frachtstücke abholten, störte ihn ungeheuer. Im Annahmezentrum von Rainbow's End hätten wir die gesamte Fracht auf einmal ausladen können. Angeblich hatte Aikman erfolglos versucht, dort Platz zu finden ... Wenn ich aber bedachte, wie Aikman zu uns stand, so glaubte ich die Geschichte nicht ganz. »Wieviel liegt noch unten?« fragte Randon den Posten.

»Etwas mehr als die Hälfte, Sir.«

Randon verzog das Gesicht und nickte. »Rufen Sie noch mal beim Zoll an und erinnern Sie die Leute daran, daß das ganze Zeug weg sein muß, bevor wir morgen nach Collet aufbrechen. Entweder sie bringen die Empfänger dazu, daß sie es abholen, oder sie finden einen Lagerplatz dafür. Sonst lassen wir es auf der Rampe liegen, wenn wir abheben.«

Seqoya lächelte schwach. »Ja, Sir. Ich werde mich sofort darum kümmern.«

Randon unterbrach die Verbindung und warf die Fernsteuerung auf den Tisch. »Gehen Sie jetzt lieber, es sei denn, Sie wollen einen schlecht gelaunten Aikman erleben.«

Ich spürte die heimliche Befriedigung hinter Randons Worten. »Ich hatte ihn heute bei der Konferenz erwartet, Sir«, bemerkte ich. »Gab es Ärger?«

»O nein — ich habe ihm nur einen Auftrag gegeben, der viel Zeit beanspruchte.« Er zuckte die Achseln. »Ich konnte schließlich nicht zulassen, daß er in die HTI-Konferenz hineinplatzt und allen erzählt, daß sie nicht alle Watcher unter Kontrolle hatten.«

Dieser Gedanke war nicht einmal mir gekommen. »Ich verstehe.«

»Ich würde gerne ihre Gesichter sehen, wenn sie herausfinden, wer sie ist.« Er lächelte vor sich hin. »Egal ...« Er nahm die Fernsteuerung zur Hand, gab die Befehle ein, und die Tür hinter uns ging auf. »Bringen Sie sie in ihre Kabine zurück«, instruierte er Daiv Ifversn, als dieser in die Tür trat.

Ich sah Calandra an, als sie sich stumm zum Gehen wandte ... und zum ersten Mal bemerkte ich Anzeichen einer — fast widerwilligen — Hoffnung. »Ich würde gern noch einen Augenblick bleiben, wenn ich darf«, bat ich Randon.

Er schaute mich an und bedeutete Ifversn zu gehen.

Sie gingen. Doch bevor ich mir noch die Formulierung meiner Frage überlegt hatte, kam mir Randon zu Hilfe. »Also gut, ein Punkt für Sie«, gab er zu. »Sie sind bei geschäftlichen Konfrontationen sehr nützlich; Sie und die Frau zusammen sind mehr als doppelt so nützlich. Wollten Sie das von mir hören?«

»Mehr oder weniger, Sir«, gab ich zu.

Er lächelte grimmig. »Ich bin nicht als ein Kelsey-Ramos aufgewachsen, ohne den einen oder anderen Trick meines Vaters zu lernen. Wahrscheinlich würde ich einen guten Watcher abgeben, wenn ich wollte.«

Obgleich ich die Macht besitze, in die Zukunft zu blicken, alle Geheimnisse und alles Wissen zu durchschauen … »Ich freue mich, daß wir Ihnen dienlich sein konnten«, sagte ich statt dessen. »Wünschen Sie, daß wir heute abend beide zum Dinner des Gouverneurs kommen?«

Er wußte, worauf ich hinaus wollte. »Sie wollen mir immer noch beweisen, daß sie lebend mehr wert ist als tot?«

Er meinte es nicht so bös, wie die Worte vielleicht klangen, das spürte ich. »Alle Menschen sind lebend mehr wert als tot«, erwiderte ich unbeeindruckt.

Er brummte und nahm meine Worte so auf, wie ich sie gemeint hatte: ernst, aber nicht drohend. »Mag sein. Sie werden vielleicht Mühe haben, es zu beweisen. Sie sind dafür verantwortlich, für Paquin alles für den Empfang heute abend vorzubereiten — Sie wissen, welche Kleider Frauen bei solchen Gelegenheiten tragen und was sie sonst noch brauchen?«

»Kein Problem, Sir.«

»Gut. Knausern Sie nicht — halbe Sachen haben bei einem solchen Spiel keinen Sinn. Also gut — verschwinden Sie, bevor Aikman kommt!«

»Ja, Sir. Danke.«

Ich begegnete Aikman im Korridor. Der kurze Eindruck reichte: Ich war froh, daß ich nicht geblieben war.

Wie erwartet trieb sich Kutzko bei den Lagerräumen im Korridor herum. Hier konnte er sowohl die Schleuse, als auch die etwas größeren Lagerräume, in denen unsere Zollfracht lag, leicht erreichen. »Ruhm dem siegreichen Helden«, begrüßte er mich. »Wie hat es Mr. Kelsey-Ramos gefallen?«

»Was? Unser Bericht über die Konferenz?« Ich zuckte die Achseln. »Lord Kelsey-Ramos hätte aufmerksamer zugehört; Randon ist eben noch neu. Aber er war beeindruckt.«

»Das würde ich auch sagen«, erwiderte Kutzko trokken, »denn er hat eben Anweisung gegeben, daß sie heute abend mitkommt!« Er grinste mit gespielt boshafter Verträumtheit. »Können Sie sich vorstellen, was die anwesenden Würdenträger sagen würden, wenn sie wüßten, daß sie einen Zombie zu Gast haben?«

Ich zuckte bei der Vorstellung zusammen. »Mikha, ich habe eine Bitte.«

»Natürlich. Was?«

Ich zögerte. »Ich brauche eine Aufstellung aller Kapitalverbrechen nach solitarischem Gesetz.«

Er zog die Augenbrauen eine Spur hoch. »Suchen Sie sich ein neues Hobby?«

»Ich brauche es für einen Freund«, antwortete ich ebenso trocken wie er. »Außerdem muß ich wissen, ob irgendwo im System — zum Beispiel auf den Ring-Minen — die Patri-Gesetzgebung Vorrang hat.«

»Die Gesetze von Solitaire gelten im gesamten System.« Er schüttelte den Kopf. »Dieser namenlose Freund ist nicht zufällig unser Zombie?«

Ich hatte nicht erwartet, daß ich ihn täuschen konnte. »Stimmt«, gab ich zu. »Ich versuche, für sie die Möglichkeit einer neuen Verhandlung auf Outbound zu schaffen.«

Er begriff jetzt. »Und wenn die Verhandlung stattfindet, nachdem sie tot ist, erfüllt sie nicht ganz ihren Zweck.«

Ich nickte. »Wenn sie am Leben bleiben soll, muß ich leider einen Ersatz für sie finden.«

»Sie wollen also eine Liste der Kapitalverbrechen, um zu sehen, wem wir diese Ehre anhängen können. Von den Ring-Minen deshalb, weil wir das System von dort aus wieder verlassen.«

»Mehr oder weniger.« Im Augenblick hatte ich keinen Grund zu erwähnen, wie begrenzt die mögliche Auswahl für einen neuen Zombie-Kandidaten war. »Können Sie die Liste beschaffen?«

»Kein Problem«, versicherte er mir. »Und was ist Ihre zweite Bitte?«

»Wieso glauben Sie, daß ich noch ein zweites Anliegen habe?«

Er lächelte listig. »Ach, Gilead, diesen blöden Strafcodex von Solitaire finden Sie doch auch allein.«

Ich seufzte. »Manchmal bedaure ich, daß Sie nicht dumm zur Welt gekommen sind! Okay. Unser derzeitiger Plan sieht vor, daß wir Solitaire morgen verlassen. Der Empfang heute abend wäre somit meine einzige Chance, direkt mit Gouverneur Rybakov zu sprechen. Ich *muß* aber mit ihr sprechen — aber vertraulich, wenn möglich.«

»Sie wollen, daß ich für eine Störung sorge?« fragte er verständnisvoll.

»So ähnlich, ja.«

Er überlegte und wog das Risiko ab, womöglich mit in der Klemme zu stecken. »Glauben Sie wirklich, daß sie unschuldig ist?« fragte er schließlich.

Ich nickte. »Je öfter ich mit ihr spreche, desto weniger kann ich sie für eine Mörderin halten.«

Er zuckte die Achseln. »Okay, wird gemacht. Wenn Sie soweit sind, geben Sie mir ein Zeichen, und ich baue eine Mauer, damit Sie ungestört bleiben.«

Ich atmete auf. »Danke, Mikah. Ich weiß es wirklich zu schätzen.«

»Keine Ursache.« Er überlegte. »Nur noch eine Frage: Wollen Sie Mr. Kelsey-Ramos innerhalb der Mauer oder außerhalb?«

Diese Frage hatte mich auch geplagt. Im Augenblick stimmte er zumindest stillschweigend meinem Tun zu ... doch wenn ich mich auf einem offiziellen Empfang blamierte, dann wäre seine Unterstützung blitzschnell verflogen. Leider konnte ich nicht im vorhinein wissen, wo die kritische Grenze verlief. »Solange ich nicht auffalle, sollte es keine Probleme geben«, beruhigte ich ihn. Es hatte keinen Zweck, wenn er sich auch noch Sorgen machte.

»Und wenn Sie nicht diskret sind, dann tue ich, als würde ich Sie nicht kennen?«

»Soll mir recht sein. Versuchen Sie, mich sanft aus dem Gebäude zu werfen.«

Er grinste. »Ich nehme Brad mit; das soll er tun.«

»*Vielen* Dank«, brummte ich. »Dann lande ich entweder im Orbit oder auf einer Flugbahn ins Nimmerwiedersehen.«

Er wurde wieder ernst, so ernst, daß ich aufmerksam wurde. »Sie wissen, daß es einen Weg gibt, einen neuen Zombie für die *Bellwether* zu finden.«

Ich starrte ihn an und spürte seine stahlharte Schärfe. »Wir suchen selbst einen?« fragte ich vorsichtig.

Er deutete in die Richtung von Cameo. »Auch auf Solitaire gibt es Herumtreiber und allgemein unerwünschte Personen. Vielleicht sind auch Kriminelle aus den Patri und den Kolonien darunter, die sich den Flug ergaunert haben und hier untergetaucht sind.«

»Sie wissen, daß ich bei so etwas nicht mitmachen könnte. Das wäre Mord.«

»Und die Totmannschaltung ist kein Mord?«

Ich biß die Zähne zusammen. »Zweimal Unrecht macht noch nicht Recht. Außerdem würde es Ihnen niemals gelingen, daß Mr. Kelsey-Ramos dazu seine Zustimmung gibt.«

Er zog eine Augenbraue hoch. »Vielleicht. Vielleicht auch nicht. Wir könnten es so darstellen, als hätte sich jemand an Bord geschmuggelt und versucht, das Schiff unter sein Kommando zu bringen.« Er machte eine Pause. »Sie wissen es vielleicht nicht, aber Lord Kelsey-Ramos sucht bereits seit zwei Jahren einen zweiten Watcher.«

Ich sah die Dinge plötzlich wie durch einen Schleier, unglaublich, daß ich überhaupt darüber sprach... »Nein«, antwortete ich fest. »Völlig ausgeschlossen. Wenn ich Calandra auf legalem Weg retten kann, so tue ich es. Sonst nicht.«

»Auch wenn der illegale Zombie den Tod verdient hätte?«

Alle haben gesündigt und keiner besitzt die Herrlichkeit Gottes ... »Auch dann.«

Wir sahen uns einen Augenblick lang an. Kutzko zuckte zustimmend die Achseln. »Wie Sie wünschen! Sie entschuldigen, wenn ich es sage, aber ich halte Ihr ethisches Empfinden für etwas übertrieben.«

»Möglich. Aber eine Moral, die ich über Bord werfe, sobald sie unbequem wird, kann nicht viel wert sein, richtig?«

»Wahrscheinlich nicht.« Ich spürte, wie er sich von diesem Thema zurückzog. »Ich werde jetzt meine Leute für den Abend zusammentrommeln.«

»Und ich muß für Calandra ein Abendkleid bestellen«, dachte ich laut.

»Im Telephonverzeichnis von Rainbows' End finden Sie ein Katalogservice«, sagte er hilfsbereit. »Ich überflog den Katalog gestern abend; er scheint ziemlich vollständig zu sein.«

»Danke, ich sehe ihn mir an.«

Erst Minuten später wurde mir in der Ungestörtheit meiner Kabine die Ungeheuerlichkeit des eben Geschehenen bewußt. Nicht nur, daß Kutzko, ein Mann, von dem ich bisher sehr viel hielt, bereit gewesen war, Entführung und Mord in Erwägung zu ziehen ... sondern daß ich es beinahe selbst in Erwägung gezogen hatte.

Meine Knie begannen zu zittern.

8. Kapitel

Die helleren Sterne wurden langsam auf dem dämmrigen Himmel über Solitaire sichtbar, als wir vor dem Haus von Gouverneur Rybakov vorfuhren; das imposante Gebäude strahlte würdevolle Macht aus und erinnerte mich an den Konferenzsaal bei HTI. Die Villa hatte zwei Flügel; das war das typische Patri-Schema für derartige Anlagen. Hier waren sowohl Büro- und Gesellschaftsräume, als auch die Wohnräume des Gouverneurs untergebracht. Die ebenerdigen Fenster links von uns waren hell erleuchtet, und durch das Rauchglas sah ich die Schatten der sich drängenden Menschen.

»Schönes Haus«, brummte Randon, als wir fünf nacheinander ausstiegen. »Schock sollte einmal das Budget durchgehen, um festzustellen, wieviel Prozent des Einkommens von Solitaire für die Beamten aufgewendet wird.«

»Die haben genug Geld«, murmelte ich.

»Wahrscheinlich«, pflichtete er mir bei.

Randon und Kutzko gingen auf der Steintreppe zum Hauptportal voran. »Mr. Randon Kelsey-Ramos und seine Begleiter«, teilte Kutzko den livrierten Wachtposten links und rechts vom Eingang mit. Er schob sich geschickt vor Randon, wollte eintreten ...

»Einen Augenblick, Sir«, schaltete sich einer der Wachtposten ein. »Ist die Dame in Ihrer Gesellschaft Miss Calandra Mara Paquin?«

Calandra erstarrte. Randon wandte sich gemächlich zu uns um und drehte sich genauso gemächlich wieder zurück. »Allerdings«, bestätigte er kühl. »Warum?«

»Ich bedaure, Sir, aber ich kann ihr den Zutritt nicht gestatten.« Ich konnte kein Bedauern bei dem Posten feststellen. »Anweisung von Gouverneur Rybakov.«

»Und mit welcher Begründung?« wollte Randon wissen.

»Weil sie eine zum Tode verurteilte Verbrecherin ist, Sir«, antwortete er steif. Hinter seiner formellen Haltung spürte man seinen Widerwillen gegen ihren legalen Status und gegen den Umstand, daß sie ein Watcher war, durch. »Gouverneur Rybakov wünscht eine potentielle Gefahr dieser Art nicht in ihrem Haus.«

Es gab keine Möglichkeit, Einspruch zu erheben, und Randon wußte das genausogut wie wir. Aber er gab nicht so leicht auf, dazu war er zu dickköpfig. »Sie wurde meinem Schiff zugeteilt«, redete er weiter auf den Posten ein, »und untersteht demnach meiner Aufsicht und fällt in meine Zuständigkeit. Ich übernehme die volle Verantwortung für ihre Handlungen und ihr Verhalten hier.«

»Ich verstehe, Sir. Trotzdem muß ich ihr den Zutritt verweigern.«

Randon blickte den Mann lange an, dann drehte er sich langsam zu uns um und nickte Duge Ifversn zu, der hinter mir das Schlußlicht machte. »Bringen Sie sie zurück zum Schiff, Ifversn.« Ich spürte, daß er sich auf einen Streit mit mir gefaßt machte. Aber es war sinnlos und daher schwieg ich. »Übergeben Sie sie Seqoya und kommen Sie wieder zurück.«

Ifversn nickte. »Miss Paquin ...?«

Calandra wandte sich um und ging mit ihm, ohne mich anzusehen.

Ich blickte ihnen nach, wie sie in das Auto stiegen, und als ich mich umdrehte, ruhte Randons Blick immer noch auf mir ... mit einem Hauch von widerwilligem Mitgefühl. Ohne ein weiteres Wort betraten wir zwischen den Wachtposten das Haus.

Wir kamen durch eine hohe gewölbte Eingangshalle, die sich wahrscheinlich durch das halbe Gebäude zog. Ein Majordomus hieß uns im Haus des Gouverneurs willkommen und wies uns zu einer offenen Doppeltür.

Inzwischen nahmen zwei andere Wächter Kutzko die Puffotter-Ladestreifen seiner Injektionspistole ab und gaben ihm dafür einen Ladestreifen mit Platzpatronen. Diese Sicherheitsvorkehrung war üblich — die Wächter zogen es vor, wenn die Beschützer der Besucher nur harmlose Munition bei sich trugen — und der Profi Kutzko fügte sich bereitwillig.

Das Stimmengewirr war bis in die Eingangshalle zu hören. Wir erreichten die Doppeltür, und uns war sofort klar, daß Gouverneur Rybakov diesen Abend nicht nur pro forma gab. Mindestens zweihundert Leute bewegten sich ziellos durch den Saal. Ich schloß aus ihrer Kleidung, ihrem Gehaben und der Wachsamkeit der unauffälligen Beschützer, die viele von ihnen beschatteten, daß es sich um zweihundert reiche, einflußreiche Persönlichkeiten handelte. Es war eine beeindruckende Leistung, auf einem Planeten mit einer Gesamtbevölkerung von vielleicht vierhundertachtzigtausend — wovon nur die Hälfte zwischen Cameo und Rainbows End lebte — zweihundert Angehörige der Oberschicht an einem Ort zusammenzubringen.

Das war auch Randon klar. Einen Moment lang stand er in der Tür und blickte sich um, als wollte er sich den Raum und die Menschen einprägen. Dann richtete er sich auf und ging uns in den Saal voraus.

Alle zweihundert Menschen drehten sich um und sahen uns an.

Es war eine jener surrealen Szenen, von denen man manchmal hört, die man aber selten erlebt. Die lockeren Gruppen in der Nähe der Tür entdeckten uns zuerst; sie unterbrachen ihre Gespräche. Als sie begriffen, wer eben angekommen war, tuschelten sie erregt miteinander. Infolge der plötzlichen Stille drehten sich auch die weiter entfernt Stehenden um, und die Reaktion der ersten Gruppen wiederholte sich. Innerhalb von wenigen Sekunden hatte sich unsere Anwesenheit wie ein Lauffeuer im ganzen Raum herumgesprochen.

Gespannte Stille trat ein.

Ich hatte es natürlich erwartet. Nach Aikmans unverhohlenen Vorurteilen gegen Watcher und der gemäßigteren Variante der gleichen Feindseligkeit seitens HTI hatte ich nicht erwartet, daß mich auf Solitaire jemand mit offenen Armen empfing ... Deshalb dauerte es wahrscheinlich etwas länger, bis mir klar wurde, daß die verhaltene Aufmerksamkeit gar nicht mir galt.

Sie galt Randon.

Sobald ich die Anzeichen dafür einmal entdeckt hatte, gab es keinen Zweifel mehr. Die subtilste mimische oder körperliche Bewegung eines Menschen ruft eine ebenso subtile Reaktion bei jenen Leuten hervor, die ihn ansehen. Hier waren alle Reaktionen auf Randons Bewegungen abgestimmt, nicht auf meine.

Warum machte Randon Kelsey-Ramos die Menschen hier so nervös?

Die peinliche Unterbrechung dauerte nur ein paar Sekunden lang, dann schwebte eine elegant gekleidete Frau auf uns zu. »Mr. Kelsey-Ramos«, grüßte sie; ihr Akzent verriet, daß sie aus Portslava stammte. »Ich bin Gouverneur Lyda Rybakov, der Vertreter der Patri auf Solitaire. Seien Sie willkommen.«

Randon erwiderte den Gruß. »Ich danke Ihnen, Gouverneur Rybakov. Darf ich Ihnen meinen Mitarbeiter vorstellen, Mr. Gilead Raca Benedar.«

Rybakov war sichtlich eine erfahrene Politikerin. Sie nickte mir fast genauso höflich zu wie Randon. Zumindest äußerlich. »Willkommen.«

»Danke«, murmelte ich.

Sie wandte sich wieder Randon zu. »Es ist uns eine Ehre, Sie hier begrüßen zu können, Mr. Kelsey-Ramos«, fuhr sie fort. »Die Carillon-Gruppe ist im Gebiet der Patri und der Kolonien allgemein bekannt, und wir vom Solitaire-System freuen uns darauf, mit Ihnen zu arbeiten.«

»Auch für mich ist es eine Ehre, mit Ihnen zu arbeiten.« Randon ließ seinen Blick über den Raum gleiten und schloß damit alle Anwesenden in seine Feststellung ein. »Wenn Sie im Geschäftsleben ebenso tüchtig sind wie bei der Veranstaltung eines Empfangs, dann wird sich Carillon sehr anstrengen müssen, um mit Ihnen Schritt zu halten.«

Ein leises, leicht gezwungenes Gelächter ging durch den Saal. Rybakov lächelte genauso gespannt. Sie griff nach Randons Arm. »Kommen Sie, ich werde Sie mit einigen wichtigen Leuten unserer Welt bekannt machen. Leute, die noch viel wichtiger sind als ich.«

Sie führte ihn durch den Saal, und Kutzko und ich blieben ihnen auf den Fersen. Wie auf Kommando setzte das Gesumme der Konversation wieder ein. Aber es war anders als zuvor. Die Spannung, die sich bei unserem Eintreten über den Saal gelegt hatte, war noch immer deutlich spürbar.

Rybakov führte uns zuerst zu einer Gruppe von fünf Personen — drei Männern und zwei Frauen — die in einem losen Halbkreis warteten und sich alle Mühe gaben, ungezwungen zu wirken. »Mr. Randon Kelsey-Ramos, Mr. Gilead Benedar«, begann Gouverneur Rybakov, »darf ich Ihnen Danel und Debra Comarow vorstellen, Dr. Sergei Landau und Nady und Lize Arritt.«

»Sehr erfreut«, entgegnete Randon. »Warten Sie: NorTrans, von Starlit, richtig?«

Die fünf waren äußerst überrascht ... genau wie ich. Ich hatte die Namen nirgends zugeordnet, aber ich hatte natürlich von NorTrans gehört: Eine der größten Gesellschaften der Patri und der Kolonien, mit Sicherheit die größte mit einer Lizenz für Solitaire.

Mit anderen Worten, wir waren auf Anhieb an die wichtigsten Persönlichkeiten im Geschäftsleben des Systems geraten. Ein Blick auf Gouverneur Rybakov verriet mir, daß es kein Zufall war.

»Ich bin sehr beeindruckt, Mr. Kelsey-Ramos«, ergriff Landau im Namen aller das Wort. »Ich dachte immer, ich wäre zu tief im NorTrans-Gefüge vergraben, so daß nicht einmal die Leute *innerhalb* der Gesellschaft meinen Namen kennen.«

Randon lächelte. »Kaum, Sir. Mein Vater hat sich ein Hobby daraus gemacht, die wichtigsten Wirtschaftsgruppen und die wichtigsten Persönlichkeiten auf Solitaire genau zu kennen. Einiges davon mußte einfach bis zu mir durchsickern.«

Die Feststellung war fehl am Platz. Ich konnte nicht sagen, warum, aber es war mir sofort klar. Bei allen fünf nahm die Spannung gleichzeitig zu, und die Gruppen in unserer Nähe unterbrachen wieder ihre Gespräche und lauschten. »Das Interesse Ihres Vaters ehrt uns.« Comarow klang kontrolliert, aber die Vorsicht eines Raubtiers schwang in seiner Stimme mit. »Ich für meinen Teil werde jedoch immer nervös, wenn jemand mehr über mich weiß, als ich über ihn.«

»Besonders wenn es um seine Geschäfte geht«, warf seine Frau Debra ein; ihr unbeschwertes Lachen lockerte die unterschwellige Spannung ein wenig. Comarow war damit einverstanden, also spielten die beiden zusammen: Er fing etwas an, sie griff den Faden auf und spann ihn weiter. »Danel wird paranoid, wenn er mit jemandem Geschäfte machen muß, den er noch nicht kennt.«

»Nicht paranoid, Debra, nur vorsichtig«, schalt er sie liebenswürdig. Alles Theater. Die beiden verfolgten eindeutig dieselbe Richtung, welche es auch immer sein mochte. »Das verstehen Sie bestimmt, Mr. Kelsey-Ramos.«

»Vollkommen«, bestätigte Randon. »Sie haben aber wirklich keinen Grund, sich Sorgen zu machen. Wie ich heute morgen bereits den Managern von HTI erklärt habe, ist die Carillon-Gruppe bestrebt, in den neu erworbenen Firmen die Kontinuität der Geschäfte zu erhalten.«

»Das haben wir gehört«, warf Arritt ein. Ich fühlte,

daß Randon innerlich darauf reagierte: Aus der Bemerkung ging hervor, daß Arritt, möglicherweise alle von NorTrans, einen Draht zum Topmanagement von HTI hatten. Es kam nicht überraschend, mußte aber trotzdem zur Kenntnis genommen werden. »Sie haben recht; Kontinuität *liegt* den meisten von uns am Herzen.«

»Den meisten von NorTrans oder von ganz Solitaire?« fragte Randon und blickte dabei einige der umstehenden Horcher anzüglich an. Zwei erröteten tatsächlich.

»Auf ganz Solitaire«, gab Comarow unumwunden zu. »Sie werden merken, daß die Geschäftsleute hier eine enge Gemeinschaft bilden, Mr. Kelsey-Ramos. Wir haben unsere Methoden ... und Neuankömmlinge machen uns immer etwas nervös.«

»Sie werden mit Sicherheit bestimmt feststellen, daß sich die Geschäftsphilosophie der Carillon-Gruppe nicht ändert, nur weil wir jetzt auf Solitaire sind«, erwiderte Randon.

Falls sie das beruhigend fanden, zeigten sie es nicht. Im Gegenteil, ihr Unbehagen wuchs.

»Das ist gut zu wissen.« Die Freundlichkeit in Comarows Stimme stand in scharfem Gegensatz zu seiner Ausstrahlung. »Ich hoffe, ihr Besuch wird erfolgreich sein. Sie fliegen morgen nach Collet weiter?«

»Richtig«, bestätigte Randon. »Ich freue mich darauf, einen Rockhound 606 zu sehen; ich habe schon viel über sie gelesen.«

Comarow kicherte. »Auch wenn Sie ihn sehen, werden Sie es noch nicht glauben. Als *ich* ein solches Monster zum ersten Mal sah ...«

Das Gespräch wandte sich der Beschreibung der Rockhound Bergbau-Plattformen zu und befaßte sich dann mit den fragwürdigen Geschichten über das Leben an Bord dieser Plattformen. Als das gesellschaftliche Leben auf Solitaire an die Reihe kam, dirigierte uns

Gouverneur Rybakov schließlich taktvoll quer durch den Raum zu einer anderen Gruppe.

Diese bestand aus den Beamten des auf Elegy stationierten Mischkonzerns DragonHoard Metall ... Auch sie wollten, genau wie die Leute von NorTrans, Randon klar machen, daß Solitaire seine eigene Art hatte, Geschäfte abzuwickeln. Das gleiche Spiel wiederholte sich bei der dritten Gruppe, mit der wir sprachen, abgesehen von kleinen Abweichungen im Ton; so auch bei der vierten und bei der fünften.

Schließlich konnte Randon nicht mehr länger so tun, als hätte er nichts bemerkt. »Wenn man die Leute hier hört, könnte man glauben, daß Carillon erst vor einer Woche gegründet worden sei«, bemerkte er zu Rybakov, während sie sich von den Serviertischchen leckere Appetithappen holten.

Sie zuckte die Achseln. Sie war schon lange in der Politik und verstand es, einen Anflug von Unbehagen zu verbergen. Sie wollte nicht darüber sprechen, wußte jedoch, daß sie es nicht umgehen konnte. »Solitaire bringt Unannehmlichkeiten mit sich, Mr. Kelsey-Ramos«, sagte sie offen. »Die Patri können es sich nicht leisten, auf den Reichtum, der aus den Ring-Minen fließt, zu verzichten. Andererseits müssen sie Menschen zum Tod verurteilen, damit sie zu diesem Reichtum gelangen. Es ist keine besonders populäre Politik.« Zum ersten Mal, seit wir einander kennengelernt hatten, blickte sie mich an. »Es geht dabei nicht nur um fanatische religiöse Minderheiten wie die Watcher oder Halloas — der Gedanke ist den meisten Menschen in den Patri und den Kolonien unangenehm.«

»Die Halloas?« Randon sah mich fragend an. Ich zuckte die Achseln. Ich hatte den Ausdruck noch nie gehört. »Was ist das? Eine religiöse Sekte?«

Rybakov machte eine abwertende Handbewegung. »Sie sind kaum so weit organisiert, um als Sekte zu gelten. Es ist eine Gruppe fanatischer Mystiker, die Solitaire für den Sitz von Gottes Königreich halten, oder so ein ähnlicher Unsinn.«

»Warum? Weil ein Blutopfer notwendig ist, um herzukommen?« wollte Randon wissen.

Rybakov machte eine verächtliche Geste; die Verachtung hinter ihrer Politikerfassade war erschreckend. In religiösen Dingen besaß sie eindeutig noch weniger Toleranz als der Durchschnittsbürger. Wahrscheinlich mit ein Grund für ihre politische Karriere. »Das habe ich noch nie gehört, aber es würde mich nicht wundern«, sagte sie. »Nein, es handelt sich angeblich darum, daß die Wolke Gottes Heiligenschein ist oder seine Glorie versinnbildlicht. Daraus folgt natürlich, daß *hier* das himmlische Königreich ist.« Sie machte eine weit ausholende Handbewegung.

Jemand in der Nähe kicherte ganz leise. Aber Randons Gesicht blieb ungerührt. »Klingt verrückt«, gab er gelassen zu. »Sie glauben also, daß diese Halloas dem Image von Solitaire noch mehr schaden als die Totmannschaltung?«

»Kann sein«, antwortete Rybakov. »Die meisten Firmen mit Solitaire-Lizenzen bemühen sich, nichts über die Existenz der Halloas nach außen dringen zu lassen.«

»Und Sie vermuten, Carillon könnte sich anders verhalten?«

Mit einem vielsagenden Blick auf mich antwortete sie: »Die Eigenheiten Ihres Vaters sind allgemein bekannt.«

»Genau wie seine Fähigkeiten als Geschäftsmann«, erwiderte er deutlich kühler. »Oder wollen Sie damit sagen, daß er nicht begreift, wie sich ein Image psychologisch auf die Öffentlichkeit auswirken kann?«

Überraschenderweise lächelte sie. »So wie sich das Image eines Außenseiters in der Geschäftswelt auf seine zukünftigen Geschäftspartner auswirkt?«

Randon runzelte die Stirn, erwiderte jedoch schließlich ihr Lächeln. »Ach kommen Sie, Gouverneur, Sie wollen mir doch nicht einreden, daß diese erfahrenen Profis der Geschäftswelt auf die Auftritte meines Vaters in der Öffentlichkeit *derart* hereinfallen?«

Sie zuckte wieder die Achseln. »Wie schon gesagt, Mr. Kelsey-Ramos, man ist hier etwas empfindlich. Nichts für ungut.«

»Schon gut.« Randons Finger krümmten sich unauffällig zu einem kaum sichtbaren Handzeichen. Kutzko reagierte und griff nach seinem Telephon, als ob eine Nachricht durchkäme. »Im Grunde, Gouverneur ...«

»Entschuldigen Sie, Sir«, unterbrach Kutzko. »Darf ich Sie für einen Augenblick sprechen? Die Leute von der Sicherheitsabteilung.«

»Natürlich. Wenn Sie uns entschuldigen, Gouverneur?«

Sie nickte, und wir zogen uns in eine ungestörte Ecke zurück. »Nun, Benedar?« murmelte Randon und sah dabei Kutzko an, als würde er mit ihm über das angebliche Sicherheitsproblem sprechen.

»Die Geschichte mit den Halloas ist ein Teil der Wahrheit, aber nicht die ganze«, erklärte ich ihm. »Ich vermute sogar, daß sie die Halloas nur als bequemen Vorwand benutzen, um zu verheimlichen, warum Ihre Anwesenheit sie *wirklich* nervös macht.«

Er runzelte die Stirn. »Was sie an *mir* nervös macht? Ich dachte, *Sie* wären das Problem?«

»Diesmal nicht. Man beobachtet Sie mit Adleraugen.«

Randon wurde nachdenklich. »Kutzko?«

Kutzko schüttelte langsam den Kopf. »Sie befinden sich meiner Ansicht nach nicht in persönlicher Gefahr Sir, zumindest nicht hier und jetzt. Aber Benedar hat recht, das Interesse gilt Ihnen.«

»Noch etwas, Sir«, warf ich ein. »Als Kutzko seine Show über die Sicherheitsangelegenheit abzog, reagierte Gouverneur Rybakov ziemlich heftig.«

Kutzko blickte mich erstaunt an. »Wirklich? Das ist mir nicht aufgefallen.«

»Sie kann das geschickt verbergen.«

Randon betrachtete mich nachdenklich. »Offenbar wissen alle von der Konferenz bei HTI heute vormittag, nicht wahr?«

Kutzko und ich wechselten einen Blick. »Ihrer Meinung nach wissen die Leute also, daß Schock mehr ergattert hat, als HTI bereit war herzugeben?« vermutete Kutzko.

»Benedar?« forderte mich Randon auf.

Mein Blick schweifte über den Raum, ich entspannte mich und versuchte, jede Nuance ihrer Ausstrahlungen zu erfassen. »Es wäre nicht schlecht, Sir, wenn wir uns auf Schwierigkeiten auf der *Bellwether* gefaßt machten.«

Randon schnaubte leise. »Wir wollen nicht zu melodramatisch werden«, riet er, doch ich spürte, daß ihm unbehaglich zumute wurde.

Auch Kutzko wurde nervös. »Ich muß Benedar wieder recht geben, Sir. Wenn es tatsächlich diese Zyls sind, die diese Leute so nervös machen, dann müssen sie verteufelt wichtig sein. Zumindest für irgendwen.«

»Wahrscheinlich«, brummte Randon. »Gut, machen Sie schon! Kein großes Aufsehen, nur — wenn es jemand auf die Zyls abgesehen hat, lassen Sie ihn so nahe herankommen, daß wir ihn uns schnappen können.«

Kutzko stellte bereits die Verbindung her. »Seqoya? — Kutzko. Wie steht es auf dem Schiff?«

Ich konnte die Antwort nicht hören, aber nach Kutzkos Ausstrahlung war alles normal. »Das könnte sich in den nächsten Stunden ändern«, informierte ihn Kutzko. »Verschieben Sie die Randstellungen nach außen, auf fünfzig Meter; ein Detektor kommt an die Schleuse, zwei an Mr. Schocks Kabine. Warnen Sie ihn, daß es vielleicht jemand auf die Zyls abgesehen hat, die er heute von HTI gebracht hat. Er soll sich Gedanken machen, wie er sie schützen kann.« Kutzko erhielt die Bestätigung und blickte Randon fragend an. »Noch etwas, Sir?«

Mir fiel blitzartig etwas ein. »Lassen Sie Calandra an die Schleuse bringen!«

Beide blickten mich an, und einen Augenblick später hatten sie verstanden. »Ausgezeichnete Idee, Benedar!« Randon lächelte grimmig. »Veranlassen Sie es, Kutzko!«

Kutzko gab die Anweisung durch. »Alles bereit, Sir.«

»Gut«, Randon sah sich um. »Gehen wir zu den anderen zurück.«

Einige Meter entfernt sprach Gouverneur Rybakov leise mit einem Mann in der weißen Uniform eines Pravilo-Flaggoffiziers. Kommodore Kelscot Freitag, erinnerte ich mich. Er war für die Sicherheit im Solitaire-System verantwortlich.

Der Mann liebte den Wodkya, das war klar. Als Rybakov ihn am Arm nahm und zu uns führte, fielen mir seine glasigen Augen und das Zucken seiner Wangenmuskeln auf. »Ich hoffe, daß die Sicherheitsangelegenheit geregelt ist, Mr. Kelsey-Ramos«, wandte sich Rybakov an Randon.

»Ja, danke«, beruhigte sie Randon.

»Wenn Sie Probleme haben sollten«, mischte sich Freitag ein, »dann bin ich Ihr Mann. Kommodore Kelscot Freitag, Mr. Kelsey-Ramos.«

»Sehr erfreut«, erwiderte Randon. Inzwischen berichtigte ich meine Meinung über den Mann. Auf seinem Gesicht hatten zwar mindestens drei verschiedene Wodkyasorten ihre Spuren hinterlassen, aber seine Sprechweise und sein Blick bewiesen, daß sein Verstand keineswegs so beeinträchtigt war, wie ich ursprünglich angenommen hatte. »Ich danke Ihnen für Ihr Angebot, aber wenn sich tatsächlich Sicherheitsprobleme ergeben sollten, so wird das vermutlich auf festem Boden sein.«

Wieder spürte ich Rybakovs Unbehagen, im Gegensatz dazu blieb Freitag ungerührt. »Das spielt keine Rolle. Sie sind nicht von hier und fallen damit unter die Rechtssprechung des Pravilo, ob auf festem Boden oder draußen auf den Ring-Minen.«

»Aber *zuständig ist* das solitarische Recht«, murmelte ich.

Rybakov und er blickten mich mißbilligend an. »Das solitarische Recht ist von den Patri sanktioniert und wird von deren Vertreter ausgeübt«, erklärte mir Gouverneur Rybakov scharf. »Damit ist es ebenfalls Patri-Gesetz.«

»Selbstverständlich.« Randon warf mir einen verärgerten Blick zu. Aus dem Augenwinkel sah ich, daß Kutzko einen halben Schritt zurücktrat und sein Telephon herauszog. Ich hoffte inbrünstig, daß er meine Bemerkung nicht als Stichwort aufgefaßt hatte. Rybakov hatte offenbar interne Schwierigkeiten bezüglich ihrer Position; ich mußte mir noch ein besseres Bild über sie machen, bevor ich versuchen konnte, ihr Calandras Fall vorzutragen. Inzwischen sprach Randon weiter. »Mr. Benedar bezog sich vermutlich auf gewisse kleine Unterschiede zwischen der Patri-Standardrechtsprechung und bestimmten Abweichungen dazu, wie sie hier angewendet werden.«

»In jeder Kolonie-Welt gibt es Unterschiede«, unterstrich Rybakov distanziert. »Lokale Gebräuche, lokale Erfordernisse — all das spielt hier herein.«

Randon pflichtete ihr bei. »So sollte das Gesetz auch sein.«

»Sir?« unterbrach Kutzko. Dieses eine Wort sagte mir, daß etwas nicht stimmte. »Wenn Sie einen Augenblick gestatten?«

Randon wandte sich an Rybakov und Freitag. »Wenn Sie uns entschuldigen ...!«

»Gewiß.« Ein gehetzter Ausdruck trat auf Rybakovs Gesicht, während sie und der Kommodore sich abwandten.

»Gibt es etwas auf dem Schiff?« fragte Randon leise, während er sein Telefon herauszog und die Nummer der *Bellwether* eintippte.

»Im Grunde, Sir ... wir sind nicht sicher«, gab Kutzko zu.

Randon zog die Augenbrauen hoch; dann kam die Verbindung. »Kelsey-Ramos hier«, meldete er sich. »Was ist los?«

Auch ich hatte mein Telefon herausgenommen. »Wir sind nicht ganz sicher, Sir«, sagte Seqoyas Stimme verlegen. »Zwei Leute vom Zoll sind hier; sie sollen angeblich überprüfen, wieviel Fracht wir noch geladen haben, und sich um die Entladung kümmern.«

»Sind ihre Ausweise in Ordnung?«

»O ja, Sir, alles stimmt ... Aber Miss Paquin sagt, daß sie Schwindler sind.«

Randon warf mir einen schnellen Blick zu. »So?«

»Ja, Sir. Sie kann mir leider nicht sagen, wer die Männer sind und warum sie hier sind; aber vom Zoll sind sie nicht.«

»Sie sind doch nicht bewaffnet?«

»Nein, Sir.« Hier kannte sich Seqoya besser aus. »Wir haben sie von oben bis unten durchsucht. Sie tragen einen Recorder und ein Lesegerät bei sich, das ist alles.«

»Sie *haben* die Ausweise überprüft?«

»Ja, Sir. Laut dem Zentralcomputer von Cameo sind sie einwandfrei.«

»Jemand könnte sie angestiftet haben«, murmelte Kutzko.

»Vielleicht«, brummte Randon. »Oder Paquin sieht Gespenster.« Er blickte besorgt zu mir herüber. »Hören Sie zu Seqoya! Jemand soll beim Chef vom Dienst auf dem Zollamt des Raumhafens anrufen und so viel wie möglich über die beiden in Erfahrung bringen. Wir sind unterwegs! Bis ich komme, dürfen sie die Schleuse *nicht verlassen,* in keiner Richtung!«

»Verstanden, Sir«, bestätigte Seqoya.

Randon beendete das Gespräch. »Gehen wir!« sagte er grimmig.

9. Kapitel

Sie waren noch da, als wir kamen: Unter den wachsamen Augen der Brüder Ifversn saßen zwei Männer in der Wachstation an der Schleuse. Sie trugen die amtlichen Capelets und die nicht amtliche Arroganz von Zollbeamten zur Schau. Nach außen hin benahmen sie sich wie wütende Hornissen, weil man sie an der Ausübung ihrer Pflicht hinderte.

Innerlich waren sie äußerst besorgt.

Trotzdem zogen sie eine gute Show ab. Kaum hatten wir die äußere Schleuse passiert, sprang der ältere der beiden auf und fauchte Randon mit gut gespielter berechtigter Wut an. »Wenn Sie Ihre Wachen nicht *sofort* abziehen, Mr. Kelsey-Ramos, so daß wir unseren Pflichten nachgehen können, dann muß ich offiziell und formell gegen Ihre Leute, gegen Sie und gegen den Kapitän des Schiffs Anzeige erstatten.«

»Wir können sicherlich alles in wenigen Minuten bereinigen«, beruhigte ihn Randon; auch er spielte gekonnt Theater, so als hätte ihn der Ausbruch beeindruckt. »Wenn Sie mich einen Augenblick entschuldigen, dann werde ich sofort herausfinden, wo das Problem liegt.«

Wir gingen an ihnen vorbei in das Schiffsinnere. Calandra und Seqoya erwarteten uns in der Tür zum ersten Raum. Seqoya wirkte jetzt viel überzeugter als am Telefon. »Nun?« Randon warf Calandra einen flüchtigen Blick zu und wandte dann seine Aufmerksamkeit Seqoya zu. »Was haben Sie herausgefunden?«

Seqoya lächelte grimmig. »Etwas sehr Interessantes, Sir: Unsere Besucher existieren nicht.«

»Erklären Sie mir das!« verlangte Randon.

»Der diensttuende Zollbeamte im Raumhafen kennt

sie nicht.« Seqoya benutzte beim Aufzählen seine kräftigen Finger: »Auch das zentrale Koordinationsbüro in Cameo kennt sie nicht. Kein einziger der Zollbeamten, Inspektoren und Arbeiter, die ich kontaktieren konnte, kennt sie.«

Randon blickte Kutzko an. »Wirklich interessant. Wie erklären es die beiden?«

»Ich habe es ihnen noch nicht gesagt«, antwortete Seqoya. »Ich dachte, Sie würden bestimmt gern dabei sein.«

Randon nickte. »Gut, versuchen wir es.« Er zögerte und wandte sich dann an Calandra. »Haben Sie etwas hinzuzufügen?«

»Sie brauchen ihre Ausrüstung nicht zu überprüfen«, sagte sie leise. »Die machen den beiden keine Sorgen. Aber lassen Sie das Capelet des jüngeren untersuchen — linke Schulter, glaube ich.«

Randon blickte sie einen Moment lang an, als ob sie einen Witz machte. Dann nickte er ihr kurz zu. »Rufen Sie eine Wache und lassen Sie sie in ihre Kabine zurückbringen!« wies er Seqoya an. »Wir treffen uns an der Schleuse.«

Seqoya trat zur Bordsprechanlage. Randon ging mit Kutzko und mir zur Schleuse zurück. »Es tut mir leid, daß Sie warten mußten, meine Herren«, sagte er energisch. »Wenn Sie so freundlich sind und Ihre Capelets abnehmen, dann werden wir die Sache sofort klären.«

Calandra hatte fraglos ins Schwarze getroffen. Die Gesichter der zwei Männer erstarrten für einen Augenblick, und die linke Schulter des jüngeren zuckte sogar. Der ältere faßte sich zuerst. »Warum?«

Randon machte sich nicht die Mühe zu antworten. Seqoya schlenderte gemächlich herein. Randon deutete auf die beiden Männer. »Capelets!« ordnete er an. Seqoya nickte und schlenderte ruhig weiter; seine Augen glitzerten träge. Die anderen bemerkten es auch, und als er bei ihnen ankam, hatten beide ihre Capelets abgelegt.

»Danke«, sagte Randon höflich, als Seqoya sie in Empfang nahm. »Machen Sie sich's bequem, während wir nachsehen, was wir finden ...«

Wir hörten alle gleichzeitig die Schritte hinter uns. Für die vier Wachen war Erkennen und Reagieren eins. Mit einem einzigen Satz sprang Kutzko wie eine Katze zwischen den Eindringling und Randon. Er und Seqoya hatten ihre Injektionspistolen gezogen und zielten über meine Schulter. Die zwei Ifversns waren nur einen Sekundenbruchteil langsamer; sie richteten ihre Waffen warnend auf die Männer vom Zoll. Das Herz klopfte mir bis zum Hals, als ich mich blitzschnell umdrehte und auf ein Knie fiel.

Einen Augenblick herrschte regungslose Stille. Randon fand als erster die Sprache wieder. »Guten Tag, Mr. Aikman! Sie sollten sich nicht so anschleichen; das könnte Ihrer Gesundheit schlecht bekommen.«

Die Angst schwand langsam aus Aikmans Gesicht, und er setzte den Fuß, der mitten in der Bewegung innegehalten hatte, vollends zu Boden. »Es tut mir leid«, brachte er heraus. »Ich wollte Sie nicht erschrekken.«

»Sie werden es bestimmt nicht wieder tun«, stellte Randon fest. »Darf ich fragen, *was* Sie wollten?«

Aikman hatte sein inneres Gleichgewicht wiedergefunden und warf einen kurzen Blick auf die Männer vom Zoll. »Ich habe gehört, daß es an der Schleuse Probleme gibt«, antwortete er ruhig, »und wollte sehen, ob ich helfen kann.«

Randon blickte ihn eine Weile an. »Sicherlich. Zuerst können Sie mir sagen, ob Sie diese zwei Männer erkennen?«

Aikman blickte sie nochmals an, und ich spürte, wie er sich zusammennahm. »Nein.«

»Er lügt«, teilte ich Randon sachlich mit.

Aikman wirbelte herum; wie der Gluthauch einer Explosion, so stürzte mir sein Haß entgegen. »Wer sind

Sie«, fauchte er mich wütend an, »daß Sie die Gedanken eines anderen beurteilen ...?«

»Er ist ein Watcher«, antwortete Randon ruhig, fast gelassen... Die stählerne Härte in seiner Stimme schnitt Aikmans Tirade mitten im Satz ab. »Wenn wir schon dabei sind«, fuhr Randon fort, »wer sind *Sie*, daß Sie mich anlügen?«

Aikman fuhr sich mit der Zunge über die Lippen und wurde plötzlich vorsichtig. »Vielleicht habe ich sie schon einmal gesehen«, gab er unwillig zu. »Persönlich kenne ich sie sicher nicht ...«

»Haben Sie sie bei HTI gesehen?« fragte Randon.

Aikmans Kiefermuskel verkrampften sich. »Vielleicht. Ich kann es nicht mit Sicherheit sagen.«

»Ich verstehe. Sie haben seit damals wahrscheinlich den Job gewechselt. Das kommt häufig vor — Leute geben ihre untergeordneten Jobs bei Firmen auf und beginnen eine Karriere beim Zoll.«

Aikman überhörte den Spott. »Was werfen Sie ihnen vor?«

»Zuerst einmal haben sie sich als Zollbeamte ausgegeben. Außerdem haben sie versucht, sich Zutritt zu einem privaten Raumschiff zu verschaffen; vielleicht kommt noch das eine oder andere Vergehen hinzu, das werden wir sehen.«

»Sie haben falsche Ausweise?«

Randon wurde unsicher. »Das nicht gerade, aber niemand weiß ...«

»Was soll das heißen? Sind sie nun falsch oder nicht?«

Randon starrte ihn an. »Das heißt also, daß sich ihre Ausweise mit den Daten beim Zoll decken, jedoch keiner ihrer angeblichen Kollegen hat je von ihnen gehört.«

»Damit kommen Sie bei einem Richter keine zehn Minuten durch.« Aikman war jetzt in seinem Element, das wußte er. »Um nachzuweisen, daß man eine offizielle Funktion innehat, genügt die Eintragung im Register einer Behörde.« Ein böses Lächeln umspielte seine Lippen. »Wissen Sie, welche Strafe auf die unbefugte Festnahme eines Zollinspektors steht?«

Am anderen Ende des Zimmers räusperte sich Seqoya. »Die gleiche wie auf versuchte Sabotage?«

Alle drehten sich um. Er hielt in der einen Hand das etwas übel zugerichtete Capelet des jüngeren Mannes, in der anderen ein kleines, schlotteriges Rechteck, das im Licht glänzte. »Was ist das?« fragte Randon und trat näher, um es besser zu sehen.

»Ich weiß es noch nicht genau, Sir, aber es sieht aus wie das Innere eines Datenscramblers in unseren Computern — sehen Sie die Nummer hier?«

»Wahrscheinlich ein Scrubber.« Kutzko nahm es kurz in Augenschein. »Es ist ein Scrambler, der in einem fremden System angebracht wird.«

Randon schenkte den Gefangenen einen langen, eiskalten Blick; dann richtete er sich wieder an Aikman. »Noch weitere Kommentare, Herr Anwalt?«

»Ja. Können Sie beweisen, daß sie mit der Absicht gekommen sind, Sabotage zu begehen?«

»Warum sonst sollten sie etwas Derartiges bei sich tragen?« knurrte Randon wütend.

Aikman warf den Gefangenen einen kurzen Blick zu, und der Jüngere griff das Stichwort auf. »Wir benutzen diese Geräte, um auf verdächtigen Schiffen verschlüsselte Daten auszugsweise zu lesen.« Er ließ in seiner Stimme genau das richtige Maß an Empörung mitschwingen. »Diese Auszüge nehmen wir mit und dechiffrieren damit die Codes.«

Randon starrte sie wütend an. »Kutzko?«

Kutzko zuckte die Achseln. »Ich weiß nicht, Sir. Sie sollten Mr. Schock fragen — er könnte Ihnen wahrscheinlich sagen, ob das Ding dafür verwendbar ist.«

»Mit anderen Worten«, meldete sich Aikman wieder, »Sie haben keinerlei Beweis dafür, daß ein Verbrechen begangen wurde oder begangen werden sollte. Ist das richtig?«

Randon drehte sich um: »Halten Sie den Mund!«

»Nein, Sir, das werde ich nicht tun«, schnauzte ihn Aikman an. »Es ist meine Aufgabe, die Menschenrechte innerhalb der Patri-Gesetzgebung zu schützen. Diese Aufgabe werde ich erfüllen, wo immer diese Rechte gefährdet sind. Sie lassen diese Männer jetzt frei oder Sie übergeben sie dem Pravilo und erstatten formell Anzeige. Ich erinnere Sie nochmals, daß Sie Verbrechen aber beweisen müssen.«

Ihm ging die Luft aus, und er machte eine Pause. Eisige Stille lastete im Raum. Ich spürte, daß Randon nahe daran war, vor Wut zu explodieren ... Doch sein Vater hatte ihn zu gut ausgebildet. Er wartete, bis sein Verstand wieder die Oberhand über seine Gefühle gewonnen hatte. »Benedar?« forderte er mich auf.

Ich schluckte. »Er blufft nicht, Sir. Er meint es ernst.«

In Aikmans Augen glitzerte — wie immer — der Haß, aber er sagte nichts. »Also gut«, sagte Randon eisig. »Seqoya, haben Sie einen DNS-Vergleich zwischen den Zoll-Ausweisen und ihren Eigentümern angestellt?«

»Ja, Sir«, antwortete Seqoya vorsichtig. Wurde er jetzt zur Zielscheibe für Randons Frustration? »Sie stimmen vollkommen überein.«

»Schön.« Randon wandte sich betont von Aikman ab und den zwei Gefangenen zu. »Sie können gehen. Geben Sie ihnen die Capelets zurück.«

Seqoya zögerte, ehe er der Aufforderung nachkam. »Den Scrubber natürlich nicht«, fügte Randon hinzu. »Den soll sich Schock noch ansehen.«

»Der Scrubber ist Eigentum des Zolls«, bestand der ältere Mann; er bemerkte, daß Randon nachgab und wurde wieder mutiger. »Ich muß darauf bestehen, daß Sie mir ihn zurückgeben.«

Randon lächelte verkniffen. »Selbstverständlich. Ihr

Vorgesetzter kann ihn morgen früh abholen ... zusammen mit den Ausweisen.«

Die Männer, die gerade ihre Capelets anlegten, erstarrten. »Wir brauchen die Ausweise für unseren Job«, protestierte der Ältere gepreßt.

»Dann sollte Ihr Vorgesetzter besser noch heute abend kommen«, entgegnete Randon kalt. »Seqoya, bringen Sie die beiden zum äußeren Beobachtungsposten! Vergewissern Sie sich, daß sie gehen!«

»Ja, Sir.«

Aikman stand hinter mir; er holte tief Luft. Auch Randon hörte ihn und drehte sich um. »Wollten Sie etwas sagen, Herr Anwalt?«

Das wollte Aikman zwar, und er erwog es ernsthaft. Aber er hatte verloren und wußte es ... Und genau wie Randon erkannte er auch, daß es sinnlos war, im Zorn um sich zu schlagen. »Nein, Mr. Kelsey-Ramos«, seufzte er schließlich.

Randon behielt ihn für alle Fälle noch einen Moment lang im Auge. Dann drehte er sich um, und wir beobachteten gemeinsam, wie Seqoya die Eindringlinge aus der Schleuse geleitete. »Für ihre Mühen bekommen sie eins-minus«, murmelte er mehr zu sich als zu uns. »Kommen Sie, Benedar, wir wollen sehen, was uns Schock über den Scrubber sagen kann. Kutzko, die Wachen sollen in Bereitschaft bleiben — vielleicht geben sie noch nicht auf.«

Hinter mir kehrte Aikman steifbeinig in das Schiff zurück; ich spürte seinen stummen, glühenden Zorn. »Ja, Sir«, bestätigte Kutzko. »Werden Sie später noch zum Gouverneurs-Dinner zurückfahren?«

Randon blickte auf die Uhr und schüttelte den Kopf. »Nein, das bringt nichts mehr.« Er sah mich listig an. »Außerdem könnte unser plötzlicher Abgang jemanden sehr aus der Fassung gebracht haben; lassen wir ihn ruhig weiter schmoren.«

»Äußerst schlau«, murmelte Schock, und drehte das biegsame rechteckige Geflecht hin und her und betrachtete die andere Seite durch ein Vergrößerungsglas. »Wirklich schlau ausgeklügelt *und* tückisch.« Er winkte Randon zu sich. »Sehen Sie, Sir — dieses Sicet, wo die Nummer zum Teil abgekratzt ist? Sehr wahrscheinlich handelt es sich um eine vorprogrammierte Wanze, die in die Datenspeicher des Schiffs gelangt und gewisse Abschnitte nach einem neuen Code verschlüsselt.«

Randon schnaubte verächtlich. »Ziemlich primitiv. Außerdem nutzlos. Auch wenn es dem Hauptmarker entgangen wäre, so befinden sich in unserer Bibliothek zumindest zwei Programme, um fehlerhafte Daten zu entschlüsseln.«

»Stimmt, aber das sollte auch nur ein Ablenkungsmanöver sein«, erklärte Schock. »Damit wären der Marker und wir beschäftigt gewesen, während die anderen zwei Sicets an die Arbeit gingen.« Er klopfte mit seinem Tastkopf leicht an die beiden Sicets. »Hier liegt der echte Angriff: Ein äußerst komplizierter Codex-Imitator und eine Miniatur-Schaltstation für das Telefonsystem. Der Imitator kann — zumindest theoretisch — den Computer dazu bringen, ihm die Kontrolle über das Telefonsystem zu überlassen; daraufhin kann die Schaltstation eine Verbindung zu einem Telefonanschluß außerhalb des Schiffs herstellen. Natürlich ohne daß wir es wissen.«

Randon fluchte; seine Selbstgefälligkeit verwandelte sich in finstere Wut. Der Computer der *Bellwether* konnte sich leicht gegen ein selbsttätiges System wehren, das so einfach war, daß es auf ein einziges Sicet paßte. Aber gegen einen menschlichen Experten aufzukommen, der Zugang zu einem komplexen Computer hatte, war etwas vollkommen anderes. »Wie schwer wäre es für sie gewesen, das Zeug in das System der *Bellwether* einzuschleusen?« fragte er.

»Die einfachste Sache der Welt«, klärte ihn Schock

auf. »Es gibt drei Induktions-Ports, jeweils mit unterschiedlicher Spannung und Frequenz.«

»Das bedeutet ...?«

»Das bedeutet, daß sie es nur irgendwo in der Nähe einer elektronischen Einrichtung hätten anbringen müssen«, sagte Schock trocken. »In einem Telefon, einer Verstärkeranlage oder auch in einer ferngesteuerten Türverriegelung.«

Randon schwieg lange, und ich spürte, wie sein Zorn wuchs. »Könnte es sein, daß das Ding schon vorbereitet war?«

»Sie meinen, ob es speziell für uns angefertigt wurde?« Schock zuckte die Achseln. »Schwer zu sagen. Es ist durchaus möglich, daß die Leute auf Solitaire damit seit Ewigkeiten einander in den Rücken fallen.«

Randon nahm Schock das Ding wortlos aus den Fingern und reichte es mir.

Ein Blick genügte. »Es wurde in großer Eile zusammengesetzt«, bestätigte ich. »Auf den Sicets befinden sich Spuren von Klebeflüssigkeit, die man normalerweise wegputzen würde. Außerdem sieht man auf dem Dichtungsmittel Rillen; das bedeutet, daß die Trokkenphase beschleunigt wurde, statt abzuwarten, bis es von allein trocknete.« Ich gab es Schock zurück.

Er untersuchte es nochmals und bestätigte nachdenklich meine Feststellung.

Randon überlegte. »Das heißt, daß sie es speziell für uns zusammengebaut haben. Ist das schwierig?«

Schock dachte nach. »Nicht für jemanden, der bereit ist zu zahlen.«

»Die Zyls von HTI müssen sehr interessant sein«, mutmaßte Randon.

»Das können wir jederzeit herausfinden«, erklärte Schock. »Sie sind jetzt sauber, und wir können sie in das System stecken und sie uns ansehen. Sie haben übrigens die Zyls, die sie uns gegeben haben, mit einer passiven Spürsonde versehen; sie sollte in unseren Dateien herumwühlen, ob sie noch etwas mit einem HTI-Vermerk findet. Nichts Besonderes, es sah beinahe so aus, als hätten sie es aus purer Gewohnheit dazugegeben.«

»Paranoid«, murmelte Randon; er erinnerte sich an unser Gespräch am Morgen, als wir zur HTI-Konferenz unterwegs waren; an die seltsame Spannung, die Calandra und ich auf Solitaire gespürt hatten ... »Benedar, Sie haben gesagt, daß Gouverneur Rybakov erschrak, als Kutzko die Show mit dem erfundenen Sicherheitsproblem abzog. Wie reagierte sie, als wir gingen?«

Ich dachte zurück. »Ziemlich gleich, nur stärker. Seltsamerweise auch ... resigniert, glaube ich. Sie wußte, daß sie eine Schlacht verloren hatte, oder so etwas Ähnliches, und bezog im Geist bereits eine neue Stellung.«

Er starrte ins Leere. »Hat Aikman ähnlich reagiert, als ich ihm eröffnete, daß ich die Ausweise seiner Freunde behalten würde?«

»Ja, ähnlich, nur intensiver.« Ich zögerte; die Versuchung, zum nächsten Punkt überzugehen, war groß. Aber die Wahrheit zu verschweigen, war nur eine andere Form der Lüge. »Ich glaube übrigens nicht, daß Aikman an der Aktion beteiligt war, zumindest nicht von vornherein. Er war ehrlich überrascht, daß die Männer versuchten, in das Schiff einzubrechen.«

»Warum wollte er sie dann herausboxen?«

»Er hat sich sehr rasch zusammengereimt, was gespielt wurde und wollte offensichtlich den Drahtzieher retten und den Schaden so gering wie möglich halten.«

»Mit anderen Worten, nicht Beihilfe vor der Tat, sondern danach«, knurrte Randon.

»Mehr oder weniger.«

»Also gut, vergessen wir Aikman für den Moment. Zurück zu Rybakov. Welche Schlacht hatte sie verloren und wohin wollte sie sich zurückziehen?«

Ich kramte in meinem Gedächtnis, um jenen Teil des

Gesprächs zu finden, auf den er sich bezog. »Ich habe das Gefühl, daß sie in irgendeiner Weise an dem Versuch, an Bord zu kommen, beteiligt ist«, antwortete ich langsam und versuchte, mich an ihre Empfindungen genau zu erinnern. »Vielleicht war sie nur Mitwisserin — vielleicht sollte sie nur dafür sorgen, daß wir den Empfang nicht vorzeitig verließen.«

»Oder man hatte sie gebeten, zwei offizielle Ausweise auszustellen?« warf Randon ein.

Ich blickte ihn erstaunt an. Dieser Gedanke war mir nicht gekommen. »Ja, ... das ist möglich«, stimmte ich vorsichtig zu.

»Moment«, warf Schock bestürzt ein. »Sir, beschuldigen Sie den *Gouverneur eines Planeten,* in Industriesabotage verwickelt zu sein?«

»Warum nicht?« entgegnete Randon. »Nur weil die Patri sie für geeignet halten, ein kleines System zu leiten, heißt das nicht, daß sie unbestechlich ist. Oder nicht erpreßt oder bedroht werden kann.«

»Aber ...« Schock suchte nach Worten.

»Vor allem, wenn Sie in uns eine Bedrohung für ganz Solitaire sieht, und nicht nur für HTI«, warf ich ein.

Randon wollte Schock antworten, hielt aber inne und starrte mich an. »Sieht sie uns *tatsächlich* so?« fragte er.

Ich biß mir auf die Lippe. Die Worte waren mir einfach entschlüpft ... doch als ich jetzt meinen Eindruck von Rybakov nochmals überdachte, erkannte ich, daß mein Unterbewußtsein schneller gearbeitet hatte als mein Verstand. »Ja.«

»Stellen wir eine große Bedrohung dar?« fragte Schock argwöhnisch.

»*So* schlimm kann es nicht sein«, warf Randon dazwischen, noch ehe ich antworten konnte. »Reine Logik, Schock! Unsere beiden Saboteure haben mittlerweile bestimmt über den Fehlschlag berichtet. Wenn Rybakov der Meinung wäre, daß wir um jeden Preis aufgehalten werden müssen, dann wären Kommodore

Freitags Leute längst unter einem Vorwand an Bord gekommen und hätten die Zyls weggeschafft. Sie hofft demnach immer noch, daß wir mit uns reden lassen; was es auch sein mag, das wir auf den Zyls finden.«

Ich beobachtete ihn, während er die Alternativen abwog und zu einem Entschluß kam. »Machen Sie Platz, Schock«, befahl er und ging um den Schreibtisch herum. Schock erhob sich argwöhnisch aus seinem Klubsessel. Randon ließ sich hineinfallen und richtete Schocks Fernsteuerung auf das Telefon. »Die Residenz des Gouverneurs«, wies er den Computer an.

»Mr. Kelsey-Ramos ...«

»Ruhe, Schock. Guten Abend, hier ist Randon Kelsey-Ramos. Ich habe eine Nachricht für Gouverneur Rybakov — nein, unterbrechen Sie nicht das Dinner, überbringen Sie ihr nur folgende Nachricht: Als ihre Freunde unser Schiff verließen, haben sie etwas verloren, das ihr gehört; wenn sie die Gegenstände wiederhaben will, so kann sie sie morgen früh hier abholen ... Ja, persönlich — ich möchte sie keinesfalls jemand anderem anvertrauen. Danke.«

Ein Schwenk mit der Fernsteuerung und er erhob sich.

»Das war es.« Er klang etwas nervös. »Morgen früh werden wir sehen, wie schuldbewußt der Gouverneur ist.«

»Wir werden nicht hier sein — wir sollen morgen früh nach Collet fliegen«, erinnerte ihn Schock nervös. Die Angelegenheit kam für seinen Geschmack gefährlich nahe an Verrat heran.

»Dann müssen wir unsere Abreise eben um einen oder zwei Tage verschieben«, bestimmte Randon. »Ich bleibe so lange hier, bis ich weiß, was es mit HTI auf sich hat, daß alle derart aufgeregt sind.« Er blickte mich an. »Für Sie ist das natürlich eine gute Nachricht.«

Ich brauchte einen Augenblick, bis ich begriff, was er meinte ... Dafür erinnerte ich mich dann um so schneller. Über den Intrigen des heutigen Abends hatte ich vergessen, daß über Calandra die Todesstrafe verhängt war. »Das stimmt, Sir. Wenn Gouverneur Rybakov morgen tatsächlich kommt, wäre ich gern dabei.«

Randon lächelte verkrampft und bitter. »Darauf bestehe ich sogar. Langsam sehe ich ein, welche Möglichkeiten in dieser Watcher-Sucht stecken.«

Er neckte mich ... aber die Schärfe dahinter war bedrohlich. Wie sein Vater sah sich auch Randon als bedingungslos unabhängigen Mann, der sein Leben und das der Mitmenschen um ihn dirigierte. Doch ungleich seinem Vater hatte er noch nicht gelernt, daß Unabhängigkeit und Macht ihre Grenzen haben. »Gute Nacht, Sir«, sagte ich.

»Okay, Schock, an die Arbeit«, hörte ich Randon sagen, als ich die Tür hinter mir schloß. »Holen wir uns die Zyls und sehen wir nach, was für ein verteufeltes Geheimnis sie enthalten.«

10. Kapitel

Als ich zurückkam, befand sich Kutzko nicht an der Druckschleuse. Ich fragte Ifversn, und er schickte mich mit einem verschmitzten Grinsen zur Brücke. Was hatten sie jetzt wieder ausgeheckt?

Kutzko saß auf der Brücke neben Gielincki, dem Ersten Offizier, an der Sensorstation der *Bellwether.* »Gilead«, begrüßte er mich. Er hatte vor sich auf dem Schaltpult eine Karte ausgebreitet.

»Mikha, Offizier Gielincki«, grüßte ich und trat hinter sie. »Störe ich?«

»Kaum«, antwortete Gielincki kurz; sie sah sich nicht einmal nach mir um. Wie die meisten Mannschaftsangehörigen der *Bellwether* konnte sie mich nicht besonders leiden. Doch im Gegensatz zu den übrigen war sie ehrlich genug, ihr Vorurteil als solches zu erkennen, und besaß genügend Einfühlungsvermögen, um mich zu bedauern. Das verlieh ihr eine merkwürdige, seltsam konfuse Ausstrahlung. »Nummer zwei ist gerade wieder abgebogen«, sagte sie zu Kutzko. »Nach Norden, in die ... das muß die Shupack Avenue sein.«

»Hab ich.« Kutzko setzte eine Markierung auf die Karte. »Wir überwachen unsere beiden Eindringlinge«, fügte er zu mir gewandt hinzu. »Brad hat zwei Sender in ihre Capelets gesteckt, bevor er sie zurückgab.«

Ich blickte auf den Schirm, wo im beleuchteten Raster der Karte helle Punkte aufblitzten. Das also hatte Ifversn so amüsiert. »Ziemlich altmodisch, was? Außerdem naheliegend.«

Kutzko zuckte die Achseln. »Manchmal funktionieren altmodische Methoden deshalb, weil die anderen nicht damit rechnen.« Er deutete auf den Bildschirm. »Wozu wohnen wir außerdem auf dem Schiff und nicht in einem Hotel, wenn wir die Vorteile nicht nützen, die das Schiff bietet?«

Ich musterte sein Gesicht. Er bemühte sich zu offenkundig, unbeteiligt zu wirken. »Außerdem können Sie das Überwachungssystem der hiesigen Polizei nicht anzapfen, ohne daß sie es bemerken«, behauptete ich.

Er verzog das Gesicht. »So ähnlich«, gab er zu. »Es spielt auch keine Rolle — die Zielpersonen wissen, daß wir sie beobachten. Sie gehen spazieren und schlagen wahrscheinlich die Zeit tot, bis jemand sie von unserer Verfolgung erlöst.«

Ich dachte nach. »Wozu macht ihr es dann?«

»Weil wir sie damit ärgern, ohne daß es uns zusätzliche Arbeit macht.«

Gielincki schnaubte unwillig. »Das *stimmt* doch!« verteidigte er sich. »Sie müssen ohnehin hier sitzen, weil Sie Wache haben ...«

»Allerdings. Nummer Eins ist gerade nach Osten abgebogen. Ich glaube, sie nähern sich anscheinend einem Rendezvous-Platz.«

»Hm.« Kutzko markierte einen weiteren Punkt. »Wenn ich nur genügend Männer hätte, um sie zu verfolgen. Es wäre nett zu wissen, wen sie treffen.« Er drehte sich zu mir um. »Wollten Sie etwas, oder sind Sie nur gekommen, um zuzuschauen?«

»Eigentlich wollte ich wissen, ob Sie die Informationen haben, um die ich sie heute nachmittag gebeten habe.«

»Ach ja, natürlich.« Er warf einen Blick auf Gielincki und erhob sich. »Gehen wir dort hinüber — Gielincki kann es nicht leiden, wenn die Leute reden, während sie arbeitet.«

Das brachte ihm wieder ein abfälliges Schnauben und einen spöttischen Blick ein; er überging beides. Wir stellten uns zu einem der Monitore neben der Tür. »Ich habe die Liste«, sagte er leise und zog das Papier aus einer Innentasche, »aber ich glaube nicht, daß es Ihnen viel helfen wird.«

Er hatte recht. Auf der Liste standen nur vier Verbrechen: mehrfacher Mord, Mord an einem Polizisten oder einem Pravilo-Beamten, der mit der Untersuchung eines Schwerverbrechens betraut ist, Tod eines Entführungsopfers und Hochverrat. »Das ist alles?« fragte ich und drehte das Papier um.

Er zuckte die Achseln. »Sie werden nirgends in den Patri und den Kolonien andere Delikte finden, die als Schwerverbrechen gelten. Zumindest eines von *diesen* gilt erst seit der Erschließung von Solitaire als Schwerverbrechen. Wie Gouverneur Rybakov vorhin erwähnt hat, schätzen die Menschen die Todesstrafe nicht sehr.«

»Ich weiß. Auf alle Fälle vielen Dank.«

Er sah mich prüfend an. »Was haben Sie vor?«

»Ich kann nicht viel tun. Ich werde versuchen, morgen früh mit Gouverneur Rybakov zu sprechen; vielleicht hat Sie eine Idee.«

»Ach ja, sie wird erwartet! Wahrscheinlich wird sie nicht in der Stimmung für Gefälligkeiten sein.«

Ich erinnerte mich an ihr offensichtliches Vorurteil gegen Religion ... Und an Randons Absicht, ihr Komplizenschaft bei Industriesabotage vorzuwerfen. »Ich kann es nur versuchen.«

»Vielleicht sieht Mr. Kelsey-Ramos eine Möglichkeit, ein wenig nachzuhelfen ...«

Er brach ab und blickte an mir vorbei zur Tür, die aufging. Ich wandte mich um ...

Aikman blieb abrupt stehen; er hatte uns zu spät entdeckt. »Oh — guten Abend«, brachte er heraus, und ich spürte, wie er nervös wurde. Er hielt einen Zyl in der Hand, und seine Finger zuckten unwillkürlich, um es zu verbergen — vergeblich. »Ich suche den Kapitän, doch wie ich sehe, ist er nicht hier. Entschuldigen Sie die Störung.«

Er wandte sich zum Gehen, blieb aber stehen, da Kutzko einen langen Schritt hinter mir vorbeimachte und ihm den Weg versperrte. »Spielt keine Rolle,

Mr. Aikman — wir waren fast fertig«, sagte er lässig. »Was wollten Sie vom Kapitän? Vielleicht kann ich Ihnen helfen.«

»Nein, es ist schon in Ordnung«, beharrte Aikman. Er warf mir einen Blick zu ... Neben dem gewohnten Haß bemerkte ich seine große Nervosität. »Ich müßte nur ...«

»Wollten Sie jemanden anrufen?« unterbrach ihn Kutzko freundlich. »Natürlich — Sie haben keine Außenleitung in Ihrer Kabine, nicht wahr?«

Aikman wurde vor Zorn dunkelrot. »Es gibt Gesetze gegen illegale Behinderung ...«

»Es gibt auch Gesetze gegen Beihilfe zu Industriesabotage«, schnitt ihm Kutzko schroff das Wort ab. »Was ist das?«

»Was ist was?« fragte Aikman vorsichtig; die plötzliche Frage hatte ihn verwirrt.

»Das.« Kutzko trat noch einen kleinen Schritt vor; er deutete mit dem Zeigefinger und griff sich mit einer blitzschnellen Bewegung den Zyl aus Aikmans Hand.

»Geben Sie es mir zurück!« fauchte Aikman und schnappte nach dem Zyl. In diesem Augenblick wirkte er nicht wie ein Mensch, sondern hatte die Ausstrahlung eines wütenden Tieres. Meine Muskeln spannten sich, während ich automatisch einen Schritt zurück tat.

Ohne mit der Wimper zu zucken, wehrte Kutzko mit der freien Hand Aikmans Griff nach dem Zyl ab. »Nur langsam, Mr. Aikman«, warnte er, jetzt wieder ruhig. »Das sieht wie eine abgesicherte Datenbank aus.« Er studierte die Enden des Zyls. »Wollen wir es eingeben und sehen, was es ist?«

»Es ist ein amtliches Rechtsdokument«, sagte Aikman scharf, »das der Justizbehörde von Solitaire übermittelt und dort abgespeichert werden soll. Wenn Sie es hier lesen, so brechen Sie damit das Siegel und löschen es.«

»Dann müssen Sie es eben noch einmal schreiben.«

Kutzko blieb völlig gelassen. »Oder Sie sagen mir, was es enthält.«

Die zwei Männer standen einander lange reglos gegenüber, wie einst zwei Gladiatoren. Aikmans Widerstand brach zuerst zusammen. »Es ist ein Ansuchen um eine gerichtliche Zwangsverfügung«, quetschte er hervor. »Ich will verhindern, daß unser Rückflug-Zombie das Schiff verläßt; weiters möchte ich, daß *er*« — er deutete mit dem Kopf auf mich — »ebenfalls unter Schiffsarrest steht, wegen geheimer Absprache mit einem verurteilten Verbrecher.«

Kutzko zog höflich erstaunt die Augenbrauen hoch. »Geheime Absprache?«

»Ja, geheime Absprache«, bestätigte Aikman sarkastisch. »Ein juristischer Ausdruck — ich bezweifle, daß Sie je viel mit solchen Dingen zu tun hatten. Außer vielleicht als Angeklagter.«

Kutzko überlegte kurz, ob er hier einhaken sollte, fand aber, daß es nicht dafürstand. »Ich weiß in Rechtsangelegenheiten besser Bescheid, als Sie denken. Wollen Sie mir erklären, wieso hier eine geheime Absprache vorliegt?«

»Ach kommen Sie, Oberwachtmeister, verschließen Sie doch nicht aus Firmenloyalität die Augen vor dem, was hier gespielt wird«, fauchte Aikman. »Warum hat Benedar Kelsey-Ramos dazu überredet, unseren Rückflug-Zombie heute vormittag zur HTI-Konferenz mitzunehmen?«

»Sie werden es mir sicherlich sagen«, forderte ihn Kutzko auf.

»Natürlich weil er ihre Flucht vorbereitet. Er orientiert sie über die Lage, zeigt ihr das Land und macht sie mit den Mächtigen auf Solitaire bekannt; einer von ihnen läßt sich vielleicht überreden, einen Watcher-Parasiten anzustellen, so wie es bei Lord Kelsey-Ramos der Fall war.«

Aikman stellte Kutzkos Selbstbeherrschung auf eine

harte Probe, aber der nahm sich bewundernswert zusammen. »Haben Sie Beweise dafür?« knurrte er.

»Er braucht keine Beweise«, warf ich ruhig ein. Aikmans Ausstrahlung bestätigte mir, daß ich seine Absichten richtig erkannt hatte. »Wenn es ihm gelingt, daß diese Verfügung in Erwägung gezogen wird, so dauert es zwei Tage, bis jemand herausfindet, daß es sich nur um unhaltbare Anspielungen handelt.«

Kutzko verstand. »Bis dahin sind wir von hier weg und unterwegs zu den Ring-Minen.«

Aikman nahm Kutzko den Zyl aus der Hand, ohne auf Widerstand zu stoßen. Er stolzierte durch den Kommandoraum zu Gielincki, die sich klugerweise herausgehalten hatte. »Offizier, geben Sie dieses Dokument bitte an die solitarische Justizbehörde in Cameo durch«, wies er sie an und hielt ihr den Zyl hin.

Sie machte keine Anstalten, es zu nehmen. »Tut mir leid, Mr. Aikman«, entgegnete sie ihm, ohne ihre Augen vom Bildschirm zu wenden. »Damit ich das tun kann, brauchen Sie die Erlaubnis von Mr. Kelsey-Ramos. Wenn Sie wollen, rufe ich ihn in seiner Kabine an.«

»Sie tun, was ich sage, oder ich zeige Sie wegen gesetzwidriger Behinderung an«, antwortete er kalt. »Ich brauche von niemandem eine Bewilligung, um Rechtsdokumente durchzugeben.«

Gielincki hatte sich noch nie von Drohungen beeindrucken lassen. Sie drehte sich langsam und bedächtig um und schaute ihn an. »An Bord dieses Schiffes brauchen Sie für *alles* die Erlaubnis von Mr. Kelsey-Ramos. Wenn das Ihre demokratischen Gefühle verletzt, so können Sie gern anderswo hingehen.« Ihr Ton war noch kälter als der Aikmans.

Aikman starrte sie noch einen Moment lang an. Dann drehte er sich wortlos um und kam mit schweren Schritten auf uns zu.

Kutzko blockierte noch immer den Ausgang und

machte keine Anstalten ihn freizugeben. »Wenn Sie das Schiff verlassen, muß der Zyl selbstverständlich hierbleiben«, klärte er ihn auf. »Wir haben keinen Beweis dafür, daß es sich tatsächlich um ein Rechtsdokument handelt.«

Aikman wurde rot. »Wenn Sie mich beschuldigen ...«

»Mr. Aikman«, unterbrach ich ihn.

»Halten Sie den Mund, Benedar!« fuhr er mich an.

»Ich glaube, ich weiß einen Weg aus dieser Sackgasse«, beharrte ich.

Das trug mir einen nadelscharfen Blick ein. »Welchen? — Werden Sie meine Gedanken lesen? Wie praktisch, daß Sie hier sind. Noch viel praktischer, daß es niemanden gibt, der bestätigen kann, ob Sie die Wahrheit sagen.«

Zornesröte stieg mir ins Gesicht. »Über das, was ich sehe, lüge ich nicht«, antwortete ich scharf. »Ich muß meine Taten vor Gott rechtfertigen!«

»Ja, natürlich! Bei Ihnen endet alles bei Gott.«

»Stellt das für Sie ein Problem dar?« warf Kutzko ein.

Aikman ließ sich nur kurz ablenken ... und plötzlich wurde seine Ausstrahlung frostig, seine wütende Enttäuschung verwandelte sich in eisige Verbitterung. »Sagen Sie mir, Benedar, hat man Ihnen in Ihrer Watcher-Schule vielleicht auch Geschichte beigebracht, während Sie lernten, sich als Rechtfertigung für Ihre Taten auf Gott zu berufen? Wissen Sie zum Beispiel, was die Erde am Ende zerstörte?«

»Die zunehmende wirtschaftliche und politische Belastung in der zweiten Hälfte des einundzwanzigsten Jahrhunderts«, erwiderte ich gleichmütig. »Der endgültige Zerfall war die Folge einer Kombination von Minderheitsansprüchen und Unruhen sowie dem steigenden Unmut über die Kosten des StarWay-Projekts.«

»Ich habe erwartet, daß es eine *Watcher*-Schule so darstellt«, spottete er. »Es wird vielleicht ein Schock für

Sie sein, Watcher, aber weder Wirtschaft noch Politik zerstörten die Erde, sondern die Religion. Die Religion löste tausend fanatische lokale Kriege aus. Die Religion hielt den Terrorismus in Schwung, lange nachdem man die meisten politischen Probleme langsam in den Griff bekommen hatte. Die Religion zerriß alle Gesellschaftssysteme vom Osten bis zum Westen und wieder zurück.«

»Das war vor langer Zeit«, warf Kutzko ein ... Aber obwohl er mir mit seiner Bemerkung zu Hilfe kam, spürte ich seine versteckten Zweifel. Auch ihn hatte man in seiner Jugend die Patri-Version von der Letzten Revolution gelehrt. »Sie können nicht ...«

»Die Watcher dafür verantwortlich machen?« schnitt ihm Aikman das Wort ab. »Erzählen Sie das den Menschen von Bridgeway, die unter der Herrschaft von Aaron Balaam darMaupine und seinem Gott lebten. *Sie* wissen, was geschieht, wenn aus der Religion mehr als ein Hobby wird.«

Ich wurde zornig. Er setzte Religion mit einem *Hobby* gleich ...

Mühsam unterdrückte ich meine Empörung. *Der Groll tötet den Unvernünftigen, und Zorn bringt dem Narren den Tod ...* »Ich kenne diese Theorie zufällig, Mr. Aikman«, erwiderte ich. »Die Patri und die Kolonien benutzen sie als Vorwand, die Ausübung der Religion abzulehnen und die Religion sogar zu verfolgen. Jetzt sagen Sie mir, warum *Sie* mich hassen.«

Sein Gesicht wurde hart und auf der Brücke herrschte eisige Stille. »Darauf muß ich gar keine Antwort geben«, sagte ich schließlich sehr leise. »Sie führen es jedesmal vor, wenn ich mich im selben Raum wie Sie aufhalten muß.«

»Weil er die Menschen besser versteht als Sie?« spottete Kutzko.

Aikman warf ihm einen eisigen Blick zu. »Sagen Sie einmal, Wächter — wo Sie doch so *viel* über das Gesetz wissen — haben Sie jemals das Patri-Gesetz über Recht und Moral gelesen? *Gelesen* meine ich, nicht nur davon gehört?«

»Ja«, antwortete Kutzko steif.

»Erinnern Sie sich an Artikel neun? Das Recht gegen Selbstbeschuldigung? Gut. Dann erklären Sie mir, wie ein solches Recht in Gegenwart eines Watchers zum Tragen kommen kann?«

Kutzko runzelte die Stirn. »Dieses Recht ist für den Richterstand und für Verhandlungen bestimmt ...«

»Nein!« fuhr ihn Aikman an. »Das Recht, seine Gedanken für sich zu behalten, ist das grundlegendste Menschenrecht.« Er starrte mich an. »Sie haben kein Recht, das zu tun, was Sie tun, Watcher. Streng genommen haben Sie nach Patri-Gesetz nicht einmal das Recht, sich unter die übrige Gesellschaft zu mischen.« Er hob den Zyl und zielte damit wie mit einer Injektionspistole auf mich. »Wenn ich Sie schon nicht für immer von gewöhnlichen Menschen wegsperren kann, so werde ich wenigstens dafür sorgen, daß Sie den Menschen von Solitaire fernbleiben, das ist so sicher wie nur was!«

Er ging um Kutzko herum auf die Tür zu. »Was ist mit Calandra?« fragte ich. »Sie hat ein Recht auf ihr Leben, wenn sie unschuldig ist.«

»Tote haben keine Rechte«, entgegnete er scharf. »Zombies sind bereits tot.«

Ich biß die Zähne zusammen; Panik stieg in mir hoch. Calandras Leben hing an einem Faden, ich konnte es mir nicht leisten, hier auf der *Bellwether* gefangen zu sein, ohne Zugang zu den einzigen Menschen, die helfen konnten. Es gab nur einen einzigen Weg, ihn aufzuhalten ... und der würde seinem Haß auf Watcher neue Nahrung geben.

Und wenn schon. »Mr. Aikman«, rief ich, als er die Tür öffnete, »wenn Sie dieses Dokument durchgeben, dann bleibt mir nichts anderes übrig, als Mr. Kelsey-Ramos zu erzählen, was Sie heute abend getan haben.«

Er hielt inne. »Und das wäre?« fragte er, ohne sich umzudrehen.

»Sie, und nicht HTI, haben in der Villa des Gouverneurs angerufen und mitgeteilt, daß Calandra mitkommen würde.«

Er drehte sich immer noch nicht um, aber ich brauchte sein Gesicht nicht zu sehen. Rücken- und Halsmuskeln verkrampften sich, Beweis genug, daß meine Vermutung richtig war. »Sie haben erzählt, daß Calandra mitkommt, daß sie ein Watcher und eine verurteilte Verbrecherin ist.«

»Das *ist* sie ja«, fauchte er über die Schulter. »Sie hat kein Recht, ihre Zelle zu verlassen und schon gar nicht das Schiff.«

»Ich bezweifle, daß es Mr. Kelsey-Ramos genauso sieht«, warf ich ein. »Er könnte sich in seiner Aufgabe, nämlich Informationen zu sammeln, behindert sehen ... In diesem Fall könnte er es Ihnen verwehren, die Reise auf der *Bellwether* fortzusetzen.«

Wieder strafften sich seine Muskeln, ich hatte den Nerv getroffen. Auch Kutzko beobachtete ihn genau ... doch ihm waren Aikmans Reaktionen nicht aufgefallen. »Das können Sie sich nicht leisten, stimmt es?« fuhr ich fort. »HTI möchte einen eigenen Mann an Bord haben, um verfolgen zu können, was Mr. Kelsey-Ramos tut. Dieser Mann sind Sie.«

»Dr. DeMont ist immer noch da«, entgegnete er, scheinbar unbekümmert. »Außerdem können sie die Totmannschaltung nur in Gegenwart eines gesetzlichen Vertreters der Patri verwenden.«

»Cameo ist voll von gesetzlichen Vertretern der Patri«, erinnerte ich ihn, »und viele von ihnen fühlen sich in keiner Weise an HTI gebunden.«

Aikman antwortete nicht. Es blieb einen Augenblick lang still; dann trat Kutzko zu ihm und streckte die Hand aus. Ohne hinzusehen ließ Aikman den Zyl in die offene Hand fallen. »Es spielt keine Rolle.« Er wandte mir immer noch den Rücken zu. »In einer Woche ist sie *tot.* Und es gibt verteufelt wenig, was Sie oder sonst jemand dagegen tun können.«

»Das werden wir sehen.« Ich versuchte, überzeugter zu klingen, als ich mich fühlte.

Vielleicht spürte er das, vielleicht wußte er auch viel besser als ich, worauf ich mich einließ. »Sie wird sterben, keine Sorge«, fuhr er mich an; die Überzeugung in seiner Stimme und seine Schadenfreude waren echt. »Und wenn Sie sich nicht aus meinen Angelegenheiten heraushalten, sorge ich dafür, daß Sie ihrer Hinrichtung als offizieller Zeuge beiwohnen. Denken Sie daran, bevor Sie sich das nächste Mal in meine Privatsphäre drängen.«

Er ging. »Der macht sich bestimmt überall Freunde«, kommentierte Kutzko sarkastisch. Aber ich spürte, daß der Sarkasmus in seiner Stimme nicht ganz echt war. Darunter ...

Darunter lag ein Unbehagen — ich las es auch in seinen Augen — wie ich es bisher noch nie an ihm bemerkt hatte.

»Gesetzliche Vertreter sind oft so.« Ich ging achselzuckend über sein Unbehagen hinweg. Wenn ihn mein Benehmen von vorhin wirklich störte, so würde er es irgendwann zur Sprache bringen. »Vergessen Sie nicht, daß *wir* nur noch ein paar Tage mit ihm auskommen müssen, *er* hat sich ständig am Hals.«

Kutzko brummte verächtlich. »Sein Problem. Ob er mit jedem so verfährt?«

»Das bezweifle ich. Nicht jeder hat einen Watcher bei sich.«

Kutzkos Unbehagen mischte sich mit Schuldbewußtsein. »Ja, also ...«

»Was werden Sie damit machen?« fragte ich und deutete auf den Zyl in seiner Hand.

»Natürlich Mr. Kelsey-Ramos geben. Warum, wollen Sie es als unser kleines Geheimnis behalten?«

»In gewisser Weise habe ich angedeutet, daß wir Aikmans Indiskretion beim Gouverneur für uns behalten würden, wenn er den Zyl hergibt.«

»Sie sollten keine Versprechungen machen, die Sie nicht halten können«, knurrte er. »Ich muß darüber Bericht erstatten, das wissen Sie recht gut.«

Ein Blick reichte, dann seufzte er. »In Ordnung, ich werde diesen Teil vertuschen, wenn ich kann. Obwohl ich glaube, daß HTI noch viel wütender über Aikman sein wird als Mr. Kelsey-Ramos: Dadurch, daß man Paquin beim Empfang hinauswarf, war sie am Schiff, als die Saboteure einzudringen versuchten.«

So hatte ich es noch nicht gesehen, aber er hatte recht. *Gott machte, daß sich die Bösen in ihren eigenen Fallen fingen ...* »Das hat etwas für sich«, stimmte ich zu.

Er spielte unschlüssig mit dem Zyl. »Ich bringe das jetzt besser zu Mr. Kelsey-Ramos.«

Ich nickte. »Als ich ihn verließ, war er in Schocks Kabine; sie wollten die HTI-Zyls durchgehen.«

»Okay.« Er zögerte. »Gilead ... hat Aikman recht?«

»Sie meinen, ob ich wirklich Gedanken lesen kann?«

»Vielleicht sollte ich besser fragen, *wieviel* Sie von den Gedanken der Menschen erkennen können?«

Ich seufzte. »Ich arbeite seit acht Jahren für Lord Kelsey-Ramos. Wenn ich wirklich mehr als Empfindungen und oberflächliche Eindrücke erkennen könnte, hätte ich ihm in dieser Zeit mühelos die Carillon-Gruppe abnehmen können.«

»Auch wenn Sie wissen, daß Sie Gott dafür Rechenschaft ablegen müssen?«

»Aaron Balaam darMaupine war davon überzeugt, daß die Theokratie auf Bridgeway Gottes Wille war. Er wäre viel länger an der Macht geblieben, wenn er die Gedanken jener hätte lesen können, die ihn schließlich betrogen haben.«

»Auch wahr«, pflichtete mir Kutzko bei; seine Spannung löste sich langsam. »Der Esel des alten Balaam löste sich recht schnell in Nichts auf, sobald die Patri erst erkannt hatten, was er tat.«

Kutzkos unbekümmerte, ja automatische Bezeichnung darMaupines ließ mich innerlich zusammenzukken. DarMaupines Demuts-Name hatte es den Patri leicht gemacht, ihn gegen DarMaupine einzusetzen: Der alttestamentarische Balaam mußte von seinem Esel erfahren, daß der Todesengel ihn auf der Straße erwartete. Diese Bibelstelle war wahrscheinlich die einzige, die auch die fanatischesten Religionsgegner in den Patri und den Kolonien kannten. »Das ist richtig«, gab ich zu. »Die ersten Ältesten der Watcher haben keine versteckten Kräfte des menschlichen Geistes erschlossen, Mikha. Sie haben nur gelernt, das Universum um sie herum wirklich zu *sehen*.«

Kutzko wollte nicht begreifen. »Sie müssen zugeben, daß es manchmal verteufelt unheimlich ist. Egal ... ich muß immer noch zu Mr. Kelsey-Ramos. Bis später!«

Er ging. Ich wartete eine Minute, dann verließ auch ich die Brücke und begab mich in meine Kabine. Er hatte natürlich recht: Wenn jemand die Fähigkeiten der Watcher nicht verstand, dann wirkten sie tatsächlich unheimlich.

Die sie aber *verstanden* ... Vielleicht waren Gefahren vorhanden, an die die Ältesten niemals gedacht hatten. *Gott sieht nicht wie Menschen sehen; sie schauen auf die äußere Erscheinung, aber Gott schaut auf das Herz ...*

Hatten wir in unserem Stolz versucht, uns dieser Rolle zu bemächtigen? War diese Annahme vielleicht die Wurzel von Aaron Balaam darMaupines Verrat? Hatte er geglaubt, daß er auch die Herrschermacht Gottes geerbt hatte, wenn er wie Gott den Menschen in die Seele schauen konnte?

Hatte dieser Stolz zu der Verfolgung geführt, unter der die Watcher-Sekte heute zu leiden hatte?

Ich wußte keine Antwort darauf. Auch nicht nach elf Jahren der Suche.

11. Kapitel

Ich hatte es vorhergesehen, hatte es erwartet und Randon davon überzeugt, daß es geschehen würde. Trotzdem war ich überrascht, als Gouverneur Rybakov am nächsten Morgen auf der *Bellwether* eintraf.

»Für den Fall, daß Sie Aufzeichnungen machen, möchte ich vorweg feststellen, daß meine Anwesenheit hier auf keinen Fall als Eingeständnis eines Vergehens oder einer wissentlichen Mittäterschaft an einem Verbrechen ist«, begann sie, nachdem die Begrüßungsformalitäten erledigt waren.

»Selbstverständlich«, stimmte Randon ruhig zu. »Nur weil ich Sie ersucht habe, hier öffentliches Eigentum abzuholen, heißt das nicht, daß ich Sie derartiger Aktivitäten beschuldige.«

Sie musterten einander kühl und schweigend; ich bildete den dritten Punkt des Dreiecks und versuchte so wenig wie möglich aufzufallen. Rybakov begann. »Darf ich sie haben?«

Randon zog die Zoll-Ausweise, die wir am Abend zuvor den falschen Zöllnern abgenommen hatten, wortlos aus dem Schreibtisch. Rybakov nahm sie ebenso wortlos entgegen, überflog sie mißmutig und ließ sie in eine Tasche unter ihrem Capelet gleiten.

»Ich nehme an, daß Sie eine Erklärung haben«, sagte Randon.

»Selbstverständlich. Können Sie mir einen guten Grund nennen, warum ich sie Ihnen geben soll?«

»Würde Ihnen meine Versicherung helfen, daß ich nicht beabsichtige, etwas davon in die Öffentlichkeit zu bringen?«

Das würde ihr tatsächlich die Sache erleichtern, das sah ich. Rybakov entspannte sich sichtlich, sobald sie von der Ernsthaftigkeit seines Angebots überzeugt war. »Es ergab sich, wie meistens in der Politik«, brummte sie schließlich. »Ich war einen Gefallen schuldig und mußte die Schuld bezahlen.«

»Was für einen Gefallen?«

»Das geht Sie nichts an.«

Randon sah mich an. Ich konnte nur die Achseln zucken. Es handelte sich um etwas Persönliches und ging ihn wahrscheinlich wirklich nichts an. »Darf ich fragen, wem Sie den Gefallen schuldeten?«

»Das möchte ich lieber nicht sagen.«

»Es muß natürlich jemand von HTI gewesen sein«, fuhr Randon fort, als hätte sie nichts gesagt. »Chun Li? — Oder war es Blake, oder Karash? Oder einer aus der mittleren Ebene, die die Schmutzarbeit für die Manager machen.«

»Ich möchte es lieber nicht sagen«, wiederholte Rybakov mit mehr Nachdruck.

»Blake«, murmelte ich.

Beide sahen mich an: Randon mit selbstgefälliger Zufriedenheit, Rybakov mit einer Mischung aus Zorn und Resignation. »Sind Sie sicher?« fragte Randon.

»Auf diesen Namen hat sie reagiert.«

»Aha. Es muß ja nicht immer der unauffällige Mann im Hintergrund sein.«

Rybakov nahm sich zusammen. »Und jetzt ...?«

Randon zog eine Augenbraue hoch. »Was heißt, ›und jetzt‹? Wie gesagt, Gouverneur, habe ich weder die Absicht, Anzeige zu erstatten, noch die Sache publik zu machen. Was mich angeht, handelt es sich um eine interne Angelegenheit zwischen der Carillon-Gruppe und einer ihrer Tochterfirmen. Wir werden es von Portslava aus regeln.«

»Ich verstehe.« Sie dachte wieder eine Weile über seine Worte nach. »Darf ich fragen, ob Sie schon Gelegenheit hatten, die Unterlagen zu prüfen, die HTI unbedingt zurückhaben wollte?«

Die Spannung im Raum während des Wortgeplänkels war mäßig gewesen. Jetzt schnellte sie so abrupt in die Höhe, als hätte jemand einen Schalter betätigt. Ein gemeinsames Geheimnis, über das keiner von ihnen sprechen wollte. Zu diesem Schluß kam ich, als ich bei beiden die gleichen Gefühle feststellte. »Mein Finanzberater und ich sind sie gestern abend durchgegangen«, erwiderte Randon nach einer kurzen Pause.

Rybakovs Gesicht wurde noch gespannter. Sie teilten das Geheimnis, das war sicher. »Und was planen Sie zu unternehmen?« fragte sie.

»Das werden mein Vater und die übrigen Vorstandsmitglieder der Carillon-Gruppe entscheiden.« Der Vorwurf in seiner Stimme war deutlich. »Und wahrscheinlich auch der Oberste Gerichtshof.«

Rybakov glühte vor Zorn … Trotzdem vergaß sie nicht, daß sie auf einer Eisbrücke stand. »Bevor Sie ein Urteil abgeben, Mr. Kelsey-Ramos, sollten Sie mir den Gefallen tun, sich meine Seite der Geschichte anzuhören. Vielleicht versuchen Sie auch, das Dilemma von Solitaire als Ganzes zu verstehen.«

Er legte den Kopf schief. »Ich höre.«

Sie blickte anzüglich in meine Richtung. »Wir sollten es besser für uns behalten.«

Rybakov wollte mich eindeutig loswerden. Randon wollte ebenso eindeutig nichts davon wissen. »Ich sagte Ihnen bereits, daß mein Finanzberater Bescheid weiß«, erinnerte er sie.

»Er ist wahrscheinlich eher in der Lage, die finanziellen und rechtlichen Konsequenzen zu erfassen«, entgegnete sie. »Nicht nur die …« Sie brach ab.

»Nicht nur die moralischen?« beendete Randon den Satz für sie. Er wandte sich mir zu, und ich bereitete mich geistig auf das vor, was kommen würde. »Wir sprechen von Schmuggel, Benedar. Vom illegalen Transport von Metallen aus dem Solitaire-System.«

Es half mir wenig, daß ich mich geistig gewappnet

hatte. Ich starrte ihn einige Sekunden lang wie betäubt an. »Das ist unmöglich«, brachte ich schließlich heraus. »Wie gelingt es ihnen ...?«

Plötzlich begriff ich, die Reaktion traf mich wie ein Schlag mit Verzögerung. »Sie ... *entführen* Menschen für die Totmannschaltung?«

»Fällt es Ihnen so schwer, so etwas von unserer verkommenen menschlichen Rasse zu glauben?« fragte Rybakov zynisch. »Ihr religiösen Typen lamentiert und jammert doch ständig, wie verkommen wir alle sind.«

»Sie wollten mir Ihre Seite der Geschichte erzählen«, wandte sich Randon wieder an sie.

Sie beruhigte sich etwas. »Sie müssen meine Situation verstehen, Mr. Kelsey-Ramos. Ich stecke zwischen zwei einander diametral entgegengesetzten Anforderungen. Ich habe mich unter Eid dazu verpflichtet, die Patri-Gesetze im Solitaire-System aufrechtzuerhalten. Gleichzeitig obliegt mir die weniger formelle, aber genauso dringliche Verpflichtung, die Metallieferungen von den Ring-Minen in Schwung zu halten. Es ist nicht leicht, diese beiden Ziele zu vereinen.«

»Wenn es um Menschenleben geht ...« Ich konnte nicht weitersprechen, denn ich las in ihren Augen die bittere Verachtung und die Genugtuung, daß sie tatsächlich recht gehabt hatte, als sie mir nichts über den Schmuggel erzählen wollte. Der selbstgerechte verblendete Watcher, der unfähig war, das große Schema hinter den Dingen zu erfassen ...

»Falls es Ihnen noch nicht aufgefallen ist«, klärte mich Rybakov auf, »die Entscheidung, daß Solitaire Menschenleben wert ist, wurde bereits getroffen.«

»Das Leben verurteilter Verbrecher, nicht das von Unschuldigen«, korrigierte sie Randon.

Sie schaute ihn finster an. »Also gut. Sie und Ihr Watcher-Freund wollen den Lieben Gott spielen? Dann sagen Sie mir, wie *Sie* in einem System dieser Größe Schmugglern das Handwerk legen würden!«

Randon und ich sahen einander an. »Auf die Gefahr hin, etwas auszusprechen, das auf der Hand liegt, aber was unternimmt Kommodore Freitag dagegen? Ich meine, zwischen den Parties«, fragte Randon.

»Die Vorliebe des Kommodore für Wodkya ist Ihnen also aufgefallen! Hier liegt ein Teil des Problems.«

Ich erinnerte mich an unser kurzes Zusammentreffen mit Kommodore Freitag in der Villa des Gouverneurs ... Ich hatte das Gefühl gehabt, daß der Mann nicht annähernd so betrunken war, wie es den Anschein hatte. Er vertrug ebensoviel Wodkya wie Lord Kelsey-Ramos, der das oft zu seinem Vorteil genützt hatte ...

»Auch Ihr Vater liebt Parties«, murmelte ich Randon zu.

Er blickte mich nachdenklich an und begriff. »Auf die gleiche Weise?« vergewisserte er sich.

»Zumindest sehr ähnlich.«

»Interessant. Wie groß sind die Streitkräfte, die Freitag zur Verfügung stehen, wenn er *nicht* feiert?« fragte er Rybakov.

»Zwei Pravilo-Zerstörer und dreizehn oder vierzehn innersystemare Korvetten«, antwortete sie. »Für zwei Planeten und das Ringsystem eines Gas-Riesen etwas armselig, finden Sie nicht?«

»Allerdings«, gab er zu. »Hat er nicht versucht, eine größere Streitmacht zu bekommen?«

»Durchschnittlich zweimal im Monat. Bis jetzt stehen keine Schiffe zur Verfügung; so lautet zumindest die Entschuldigung.«

Randon preßte verbittert die Lippen zusammen. »Als wollte jemand hoch oben in den Patri nicht, daß Freitag eine echte Chance bekam, den Schmugglern das Handwerk zu legen?«

Sie hielt seinem Blick stand. »Das haben Sie gesagt, nicht ich.«

Ich räusperte mich. »Entschuldigen Sie, Gouverneur,

Sie haben gesagt, daß die Streitkräfte für *zwei* Planeten da sind.«

»Solitaire und Spall, Doppelplanet, erinnern Sie sich? Oder könnt ihr religiösen Typen nur Dinge zählen, bei denen es um drei, sieben oder zwölf geht?«

»Spall? Seit wann ist Spall bewohnt?« wollte Randon wissen.

»Ach, eine Handvoll Wissenschaftler stöbert immer dort oben herum, wahrscheinlich nach dem Grundsatz, daß jeder Planet *irgendeinen* Wert besitzt.« Ihre Ausstrahlung verhärtete sich plötzlich: Sie wurde verstockt. »Derzeit fungiert Spall hauptsächlich als Abladeplatz für Halloas.«

Randon warf mir einen schnellen Blick zu. »Als *was?*«

Rybakov machte eine wegwerfende Handbewegung. »Die Anführer von der Glorie Gottes fanden, daß hier unten die Interferenz für den Empfang der Sendungen Gottes zu groß ist, irgendein ähnlicher Schwachsinn. Zweitausend von ihnen sind kurzerhand nach Spall gezogen; dort können sie in Frieden meditieren. Uns fehlen sie nicht besonders.«

Trotz Randons Gleichgültigkeit religiösen Angelegenheiten gegenüber war ihm Rybakovs offenkundiges Vorurteil spürbar zuwider. »Das beruht sicherlich auf Gegenseitigkeit«, entgegnete er ihr. »Wie lange sind sie schon oben?«

»Manche zwei, drei Jahre.« Rybakovs Interesse an dem Thema näherte sich sehr schnell dem Nullpunkt. »Sie richten sich offenbar häuslich ein und wollen bleiben; ihre primitiven Siedlungen sind über den ganzen Planeten verstreut.«

»Vielleicht werden sie um den Status einer Kolonie-Welt ansuchen«, murmelte ich.

Rybakov tat das zwar abfällig ab, aber sie hatte auch schon die gleiche Idee gehabt, und sie gefiel ihr ganz und gar nicht. »Niemals, solange es Patri gibt«, erklärte sie entschieden. »Wir sind vom Thema abgekommen, Mr. Kelsey-Ramos. Auch wenn der Pravilo diese religiösen Narren auf Spall nicht im Auge behalten müßte, so wäre es ihm immer noch unmöglich, Solitaire und die Ring-Minen zu patrouillieren, und ich würde mich nach wie vor dem Problem gegenübersehen, ein nicht durchführbares Gesetz durchsetzen zu müssen. Bevor Sie also mit Schuldzuweisungen beginnen, sagen Sie mir, was Carillon Ihrer Meinung nach zur Veränderung der Situation beitragen kann.«

»Ich weiß nicht, wie mein Vater entscheiden wird«, erwiderte Randon unbeeindruckt. »Aber er wird sich bestimmt nicht mit einem Geschäft abfinden, zu dem die Entführung und Ermordung Unschuldiger gehören.«

Rybakov grinste boshaft. »Ich kann es kaum erwarten, was dem über alle Maßen moralischen Lord Kelsey-Ramos dazu einfällt.« Bevor Randon noch herausgefunden hatte, ob sie unverschämt war oder nicht, erhob sie sich abrupt. »Trotzdem muß ich bis zu diesem sensationellen Tag meine Regierungsgeschäfte führen. Guten Tag, Mr. Kelsey-Ramos.«

»Guten Tag, Gouverneur.« Randon betätigte die Türfreigabe; als die Tür aufging, wartete Kutzko draußen, um sie zur Druckschleuse zu begleiten.

Die Tür schloß sich hinter ihr, und ich drehte mich zu Randon um. »Es tut mir leid, wenn ich Sie vorhin in eine peinliche Lage gebracht habe«, entschuldigte ich mich. »Ich bin noch nie auf die Idee gekommen, daß von Solitaire aus geschmuggelt wird.«

»Jemand bei HTI hat die Idee gehabt«, knurrte er. »Ein einfacher, einstündiger Kurs: Wie umgeht man Lizenzbeschränkungen?«

Mir fiel etwas ein. »Ein Kurzlehrgang, den andere Firmen offenbar auch belegt haben«, sagte ich langsam. »Die Spannung, mit der man Sie gestern abend beim Gouverneursempfang beobachtete? Meiner Ansicht nach wußten alle, daß Sie die unaufbereiteten Informationen besaßen, aus denen Sie die Schmuggelverbindungen von HTI entnehmen konnten.«

Er nickte verdrießlich. »Klingt vernünftig. Ihre größte Sorge ist, daß Carillon die Patri auf sie hetzen könnte, anstatt mitzuspielen.«

Mich fröstelte. Der Gedanke, einen Menschen zu entführen und bewußt zu töten ... »Ob sich derzeit Schmuggler im System aufhalten?«

»Wahrscheinlich.« Mein Ton machte ihn hellhörig. »Warum?«

»Es könnte die Lösung für unser Problem mit Calandra sein«, erklärte ich. »Die Mannschaft eines Schmugglerschiffs besteht ziemlich sicher aus Nicht-Solitariern; definitionsgemäß haben sie mindestens einen Mord begangen ...«

»Einen Augenblick«, fiel mir Randon ins Wort. »Wir wollen nichts überstürzen!«

Ich starrte ihn fassungslos an. Von einem Augenblick auf den anderen hatte sich seine Ausstrahlung völlig verändert. »Was ist los«, fragte ich vorsichtig. »Carillon wird doch den Schmuggeloperationen von HTI Einhalt gebieten?«

»Das entscheidet mein Vater zusammen mit dem Vorstand, nicht ich«, fuhr er mich an.

Wir sahen einander lange an. Dann seufzte er. »Schauen Sie, Benedar, ich bin nicht religiös, gebe Ihnen aber trotzdem recht: Das Vorgehen der Schmuggler ist das abscheulichste Geschäft, das mir je untergekommen ist. Doch sobald Carillon oder jemand anderer gegen HTI eine derartige Anzeige erstattet, werden Vermögen und Aktivitäten von HTI sofort eingefroren. *Sofort!*«

Ich begriff. »Nachdem der Lizenzhalter aber HTI ist und nicht Carillon ...?«

Bei meinem anklagenden Ton verzog er zwar das Gesicht, nickte jedoch. »Man würde Carillon aus Solitaire verbannen, mindestens für sechs Monate, wahrscheinlich für länger«, beendete er meinen Satz.

Ich biß mir auf die Lippe. »Lord Kelsey-Ramos würde sich dadurch nicht abhalten lassen.«

Ich wußte sofort, daß ich einen Fehler gemacht hatte. Randon runzelte die Stirn; Zorn, Schuldbewußtsein und Sorge spiegelten sich auf seinem angespannten Gesicht. »Mein Vater ist aber nicht hier«, erwiderte er heftig. »*Ich bin* hier, und *ich bin* derjenige, der die Entscheidungen trifft.«

Das war ein schwaches Argument, und wir wußten es beide. Er stand ratlos einem Problem gegenüber, auf das er nicht vorbereitet gewesen war; seine Lösung dafür war, überhaupt keine Entscheidung zu treffen. Er wußte es, und ich wußte es ... und im Augenblick verachtete er mich, weil ich es wußte.

Ich hätte mich zurückziehen und das Thema ruhen lassen sollen, bis er darüber sprechen konnte, ohne daß ihn das Wissen um die Entschlußfreudigkeit seines Vaters erdrückte. Doch ich konnte meine Worte nicht mehr zurückhalten. »Was geschieht dann mit Calandra?«

Er mußte es als Druck empfinden, und angesichts dieses Drucks kapselte er sich ab. »Was soll mit ihr sein?« fauchte er mich an. »In einer Woche wird sie an der Totmannschaltung sitzen und sterben. Was wollen Sie von mir hören? Daß ich wegen einer verurteilten Verbrecherin die Zukunft Carillons aufs Spiel setze?«

»Sie ist unschuldig!«

»Das sagen *Sie!* Wo ist der Beweis dafür?«

»Das habe ich Ihnen schon gesagt: In Outbound.«

»Schön! Wir werden die Unterlagen überprüfen. Wenn sie unschuldig ist, werde ich dafür sorgen, daß sie posthum rehabilitiert wird.«

Die Niederlage schmeckte bitter. *Ich sende euch wie Schafe mitten unter Wölfe; seid klug wie die Schlange und ohne Falsch wie die Taube ...* Auch die Watcher-Ausbildung war keine Garantie gegen dummes Verhalten ... Denn ich hatte zu Randon so gesprochen, wie ich zu seinem Vater gesprochen hätte; und das war wirklich dumm. Er konnte sich zu keiner Entscheidung durchringen, aber er wollte so tun, als hätte er eine getroffen. Weniger mir gegenüber als gegenüber sich selbst.

Damit war alles nutzlos, was ich noch sagen konnte. Aber ich mußte es versuchen. »Ich habe gehört, daß Sie unsere Abreise auf morgen früh verschoben haben ...«

»Wenn Sie auf das hinauswollen, was ich glaube, dann können Sie es verdammt schnell vergessen«, unterbrach er mich. »Wir gehen nicht auf Schmugglerjagd.«

»Nein, Sir. Aber wenn *ich* einen finde ...«

»Nicht einmal, wenn Sie ihn Gouverneur Rybakov als Geschenk verpackt servieren«, knurrte er. »Wie deutlich muß ich werden?«

»Es ist schon deutlich genug, Sir.«

»Gut, dann gehen Sie jetzt — und vergessen Sie nicht, warum Sie in erster Linie auf diese Reise mitgenommen wurden.«

Erst in meiner Kabine wich die Röte endlich aus meinem Gesicht. *Klug wie die Schlange ...* Ich warf mich auf mein Bett, und langsam nahm eine neue Idee Gestalt an. Ich durfte nicht selbst auf Schmugglerjagd gehen, gut. Doch wenn ich der richtigen Person den richtigen Tip gab ...

Ich dachte eine Weile darüber nach, erwog die Möglichkeiten, und erinnerte mich an jede Nuance meiner Eindrücke auf dem Gouverneursempfang am Abend zuvor. Es war den Versuch wert ... Vor allem deshalb, weil ich andernfalls nur aufgeben und eine unschuldige Frau sterben lassen konnte.

Wenn Randon einen Ersatzverbrecher bekam, dann würde er bestimmt Calandra am Leben lassen. Ganz bestimmt.

12. Kapitel

Zwei Hindernisse, die mir die Bürokratie in den Weg stellte, konnte ich mit dem Namen Kelsey-Ramos überwinden. Beim dritten ließ mich mein Glück im Stich. »Es tut mir leid, Mr. Benedar«, belehrte mich der Pravilo-Leutnant im Vorzimmer. »Kommodore Freitag ist heute sehr beschäftigt. Wenn Sie einen Termin vereinbaren wollen, dann werde ich schauen, was sich machen läßt.«

»Ich kann leider nicht warten. Ich fliege morgen mit Mr. Kelsey-Ramos zu den Ring-Minen ...«

»Pech für Sie! Tut mir leid!« fiel er mir ins Wort.

»Der Kommodore *wird* mit mir sprechen wollen«, versuchte ich es betont kühler.

Leider war der Leutnant an solche Schachzüge gewöhnt. »Dann wird er bedauern, daß er Sie versäumt hat«, antwortete er genauso kühl. »Guten Tag, Mr. Benedar.«

»Bringen Sie ihm zumindest eine Nachricht von mir«, feilschte ich. »Wenn er mich danach nicht sehen will, dann gehe ich widerspruchslos.«

Er überlegte, ob er mir sagen sollte, daß es in seiner Macht stand, mich auch so hinauszuwerfen. In der Zwischenzeit war er jedoch neugierig geworden, so daß er ein kleines Risiko einging. »Also gut«, sagte er herausfordernd.

Ich kritzelte eine Nachricht auf den Notizblock, den er mir hinlegte und faltete das Papier zusammen. »Vertraulich, für den Kommodore.« Ich reichte ihm den Zettel.

»Selbstverständlich, Sir.« Mit einem hämischen Blick erhob er sich, versperrte mittels Tastendruck seinen Schreibtisch und ging zur Tür, die ins Büro des Kommodore führte.

Ich hielt den Atem an. Aber es dauerte weniger lang, als ich erwartet hatte. Nach nicht einmal einer Minute war er wieder da. »Mr. Benedar …?« forderte er mich von der offenen Tür her auf.

Ich hatte es geschafft! Ich wappnete mich und ging an ihm vorbei in das Büro.

Kommodore Freitag saß an einem fast krankhaft ordentlichen Schreibtisch, der nach meiner Schätzung im geometrischen Mittelpunkt des Raumes stand. »Mr. Benedar«, begrüßte er mich träge ohne aufzustehen. »Danke, Leutnant, Sie können gehen.«

Der Leutnant nickte und schloß schweigend die Tür hinter sich. »Ich weiß es zu schätzen, daß Sie mich ohne Voranmeldung empfangen, Kommodore«, sagte ich.

Freitag sah mich hämisch von der Seite an. Der Leutnant hatte ihm die Geste wahrscheinlich abgeschaut. »Auf Solitaire, Mr. Benedar, zeigt man seine Wertschätzung in Form von greifbaren Gefälligkeiten.«

Ich deutete auf meine Nachricht, die vor ihm auf dem Schreibtisch lag. »Mein Angebot kommt dafür nicht in Frage?«

»Das kommt darauf an. ›Mein Name ist Gilead Raca Benedar. Mir ist bekannt, was Sie gegen die Schmuggler unternehmen wollen; vielleicht kann ich Ihnen helfen.‹ Nicht besonders präzise.«

»Das sollte es auch nicht sein.« Mir fiel auf, daß er meine Nachricht aus dem Gedächtnis zitierte. »Ich habe außerdem den Eindruck, daß man auf Solitaire Einzelheiten persönlich abspricht.«

Er spreizte die Finger gegeneinander und lehnte sich zurück. »Jetzt ist Gelegenheit dazu. Erzählen Sie mir doch zuerst, was ich angeblich gegen die vermeintlichen Schmuggler unternehme!«

»Angesichts Ihrer beschränkten Mittel tun Sie das einzig Mögliche, um Informationen zu ergattern: Sie gehen zu wichtigen gesellschaftlichen Veranstaltungen und tun so, als würden Sie sich amüsieren.«

Er war gut. Nicht die leiseste Überraschung über meine Aussage zeigte sich auf seinem Gesicht. Auch keine Bestätigung, daß ich recht hatte. Ein Nicht-Watcher hätte nichts bemerkt. »Sie interpretieren zu viel in die Schwächen eines Mannes hinein«, widersprach er sanft.

»Glauben Sie? Sie haben sich gestern abend viel besser unter Kontrolle gehabt, als es den Anschein hatte. Genauer gesagt, für einen Mann, der es angeblich nur auf den kostenlosen Wodkya-Vorrat des Gouverneurs abgesehen hat, waren sie äußerst wachsam.«

Er blickte mich lange schweigend an. »Ich bin noch nie zuvor einem Watcher begegnet«, sagte er schließlich. »Heutzutage wagen sich nicht allzu viele von ihnen aus ihren Siedlungen heraus.«

»Ein Watcher kann leicht feststellen, wann er unerwünscht ist«, gab ich ihm gelassen zu bedenken.

»Und da ihr religiös seid, haltet ihr lieber still und sterbt, statt sich gegen die Vorurteile zu wehren?« fragte er verächtlich.

Und ich sage euch, wehrt euch nicht gegen die Gottlosen … »Kämpfen schadet dem Verteidiger oft mehr als seinem Gegner«, wandte ich ein. Die Antwort kam automatisch, ein Echo aus meinen Kindertagen. Ich wußte noch immer nicht, ob ich wirklich daran glaubte. »Ihre Zeit ist knapp, also …«

Er studierte mich nachdenklich. »Was genau bieten Sie mir an?«

»Ich unterstütze Sie dabei, diejenigen Firmen auf Solitaire herauszufinden, die nebenbei Schmuggler einsetzen.«

»Weshalb?«

Ich zögerte. »Weshalb was? Weshalb sie Schmuggler einsetzen?«

»Weshalb bieten Sie mir an, sie zu fassen? Was erwartet sich Carillon davon?«

»Carillon hat nichts damit zu tun«, stellte ich klar. »Das ist meine Angelegenheit.«

»Das soll ich glauben?«

»Es ist die Wahrheit.«

»Natürlich. Weil Sie ein Watcher sind, soll ich glauben, daß Sie immer die Wahrheit sagen?«

Ich wurde unwillig. »Kommodore ...«

»Anders ausgedrückt, weshalb soll ich Ihnen vertrauen?« unterbrach er mich ruhig.

»Was kostet es Sie?« argumentierte ich. »Nehmen wir einmal an, daß ich *nicht* ganz aufrichtig bin. Es ist doch gleichgültig, ob Carillon ebenfalls davon profitiert, wenn Sie dem Schmugglerunwesen einen Schlag zufügen können.«

Er schwieg eine Weile ... und noch während ich ihn beobachtete, verhärtete sich sein Blick. »Ich möchte Ihnen etwas über meine Aufgabe erzählen, Benedar«, begann er schließlich. »Auf Solitaire kann man nicht gewinnen. Die Patri wissen genau, daß geschmuggelt wird. Leider wissen sie auch, daß es die größten und mächtigsten Firmen sind, die mit den Schmugglern Geschäfte machen. Das ist einer der Gründe, es gibt noch zwei weitere ...« — die Bitterkeit in seiner Stimme war nicht zu überhören — »weshalb man nicht will, daß die Sache auffliegt. Die Lösung? Man stellt eine symbolische Pravilo-Streitmacht auf, gibt das Kommando jemandem, der seine Zeit absitzt, ohne etwas zu tun, und am Ende dafür eine symbolische Beförderung erhält; danach nimmt er einen gemütlichen Schreibtischposten auf Janus an oder zieht sich taktvoll in den Ruhestand zurück.« Er lächelte bitter. »Derzeit bin ich derjenige.«

»Klingt wie ein hübscher Plan. Was ist schief gegangen?«

Schmerz verzog sein Gesicht. »Vor ein paar Monaten stieß ein Erkundungsschiff draußen bei den Ringen auf eine treibende Leiche. Ein illegaler Einflug-Zombie, den ein Schmugglerschiff nach dem Passieren der Wolke hinausgeworfen hat. Es war die Tochter eines alten Freundes.«

»Das tut mir leid«, murmelte ich.

»Sie gehören zu Carillon, Benedar. Carillon ist eine bedeutende Firma auf einer der Patri-Welten. Das macht Ihr Angebot zu helfen verdächtig.«

Ich holte tief Luft. »Ich spiele kein doppeltes Spiel, Kommodore. Tatsache ist, daß ich einen Schmuggler brauche — er muß innerhalb der nächsten Woche ertappt, vor ein Gericht gestellt und verurteilt werden.«

Freitag zog die Augenbrauen hoch. »Ihr Watcher glaubt *wirklich* an Wunder! Geht es um eine private Wette?«

Ich schüttelte den Kopf. »Ich muß einen Ersatz finden ... für den Rückflug-Zombie ... bevor unser Schiff Solitaire verläßt.«

Die Falten auf seiner Stirn vertieften sich. »Stimmt mit dem derzeitigen etwas nicht?«

»Vielleicht mit ihrer ursprünglichen Verurteilung. Die Einzelheiten sind nicht wichtig. *Wichtig* ist, daß ich einen ordnungsgemäß verurteilten Verbrecher auftreibe, bevor wir sie hinrichten müssen.«

Er begriff ... aber es war ein Anflug von Unwillen dabei. »Sind Sie zu mir gekommen, weil man Ihnen bei Gericht gesagt hat, daß Sie keinen Solitarier nehmen können?«

»Ja, Sir«, bestätigte ich vorsichtig. Sein Ärger kam unerwartet und beunruhigte mich. »Aber ich verstehe nicht, warum das eine Rolle spielt. Wir würden einander trotzdem helfen ...«

»Ich lasse mich nicht gern benützen, Benedar«, fiel er mir scharf ins Wort, »und mag es nicht, wenn man mit mir spielt. Ich gebe also brav nach, verschaffe Ihnen Ihren Schmuggler und wir sind alle glücklich, ja?«

»Das muß nicht das Ende sein.« Endlich durchschaute ich das Labyrinth seiner Gefühle! »Ich könnte Ihnen immer noch dabei helfen, die übrigen Schmugglerverbindungen aufzuspüren ...«

»Von wo aus?« kam es blitzartig zurück. »Von Portslava aus? Kommen Sie, Benedar, ich bin doch nicht dumm. Sobald Sie Ihren Rückflug-Zombie haben, sind Sie dahin — und ich bleibe auf einer nicht einmal halb erledigten Sache sitzen. Die übrigen Schmuggler sind alarmiert und wissen, daß ich nicht der Narr bin, den ich ihnen mit so viel Mühe vorgespielt habe.«

Er brach ab, denn es wurde ihm plötzlich bewußt, daß er vor einem völlig Fremden tobte. »Aber wie Sie zuvor schon gesagt haben, sind die Einzelheiten nicht wichtig. Wichtig ist, daß die ganze Mühe vergeblich war, wenn es mir nicht gelingt, das gesamte Schmugglernetz mit einem Schlag zu zerstören. Das ist wichtig; Sie und Ihr angeblich unschuldiger Zombie haben in meinem Plan keinen Platz. Guten Tag, Mr. Benedar.«

Ich schluckte. »Kommodore, es geht um Leben und Tod ...«

»Guten *Tag*, Mr. Benedar.«

»Kommodore ...«

Hinter mir ging die Tür auf, und ich hörte die Schritte des Leutnants. »Hier entlang, Sir«, sagte er mir fast ins Ohr. Seine Stimme verriet mir, daß er, wenn notwendig, auch Gewalt anwenden würde.

Ich suchte in Freitags Gesicht nach einem Hinweis, daß es vielleicht doch noch eine Möglichkeit gab, seine Meinung zu ändern. Doch falls eine solche Möglichkeit existierte, war sie so tief vergraben, daß auch ich sie nicht entdeckte.

Ich drehte mich schweigend um und ging.

Die übrigen Möglichkeiten welkten und starben auf ziemlich ähnliche Weise dahin.

Es war fast Abend, als ich nach Rainbow's End zur *Bellwether* zurückkehrte. Ich war körperlich und geistig müde und erschöpft wie schon lange nicht mehr. An der Druckschleuse brachte ich gerade noch einen nachlässigen Gruß für Daiv Ifversn und Seqoya zustande und ging direkt in meine Kabine.

Zum Glück traf ich niemanden. Ich warf mich auf mein Bett und starrte an die Decke ... Ich dachte nach.

Kommodore Freitag, das Büro von Gouverneur Rybakov, das Büro des Polizeikoordinators, sogar beim Richter von Solitaire war ich gewesen — überall. Die gesamte solitarische Bürokratie hatte ich von oben bis unten durchkämmt und jemanden gesucht, der helfen konnte.

Niemand konnte helfen. Oder niemand wollte helfen.

Ich schloß die Augen und dabei kamen mir die Tränen. Tränen der Enttäuschung und Hilflosigkeit. In weniger als zwölf Stunden sollten wir Solitaire verlassen und zu den Ring-Minen fliegen ... und Calandra würde sterben.

Nicht einmal ich brachte jetzt noch falsche Hoffnungen auf. Hatten wir Solitaire einmal verlassen und befanden uns fern dem Regierungs- und Justizzentrum, gab es keine Hoffnungen mehr. Die Reise von Collet nach Solitaire und zurück dauerte vier Tage; ein Prozeß dauerte mindestens ein paar Tage — auch wenn das Gericht dem Einsatz von Wahrheitsdrogen zustimmte, um das Verfahren zu beschleunigen. Es war einfach unmöglich, einen Schmuggler innerhalb der zwölf Tage, die wir noch im System blieben, vor Gericht zu stellen und zu verurteilen. Nicht einmal wenn er an Bord der *Bellwether* spazierte und sich uns auslieferte.

Noch zwölf Tage ... dann würde eine unschuldige Frau sterben.

Wenn sie gar nicht unschuldig war?

Ich wälzte mich unruhig herum. Das war der Haken an der Sache. Die Frage plagte mich seit dem Moment, da ich Calandra kennengelernt hatte. Der Richter von Outbound hatte sie schließlich aufgrund von Beweisen, die man für gut und ausreichend hielt, verurteilt. Diese Beweise waren Lichtjahre weit weg, und ohne sie konnte ich niemanden auf Solitaire von Calandras Unschuld überzeugen.

Doch was mich betraf ...

Stolz ist der Schmuck der Gottlosen, Verbrechen das Gewand, das sie tragen. Sie strotzen vor Bosheit, aus ihren Herzen quillt die Schläue. Zynisch tun sie das Böse, hochmütig befürworten sie die Gewalt. Ihr Mund fordert den Himmel für sie, und ihre Zungen stehen nicht still auf Erden ...

Vielleicht zu poetisch ... doch in den Worten lag ein Körnchen Wahrheit. Jeder Mensch, den ich bisher getroffen hatte, war von der Aura seines Charakters umgeben. Diese Aura entstand im Laufe vieler Jahre aus der Denk- und Handlungsweise, bis sie zum klaren Spiegelbild der ihr zugrunde liegenden Persönlichkeit wurde. Meine Lehrer in der Siedlung Cana verglichen sie mit dem gewachsenen Fels unter einer ständig wechselnden Landschaft ... einem Fels, den kein Willensakt über Nacht verändern konnte.

Im Laufe mehrerer Tage hatte ich in verschiedenen Situationen mit Calandra gesprochen. Ich hatte die feinen Schattierungen ihres Charakters in ihren Augen, ihrem Gesicht und ihrem Körper gelesen ... Ich konnte daraus nur einen Schluß ziehen.

Calandra war ein Mensch und keine Heilige. Ihre Aura zeigte deutlich die gleichen Ängste, Leidenschaften und Schwächen, die wir alle besitzen. Sie zeigte nicht die eiskalte Gefühllosigkeit einer Mörderin.

Selig sind die Barmherzigen; sie werden Barmherzigkeit erlangen ...

Laßt den Schwachen und Waisen Gerechtigkeit widerfahren, seid gerecht zu den Unglücklichen und Notleidenden. Rettet die Schwachen und Bedürftigen, errettet sie aus den Klauen der Gottlosen ...

Ich hatte es versucht; hatte es wirklich versucht. Ich hatte mich bei Randon eingesetzt, bei Kommodore Freitag, bei jedem solitarischen Beamten, dessen ich habhaft werden konnte. Zu welcher Tür ich auch kam, man hatte sie mir vor der Nase zugeschlagen.

Selig sind die Barmherzigen; sie werden Barmherzigkeit erlangen ...

»Ich habe *alles* getan, was möglich war«, stieß ich laut hervor. Dieser Gedanke und mein Schuldbewußtsein ließen sich nicht unterdrücken. »Ich *kann* nichts mehr tun.«

Aber es gab noch etwas. Eines konnte ich noch versuchen ...

Wenn ihr einen Turm bauen wollt, wer von euch würde sich nicht hinsetzen und die Kosten berechnen, damit er sieht, ob er genug hat, um ihn fertigzustellen?

Ein Schauer überlief mich. Ja, eines konnte ich noch versuchen ... aber es würde mich etwas kosten. Sehr viel kosten.

Sei gehorsam zu jenen, die deine Herren sind ...

Wie gesegnet sind jene, denen Gott keine Schuld anlastet, in deren Geist kein Falsch wohnt ...

Wer sich um seinen Herrn sorgt, wird geehrt werden ...

Nicht nur mein Job oder meine Ehre standen hier auf dem Spiel. Ich mußte mein Leben einsetzen ... und auch das Leben vieler anderer.

Ich konnte es nicht tun. Ich *wollte* es nicht tun.

Selig sind die Barmherzigen; sie werden Barmherzigkeit erlangen ...

Dagegen konnte ich nichts einwenden. Am Ende gab ich nach.

13. Kapitel

Auf einem Schiff von der Größe der *Bellwether* gibt es tausend kleine Geräusche und Schwingungen. Geräusche, die von der Bewegung herrühren, von den Maschinen und der Ausrüstung, auch das undeutliche Gemurmel vieler Gespräche, die im Hintergrund verschmelzen. Meistens kleine Geräusche; jemand, der neu auf dem Schiff war, würde wahrscheinlich nur wenige davon wahrnehmen, und bald gar keine mehr hören. Doch für mich waren sie immer da, lauerten im Hintergrund meines Bewußtseins und drängten sich häufig in den Vordergrund.

Ich lag mit geschlossenen Augen auf dem Bett und hörte zu, wie die Nachtruhe auf der *Bellwether* einkehrte.

Natürlich nur zum Teil. Einer der höheren Offiziere der Brücke, und zwei oder drei Männer von der Besatzung machen rund um die Uhr im Maschinenraum und am Zentralmonitor Dienst. Einer von Kutzkos Leuten hält vor Calandras Kabine Wache. Aber die übrigen dienstfreien Offiziere und Mannschaftsmitglieder sind in ihren Kabinen und machen sich für die Nacht zurecht ... ebenso Randon und die anderen Passagiere.

Ich wartete, bis das Schiff eine Viertelstunde ruhig gewesen war, dann verließ ich meine Kabine. Niemand war zu sehen, und ich machte mich so schnell und leise wie möglich auf den Weg. Der Zweite Offizier Laskowski hatte Dienst auf der Brücke; wenn ich die Dinge richtig beurteilt hatte ...

Ich hatte sie richtig beurteilt. »Mr. Benedar«, grüßte Kapitän Bartholomy leicht überrascht, als ich die Brükke betrat. Laskowski hob den Kopf von seinen Ausdrucken, wandte sich aber sofort wieder seiner Arbeit zu, ohne etwas zu sagen.

»Guten Abend, Kapitän!« Ich bemühte mich sehr,

meine Stimme normal klingen zu lassen. »Gut, daß ich Sie treffe — Mr. Kelsey-Ramos hat mir gesagt, daß Sie wahrscheinlich hier sind und mir helfen können.«

Die Lüge klang für mich so durchsichtig, daß ich eine schreckliche Sekunde lang überzeugt war, Bartholomy würde sie auf alle Fälle durchschauen. Mein Magen verkrampfte sich, und ich wartete eine Ewigkeit darauf, daß er es mir auf den Kopf zusagte.

»Richtig, ich schaue vor dem Zubettgehen für gewöhnlich noch einmal schnell herein«, brummte er. »Was kann ich für Sie tun?«

Meine Ohren dröhnten, und ich bemerkte, daß ich den Atem anhielt. »Ich habe eine Anfrage für den Tower.« Ich war schrecklich nervös. »Ich soll mich erkundigen, ob ich ein kleines innersystemares Schiff mieten kann.«

Bartholomy lächelte höflich. »Mr. Kelsey-Ramos traut der *Bellwether* nicht?«

Ich erwiderte sein Lächeln so gut ich konnte. »O nein, Kapitän. Er hält es für eine gute Idee, wenn wir die Kopien der HTI-Daten auf zwei verschiedenen Schiffen zu den Ring-Minen mitnehmen.«

Er schaute interessiert, schöpfte aber keinen Verdacht. »So explosiv ist das Zeug also? Ich habe Gerüchte darüber gehört.«

»HTI hat schon einmal versucht, sie zurückzuholen«, erzählte ich ihm und versuchte dabei, seine Gefühle und auch die des lauschenden Laskowskis so tief wie möglich auszuloten. Keiner schöpfte den geringsten Verdacht. Das gab mir den Mut zu einer kleinen Ausschmückung. »Das Problem dabei ist, daß laut Dapper Schock Computerdaten, die nicht vom Schiff stammen, im Weltraum zumindest teilweise zerstört werden können.«

Bartholomy brummte. »Das ist mir neu. Hat Mr. Kelsey-Ramos gesagt, wie groß die Mannschaft auf dem Beiwagen sein soll?«

»Nur ich«, antwortete ich.

Er staunte, und ich bereute sofort, daß ich keine größere Zahl genannt hatte. Er hegte immer noch keinen Verdacht, doch sein Interesse verwandelte sich in Unsicherheit. »Nur Sie?« fragte er.

»Ja«, bestätigte ich, und wieder spürte ich den Knoten in meinem Magen. »Während des Flugs werden alle anderen hier gebraucht.« Ich sah es seinen Augen an, daß ihm etwas eingefallen war — etwas, das Widerwillen in ihm erzeugte, vielleicht mit einem Persönlichkeitskonflikt zusammenhing. »Außerdem«, ich hoffte, daß ich mich nicht geirrt hatte, »befürchtet Mr. Kelsey-Ramos, Aikman könnte es bemerken und Verdacht schöpfen, wenn zu viele Leute fehlen.«

Ich hatte ihn richtig beurteilt. Bartholomy nickte, die Unsicherheit schwand, als ich seinen Gedanken aussprach. »Das gleiche habe ich eben auch gedacht«, brummte er. »Wir wollen mal sehen, was sich machen läßt!«

Er ging zu seinem Kommandostand zurück und schaltete das Telefon ein. »Den Tower des Raumhafens«, verlangte er. »... Kapitän Bartholomy von der *Bellwether.* Ich würde so bald wie möglich etwas in der Art einer Mini-Yacht brauchen, ... nein, mit Vorprogrammierungsmöglichkeit ... ja, ich warte.« Er blickte auf. »Sie sieht nach, was da ist.«

Er wußte offenbar im voraus, was er erfahren würde ... »Mr. Kelsey-Ramos sagte, daß sie Schiffe verleihen«, erwähnte ich kühn.

Ich hatte wieder ins Schwarze getroffen. »Genau das hat sie gesagt«, bestätigte er. »Es geht nur darum ... — ja?« unterbrach er sich und blickte wieder auf den Schirm. »Wiederholen Sie bitte!« Er griff nach seiner Tastatur. »Eine Cricket V Rockhopper; richtig. Können Sie mir die Spezifikationen geben?«

Der Lichtreflex auf seinem Gesicht veränderte sich: Der Bildschirm war jetzt zwischen dem Telefon und der

Computerinformation vom Tower geteilt. Ein Blick, und er war zufrieden. »Klingt gut, wir nehmen sie. Wann können wir sie haben?« Er sah mich fragend an. »Wann wollen Sie die Yacht?«

»Sobald wie möglich.« Mir kam das Ganze unwirklich vor. Es funktionierte tatsächlich ...

»Wir möchten sie sofort«, sagte Bartholomy ins Telefon. »In einer Stunde? Das geht in Ordnung. Verpflegung für vier Tage für eine Person, plus doppeltem Sicherheitsspielraum. Die Rechnung auf unser Konto — nein, Moment bitte.« Er grinste hinterhältig. »Die Rechnung geht auf HTI-Transport, zu Händen von Mr. Sahm Aikman, an Bord der *Bellwether* ... Danke. *Bellwether* Ende.«

Er unterbrach die Verbindung und sah mich mit einem zufriedenen Lächeln an. »Sie haben Ihr Schiff, Mr. Benedar — Startkatapult fünfzig-sieben. Sie machen sich besser auf den Weg.«

»Können Sie das wirklich machen? Ich meine, die Rechnung auf Aikman ausstellen lassen?«

Er zuckte die Achseln. »Wenn die Rechnung kommt, dann bezahlen wir sie — niemand kümmert sich darum, von wessen Konto das Geld kommt. Aber bis dahin scheint nur der Name von HTI auf, falls jemand es überprüft. Wahrscheinlich wird niemand darauf hereinfallen, aber es wird sie ordentlich ärgern.«

Bartholomy war befriedigt, und ich stellte mir kurz vor, was er empfinden würde, wenn er herausfand, daß ich ihn angelogen hatte. Scham und Schuld erstickten mich fast bei dem Gedanken. »Danke, Sir«, quetschte ich heraus. »Übrigens, Mr. Kelsey-Ramos möchte es so weit wie möglich geheim halten.«

Er zwinkerte verschmitzt. »Keine Sorge. Ich möchte derjenige sein, der Aikman die Neuigkeit beibringt, wenn er Sie schließlich doch vermißt.«

Ich erwiderte sein Lächeln so gut ich konnte. »Ja, Kapitän. Wir ... sehen uns auf den Ringen.«

Ich ging. *Selig sind die Barmherzigen; sie werden Barmherzigkeit erlangen* ... Immer wieder wiederholte ich die Worte, während ich durch die verlassenen Korridore der *Bellwether* zurückging ... Ich wollte das Bild des Mannes auslöschen, dessen Vertrauen ich eben mißbraucht hatte.

In den acht Jahren bei Lord Kelsey-Ramos hatte ich sehr viele Lügner kennengelernt und Gelegenheit gehabt, sie zu studieren. Manche logen nur, wenn sie es für notwendig hielten, anderen war die Lüge zur zweiten Natur geworden. Die Spirale drehte sich nach unten, bis zum gewohnheitsmäßigen Betrug; ich hatte daher immer geglaubt, daß die zweite Lüge leichter über die Lippen käme als die erste.

Das stimmte nicht.

Im Korridor zu Calandras Gefängniskabine hatte ich immer noch Bartholomys Gesicht vor Augen. Sein Gesichtsausdruck als ich ihn anlog ... Sein Gesichtsausdruck, wenn ihn Randon zur Schnecke machte, nachdem meine Lüge aufgeflogen war ... Sein Gesichtsausdruck, wenn er womöglich seinen Job verlor.

Die Pläne des Rechtschaffenen sind ehrlich; die Intrigen des Gottlosen sind voll Betrug ...

Sein Mund macht den Gottlosen zum Verderben seines Nachbarn ...

Es bereitete mir innerlich Schmerzen, und mit jedem Schritt mußte ich gegen den wachsenden Wunsch ankämpfen, alles abzublasen.

Selig sind die Barmherzigen; sie werden Barmherzigkeit erlangen ... Ein unschuldiges Leben stand auf dem Spiel ... Außerdem war ich schon zu weit gegangen, um aufzuhören.

Einer von Kutzkos Männern würde vor Calandras Kabine Wache stehen, aber ich hatte keine Ahnung, welcher. Hoffentlich einer der Brüder Ifversn, oder Seqoya; der würde mich wahrscheinlich zweiteilen, wenn er erfuhr, was ich tat. Hoffentlich nicht Kutzko. Ich wollte Kutzko nicht belügen.

Dort, wo mein Korridor den zu Calandras Kabine kreuzte, blieb ich kurz stehen. Dann bog ich um die Ekke ...

»Dachte schon, daß das Ihre Schritte sind«, bemerkte Kutzko herzlich. »Noch so spät unterwegs?«

Mein Mund war völlig trocken. *Sein Mund macht den Gottlosen zum Verderben seines Nachbarn ...* »Ja, Mr. Kelsey-Ramos' Geschäfte kennen keine feste Arbeitszeit.«

Seine Stimmung wechselte von mäßig wachsamer Langeweile auf voll interessiert. »Welche Geschäfte?«

»Vielleicht meine Chance«, flüsterte ich verschwörerisch. »Vor einer halben Stunde rief Gouverneur Rybakov Mr. Kelsey-Ramos an. Sie möchte, daß ich Calandra sofort nach Cameo bringe; sie möchte sie treffen.«

Kutzko runzelte die Stirn. Sein Interesse verstärkte sich; gleichzeitig erwachte ein erster Verdacht. »Um diese Zeit?«

»Das hat sie gesagt.« Ich bemühte mich sehr, Stimme und Gesicht unter Kontrolle zu halten. Es funktionierte; trotz meines Schuldgefühls hörte ich, wie aufrichtig ich klang ... Die Leichtigkeit meines Erfolges jagte mir Schauer über den Rücken.

»Das gefällt mir nicht«, wandte Kutzko entschieden ein. »Riecht verdammt nach Falle!«

Ich zuckte die Achseln. »Wozu eine Falle? Welchen Hintergedanken soll sie dabei haben?«

Er blickte gedankenvoll ins Leere. »Keine Ahnung. Warten Sie einen Moment ...«

Er schaltete seinen Visiercomputer ein und überprüfte rasch die Daten, die er aufgerufen hatte. »Aikman dürfte heute ein braver Junge gewesen sein — ist die ganze Zeit an Bord geblieben. Ob er vielleicht jemanden gefunden hat, der das Dokument für ihn durchgegeben hat?«

Der Schweiß stand mir auf der Stirn. Es gehörte zu

Kutzkos Job, mißtrauisch zu sein, aber wenn er noch lange so weitermachte, würde er alles verderben. »Ich glaube wirklich nicht, daß Aikman etwas damit zu tun hat. Gouverneur Rybakov wirkte keineswegs hinterlistig.«

»Waren Sie bei dem Gespräch anwesend? — Vor einer halben Stunde, sagten Sie?«

Ich spürte, was sich hinter dieser Frage verbarg: Vielleicht sollte er die Sache mit Randon besprechen? Das konnte ich auf keinen Fall brauchen. »Nein, ich war nicht dabei«, improvisierte ich verzweifelt. »Ich war in meiner Kabine, als der Anruf kam — wie Mr. Kelsey-Ramos wollte ich eben zu Bett gehen. Aber er gab mir eine Kopie der Aufzeichnung.«

Er runzelte die Stirn und verzichtete darauf, mit Randon zu sprechen; er wollte ihn nicht wecken. »Es gefällt mir immer noch nicht«, wiederholte er schließlich, »aber ich werde mitmachen. Warten Sie ein paar Minuten, und ich hole Brad aus dem Bett.«

Ich biß mir auf die Lippe. Jetzt würde ich herausfinden, wie groß meine Überredungskunst war, wie gut ich lügen konnte. »Tut mir leid — er wird bestimmt enttäuscht sein, daß wir ihn nicht geweckt haben«, rief ich Kutzko nach, als er auf das Bordtelefon an der Wand zuging. »Der Gouverneur möchte aber, daß wir allein kommen.«

Er hielt inne. »Das möchte sie?« fragte er leise. »Interessant.«

»Nicht so interessant, wie Sie vielleicht glauben. Ich vermute, daß bestimmte Dinge, die sie und Mr. Kelsey-Ramos heute vormittag erörtert haben, zur Sprache kommen könnten und sie keine zusätzliche Gesellschaft dabei haben will.«

»Miss Paquin ist keine zusätzliche Gesellschaft?« fragte er anzüglich.

»Sie ist auf andere Weise beteiligt.« Ich hoffte, er würde es dabei belassen.

Doch er bohrte weiter. »Tut mir leid, Gilead, aber die

ganze Angelegenheit stinkt. Finden Sie es nicht seltsam, daß Rybakov plötzlich klein beigibt und kooperiert, nachdem sie so gestrampelt hat?«

»Nicht sie persönlich, sondern ihre Regierung steht uns feindlich gegenüber«, erinnerte ich ihn. »Was noch wichtiger ist, nach heute morgen schuldet sie Mr. Kelsey-Ramos einen Gefallen. Einen *großen!*«

»Was ist, wenn sie die Rechnung mit einem Pseudo-Gefallen begleichen will?« entgegnete er. »Sie ›rettet‹ zum Beispiel zwei Watcher, die zufällig gerade gekidnappt wurden?«

Ich holte tief Luft und riß mich zusammen. Was jetzt kam, würde uns beiden weh tun. »Also gut«, sagte ich angewidert, »dann schicken Sie eben Seqoya mit. Machen Sie alles kaputt, vielleicht auch Calandras Chance, sich zu entlasten. Vielleicht schicken Sie Seqoya ganz zufällig in den Tod. Denn wenn uns wirklich jemand entführen will, dann wird man sich nicht von ihm daran hindern lassen ... Sie wissen genausogut wie ich, daß draußen auf der Straße ein Wächter eine Entführung oder einen Mord nur kostspieliger macht, sonst nichts. Man würde ihn bestimmt töten und uns vielleicht auch.«

Ich hatte erwartet, daß Kutzko mir meine kleine Rede übelnehmen würde, aber ich hatte mich geirrt. Er blickte mich lange schweigend an; eine merkwürdige Resignation mischte sich in seine Unentschlossenheit. Es schmerzte ihn, daß selbst seine beachtlichen Fähigkeiten als Beschützer äußerst begrenzt waren.

Vor allem aber spürte er mehr und mehr, daß ihm wenig anderes übrig blieb, als mir zu vertrauen.

Zuerst Kapitän Bartholomy, und jetzt Kutzko. Sie setzten ihr Vertrauen in einen Betrüger. *Der Bruder wird den Bruder betrügen, bis zum Tod ...* »Sie glauben tatsächlich, daß Rybakov ehrliche Absichten hat?« fragte Kutzko leise.

»Sonst würde ich nicht hingehen. Vielleicht ist es Calandras einzige Chance.« Absolut gesehen waren diese Worte wahr, deshalb fielen sie mir leichter. Wie er sie interpretierte, waren sie natürlich eine Lüge.

Er holte tief Luft. »Also gut«, sagte er plötzlich entschlossen, trat an Calandras Tür und klopfte zweimal. »Hoffentlich haben Sie recht«, fügte er hinzu, während er sich am Schloß zu schaffen machte. »Wenn Sie da draußen umkommen, verdammt noch mal, dann werde ich kein Wort mehr mit Ihnen sprechen.«

»Ich werde daran denken«, brachte ich heraus.

Die Tür ging auf und Kutzko steckte den Kopf hinein. »Miss Paquin? Gut, daß Sie noch angezogen sind. Kommen Sie! Sie und Mr. Benedar machen einen kleinen Ausflug.«

»Was? Warum?« fragte sie leise und trat um die Ecke, so daß ich sie sehen konnte. Ihre Augen huschten prüfend über Kutzko und wanderten dann zu mir.

Wir sahen einander an ... ihre Augen wurden plötzlich groß und wachsam.

Sie hatte mich wieder einmal mühelos durchschaut ... Sie wußte zwar nicht, was ich vorhatte, aber ihr war klar, daß etwas nicht stimmte. Kutzko drehte mir immer noch den Rücken zu, also warf ich ihr einen warnenden Blick zu und schüttelte leicht den Kopf. Ihre Lippen zuckten, und sie schluckte. »Wohin gehen wir?« Sie richtete ihre Frage eindeutig an Kutzko.

»Zum Gouverneur«, informierte er sie kurz. »Mr. Kelsey-Ramos hat eine Vernehmung für Sie arrangiert.«

Wieder durchschaute sie mich ... Durchschaute mich viel zu genau ... »Ich will nicht hingehen.« Sie blieb auf halbem Weg stehen.

»Warum nicht?« fragte Kutzko erschrocken.

Sie ließ mich nicht aus den Augen. »Ich ... ich will einfach nicht«, sagte sie lahm.

»Sie haben keine Wahl«, entschied Kutzko; er wurde ärgerlich. »Sie fahren nach Cameo! Punkt!«

Sie atmete tief ein, machte eine Pause, und ich spürte durch den dunklen Vorhang, mit dem sie ihre Gefühle abschirmte, ihre Vorsicht und Angst. Sie öffnete den Mund, schloß ihn wieder und nickte.

»In Ordnung.« Kutzko war erleichtert, weil er nicht weiter streiten mußte. »Kommen Sie, Gilead, ich begleite Sie bis zur Druckschleuse.«

Geschafft! Innerhalb weniger Minuten hatte ich nur mit Hilfe von Worten und meiner Fähigkeit, die Menschen zu durchschauen, zwei intelligente, gewissenhafte Männer dazu gebracht, mir bei der Befreiung einer verurteilten Verbrecherin zu helfen.

Wir gingen durch den Korridor zur Druckschleuse ... Unterbewußt stellte sich mir die unbehagliche Frage, ob Aikmans Ängste bezüglich der Macht der Watcher vielleicht doch nicht übertrieben waren.

14. Kapitel

Kutzko blieb an der Schleuse zurück. Während das Auto über den hell erleuchteten Parkplatz fuhr, wandte sich Calandra mir zu. Wie ein Nebel umhüllten sie Sorge und Mißtrauen. »Was in Patris Namen geht hier vor, Benedar?«

»Ich bringe Sie von hier weg, das ist alles«, klärte ich sie auf. »Am anderen Ende des Flugplatzes wartet ein Schiff auf uns.«

Ich hatte erwartet, daß sie überrascht sein würde, oder verwirrt, vielleicht benommen vor Dankbarkeit. Ihre hemmungslose Wut traf mich unvorbereitet. »Was?« schrie sie mir ins Ohr. »Sie verdammter Idiot, — sind Sie völlig von Sinnen?«

»Calandra ...«

»Haben Sie eine *Ahnung,* in welche Schwierigkeiten Sie sich da bringen?« unterbrach sie mich. »Man wird Sie fertigmachen, sobald man uns erwischt.«

»Das kommt darauf an, was wir in der Zwischenzeit herausfinden.« Ich bemühte mich, nach ihrem wortreichen Angriff mein Gleichgewicht wiederzugewinnen.

»Man wird Sie völlig auseinandernehmen«, fauchte sie. Unverhofft beugte sie sich zum Automikrophon vor: »Wagen: Bestimmungsort stornieren; zur *Bellwether* zurückkehren.«

»Stornieren!« schrie ich, faßte sie am Arm und stieß sie in den Sitz zurück. »Wagen: Bestimmungsort stornieren. Neuer Bestimmungsort: Startkatapult fünfzigsieben, Raumhafen Rainbow's End.«

Ich war beinahe blind vor weißglühendem Zorn. »Wir fliegen ins All«, fauchte ich. »Das ist der einzige Weg, um einen Ersatzzombie für Sie zu finden.«

Sie starrte mich an, und ihr Ärger verwandelte sich in Angst und Grauen. »Man wird Sie hinrichten.« Ihre

Stimme zitterte. »Statt eines Zombies haben sie dann zwei. Begreifen Sie das nicht?«

Mein Atem ging stoßweise, aber ich bezwang meinen Zorn. Ich nahm für sie den Kampf mit dem ganzen Universum auf; ich wollte nicht auch noch gegen sie kämpfen. »Natürlich ist ein Risiko dabei«, gab ich zu und versuchte, meine Ängste zu verbergen. Ich sah ihrem Gesicht an, daß es mir nur teilweise glückte. »Aber wenn wir nichts unternehmen, dann können Sie sich verlassen, daß man Sie als Zombie verwendet!«

»Gilead ... ich bin es nicht wert. Wirklich nicht. Bitte — drehen Sie um und vergessen Sie alles! Bitte!«

Ich seufzte. »Es tut mir leid, Calandra. Sie verlangen von mir, daß ich zusehe, wie ein unschuldiger Mensch getötet wird. Das kann ich nicht tun.«

Sie verzog schmerzlich das Gesicht. »Und wenn ich Ihnen sage, daß ich *nicht* unschuldig bin?« forderte sie mich heraus. »Daß ich diese Menschen *tatsächlich* getötet habe?«

Sie war gut, das mußte man ihr lassen. Fast glaubte ich, daß die Aufrichtigkeit echt war ... Aber ihre Angst um mich war ebenso stark und ebenso glaubhaft. »Dann soll ich wahrscheinlich auch noch glauben, daß es Ihnen, einer kaltblütigen Mörderin, tatsächlich etwas ausmacht, was mit mir, einem nahezu Fremden, geschieht?« fragte ich anzüglich.

Sie schloß die Augen und bezwang ihre Tränen. »Gilead ... ich möchte nicht mit dem Bewußtsein in den Tod gehen, daß ich Ihren Tod verschuldet habe. Bitte, *bitte,* bringen Sie mich zurück.«

Ich griff zögernd nach ihrer Hand. Sie wehrte sich zuerst, dann akzeptierte sie widerstrebend die Berührung. »Ich kann Sie nicht kampflos sterben lassen«, erklärte ich ihr sanft. »Nicht solange es noch eine Möglichkeit gibt, Sie zu entlasten. Ganz bestimmt nicht, so lange es rundum Menschen gibt, die den Tod viel eher verdienen.«

Sie öffnete wieder die Augen. »Was meinen Sie damit?«

Ich blickte auf. Über den Flutlichtern des Raumhafens waren die Sterne schwach sichtbar. »Dort oben blüht das Schmuggelgeschäft.« In meiner Stimme lag mehr Bitterkeit als ich erwartet hatte. »Sie entführen Menschen und setzen sie an ihre Totmannschaltung, um in die Wolke hinein- und wieder herauszukommen ... und die Patri schauen geflissentlich weg.«

Calandra zitterte. Genau wie ich empfand sie Ekel und Entsetzen. »Sie glauben, daß wir beide dem ein Ende bereiten können?«

»*So* ein Idiot bin ich auch wieder nicht. Aber ich kenne den Mann, der als einziger eine echte Chance dabei hätte. Das Problem besteht darin, daß er den Schmuggel mit einem einzigen Streich zerschlagen möchte, aber noch nicht so weit ist.«

»Ja aber ...?«

»Er stand unserer mißlichen Lage im Grunde wohlwollend gegenüber. Aber wenn er einen einzelnen Schmuggler auffliegen läßt, würden die übrigen plötzlich bemerken, daß er nicht der Trottel ist, für den ihn alle halten und sich sofort vor ihm in Sicherheit bringen.«

Sie dachte darüber nach. »Wenn wir also eine Gruppe von Schmugglern festnageln, dann kann er sie festnehmen, ohne dieses Risiko einzugehen?«

Ich zögerte. Würde Randon meine Forderung nach einer solchen offiziellen Aktion unterstützen, so wäre Kommodore Freitag ohne Zweifel bereit, das zu tun. Aber so ... »Ich hoffe, er ist so vernünftig.«

»Sie wissen es nicht bestimmt, oder?« fragte sie leise.

»Das ist ein kalkuliertes Risiko«, räumte ich ein.

Sie holte tief Luft. »Gilead ... ich weiß es wirklich zu schätzen, was Sie für mich tun wollen. Aber es ist das Risiko nicht wert! Bringen Sie mich bitte zurück.«

»Das haben wir schon einmal durchgekaut«, sagte

ich mürrisch. »Vielleicht erinnern Sie sich nicht mehr, aber es gehört zu den Aufgaben eines Watchers, sich für die Hilflosen einzusetzen.«

»Auch wenn Sie dabei Ihre Karriere ruinieren?«

»Wenn notwendig auch dann, wenn es mein Leben kostet.«

Sie schluckte. »Ich sehe keinen Grund, warum ich mitkommen muß.« Ich spürte, es war ihr letzter Versuch. »Bringen Sie mich zur *Bellwether* zurück! Dann ziehen Sie allein los und suchen Sie Ihre Schmuggler!«

»Und wenn ich es nicht zeitgerecht schaffe? Dann werden Sie wie geplant hingerichtet.«

»Aber Sie säßen nicht so tief in der Tinte wie jetzt! Ich nehme das Risiko auf mich.«

»Ich nicht«, antwortete ich entschieden. »Außerdem brauche ich Ihre Hilfe. Eine Person allein kann Spall nicht durchsuchen; dazu ist der Planet zu groß.«

Damit hatte ich sie wahrscheinlich zum ersten Mal an diesem Abend überrumpelt. *»Spall?«* wiederholte sie verwirrt.

»Spall. Niemand will über ihn sprechen. Die Leute nehmen jedoch offenbar an, daß zumindest einige Schmuggler ihre ständigen Stützpunkte dort haben.«

»Aber ...« Sie verhaspelte sich.

»Wenn man darüber nachdenkt, klingt es plausibel«, fuhr ich fort. »Es gibt nur zwei Orte im System, wo sie genügend Platz haben und ungestört sind: Solitaire und Spall. Auf Solitaire wird der Verkehr zu streng überwacht; hier können sie nicht so einfach heimlich landen und starten.«

»Und auf Spall ist die Lage genau umgekehrt«, fuhr sie fort. »Dort lebt *überhaupt* niemand, damit ist eine Schmugglersiedlung selbst auf der einfachsten Spektrumanalyse so auffällig wie ein Scheinwerfer.«

»Nur stellt sich heraus, daß Spall gar nicht so unbewohnt ist, wie wir alle geglaubt haben. Wissenschaftler schnüffeln überall auf dem Planeten herum ... Außerdem gibt es auch eine Gruppe von permanenten Siedlern, die Halloas.«

Der Name oder die Art, wie ich es sagte ... »Eine ... religiöse Gruppe?« fragte sie vorsichtig.

Ich sah sie an. Vor ihrem geistigen Auge tauchten sichtlich Erinnerungen an ihre Kindheit bei den Watchern in der Siedlung Bethel auf. Bittersüße Erinnerungen ... »Ja«, bestätigte ich. »Anscheinend werden sie mit der gleichen Verachtung behandelt wie jede andere religiöse Gruppe. Wahrscheinlich mit ein Grund, weshalb sie Solitaire verlassen haben.«

Sie zuckte zusammen. Wieder bittersüße Erinnerungen. »Wollen Sie Kontakt mit den Leuten aufnehmen?«

Ich spürte, wie sie zögerte. »Das müssen wir«, antwortete ich bestimmt. »Wir brauchen Vorräte, Transportmöglichkeit, Hinweise, wo sich die Schmuggler am wahrscheinlichsten verbergen — das können uns nur die Halloas beschaffen.«

»Warum sollen sie Ihrer Meinung nach kooperieren?«

»Ich glaube es. Und ich hoffe, daß sie die Richtigkeit meines Tuns erkennen.«

Darauf antwortete sie nicht. Wir saßen nebeneinander, es war verhältnismäßig dunkel, und der Raumhafen glitt draußen vorbei. Ich mußte mir ausdenken, was ich der Bodenmannschaft sagen würde, sobald wir unser Schiff erreichten.

»Okay, hier ist das zentrale Armaturenbrett.« Der Chef der Mannschaft erklärte mir alles; er sprach etwas undeutlich, da er eine Pfefferstange im Mundwinkel hängen hatte. »Den Großteil können Sie einfach vergessen — die Crickets wurden zum Aufsammeln von Steinen gebaut, aber die phantastischen Greifvorrichtungen sind alle abmontiert worden.«

Sie konnten jedoch zweifellos wieder angebracht werden, sollte es notwendig sein. Wie alles auf Solitaire, so waren auch diese kleinen Raumpendler im Hinblick auf ihre Verwendbarkeit in den Ring-Minen ausgewählt worden. Wieder ein Beweis dafür, wie gründlich die Minen — und der Wohlstand, der von dort kam — das Leben auf Solitaire beeinflußten. »Meine Kurseinstellung?«

»Idiotisch einfach«, versicherte mir der Chef. »In dieser Schachtel befinden sich die Kurs-Zyls. Sie stecken das, das Sie wollen, ein — und zwar hier — und drükken auf den Knopf da.« Er tippte ihn an. »Natürlich erst wenn Sie die Atmosphäre verlassen haben — bis dahin ist das Katapult richtunggebend, und sie bekommen nichts als ein lautes Piepsen und ein häßliches Flimmern auf dem Bildschirm.« Er grinste.

»Nicht besonders viele Möglichkeiten«, murmelte Calandra neben mir und wies auf die wenigen Kurs-Zyls in der Schachtel.

»Es gibt im System nicht viele Ziele«, meinte der Boss. »Vier Rockhounds, sechs Ring-Forschungsstationen und Solitaire. Was gibt es noch?«

»Was ist mit Spall?« fragte ich.

Er schnaubte verächtlich. »Sie meinen den Halloa-Himmel? Wer will denn dorthin?«

»Wir«, antwortete ich möglichst entschieden. Schließlich hatte ich hier zu befehlen. »Ich muß meine Freundin dort abliefern, bevor ich nach Collet weiterfliege.«

Er runzelte die Stirn und wurde plötzlich unsicher. »Ich habe geglaubt, es soll ein Einmann-Flug werden. Dafür haben wir sie zumindest ausgerüstet.«

»Kleine Änderung«, unterbrach ich ihn. »Soweit ich mich erinnere, hat der Kapitän der *Bellwether* sicherheitshalber doppelte Bevorratung festgesetzt.«

Sein professioneller Stolz siegte über die Unsicherheit. »Natürlich, da gibt es kein Problem — Spall ist ja nur fünf oder sechs Stunden entfernt.«

»Gut«, sagte ich. »Wenn Sie uns also einen Kurs-Zyl für Spall heraussuchen, können wir starten!«

»Ja, nun — ja, sicher. Warten Sie ...« Er kratzte sich nachdenklich am Kinn. »Ich glaube, im Tower haben sie eine komplette Garnitur gespeichert. Es dauert nur ein paar Minuten, ich schicke jemanden hinüber, der Ihnen Kopien macht. Wenn Sie mir genau sagen können, wo Sie landen wollen, dann lasse ich Ihnen diesen einen Zyl einspeisen, während wir Sie ins Katapult laden.«

»Müssen wir nicht zu Spalls Startkatapult?« fragte ich. »Oder haben sie mehr als eines?«

»Sie haben überhaupt keines. Die Leute, die dorthin fliegen, landen, wo sie wollen. Beim Abflug ziehen Sie sich dann einfach nur zweitausend Meter hoch, dann werfen Sie den Fusionsantrieb an und schon sind Sie auf Ram-Geschwindigkeit. Braucht natürlich mehr Treibstoff als mit einem Katapult, aber es hält sich in Grenzen.«

Der Gedanke, so nahe der Oberfläche eines Planeten einen Fusionsantrieb zu verwenden ... »Wie wirkt sich das auf die Landschaft aus?« wollte ich wissen.

»Nicht gut«, gab er zu. »Macht aber nichts, weil — im Grunde ist der ganze Planet ohnehin Wüste. Wollen Sie also nur einen Zyl oder alle?«

Ich sah Calandra an und überlegte rasch. Es wäre praktisch, wenn wir die komplette Serie hätten. Dann hätten wir nicht nur eine größere Auswahl, sondern es würde auch die Suche nach uns erschweren, sobald mein Lügengespinst platzte. Eine Liste von Bezugspunkten oder Ortsnamen allein half uns andererseits auch nicht weiter. »Wären Sie mit einem Landeplatz in der Nähe der größten Halloa-Siedlung einverstanden?« fragte ich sie.

Sie entschlüsselte meinen Gedankengang wieder einmal problemlos. »Eine Liste aller Siedlungen wäre besser. Sie haben doch die Karten von Spall eingespeichert, oder?« wandte sie sich an den Chef.

»Natürlich. Sie sind nicht besonders gut — die Kartographen haben sich dabei nicht viel angetan. Ich sage

Ihnen was: Der Tower soll Ihnen Kurs-Zyls für die sechs größten Halloa-Siedlungen einspeichern, okay?«

Ich sah Calandra fragend an. Sie nickte. »Das sollte reichen.«

»Okay«, sagte der Chef erleichtert, als er an uns vorbei zum Armaturenbrett ging. Aus einer Schachtel neben einem der Stühle schaufelte er eine Handvoll leerer Zyls heraus und legte sie fein säuberlich in einer Reihe in die Halterung neben dem Computer. »Sie legen sie hier hinein«, sagte er und demonstrierte es mir mit dem ersten Zyl. »Beim Piepston ersetzen Sie ihn durch den nächsten ...«

»Ich *kenne* den Vorgang, danke.«

Er richtete sich auf und warf einen letzten Blick auf die Kabine, die Bildschirme und Anzeigen. »Alles ist bereit. Setzen Sie sich einfach hin und machen Sie sich's bequem. Ich lasse Sie jetzt ins Katapult laden. Und der Tower wird Ihnen die Zyls einspeisen.«

»Danke«, wiederholte ich. Er schob sein Pfefferstäbchen in den anderen Mundwinkel, nickte uns beiden zu und ging.

»Was jetzt?« fragte Calandra nervös, als die Tür hinter uns mit einem hohlen *Rums* hermetisch geschlossen wurde. Die Ruhe, die sie für den Chef zur Schau getragen hatte, war verflogen.

Wir setzen uns und machen es uns bequem.« Ich versuchte, einen unbekümmerten Ton anzuschlagen. »Und versuche, optimistisch zu denken.«

Sie schnaubte verächtlich. Mit abgewandtem Gesicht setzte sie sich in einen der Doppelsitze am Schaltbrett und schnallte sich an. Ich tat das gleiche im anderen Sitz. Mein Vorschlag, optimistisch zu denken, funktionierte bei ihr offensichtlich nicht.

Es überraschte mich nicht besonders. Bei mir funktionierte er genausowenig.

15. Kapitel

Sechs Stunden später setzten wir zum Landeanflug auf Spall an.

Es war ein ruhiger Flug gewesen. Wir hatten mit unterschiedlichem Erfolg beide versucht, ein wenig zu schlafen. Keiner von uns hatte das Bedürfnis gehabt zu sprechen. Calandra war noch immer unglücklich, sowohl über mich als auch über die Situation. Dazu kam ein unterschwelliger Zorn, der nicht vergehen wollte.

Ich konnte es ihr nicht übelnehmen. Sobald wir Solitaire verlassen hatten, normalisierte sich mein Adrenalinspiegel wieder. Wir hatten es tatsächlich geschafft! Aber dann kamen auch mir Zweifel. Zwei Menschen, die einen ganzen Planeten absuchen wollten — es war einfach lächerlich! Wie hatte ich das überhaupt für einen erfolgversprechenden Plan halten können? Aber es war das einzige, was uns übrigblieb. Zwei Menschen, die nichts als ihren Glauben hatten, gegen eine Welt ... und wahrscheinlich mußte *mein* Glaube für uns beide reichen.

Wie Schafe führte er sein Volk ans Licht, geleitete sie wie eine Herde in der Wüste ... Ich konnte nur hoffen, daß hinter diesen Worten nicht nur poetische Bilder standen.

»Sieht nicht sehr einladend aus«, murmelte Calandra neben mir.

Ich blickte auf den Bildschirm, auf den sie deutete. »Der Boss der Abfertigungsmannschaft hat gesagt, daß es hier fast ausschließlich Wüste gibt«, erinnerte ich sie.

»Ich kenne Wüsten, aber die haben anders ausgesehen.«

Ich studierte die Landschaft, die langsam über den Schirm glitt. Sie hatte recht. Farben und Bodenbeschaffenheit wechselten viel öfter als in den Wüsten, die ich vom All aus gesehen hatte. »In diesem Fall bedeutete Wüste vielleicht, daß der Boden nur schwer urbar zu machen ist«, vermutete ich.

»Vielleicht.«

»Befürchten Sie, die Halloas könnten gerade genug für sich zum Leben haben und daher Fremden nicht gerne helfen?«

Ihr Gesichtsausdruck wurde hart. Sie hatte keine Bedenken, andere zu durchschauen, tauschte aber nicht gern die Rollen. Ich ärgerte mich, daß sie mit verschiedenen Maßstäben maß — dann fiel mir etwas spät ein, daß es mir genauso ging. »Ich habe an etwas Ähnliches gedacht«, gab sie zu. »Dazu kommen die üblichen Verhaltensweisen einer Außenseitergesellschaft. Oder hat man es *Ihnen* in der Siedlung Cana bequemerweise ebenfalls nicht beigebracht?«

»Ich weiß nicht, was Sie meinen.« Ich hatte das deutliche Gefühl, daß mir ihre Antwort nicht gefallen würde.

»Wirklich nicht?« Ihre Stimme war voll Verachtung. »Religiöse Gruppen, die sich absetzen und eine eigene Gesellschaft gründen, um der Verfolgung zu entgehen, verhalten sich schließlich ihren eigenen Minoritäten gegenüber ebenso niederträchtig.«

»Die Watcher ...«, begann ich, hielt aber inne.

Sie lächelte bitter und pflichtete meinem unausgesprochenen Gedanken bei. »Stimmt. Aaron Balaam darMaupine hat in Bridgeway genau diese Richtung eingeschlagen, als man ihn endlich stoppte.«

»Sie wissen aber nicht, ob es so geworden wäre«, wandte ich ein. Aber es war ein schwaches Argument, das war mir klar. Außerdem — warum sollte ich dar-Maupine verteidigen? »Ich kann mich übrigens nicht erinnern, daß ich das in Cana gelernt hätte.« Ich war damit auf unseren Ausgangspunkt zurückgekommen. »Die Halloas sind sicherlich noch nicht lange genug hier, und haben ihre Probleme mit der Intoleranz noch nicht vergessen.«

»Wir werden es sehr bald herausfinden.« Sie deutete auf den Bildschirm. »Wir landen.«

Alles ging verhältnismäßig glatt, besonders wenn man bedenkt, daß der Autopilot an Bord der *Bellwether* wahrscheinlich hundertmal mehr gekostet hat als der auf der *Cricket:* Dieser hier arbeitete noch dazu ohne die Hilfe eines Towers auf einem Raumhafen. Die *Crikket* ruckte und rüttelte, daß es einem den Magen umdrehte — machte zwei Schwenks, für die ich keinen Grund sah — ein abschließendes *Bums,* in letzter Sekunde ein schrilles Kreischen des Antriebs, daß mir die Ohren sausten, dann waren wir unten.

Der Antrieb stellte sich automatisch ab. Stille. »Es ist mir egal, ob ich morgen hingerichtet werde«, verkündete Calandra gleichmütig, »in so einem Ding fliege ich *nicht* mehr.«

Ich holte tief Luft. »Das ist nicht besonders witzig.«

»Sollte es auch nicht sein.« Sie öffnete unbeholfen die Gurte. »Irgendwelche Lebenszeichen draußen?«

Ich fand den Kontrollschalter für die Außenkameras und ließ sie schwenken. »Eine kleine Staubwolke über einem Hügel. Wahrscheinlich nähert sich ein Fahrzeug.«

Sie verrenkte sich den Hals, um besser sehen zu können, und wie auf Kommando tauchten zwei Autos auf dem Hügel auf und näherten sich uns. »Ein Empfangskomitee der Halloas?« fragte sie.

»Wahrscheinlich. Die Autos sehen nicht nach offiziellen Fahrzeugen aus.« Ich löste meine Gurte. »Kommen Sie, wir machen das Schiff für die nächste Etappe fertig, dann steigen wir aus und begrüßen sie.«

Sie warteten geduldig neben ihren Autos, als wir aus der *Cricket* stiegen. Zwei Männer und eine Frau. Alle drei beeindruckten mich auf den ersten Blick ... Erst nach einigen Sekunden begriff ich, wie bemerkenswert diese unbewußte Feststellung tatsächlich war. Sie standen neben den alten Geländewagen, ordentlich aber düster gekleidet, und es gab keinen augenscheinlichen Grund, warum ich sie nicht völlig gewöhnlich finden sollte.

Aber ich fand sie nicht gewöhnlich ... Erst Sekunden später wußte ich, warum. In ihren Gesichtern und ihrer Ausstrahlung lag Friede. Nicht jener künstliche, kurzlebige falsche Friede, den uns Flaschen und Pillen bescheren, auch nicht der echte Friede, den die meisten Menschen nur selten und dann nur kurz erleben. Dies hier war ein tiefer, dauerhafter Friede. Ihm haftete die unerschütterliche Würde der Seele an.

In meiner Jugend hatte ich einen solchen Frieden manchmal bei den Watcher-Ältesten gespürt — nirgendwo sonst.

»Wir wünschen Ihnen einen guten Tag«, sagte der Mann in der Mitte lächelnd, als Calandra und ich auf sie zugingen. »Willkommen auf Spall.«

»Danke«, antwortete ich. Ich schätzte ihn auf ungefähr fünfzig — etwa doppelt so alt wie seine beiden Begleiter; er hatte einen ordentlich gestutzten Backenbart. Fältchen umgaben seine Augen, wie sie von der Arbeit im Freien und vom Lachen kommen. Die Augen ... Sie maßen mich mit einer Offenheit und erinnerten mich in ihrer Intensität an die Augen von Watchern. »Sie müssen ein Halloa sein! Vielleicht ein Ältester?« fragte ich.

Seine Begleiter waren sichtlich unangenehm berührt, nicht aber der Sprecher. »Ich bin ein Hirte der Glorie Gottes«, korrigierte er meine Ausdrucksweise. Wir empfinden den Ausdruck ›Halloa‹ übrigens als geringschätzig.«

»Es tut mir leid«, entschuldigte ich mich. »Wir haben nie gehört, daß man sie anders genannt hätte.«

Er zog die Augenbrauen hoch. »Sie sind nicht gekommen, um sich uns anzuschließen?«

Ich verneinte kopfschüttelnd. »Wir sind in einer sehr dringenden Angelegenheit nach Spall gekommen —

und hoffen, daß Sie uns vielleicht dabei helfen können.«

Er wurde argwöhnisch. »In welcher Angelegenheit?« fragte er vorsichtig.

»Es geht um Leben und Tod«, antwortete ich offen und beobachtete ihn dabei genau. »Wenn wir erfolglos bleiben, wird jemand sterben.«

Er maß mich immer noch. »Jeden Augenblick sterben Menschen«, meinte er leicht herausfordernd. »Der Tod ist letztendlich nur der Übergang von diesem Leben zurück zu Gott.«

»Vielleicht«, gab ich zu. »Aber die Fahrkarte für diese Reise sollte keine Ungerechtigkeit sein.«

»Ich bin Hirte Denvre Adams«, stellte er sich vor. Als er seinen Namen nannte, spürte ich, daß er uns zumindest vorläufig akzeptierte. »Zwei meiner Gefährten von der Gemeinde Shekinah: Mari Ray und Danel Pommert.« Er deutete auf seine Begleiter.

»Ich bin Gilead Raca Benedar.« Ich beobachtete genau, wie er reagierte. »Meine Freundin Calandra Mara Paquin.«

Natürlich reagierten alle drei, aber keinesfalls so, wie Menschen reagieren, die nach zwei flüchtigen Watchern Ausschau halten. Ich war erleichtert. Bis hierher war der Alarm demnach noch nicht vorgedrungen.

»Watcher«, nickte Adams, als hätte er ein Stück zu einem Puzzle gefunden. »Das hätte ich mir gleich denken können. Sie sind von einer sehr deutlichen Aura der Wachsamkeit umgeben.«

»Auch wir finden das.« Ich fragte mich, wieviel bei ihm Pose war, um seine Begleiter zu beeindrucken. »Trotzdem entgeht es den meisten Menschen. Können wir uns irgendwo ungestört unterhalten?«

»Die Siedlung Shekinah liegt nur fünfzehn Minuten entfernt. Dort können wir uns unterhalten.« Er blickte über meine Schulter hinweg auf das Schiff. »Ich nehme an, Sie werden gerne mitfahren?«

»Danke«, stimmte ich zu. »Wenn Sie einen Augenblick warten! Wir laden die Ausrüstung aus und machen das Schiff startklar.«

Calandra mißfiel es, daß ich ihm das sagte. Auch mir gefiel es nicht besonders, aber ich hielt es für unvermeidlich. Je schneller wir das Schiff in das äußere System brachten, desto eher konnten wir vermeiden, daß sich die Suche hierher konzentrierte. Wenn wir uns eine Lüge ausdachten, warum das Schiff versehentlich ohne uns abgehoben hatte, so konnte uns das leicht die erhoffte Unterstützung der Glorie Gottes kosten.

Adams sah uns erstaunt an. »Ohne daß Sie an Bord sind?«

»Ja, Sir.«

Ich wartete auf die Fragen. Adams Blick wanderte von Calandra zum Schiff und wieder zurück zu mir. »Wir werden warten und Sie dann nach Shekinah fahren.« Seine Ausstrahlung wurde sehr ernst. »Dort *werden* wir uns unterhalten, Mr. Benedar.«

Hirte Adams war unsere erste Überraschung, die Ansiedlung der Shekinah-Gemeinde unsere zweite.

Auf den Hügeln zwischen unserem Landeplatz und der Siedlung gab es nur spärliche, vereinzelte einheimische Pflanzen. Ich hatte mir daher die Siedlung als eine Anhäufung primitiver Hütten vorgestellt, deren Bewohner sich abplagten, um den steinigen Feldern einen Lebensunterhalt abzuringen. Die Wirklichkeit sah völlig anders aus. Noch während ich mich auf die armselige Häßlichkeit gefaßt machte, fuhren wir über den letzten Hügel in ein flaches Tal ... und buchstäblich in eine Explosion von Grün.

Nicht nur kleine Felder, sondern auch gepflegte private Gärten und eine mit Gras bedeckte Parklandschaft, wo einige Erwachsene entspannt plauderten und ein Stück weiter weg eine Gruppe Kinder spielte. Die Häuser waren aus vorgefertigten Teilen, wider Erwarten sauber und hübsch und planmäßig angeordnet. »Ich bin beeindruckt«, gestand ich Adams, als wir hinunterfuhren.

»Danke«, antwortete er. »Manche Besucher finden es für Leute, die Gott, und nicht ihre materielle Bequemlichkeit suchen, ein bißchen extravagant. Doch nach meiner Erfahrung verbessert eine angenehme Umgebung die Meditationsfähigkeit, statt von ihr abzulenken.«

Ich musterte noch einmal die Erwachsenen im Park. Sie unterhielten sich nicht, wie ich zuerst angenommen hatte. Wir waren jetzt nahe genug, und ich erkannte ihre geschlossenen Augen und das seltsame Gemisch von Konzentration und Entspannung auf ihren Gesichtern. »Umgebung ist gut und schön«, bemerkte ich und deutete auf die Gruppe, »aber sollten sie sich nicht einen ruhigeren Platz suchen?«

»Vielleicht«, stimmte Adams gelassen zu. »Wir lassen Anfänger natürlich nicht mitten im Park beginnen. Aber die Fortgeschrittenen unter uns können Gott überall hören.« Er deutete auf die umliegenden Hügel. »Sehen Sie, Mr. Benedar, wir glauben, daß Spall das Zentrum von Gottes Königreich ist und in der Wolke sehen wir eine Manifestation Seiner Glorie. Hier können wir Ihn leichter erreichen als an jedem anderen Ort im Universum. Aber wir sehen unser Ziel nicht darin, neuzeitliche Mönche zu werden.«

Calandra wurde unruhig. »Sie meinen, so wie die Watcher?«

Adams zuckte unbehaglich die Achseln. »Es steht mir nicht zu, über andere zu urteilen«, wich er aus. »Aaron Balaam darMaupine hat durch seine Taten den Watchern einen furchtbaren Schlag versetzt, und ich kann verstehen, wenn Sie sich eine Zeitlang in sich selbst zurückziehen müssen. Aber wenn wir wirklich das Licht der Menschheit sein sollen, kann sich keiner von uns unbegrenzt verstecken.« Er deutete wieder auf die Landschaft rundum. »Unser Ziel ist es, hier mit

Gottes Gegenwart so sehr in Einklang zu kommen, daß wir überall in den Patri und den Kolonien hingehen können, und immer noch Seine Nähe spüren. Ganz gleich, wie weit wir weg sind, und was uns ablenkt.«

»Daher also die Meditation im Park inmitten der vorläufig besten Imitation eines Perpetuums mobile?«

Adams lächelte und Fältchen überzogen sein Gesicht. »Kinder sind zwar manchmal eine Plage, aber sie sind trotzdem unser größter Schatz. Die Watcher haben bewiesen, daß die Kunst des Beobachtens am besten bereits in der Kindheit gelernt wird; wir hoffen zu beweisen, daß dies auf die Kunst der Meditation ebenfalls zutrifft.«

Adams' Haus lag in der Nähe des Zentrums der Ansiedlung. Es war ein bescheidener Bau und unterschied sich zumindest äußerlich nicht von den umliegenden Häusern. Das überraschte mich nicht besonders, denn ich hatte nicht den Eindruck, daß ihm Wohlstand und Ansehen etwas bedeuteten.

Er parkte das Auto unter einem Vordach, wir gingen hinein ... und kamen endlich zur Sache.

Adams goß sich vorsichtig eine Tasse Tee ein, bereits die dritte, seit wir mit unserer Geschichte begonnen hatten. Er bot uns an nachzuschenken, aber wir lehnten ab, und er stellte die Kanne beiseite. »Ich nehme an, Sie wissen, in welch unangenehme Lage Sie mich gebracht haben.«

»Ja, Sir, und wir bedauern es aufrichtig. Aber wir hatten niemand anderen, an den wir uns wenden konnten.«

»Allein Ihre Anwesenheit hier bedroht unsere Existenz«, sagte er offen. »Flüchtlingen Unterschlupf zu gewähren ist ein ernstes Vergehen — so ernst, daß es die Behörden von Solitaire als Vorwand benutzen könnten, unsere Gemeinde aufzulösen und uns gänzlich von Spall zu verbannen.«

Er nahm die Sache nicht ganz so tragisch, wie man aus seinen Worten hätte schließen können ... »Das werden sie nicht tun«, kam mir Calandra zuvor. »Sie sind eine religiöse Gruppe und als solche den Behörden ein Dorn im Auge. Sie auf Solitaire zu haben, wo alle Besucher über Sie stolpern, wäre das letzte, das sich die Behörden wünschen. Wohin könnte man Sie schicken, wo Sie weniger auffallen als hier?«

Calandra hatte genau Adams' geheime Gedanken ausgesprochen. »Wenn es nur um Sie ginge, würde ich wahrscheinlich zustimmen«, gab er widerwillig zu. »Jetzt wollen Sie aber beweisen, daß sich Schmuggler unter uns versteckt halten; *das* werden die Behörden nicht so einfach übersehen.«

Ich spürte wieder seinen inneren Kampf und suchte einen Gedanken, an dem ich einhaken konnte ...

Zum zweiten Mal kam mir Calandra zuvor. »Doch wenn Sie dazu beitragen, die Schmuggler aufzustöbern, würde das eindeutig für Sie sprechen!« argumentierte sie.

»Wir nehmen keineswegs an, daß sich in Ihren Siedlungen Schmuggler versteckt halten und sich als Hallo ... ah ... als Mitglieder Ihrer Gemeinde ausgeben«, fügte ich hinzu. »Die Tatsache, daß Sie einen Planeten mit ihnen teilen, kann noch nicht als geheimes Einverständnis gewertet werden.«

»Stimmt«, seufzte er.

Er starrte noch immer in seine Tasse ... Plötzlich spürte ich, daß sich seine Ausstrahlung verändert hatte — so unmerklich, daß ich es erst im Nachhinein bemerkte. Er saß uns zwar gegenüber, aber er hatte unsere Gegenwart anscheinend vergessen. Als wäre seine Aufmerksamkeit weit weg ...

Oder gar nicht mehr vorhanden.

Ich blickte Calandra fragend an und deutete mit einem Kopfnicken auf Adams. Sie nickte und wurde von Unruhe erfaßt, während sie ihn betrachtete.

Ich kenne einen Mann, der vor vierzehn Jahren direkt in den dritten Himmel versetzt wurde ...

Dieses Zitat hatte mich als Kind immer fasziniert ... Das hier konnte etwas Ähnliches sein, und offen gestanden teilte ich Calandras Unbehagen. Es schien unmöglich ... aber vielleicht hatten Adams und seine Gruppe hier tatsächlich heiligen Boden entdeckt?

»Entschuldigen Sie«, sagte Adams plötzlich. Ich erschrak; der Übergang war mir wieder entgangen. »Ich habe versucht, von Gott eine Antwort zu bekommen.«

Er wirkte immer noch sehr unentschlossen. »Und ...« wollte ich wissen.

Er zuckte die Achseln. »Nichts, das mir als Anleitung dienen könnte. Die Hülle Seines Geistes zu berühren ist eine Sache; wirklich zu verstehen, was Er sagt, ist beträchtlich schwieriger.« Er holte tief Luft, und der letzte Rest von Spannung verschwand allmählich. Diese Form der Meditation schien anstrengend zu sein. »Er überläßt wie üblich die Entscheidung mir. Sagen Sie mir einmal genau, was Sie von uns wollen.«

Auch ich schöpfte jetzt tief Luft. »Während des Fluges haben wir die Karten von Spall genau studiert und ein Gebiet ausgewählt, auf das wir uns konzentrieren möchten.«

»Wie groß ist das Gebiet?«

»Ein paar hundert Quadratkilometer.« Ich sah seinen Gesichtsausdruck und zuckte hilflos die Achseln. »Ich weiß, ein Tropfen im Ozean. Aber wir sind nur zwei Leute und haben nicht viel Zeit.«

»Ich verstehe. Es ist nur, weil ... ach ist egal. Sprechen Sie bitte weiter.«

»Das Zielgebiet liegt etwa zweihundertsechzig Kilometer südöstlich von hier, ungefähr achtzig Kilometer von der Siedlung Myrrh entfernt — die gehört doch zu Ihnen?«

Er nickte. »Sie brauchen demnach ein Beförderungsmittel nach Myrrh; dort brauchen Sie ein Fahrzeug, Energie für das Fahrzeug und eine Unterkunft.«

»Ja, Sir. Ich weiß, wir verlangen viel.«

Er winkte ab. »Materielle Dinge sind kein Problem. Brauchen Sie einen Führer, oder jemanden, der Ihnen bei der Suche hilft?«

»Nein«, kam mir Calandra entschieden zuvor. »Wir machen es lieber selbst.«

Ich runzelte die Stirn. »Calandra ...«

Sie warf mir einen eindringlichen Blick zu. »Gilead, wir ziehen diese Leute ohnehin schon zu tief in die Sache hinein. Wir machen es allein oder gar nicht.«

Dagegen konnte ich wirklich nichts sagen. »In Ordnung.« Ich wandte mich wieder Adams zu. »Dann brauchen wir nur die materiellen Dinge.«

Er nickte langsam. »Die können wir Ihnen geben. Aber Sie werden noch etwas brauchen: Zeit. Wieviel?«

Wieviel Zeit benötigten wir, um eine Welt zu durchsuchen? »So viel, wie Sie uns geben können«, sagte ich ehrlich. »Wenn Sie behaupten, daß Sie nicht gewußt haben, wer wir sind — aber dafür ist es natürlich jetzt zu spät.«

»Es sei denn, sie verbieten ab morgen den Einsatz von Wahrheitsdrogen«, gab er mir nüchtern recht. »So lange Sie niemandem etwas erzählen, bin ich der einzige, der wegen Mitwisserschaft und geheimem Einverständnis belangt werden kann.« Seine Augen wurden hart. »Und dabei bleibt es! — Verstanden?«

Ich schluckte. Als ich daran dachte, was ich Kutzko und Kapitän Bartholomy angetan hatte, überkamen mich Scham und Schuldgefühl. Sie konnten zwar nicht wegen geheimem Einverständnis angeklagt werden — doch das würde wahrscheinlich nur ein kleiner Trost für die beiden sein. »Ich verstehe sehr gut«, antwortete ich Adams ruhig. »Wir haben schon genug Probleme geschaffen, wir wollen sie nicht noch vergrößern.«

Sein Blick wurde sanfter und ein leichtes Lächeln umspielte seine Lippen. »Ich bin froh, daß wir einer Meinung sind. Bevor Sie noch einen falschen Eindruck von uns bekommen, möchte ich Ihnen sagen, wie froh ich bin, daß Sie ehrlich mit mir waren. Egal was es kostet, aber die Wahrheit ist immer besser als eine Lüge.« Er stieß einen langen Seufzer aus. »Ich kann Ihnen drei Tage geben, nicht mehr.«

Calandra und ich tauschten einen Blick. Sie zuckte hilflos die Achseln. Drei Tage waren entsetzlich wenig ... Andererseits wären auch zehn Jahre zu kurz für das, was wir uns vorgenommen hatten. »Wie Sie glauben«, antwortete ich Adams.

»Es tut mir leid, daß ich Ihnen nicht mehr anbieten kann«, sagte er mit ehrlichem Bedauern. »Ich fürchte, daß Ihnen in Wirklichkeit noch weniger Zeit bleibt. Mittlerweile hat man entdeckt, daß Sie verschwunden sind. Sie haben zwar Ihr Schiff ins Weltall geschickt, aber das wird niemanden lange irreführen. Bei Einbruch der Nacht ist der Pravilo voraussichtlich hier.«

Leider hatte er wahrscheinlich recht. »Ein Grund mehr, daß wir uns sofort auf den Weg machen«, sagte ich.

»Richtig. Ich gebe Ihnen einfach eines unserer Autos, und Sie fahren selbst nach Myrrh. Damit muß ich niemanden von meinen Leuten bitten, die zehn Stunden hin- und zurückzufahren, und Ihnen steht in Myrrh für Ihre Suche sofort ein Auto zur Verfügung.«

»Gut. Ein halbautomatisches Fahrzeug, nehme ich an?«

»Ja, aber der Weg nach Myrrh ist nicht schwer zu finden. Wir sind schon so oft gefahren, daß wir die beste Route einprogrammiert haben.« Er erhob sich. »Wenn Sie mich entschuldigen, fange ich mit den Vorbereitungen an. Die Zeit reicht nicht mehr für eine ordentliche Mahlzeit, aber meine Küche ist dort hinten — nehmen Sie für die Fahrt mit, was Sie wollen.«

»Danke! Wir wissen Ihre Hilfe zu schätzen.« Ich stand ebenfalls auf.

»Ich hoffe nur, es genügt«, sagte er leise.

»Glauben Sie, daß wir ihm trauen können?« fragte ich Calandra, sobald er gegangen war.

»Wir haben keine andere Wahl.«

»Eigentlich nicht.«

Sie erhob sich seufzend. »Die Halloas sind im Augenblick wahrscheinlich unsere geringste Sorge. Kommen Sie — Sie haben gehört, was er gesagt hat. Packen wir Essen ein.«

16. Kapitel

Eine halbe Stunde später verließen wir Shekinah in einem Geländefahrzeug. Adams hatte uns versichert, daß es das beste in seiner kleinen Flotte war, obzwar es außen füchterlich aussah. Aber die Motoren liefen gut, und die Sucon-Ringe hielten der Belastung stand; alles in allem hatte ich also keinen Grund zur Klage. Vielleicht haben mich die acht Jahre Wohlstand bei Carillon mehr verwöhnt, als ich angenommen hatte.

Wir folgten einem kaum erkennbaren Pfad, der sich eher für Vieh als für Fahrzeuge eignete. Calandra war nicht in der Stimmung für ein Gespräch, und ich hatte keinen Grund, sie aus ihrer Reserve zu locken. Ich machte es mir in dem ständig rüttelnden Sitz so bequem wie möglich und stellte mich geistig auf eine lange, fünfstündige Fahrt ein; zurückgelehnt betrachtete ich die Landschaft.

Die Umgebung war überraschend interessant. Nicht einmal die unberührten Abschnitte um Shekinah waren eine leblose Wüste gewesen, wie ich es erwartet hatte. Jetzt entdeckte ich, daß es nur wenige Wüstengebiete gab.

Mit ästhetischen Maßstäben der Menschen gemessen war nichts wirklich Spektakuläres zu sehen. Die meisten Pflanzen waren fahlblau oder grauviolett — eindeutig nicht auf Chlorophyll-Basis — und wuchsen nahe am Boden; nur wenige erreichten die Größe eines mittleren Strauchs. Aber es gab viele und äußerst vielfältige Pflanzen. Ich stellte mir die müßige Frage, wie viele der Leute, die Spall so selbstsicher als Wüste bezeichneten, den Planeten tatsächlich gesehen hatten.

»Warum um Shekinah die Pflanzen so spärlich wachsen«, unterbrach Calandra meine Gedanken.

»Wahrscheinlich behandeln Adams' Leute den Boden, damit ihre Feldfrüchte besser wachsen — mit Dünger oder etwas Ähnlichem. Vielleicht schadet das den heimischen Pflanzen.«

»Vielleicht«, sagte sie zögernd. »Andererseits ... kann es auch eine Folge der Fusionstriebwerke sein, die so nahe der Oberfläche gezündet werden.«

Ich spürte ihren vorsichtigen Optimismus und wußte, worauf sie hinauswollte. Wenn der Fusionsantrieb wirklich für die dünne Vegetation verantwortlich war, hatten wir vielleicht einen Hinweis auf menschliche Siedlungen entdeckt. »Was könnte das auslösende Moment sein?« fragte ich laut. »Die Hitzewelle der Landung?«

»Oder vielleicht eine chemische Reaktion, die für den Fusionsantrieb typisch ist? Schade, daß wir keine genaueren Informationen über die hiesige Biochemie besitzen!«

»Und einen Biochemiker, der uns erklärt, was die Informationen bedeuten«, ergänzte ich trocken.

Sie mußte lächeln. »Sie haben recht. Vielleicht weiß jemand in Myrrh Bescheid.«

Ich nickte. Die Halloas von Myrrh bearbeiteten den Boden schließlich schon seit zwei Jahren. Hoffentlich hatten sie auch Zeit gefunden, etwas über ihre neue Heimat zu lernen.

Die Sonne ging unter, als uns das Auto endlich ins Zentrum einer Häuseransammlung fuhr und hielt.

Die Siedlung Myrrh war in mancher Hinsicht eine schwache Kopie von Shekinah. Die Ansiedlung war wesentlich kleiner, und ihr fehlte vielfach noch der Schliff; sie stand offensichtlich noch in einem frühen Entwicklungsstadium. Aber Myrrh war trotzdem ein echter Sproß der Glorie Gottes, das war nicht zu übersehen. Der junge Mann, der uns begrüßte — wie in Grenzgebieten üblich, wirkte ein wenig schäbiger als die Leute in Shekinah — strahlte den gleichen Frieden aus wie Adams und seine Anhänger.

»Seid gegrüßt«, sagte er mit einem Nicken, als Calandra und ich steif aus dem Auto kletterten. Er mußte zweimal hinschauen, bevor er glaubte, daß er uns tatsächlich nicht kannte; dann lächelte er wieder. »Entschuldigen Sie — es kommen nicht viele Fremde zu uns. Was kann ich für Sie tun?«

»Wir möchten gern den Hirten Joyita Zagorin sprechen«, erklärte ich ihm und streckte meine schmerzenden Glieder. »Wir haben eine Nachricht vom Hirten Adams.«

»Das hätte ich mir denken können«, sagte der Junge; jetzt grinste er. »Ich bin die Straße von Shekinah nach Myrrh selbst gefahren — ist ein großer Spaß!«

»Wunderbar«, brummte ich. »Ihr solltet mit einer Gesellschaft für Nierenersatz ins Geschäft kommen — ihr würdet beide gut dabei aussteigen.«

»Wahrscheinlich. Wenn Sie bitte mit mir kommen ...?«

»Wo sind die anderen?« fragte Calandra, als wir den offenen Platz überquerten und auf ein großes Gebäude zugingen, das wie ein Versammlungshaus aussah.

»Wir haben heute abend ein gemeinsames Essen«, erklärte er uns. »Viele sind mit den Vorbereitungen beschäftigt. Die anderen sind entweder noch bei der Arbeit, oder sie meditieren.«

Er deutete zwischen zwei Gebäude: Nicht weit von der Siedlung entfernt war eine Gruppe von etwa sechs Menschen in tiefe Meditation versunken. »Ihr nehmt das Meditieren wirklich ernst!«

Er nahm es mir nicht übel, auch nicht insgeheim. »Es hätte nicht viel Sinn, es nur halbherzig zu betreiben!« entgegnete er.

Damit hatte er recht.

Das Versammlungshaus war voller Menschen und köstlicher Düfte, bei denen mein Magen knurrte. Unser

Führer geleitete uns an den großen C-förmigen Tischen vorbei zu einem kleinen Zimmer im hinteren Teil, wo eine junge Frau emsig an einem alten Computer arbeitete. Sie blickte auf, als der Junge an die offene Türe klopfte. »Was gibt es, Thomaz?«

»Besucher aus Shekinah«, antwortete er und deutete auf uns.

Sie erhob sich anmutig. »Willkommen in der Gemeinde Myrrh. Ich bin Hirtin Joyita Zagorin; was kann ich für Sie tun?«

Ich hätte nicht überrascht sein dürfen — schon in diesen wenigen Augenblicken war ihre Ausstrahlung von innerem Frieden und ihre Führungspersönlichkeit deutlich spürbar gewesen; aber ich war nicht aufmerksam genug und bemerkte nichts. Ich wurde verlegen und begann, peinlich zu stottern. »Ah ... mein ... ich heiße Gilead Raca Benedar«, brachte ich schließlich heraus, »und das ist Calandra Mara Paquin. Ich ... wir ... haben eine Nachricht für Sie von Hirten Adams.«

»Der es verabsäumt hat, mein Geschlecht zu erwähnen?« fragte sie trocken.

»Der es verabsäumt hat, Ihr Alter zu erwähnen«, korrigierte ich sie. Ich hatte das Bedürfnis, mein Verhalten zu erklären. »Ich habe keine besonders große Erfahrung — zugegeben —, aber die Ältesten einer Gemeinde sind selten so jung wie Sie. Vor allem nicht in einer Grenzgemeinde wie Myrrh.«

Zu meiner Erleichterung war sie nicht beleidigt. »In der Glorie Gottes beruht die Stellung des einzelnen nicht auf Alter und Status«, erklärte sie. »Daraus schließe ich, daß keiner von Ihnen ein zukünftiger Seeker ist.«

Ich erfaßte den Sinn des Wortes: der richtige Ausdruck für unser Wort Halloas. »Nein, sind wir nicht.« Ich kramte nach dem Umschlag, den Adams uns gegeben hatte. »Das ist vielleicht eine Erklärung.«

Sie öffnete die Nachricht und las ... Ich beobachtete

ihr Gesicht; die Erklärung, die sie zu der Situation erhielt, befriedigte sie offensichtlich keineswegs. Ein Unbehagen überschattete ihre innere Ruhe, und sie las die Nachricht ein zweites Mal. »Die Bedeutung Ihrer mittleren Namen ist mir nicht aufgefallen«, sagte sie schließlich und blickte uns beide eindringlich an. »Ich habe noch nie zuvor einen Watcher kennengelernt.«

»Auch wir kennen noch nicht viele Seeker«, antwortete ich.

Sie deutete auf das Papier. »Hirte Adams möchte, daß die Gemeinde Myrrh Ihnen Gastfreundschaft gewährt — was wir natürlich sehr gern tun.« Sie zögerte, als sie nach einem taktvollen Weg suchte, um eine weniger taktvolle Frage zu stellen ...

»Wir können Ihnen nicht mehr sagen als Hirte Adams«, meldete sich Calandra zu Wort. »Im Interesse Ihrer und unserer Sicherheit.«

Zagorin preßte die Lippen zusammen. Hirte Adams sprach wahrscheinlich immer sehr offen mit seinen Leuten, und vor allem diese ungewöhnliche Heimlichtuerei störte sie. »Wenn es Sie beruhigt«, fügte ich hinzu, »wir müßten in zwei bis drei Tagen wieder fort sein, und damit ist es vorbei.«

Sie blickte mich mißtrauisch an. Seeker-Hirte oder nicht, gewissen Dingen stand sie trotzdem skeptisch gegenüber. Doch sie war zu höflich, um mir das ins Gesicht zu sagen. »Bis dahin stehen Ihnen die Gemeinde Myrrh und ich voll zur Verfügung«, sagte sie statt dessen. »Hirte Adams schreibt etwas von Unterkunft und Energie für Ihr Auto. Habe ich recht, daß ersteres im Augenblick Vorrang hat?«

»Ganz bestimmt. Für die nächsten Stunden möchte ich dieses Auto nicht einmal *sehen*.«

Sie lächelte. »Ich weiß, ich bin die Strecke von Shekinah auch schon öfters gefahren. In etwa einer halben Stunde gibt es Abendessen. In der Zwischenzeit werde ich mich um Ihre Unterbringung kümmern.«

Calandra war ebenfalls einverstanden. »Klingt gut«, antwortete ich Zagorin.

Sie kam hinter ihrem Schreibtisch hervor. »Dann wollen wir sehen, was wir finden.«

Das Dinner war gut besucht, etwa hundertzwanzig Menschen versammelten sich um die Tische; etwa zwanzig Prozent davon waren Kinder. Wir saßen neben Hirtin Zagorin. Dadurch konnte sie unangenehme Fragen über den Zweck unseres Hierseins für uns beantworten oder von ihnen ablenken. Sie tat es während der Mahlzeit mindestens zweimal, und ich schloß daraus, daß sie sich trotz ihrer persönlichen Vorbehalte voll auf Adams verließ.

Anfangs war das Essen ein kleiner Schock. Ich hatte bisher noch keine Gelegenheit gehabt, die Küche von Solitaire auszuprobieren. Die Variante auf Spall war wesentlich schärfer, als das Aroma vermuten ließ. Aber es schmeckte gut, sobald mein Gaumen einmal den ersten Schrecken überwunden hatte.

Während ich aß, hatte ich Zeit, die Seeker zu beobachten.

Bei den Kindern ging das natürlich am einfachsten. Sie waren voll Energie und Übermut und kannten noch keine gesellschaftlichen Schranken; sie benahmen sich wie alle Kinder in den Patri und den Kolonien. Ich erinnerte mich an die flüchtige Bemerkung vom Hirten Adams über den frühen Beginn des Meditationstrainings; es beunruhigte mich ein wenig. Unsere Watcher-Ältesten hatten sich lange und eingehend mit dem Problem beschäftigt, wie den Kindern die Beobachtungskunst beigebracht werden könnte, ohne sie dabei zu überfordern oder ihren natürlichen Frohsinn zu brechen. Ich hoffte, daß Hirte Adams und sein Volk ebenso vorsichtig vorgingen.

Besonders im Hinblick auf die deutliche Auswirkung der Ausbildung auf die Erwachsenen.

Es war erstaunlich. Zwar besaßen nur eine Handvoll der Personen in meiner Nähe annähernd jenen inneren Frieden wie Adams und Zagorin. Bei den meisten erkannte ich noch deutlich die Spannung und Hoffnungslosigkeit, die wir auf Solitaire gespürt hatten. Aber selbst bei ihnen war spürbar, daß sich die Spannung langsam löste ... und zum ersten Mal seit elf Jahren begann ich, mich wirklich zu entspannen.

Elf Jahre fern von den Watchern der Siedlung Cana — davon acht Jahre in der mit Gier getränkten Atmosphäre des Kreises um Lord Kelsey-Ramos — hatten meine Erinnerungen an eine einfache, liebevolle Gemeinschaft fast ausgelöscht. Hier kämpfte man nicht um Reichtum und Macht; jeder Streit wurde rasch beigelegt; es gab keine Gier, kein Streben nach Dingen, die letztlich unwichtig waren. Nur zwei Dinge waren ihnen wichtig: Ihre Beziehung zueinander und ihre Beziehung zu Gott.

Es war wie ein warmer Sonnenstrahl auf kalter Haut, und ich ließ ihn gern in mich eindringen. In diesem Augenblick machte Calandra neben mir eine Bewegung ... Ich wandte mich ihr zu, und das angenehme Gefühl zerplatzte wie eine Seifenblase.

»Alles in Ordnung?« murmelte ich, ohne die mir Gegenübersitzenden aus den Augen zu lassen. »Was ist los?«

Sie hatte ihre Spannung sehr gut unter Kontrolle, aber deshalb war sie nicht weniger real. »Dieser Ort, diese Menschen — spüren Sie nichts?« flüsterte sie.

Ich konzentrierte mich. Nichts. »Nein.«

Sie warf mir einen seltsamen Blick zu. »Die Gleichheit«, murmelte sie schaudernd. »Die Gelassenheit — sehen Sie das nicht?«

Ich schüttelte den Kopf. »Ich spüre nur Frieden und Zufriedenheit.«

Sie fuhr sich mit der Zunge über die Lippen. »Es erinnert mich an Bridgeway.«

Ich fröstelte. Bridgeway... Aaron Balaam darMaupine. Nein. Nein, das konnte nicht sein. »Meinen Sie ...?«

Links von Calandra saß Zagorin; sie wollte gerade etwas zu Calandra sagen. »Später«, zischte Calandra und wandte sich in die andere Richtung.

Ich holte tief Luft. Das konnte nicht sein. Calandra deutete die Stimmung falsch: Sie glaubte, die Menschen wurden gefügig gemacht, und die starke Führung hatte etwas Drohendes für sie. Adams hatte bestimmt nicht darMaupines krankhafte Ambitionen.

Bestimmt nicht ... und dennoch war es darMaupine seinerzeit geglückt, seine Absichten vor den Watchern zu verbergen. Viele von ihnen waren wesentlich scharfsinniger gewesen als ich.

Einen Augenblick später wandte ich mich wieder dem Essen zu und plauderte und lachte mit meinen Nachbarn. Aber ich war auf der Hut ... und die Speisen schmeckten nicht mehr wie früher.

Nach dem Dinner folgte ein Gottesdienst und darauf eine Stunde der Besinnung. Als Hirte Zagorin mit uns das Versammlungshaus verließ, war es draußen bereits Nacht.

»Ein herrlicher Anblick!« Ich ging neben Zagorin, als wir den Platz überquerten und deutete auf das Sternenzelt über uns. »Es ist lange her, seit ich eine solche Nacht gesehen habe.«

Zagorin nickte. »Ich weiß, was Sie meinen — bevor ich mich der Glorie Gottes anschloß, habe ich in Cameo gelebt. Manchmal habe ich das Gefühl, daß die Sterne allein es wert wären, hier zu leben, auch ohne das übrige.«

Rechts von uns hörte ich ein Geräusch ... »Hier ist etwas«, sagte Calandra scharf und spähte angestrengt in die Dunkelheit. »Ein Tier?«

Zagorin folgte ihrem Blick. »Auf Spall gibt es keine

so großen Tiere«, beruhigte sie uns. »Wahrscheinlich meditiert hier einer unserer Leute.«

»Um diese Zeit?« wunderte ich mich.

»Gott nimmt rund um die Uhr Anrufe entgegen«, bemerkte Zagorin trocken.

Ich schluckte. »Sagen Sie mir, Hirtin Zagorin ... wie ist es?«

Selbst in der Dunkelheit spürte ich, daß Calandra meine Frage mißbilligte. Andererseits hatte Zagorin eindeutig meine Frage erwartet. »Sie meinen, wie es ist, in direktem Kontakt mit Gott zu stehen?« fragte sie.

Ich nickte. »Hören Sie Ihn tatsächlich sprechen? Oder ist es mehr das Gefühl Seiner Gegenwart?«

Sie zögerte. »Es liegt irgendwo in der Mitte.« Ob sie nun auf die Frage vorbereitet war oder nicht, es war offensichtlich nicht einfach, die Antwort in Worte zu fassen. »Es ist ... nun, *die Gegenwart* von etwas Unsichtbarem, so ist es wahrscheinlich am besten beschrieben. Dieses Unsichtbare steht über den Menschen, reicht über sie hinaus, umgibt uns und füllt uns aus.«

»Und spricht zu Ihnen?« fragte ich.

Sie lächelte gequält. »Ich bin davon überzeugt, daß Er spricht. Ob wir bereits richtig zuhören können, ist eine andere Frage.«

Adams hatte fast genau die gleichen Worte verwendet, als es ihm nicht gelungen war, von Gott einen Rat einzuholen, was er mit uns tun sollte. »Aber es sind doch Worte?« fragte ich. »Oder handelt es sich mehr um Gefühle und abstrakte Gedanken?«

»Für manche von uns sind es Worte, für andere Gefühle oder Gedanken.« Sie zuckte die Achseln. »Es gibt keine festen Regeln — Gott offenbart sich jedem von uns auf andere Weise. Wir wissen nicht warum.«

Wer kennt Gottes Weisheit? Wer war je sein Ratgeber?

»Wird der Eindruck mit der Erfahrung deutlicher?« fragte ich sie.

»Meistens. Aber manche unter uns besitzen die Gnade und hören ihn von Anfang an.« Sie zögerte ein wenig. »Aber es gibt auch solche, bei denen alles vergeblich ist.«

Etwas in ihrer Stimme sagte mir ... »So wie der Mann da draußen?« vermutete ich und deutete in die Richtung, wo wir die Bewegung gesehen hatten.

Ich spürte ihre Überraschung; sie akzeptierte meine Bemerkung nur mühsam. »Ihr Watcher macht eurem Ruf Ehre! Wie es euch wohl ergeht, wenn ihr Gott hören wollt?«

Für mich klang ihre Bemerkung weder beleidigend noch herausfordernd; ich spürte nur ihr ehrliches Interesse. »Wir bleiben nicht lange genug hier, um Ihre Methoden zu erlernen.«

»Es ist gar nicht schwer.« Sie schien sich an der Idee zu erwärmen. »Ich könnte Ihnen die Grundlagen in zwei Stunden beibringen.«

»Wir haben keine Zeit«, warf Calandra ein. Sie wollte nicht mehr darüber reden, das war klar.

Auch Zagorin hatte verstanden und ließ das Thema zögernd fallen. »Wenn es sich einer von Ihnen anders überlegt, so sagen Sie es mir. Hirte Adams deutet in seinem Brief an, daß Sie morgen früh von hier wegfahren. Werden Sie abends wieder zurückkommen?«

Ich schüttelte den Kopf. »Wahrscheinlich nicht. Wir wollen ein großes Gebiet abklappern und haben nur drei Tage Zeit dafür.«

Sie hätte mich sehr gern gefragt, was genau wir suchten, aber die Höflichkeit siegte. »Gut. Ich lasse den Computer den voraussichtlichen Energieverbrauch für drei Tage berechnen und die Sucon-Ringe in Ihren Wagen laden. Wir besitzen außerdem zwei faltbare Unterstände — wenn Sie Platz dafür haben, sind sie sicherlich bequemer, als im Auto zu schlafen.«

Ich dachte nach, ob die Notausrüstung eines Raumschiffes solche Unterstände enthielt. »Wenn Sie sie entbehren können, wären wir Ihnen wirklich sehr dankbar«, willigte ich dann ein. »Aber wenn Sie sie brauchen ...«

»Kein Problem«, beruhigte sie mich.

Ich dachte an Calandras Befürchtung, daß sich die Seeker-Gemeinden Fremden gegenüber feindlich verhalten könnten. Ich mußte sie bei Gelegenheit daran erinnern. »Dann nehmen wir gerne an. Vielen Dank. Was wissen Sie über das Gebiet ostsüdost von hier?«

»Nicht sehr viel. Es wird hügeliger — das sehen Sie schon nach einem Kilometer — und hier und dort tauchen echte Berge und Kuppen auf. Wo die Hügel anfangen, wird auch die Vegetation dichter; aber Sie werden keine Probleme haben durchzukommen.«

Calandra wurde plötzlich interessiert. »Die gleiche Vegetation wie hier, nur dichter?«

»Zum Großteil«, antwortete Zagorin. »Es gibt auch Abweichungen bei den Arten, besonders bei den größeren Pflanzen wie den Donnerköpfen.«

»Mehr Grundwasser?« versuchte ich aufs Geratewohl.

»Ich habe wirklich keine Ahnung. Es könnte auch am Boden liegen oder an den Pflanzen, ich weiß es nicht.«

Calandras Interesse verflog, und auch ich mußte zugeben, daß wir hier einen toten Punkt erreicht hatten. Aber die Vermutung, daß der Fusionsantrieb der Schmuggler schädlich für die Pflanzen war, klang vernünftig; wir wußten zwar nicht genau, nach welchem Schaden wir suchen sollten, aber je dichter die versengten Pflanzen standen, desto leichter sollte es uns fallen, solche versengten Stellen auszumachen. »Wie sieht es mit Tieren aus?« fragte ich Zagorin. »Gibt es große Raubtiere, auf die wir achten müssen?«

»Mitten in Gottes Königreich?« fragte sie vorwurfsvoll. »Nein.«

Calandra schnitt eine Grimasse. »Natürlich«, murmelte ich. »Also dann ...« Ich suchte nach einem neuen Thema.

»Hier sind wir.« Zagorin überbrückte die eingetretene Stille. »Die Mustains sind noch nicht zu Hause — macht es Ihnen etwas aus, wenn Sie allein sind, Calandra?«

»Kein Problem«, beruhigte sie Calandra. »Sie haben mein Zimmer noch vor dem Dinner zurechtgemacht und mir alles gezeigt.«

»Gut. Ich hoffe, die Changs haben es genauso gehalten, Gilead. Gut. Wenn Sie mich dann beide entschuldigen wollen, ich muß in mein Büro zurück und die Energieberechnung anstellen. Schlafen Sie gut, und geben Sie mir morgen Bescheid, bevor Sie wegfahren.« Wir versprachen, beides zu tun, und sagten gute Nacht. Unsere Augen folgten der schwach beleuchteten Silhouette, wie sie auf die Lichter des Versammlungshauses zuging.

»Raubtiere in Gottes Königreich«, murmelte Calandra neben mir, als Zagorins Schritte verklangen. »Wie dumm von Ihnen, zu fragen.«

»Wir wollen nicht so sarkastisch sein«, brummte ich verärgert über ihren herablassenden Ton. »Vergessen Sie nicht, daß man uns einen Gefallen erweist.«

»Sie müssen schon entschuldigen, aber ich fühle mich nicht wohl dabei, wenn ich auf Menschen angewiesen bin, die nicht ganz richtig im Kopf sind«, fuhr sie mich an.

»Seit wann ...?«

»Ach Gilead! Die kommen den weiten Weg hierher, nur um Solitaires Wolke zu verehren! Wie nennen *Sie* das?«

Ich seufzte. »Das steckt also Ihrer Meinung nach hinter den Meditationen?«

»Was sonst? Die andere Möglichkeit ist, daß sie alle unter Halluzinationen oder echtem Massenwahnsinn leiden. Oder glauben Sie, daß wir uns hier tatsächlich im himmlischen Königreich befinden?«

Die zwölf Tore waren zwölf Perlen, jedes Tor aus einer ein-

zelnen Perle, und die Hauptstraße der Stadt war aus purem Gold, durchsichtig wie Glas … »Wenn ja, dann ist die anerkannte Beschreibung ziemlich falsch«, gab ich zu. »Mir fällt gerade ein … Auf dem Flug zum Solitaire-System ersuchte mich Mr. Kelsey-Ramos herauszufinden, ob die Wolke lebendig ist.«

»Und, ist sie lebendig?«

Ich schauderte immer noch bei der Erinnerung. »Ich brachte es nicht über mich«, mußte ich gestehen. »Ich meine vielmehr, ob man aus der Frage selbst darauf schließen kann, daß die Beamten von Solitaire allmählich bemerken, daß die Seeker mit ihren Meditationen Erfolg haben.«

»Wir sind also wieder bei der alten Streitfrage, nämlich was die Wolke wirklich ist.« Calandra war nachdenklich geworden und unwillkürlich interessiert.

»Und ob wir vielleicht ihren Ursprung finden können«, ergänzte ich langsam. »Denn wenn es einen Ursprung *gibt* und wir ihn finden … dann kann er voraussichtlich auch ausgeschaltet werden.«

»Wollen Sie damit sagen, daß die Patri die Halloas vielleicht nicht nur dulden? Oder läßt man sie auf Spall nur siedeln, um sie los zu werden?«

»Vielleicht ein Dreiecks-Konzept«, sagte ich zweifelnd. »Ich weiß es nicht. Wie mißt man die Intensität eines Meditationskontakts?«

Sie zuckte die Achseln. »Fragen Sie nicht mich. Das ist *Ihre* grandiose Idee, nicht meine.«

Ich starrte sie zornig an. »Richtig. *Und Ihre* verrückte Idee war es, daß Adams die Seeker gegründet hat, um in Aaron Balaam darMaupines Fußstapfen zu treten.«

Sie zuckte zusammen, und aus ihrem Ärger wurde Verlegenheit. »Ich habe nur gesagt, daß die Atmosphäre ähnlich ist«, murmelte sie. »Die Menschen sind zu gelassen, zu zufrieden. Zu wenig neugierig — meinen Sie nicht, daß sie sich ein *bißchen* mehr um die Ökologie des Planeten kümmern sollten, auf dem sie leben? Für mich heißt das, daß sie das Denken ihren Anführern überlassen.«

»Tut mir leid, aber das widerspricht sich«, antwortete ich und bedauerte es sofort. DarMaupine und Bridgeway waren ihr wunder Punkt; ich hätte nicht daran rühren sollen. »Ich kann bei Adams auch keine Anzeichen für krankhaften Ehrgeiz erkennen.«

Sie schüttelte den Kopf. »Es spielt keine Rolle. Was immer Adams für die Zukunft geplant hat — ich werde nicht mehr hier sein, um es zu sehen.«

Ich legte meinen Arm um ihre Schultern. »Sie werden hier sein!« Ich legte meine ganze Zuversicht in diese Worte, plus der Zuversicht, die ich nur vortäuschte. »Vergessen Sie nicht, wir haben *zwei* mögliche Ziele: eine Schmugglerbasis und den Ursprung der Wolke.«

»Großartig. Und wenn wir *wirklich* Glück haben, so finden wir den Ursprung der Wolke, auf dem die Schmugglerbasis errichtet ist; und daneben eine Iridium-Mine.«

Wie ich gehofft hatte, verdrängte der Sarkasmus ihre Niedergeschlagenheit. »Das nenne ich Humor«, sagte ich leichthin, und versuchte, meinen Vorteil auszunützen. »Wenn die Mine ergiebig genug ist, kaufen wir Lord Kelsey-Ramos' Anteile an Carillon auf. Dann kann Randon uns anschreien soviel er will.«

»Sie gehen besser zu Bett, Sie haben Halluzinationen.«

»Gewiß. Sie auch. Wir wollen morgen zeitig aufbrechen.« Außerdem würde eine gut durchschlafene Nacht wenigstens ihre schlimmsten Ängste besänftigen; aber das sagte ich nicht.

»Ja.« Sie zögerte. »Gilead … Ich bin immer noch der Meinung, daß Sie ein selbstmörderischer Narr sind. Aber … Danke.«

Ich drückte beruhigend ihre Hand. *Er versteckt mich unter seinem Dach am Tag des Bösen, er verbirgt mich im Innern seines Zeltes, setzt mich hoch auf einen Felsen. Mein*

Kopf überragt meine Feinde, die mich umgeben ... »Alles wird gut gehen«, versicherte ich ihr.

»Sicherlich.« Sie seufzte und tat nicht einmal so, als würde sie mir glauben. »Gute Nacht.«

»Gute Nacht.«

Ich wartete, bis sie im Haus war und schleppte mich dann schwerfällig rund um den Platz zu dem Haus, in dem man mir ein Zimmer zugewiesen hatte. Solange ich versucht hatte, Calandra Mut zu machen, hatte ich nicht bemerkt, wie müde ich war. Aber jetzt wurde mir alles bewußt: Der Nachtflug von Solitaire nach Spall, die erschöpfende Fahrt quer durch Spall und die ständige Anstrengung, mit unbewegtem Gesicht Lügen zu erzählen. Wie sehr mich der Gedanke an die gewaltige Aufgabe vor uns belastete, war gar nicht zu sagen.

Ich war froh, daß im Haus der Changs noch keine Lichter brannten. Die Familie war nett, aber im Augenblick hatte ich nicht die geringste Lust, sie zu treffen. Calandras Gefühle für die Glorie Gottes waren zwar paranoid, doch meine Achtung vor den Seekern und ihren Zielen hatte zugenommen ... Im gleichen Maß wuchs meine stumme Angst, daß man unsere Anwesenheit bei ihnen benutzen könnte, um sie zu vernichten.

An der Schwelle des Hauses schüttelte ich heftig den Kopf. Ich war müde und niedergeschlagen, sagte ich mir — das war alles. Solange die Gemeinde Myrrh nicht wußte, wer und was wir waren, konnte sie niemand dafür zur Verantwortung ziehen, wenn sie uns halfen. Weder rechtmäßig noch vernunftmäßig.

Trotzdem ...

Ich schaute auf. Wie eine bläuliche Frucht hing die teilweise beleuchtete Scheibe von Solitaire über mir; neben ihr leuchteten drei ungewöhnlich helle Sterne. Drei von Kommodore Freitags Schiffen, waren zu uns unterwegs ... Das Gesetz stand meist auf der Seite der Mächtigen. Für die aber war Vernunft eher eine gelegentliche Alternative und keine Voraussetzung.

17. Kapitel

Am nächsten Morgen, kurz nach Sonnenaufgang, machten wir uns auf den Weg — für meinen Begriff eine höchst unchristliche Zeit. Trotzdem waren eine Menge Seeker schon vor uns wach. Aber das war nichts Besonderes, da Myrrh eine landwirtschaftliche Gemeinde war. Doch mir, mit meinem auf das Stadtleben ausgerichteten Bio-Rhythmus, schmerzten die Augen bei dem Gedanken, Tag für Tag so zu leben.

Seit zehn Jahren hatte ich kein handgesteuertes Auto mehr gefahren, aber da es keine Straße gab, von der ich nicht abkommen durfte, und keinen Verkehr, dem ich ausweichen mußte, erwartete ich keine größeren Probleme. Calandra war wesentlich munterer als ich und schlug vor, sich als erste hinter das Steuer zu setzen; leider mußte ich das Angebot ablehnen. Meine Augenlider waren schwer, und ich hätte keinen guten Beobachter abgegeben. Besser wir fuhren über ein paar zusätzliche Hindernisse, als wir übersahen einen wichtigen Hinweis irgendwo am Horizont ...

Glücklicherweise hatte Zagorin das Problem vorausgesehen. Außer den versprochenen Sucon-Ringen fanden wir im Auto noch zwei Becher und einen Thermos mit einem heißen, süßsäuerlichen Getränk. Wir hatten die Siedlung kaum verlassen, als ich mich langsam wach trank.

Die Felder rund um Myrrh waren größer, als ich bei unserer Ankunft am Abend zuvor gedacht hatte. Wir fuhren nach Südosten, durch mehrere Hektar bebautes Land, wo schon eine Menge Seeker mit kleinen landwirtschaftlichen Maschinen emsig an der Arbeit waren. »Verstehen Sie etwas von Landwirtschaft?« fragte ich Calandra.

»Nur so viel, wie ich als Kind aufgeschnappt habe.« Sie sah sich um. »Meiner Ansicht nach gibt es hier genügend fruchtbares Land, um die Gemeinde zu erhalten, wenn Sie das gemeint haben.«

»Genau das habe ich gemeint.« Ich war noch zu zerschlagen, um mich über die ihr eigene Leichtigkeit zu ärgern, mit der sie meine Gedanken gelesen hatte. »Wissen Sie, was das für Pflanzen sind?«

Sie zuckte die Achseln. »Dort drüben steht Mais, diese kurzen, breitblättrigen Dinger sind, glaube ich, Trelapse. Der Rest …« Sie schüttelte den Kopf.

»Ist nicht wichtig«, sagte ich. Aus dem Augenwinkel sah ich, daß sich links etwas bewegte: Ein Seeker ging mit gesenktem Kopf langsam durch die einheimische Flora am Rand der Felder. »Was er wohl sucht?« wollte ich wissen.

»Wahrscheinlich Valeer.« Calandra beugte sich vor, um an mir vorbeizusehen. »Die Mustains haben mir noch davon erzählt, bevor ich gestern abend zu Bett ging. Es ist eine heimische Pflanze, und sie machen ein Gewürz daraus.«

Ich dachte an den fremdartigen Geschmack der Speisen am Vorabend. Kein Wunder, daß ich die Zutaten nicht identifizieren konnte. »Interessant. Wollen sie es exportieren?«

»Ich bin sicher, daß die Führer mit dem Gedanken gespielt haben — die Mustains haben auf alle Fälle daran gedacht. Für den Augenblick behalten sie es allerdings noch für sich.«

Etwas in ihrer Stimme … »Wollten Sie herausfinden, ob man Beruhigungsdrogen an die Leute verfüttert?« fragte ich.

Sie wurde unwillig und verlegen. »Der Gedanke *ist* mir gekommen«, gab sie zu.

»Wir haben beide davon gegessen«, erinnerte ich sie. »Auch nach einer einzigen Dosis hätte es einer von uns merken müssen, wenn sie eine derartige Wirkung hat.«

»Sie können genausogut mehr als nur eine einheimische Pflanze verwenden«, entgegnete sie ohne Überzeugung. Sie hatte recht — wir kannten die äußeren Anzeichen des Wodkyakonsums recht gut, denn der war damals in den Patri und den Kolonien sehr beliebt; wir hatten bei keinem der Seeker in Myrrh solche Anzeichen gesehen. Wenn Calandra sogar eine dermaßen unwahrscheinliche Möglichkeit in Erwägung zog, dann wollte sie für die Glorie Gottes unbedingt eine finsterere Erklärung finden, als liebevollen Gemeinschaftssinn. Sie wollte das Schlechteste von ihnen glauben ... Innerlich wußte ich, daß nichts, was ich sagte, etwas daran ändern würde. Selbst Watcher konnten blind für die Wirklichkeit sein, wenn sie es nur fest genug wollten.

Vielleicht war Aaron Balaam darMaupine deshalb so weit gekommen.

Mir war etwas aufgefallen: Der Seeker hatte Handschuhe getragen. »Haben die Valeer-Pflanzen scharfe Ränder?« fragte ich Calandra, nicht zuletzt, um das Thema zu wechseln.

Sie betrachtete nochmals den Seeker; sie war ebenfalls erleichtert, daß wir einen Streit über Adams' Gruppe vermieden hatten. »Vielleicht geht es um die Pflanze an sich. Die Mustains haben mir erzählt, daß die Erde auf Spall sehr säurehaltig ist.«

Großartig. Und wir wollten uns ohne Schutzkleidung hier herumtreiben. »Wie säurehaltig ist ›säurehaltig‹?«

»Es ist nicht wirklich gefährlich«, beruhigte sie mich. »Man bekommt nur einen Ausschlag, wenn man zu viel herumgräbt.«

Der Seeker hatte die gleiche Alltagskleidung getragen, wie wir sie beim Dinner am Abend zuvor in der Siedlung gesehen hatten; sie war mir nicht besonders dick oder säure-resistent vorgekommen. »Das heißt, sie müssen eine alkalische Lösung aufbringen, bevor sie pflanzen«, fügte ich hinzu.

»Wahrscheinlich. Egal wie sie es machen, die Methode ist jedenfalls wirkungsvoll — ich habe dort, wo der Boden behandelt wurde, nirgends einheimische Pflanzen gesehen. Dann sind es vielleicht doch die Chemikalien aus dem Auspuff des Fusionsantriebs.«

Mein Magen krampfte sich zusammen, als mir das gewaltige Ausmaß unseres Vorhabens schlagartig wieder bewußt wurde und die wissenschaftliche Neugierde verdrängte. »Könnte sein. Wenn wir schon davon reden: Wir machen uns besser an die Arbeit.«

»Richtig.« Sie rief auf dem Auto-Monitor eine Karte der Gegend auf und verlangte eine Umrißpause. »Sie wollen vermutlich soweit wie möglich von höher gelegenen Punkten aus suchen?«

Ich nickte. »Es sei denn, wir entdecken einen Platz, der sich eindeutig als ein gutes Versteck für ein illegales Raumschiff oder einen Raumpendler eignen würde.«

Sie starrte auf den Bildschirm und verglich danach sorgfältig die umliegende Landschaft. »Eigentlich nichts. Aber wir sind immer noch zu nahe bei Myrrh.«

»Das stimmt.« Ich deutete auf einen Punkt auf dem Monitor links vor uns. »Das ist vermutlich der Hügel dort drüben.« Ich zeigte auf eine kleine Erhebung in der Ferne. »Zehn oder fünfzehn Minuten von hier. Wollen wir dort beginnen?«

Sie zuckte die Achseln und riß sich zusammen. »Von mir aus.«

Die unbekannten Pflanzen waren der einzige Anhaltspunkt und daher hatten wir uns in der Entfernung getäuscht. Dennoch erreichten wir den Hügel in weniger als einer halben Stunde. Nur ein Hang war so sanft, daß ihn das Auto hätte erklimmen können, doch leider war er steinig, und ich wollte die Reifen nicht gefährden. So dauerte es schließlich weitere zehn Minuten, bis wir uns zu Fuß auf den Gipfel des Hügels gekämpft hatten.

Hirtin Zagorin hatte recht gehabt. Hier boten sich uns eine Landschaft und Flora dar, die sich beträchtlich von dem unterschieden, was wir auf der Fahrt von Shekinah nach Myrrh gesehen hatten. Zum Blau und Grauviolett gesellten sich Rot, Dunkelgelb und eine zarte Lavendelfarbe. Die meisten Farben sahen wir auf blütenähnlichen Gebilden, aber manchmal waren auch die Pflanzen gefärbt.

Es gab auch Tiere, die ersten, die wir auf Spall sahen. Dutzende kleine Flecken flatterten knapp über dem Boden oder umkreisten die Blumen in willkürlichen Mustern, wie es Insekten überall tun. Ich sah die leichte Bewegung der Blätter und vermutete, daß sich kleine, am Boden lebende Tiere darunter verbargen.

Dort wo die Pflanzen am dichtesten und zahlreichsten standen, erhoben sich die Donnerköpfe, von denen Zagorin gesprochen hatte.

Ich hatte zwar noch nie einen gesehen, erkannte sie aber einwandfrei. Sie wuchsen etwa einen Meter hoch und standen entweder allein oder in Gruppen von zweien oder dreien zusammen. Die seltsam asymmetrischen, abgeflachten Spitzen wirkten wie sich brechende Wellen und erhoben sich über die umstehenden kleineren Pflanzen. Der Name Donnerkopf erinnerte an Gewitter, und die Form und schmutzigweiße Farbe der Pflanze erinnerten an die turmartigen Gewitterwolken.

»Sie bevorzugen anscheinend nahrhaftere Böden«, sagte Calandra.

Ich holte aus der Notausrüstung des Schiffes einen Feldstecher und studierte mehrere Donnerköpfe. Sie hatte recht — jeder war im Umkreis von mehreren Metern von bunten Pflanzen umgeben, die einen scharfen Kontrast zum Weiß der Donnerköpfe bildeten. »Nahrhaftere Böden oder die Anwesenheit bestimmter Insekten«, überlegte ich und ließ den Feldstecher sinken. »Ich sehe kleine Wolken von irgend etwas um jede Pflanze.«

»Kann ein Zufall sein.« Calandra schüttelte den Kopf. »Ich würde eher sagen, daß es die Insekten eher auf die attraktiveren Pflanzen rundum abgesehen haben.«

»Wer weiß schon, was für ein Insekt attraktiv ist? Sie halten sie für eine Art Pilz?«

»Sie besitzen auf keinen Fall den Stoff, der hier das Chlorophyll ersetzt. Ich weiß aber nicht recht — es sieht nicht so aus, als wären dort die idealen Plätze, wo sich tote Vegetation angesammelt hat.«

»Vielleicht ist es ein parasitärer Pilz.« Ich bemühte mich so gut ich konnte, mich an den Biologieunterricht zu erinnern. »Es wäre logisch — ein Parasit von dieser Größe würde viele Nährpflanzen rundum benötigen.«

Calandra nickte nachdenklich. »Klingt vernünftig. In diesem Fall ... Sie könnten eine Art umgekehrtes Indiz für fusionsgeschädigte Pflanzen sein.«

Ich dachte darüber nach. »Vielleicht«, stimmte ich ihr zu. »Falls sich dieses Muster auch anderswo bestätigt. Wir müssen es im Auge behalten.«

»Richtig.« Sie richtete sich auf und holte tief Luft. Ich nahm den Feldstecher wieder zur Hand und begann neuerlich zu suchen.

Nichts. Nirgends gab es einen ähnlich verkümmerten Pflanzenwuchs, wie wir ihn beim Landeplatz in der Nähe der Gemeinde Shekinah gesehen hatten. Keine Brandspuren, keine Schleifspuren, die von einer Landung herrührten und keine seltsamen Spiegelungen, die von Plastik oder Metall stammen konnten.

Ich brauchte Calandra nicht anzuschauen, um ihre Enttäuschung zu spüren. »Sie haben selbst gesagt«, erinnerte ich sie sanft, »daß wir immer noch sehr nahe bei Myrrh sind.«

In ihren Augen lag Angst. Angst vor dem Versagen ... oder dem Tod, der diesem Versagen folgen würde. »Kommen Sie, wir schaffen es!« sagte ich sanft.

Sie schloß kurz die Augen, und als sie sie wieder öffnete, war die Angst verschwunden. »Bestimmt«, antwortete sie, und es klang fast so, als würde sie es glauben.

Ich steckte den Feldstecher wieder ins Futteral, nahm Calandra bei der Hand und führte sie vorsichtig den Hügel hinunter zum Auto.

Ich weiß nicht über wie viele Hügel wir an diesem Tag fuhren oder wie viele wir zu Fuß erklommen. An zehn erinnere ich mich deutlich; von der übrigen Tortur blieb mir nur verschwommen die Müdigkeit im Gedächtnis zurück. Der ganze Tag verlief ähnlich wie der erste Versuch: Wir wählten einen hochliegenden Punkt, fuhren über das holprige Gelände hin, kletterten oder fuhren hinauf — wobei Fahren die seltene Ausnahme bildete — und blickten über die Landschaft, bis uns die Augen schmerzten. Kletterten oder fuhren wieder hinunter, peilten den nächsten Punkt an und begannen wieder von vorn.

Es war unglaublich erschöpfend. Natürlich war keiner von uns körperlich auf diese Anstrengung vorbereitet; als sich um Mittag die ersten lockeren Wolken bildeten, schmerzten meine Augen, mein Kopf und meine Beine vor Müdigkeit. Calandra besaß, wie alle Frauen, mehr Ausdauer; ihr ging es etwas besser, aber nicht viel. Am Nachmittag stolperte sie genauso dahin wie ich, und einer stützte den anderen.

Es war körperlich anstrengend, aber die gefühlsmäßige Belastung war vielleicht noch größer.

Ich weiß nicht, was ich wirklich erwartet hatte, als wir am Morgen loszogen. Vielleicht, daß Gott mich einem glücklichen Zufall zuführte, und wir schon nach zwei Stunden die untrüglichen Anzeichen einer Schädigung durch Fusionsantrieb entdeckten; dann wären wir zurück nach Shekinah geeilt und hätten Kommodore Freitag auf die Schmuggler angesetzt. Aber das ist nicht geschehen. Um in einer unbekannten Landschaft etwas »Ungewöhnliches« zu entdecken, brauchte es größte Aufmerksamkeit und ebensoviel Phantasie. Die Existenz der Donnerköpfe half uns zwar, aber nicht so sehr, wie wir gehofft hatten. Die schmutzigweißen Pflanzen wuchsen in kleinen Gruppen, nie mehr als drei oder vier zusammen, und standen keineswegs so dicht wie Gänseblümchen, so daß wir nie eine große Fläche auf einmal prüfen konnten.

Die Arbeit ging weiter; als die Stunden verrannen, ohne den leisesten Hinweis auf das, was wir zu suchen glaubten, schwand unser Optimismus ... Wir wurden immer niedergeschlagener; schließlich waren wir verzweifelt.

Wir spürten es beide und versuchten, unser Gefühl voreinander zu verbergen; wenn schon aus keinem anderen Grund, dann aus Stolz. Doch als sich die Sonne langsam dem Horizont näherte und Calandra auf den nächsten fernen Hügel zusteuerte, ließ sie schließlich die Maske fallen.

»Es funktioniert nicht, Gilead«, seufzte sie und nahm den Fuß jäh vom Gaspedal. Als wir ausrollten und stehenblieben, verebbte das Geräusch der Pflanzen, die das Fahrzeug streiften. »Wir wissen beide, daß wir auf diese Weise nichts finden. Geben wir auf, und fahren wir zurück!«

Ich rieb mir mit den Fäusten die Augen, als wollte ich den Schmerz herausreiben. Die Landschaft von einem holpernden Auto aus zu beobachten strengte die Augen mehr an, als von einem Hügel aus den Horizont abzusuchen. »Das können wir nicht machen, Calandra.« Meine Stimme klang genauso erschöpft wie die ihre. »Außerdem haben wir unser Zielgebiet gerade erst erreicht. Bisher haben wir nur geübt, morgen geht es richtig los.«

Sie drehte mir ihr Gesicht zu. »Glauben Sie wirklich, daß wir etwas finden werden?«

»Es besteht immer die Hoffnung ...«

»Das habe ich nicht gefragt.«

Ich biß die Zähne zusammen. »Haben Sie Ihren Glauben vollkommen aufgegeben?«

»Es geht jetzt nicht darum, was ich glaube oder nicht glaube«, sagte sie eigensinnig. »Wenn wir aber schon davon reden, dann vergessen Sie nicht, daß auch *Sie* die Watcher verlassen haben.«

»Das ist nicht das gleiche.«

»Nicht? Dann sagen Sie mir einmal, wieso nicht — und bedenken Sie dabei, wieviel Ihnen Carillon dafür bezahlt, daß Sie der Firma Ihre Seele vermieten.«

Ich holte tief Luft. Um meinen Ärger und meine Niedergeschlagenheit zu bezwingen, blickte ich in eine andere Richtung. Nicht weit entfernt ragten rechts vor uns zwei Felsklippen aus den Pflanzen heraus. »Im Augenblick ist keiner von uns in der Verfassung für ein vernünftiges Gespräch«, sagte ich. »Fahren wir zu den Klippen und schlagen wir dort unser Nachtlager auf.«

Sie zögerte lange. »Von mir aus«, seufzte sie dann müde. »Es ist wahrscheinlich zu spät, um noch vor Einbruch der Dunkelheit nach Myrrh zurückzufahren.«

Wir setzten unseren Weg fort ... Als wir uns den Klippen näherten, stellte sich heraus, daß ich mich geirrt hatte. Es waren *vier* und nicht zwei Klippen, die eng zusammenstanden und fast ein Quadrat bildeten. Soweit ich erkennen konnte, gab es in der Mitte der Gruppe ausreichend Platz, wo wir geschützt waren. Es schien wirklich ein guter Ort für ein Nachtlager zu sein.

Vielleicht auch ein guter Platz für das Nachtlager eines Schmugglers. Möglicherweise sogar ein gutes Versteck für ein kleines Shuttle.

Meine Nackenhaare sträubten sich. Wenn dort Schmuggler waren, und sie uns beobachteten ...

»Oben auf der Klippe wächst ein Donnerkopf«, bemerkte Calandra.

Die Röte stieg mir ins Gesicht; mit zusammengekniffenen Augen blickte ich gegen den hellen Himmel über den Klippen. Sie hatte recht, wie immer. Auf den Spitzen der beiden sichtbaren Klippen stand jeweils eine der großen Pflanzen. »Es war nur so eine Idee«, sagte ich.

»Ich weiß. Wie nahe soll ich heranfahren?«

»Wenn es geht, bis hinein.« Ich zeigte auf den nächsten Spalt. »Wenn ich an die vergangene Nacht denke, dann wird es wahrscheinlich ziemlich kühl werden; die Klippen werden zumindest den Wind abhalten.«

»Oder ihn wie durch einen Trichter einfangen«, murmelte sie.

»Dann werden wir eben einen geschützten Platz finden«, knurrte ich. »Wir wollen es probieren, okay?«

Sie warf mir einen wütenden Blick zu und fuhr schweigend weiter.

Der Ort wurde nicht von Schmugglern verwendet ... aber je näher wir kamen, desto klarer wurde mir, daß es leicht hätte sein können. Alle vier Klippen waren hoch und hatten — zumindest von dieser Seite aus gesehen — ungewöhnlich gerade Wände; dadurch erweiterten sich die Spalten bis hinauf kaum. Wirklich ein gemütliches Versteck, nahezu uneinsehbar, außer direkt von oben. Ungefähr hundert Meter vor den Klippen stieg das Gelände zu der von uns angepeilten Lücke langsam an; soweit ich durch den Zwischenraum erkennen konnte, fiel der Boden gegen die Mitte der eingeschlossenen Fläche zu wieder ab.

»Was meinen Sie?« rief Calandra und übertönte dabei das raschelnde Geräusch der Pflanzen um und unter uns.

Ich studierte die Lücke und das Gelände davor. »Wir müßten problemlos hineinkommen«, meinte ich. »Versuchen wir es. Wenn wir auf scharfe Felsen oder etwas Ähnliches stoßen, können wir immer noch stehenbleiben.«

Sie nickte. Als wir den äußeren Rand der Felsen passierten, wurde das von hinten einfallende Sonnenlicht abgeschirmt, und wir waren im Schatten. Die Wände neigten sich uns entgegen; jetzt war ich sicher, daß der engste Teil des Spalts breit genug für uns war. Auch Calandra erkannte das und fuhr weiter. Noch zwei Meter bergauf, dann waren wir durch die Lücke und es ging leicht bergab, der Mitte zu ...

Calandra stieg voll auf die Bremse. »Du lieber Himmel«, stöhnte sie.

Die gesamte eingeschlossene Fläche vor uns, von einer Klippe zur anderen, war buchstäblich ein Meer von Donnerköpfen. Die Pflanzen, die wir bisher nur inmitten üppiger Vegetation gefunden hatten ... und nie in größeren Gruppen als vier.

Ich holte tief Luft. »Wir haben einen sehr gesunden Platz für unser Nachtlager gefunden.«

Der Bann war gebrochen. »Richtig«, antwortete Calandra trocken. »Zumindest wenn man ein Donnerkopf ist.« Sie starrte sie noch eine Weile an, dann schüttelte sie den Kopf. »Kommen Sie, stellen wir die Unterstände auf, bevor die Sonne untergeht.« Damit kletterte sie steif aus dem Auto.

18. Kapitel

Calandra hatte recht gehabt: Durch die Spalten blies der Wind wie durch einen Trichter herein, und zwar mit solcher Macht, daß das, was draußen eine sanfte Brise war, hier drinnen nur so pfiff, so daß es im Schatten bereits kühl wurde. Zum Glück war auch meine Annahme richtig, und wir fanden einen windgeschützten Platz. An der nördlichsten Klippe verliefen zwei sanfte Grate von der Spitze bis hinunter zu den Donnerköpfen. Zwischen diesen Graten befand sich eine Vertiefung, in der reichlich Platz für die von Hirtin Zagorin geliehenen Unterstände war. Sie erwiesen sich als einfach und idiotensicher; in zwanzig Minuten hatten wir ein recht gemütliches Zeltlager aufgestellt.

Wir lagen lange einfach auf dem Boden und waren zu erschöpft, um zu sprechen. Ich beobachtete die Wolken, die über unseren Köpfen zwischen den hochaufragenden Klippen vorbeizogen, und fragte mich, ob mich meine Beine je wieder tragen würden.

»Gilead ...?«

»Hmmm?« Sie gab keine Antwort. Ich überwand mich und drehte ihr den Kopf zu. Sie lag flach auf dem Rücken, hatte den Kopf fast senkrecht auf den unter ihrem Nacken zusammengerollten Schlafsack gestützt, und starrte sorgenvoll auf das Meer der Donnerköpfe hinunter. »Etwas nicht in Ordnung?« fragte ich.

»Ich weiß es nicht«, antwortete sie langsam. »Was machen sie hier?«

»Wer, die Donnerköpfe?« Ich nahm ihr übel, daß ich mir die Mühe machen mußte, mich auf den Ellbogen aufzurichten.

Ich war zwar müde und gereizt, mußte aber zugeben, daß sie recht hatte. Alle anderen Donnerköpfe, die wir heute gesehen hatten, wuchsen ausnahmslos inmitten einer Konzentration von Pflanzen und Insekten; hier gab es weder das eine noch das andere. Ganz zu schweigen von der unerwartet großen Zahl der Dinger. »Vielleicht sind sie hier vor den Winden geschützt, so daß die Sporen nicht weit fliegen«, überlegte ich.

Calandra schüttelte den Kopf. »Das würde erklären, warum es hier so viele gibt. Aber es erklärt nicht, warum sie am Leben sind.«

Ich kaute vorsichtig an meinen sonnenverbrannten Lippen. »Vielleicht können sie sich auf mehrerlei Art ernähren. Parasitär, wenn sie zwischen anderen Pflanzen wachsen, und wenn nicht, dann eben auf andere Weise.«

»Vielleicht.«

Wir schwiegen wieder. Dann drehte sich Calandra um und stand mit steifen Bewegungen auf. Sie machte sich für eine unerwünschte, aber notwendige Aktivität bereit. »Was machen Sie?« fragte ich und wußte nicht, ob ich die Antwort hören wollte.

Sie deutete auf die Klippe hinter uns. »Dort oben wächst ein Donnerkopf, wissen Sie noch? Den werde ich mir näher ansehen.«

Ich blickte auf; Herz und Beine wurden mir immer schwerer. Es reichte Calandra nicht, daß wir heute bereits vierzig Millionen Hügel erklommen hatten; sie wollte weiter klettern. »Warum? Oder zumindest, warum jetzt?«

»Sie müssen nicht mitkommen«, antwortete sie kurz. Sie warf einen Blick auf die beiden Grate links und rechts von uns und entschied sich für den linken.

Etwa eine Minute lang sah ich ihr beim Klettern zu. *Und die Täler werden sich füllen und die Berge werden abgetragen ...* Was mich betraf, so konnte sich diese Prophezeiung nicht früh genug erfüllen. Ich schluckte ein Wort hinunter, für das ich einmal streng bestraft worden war, stand auf und folgte ihr.

Zum Glück war es nicht so arg, wie es von unten ausgesehen hatte. Der Grat stieg zunächst sanft an; die eingebetteten großen Felsen ließen fast eine unregelmäßige Treppe entstehen. Trotzdem brauchten wir fünfzehn Minuten, bis wir endlich keuchend den flachen Gipfel erreichten.

Ein paar Minuten lang standen wir schweigend im frischen Wind. Meine Beine zitterten vor Müdigkeit, und ich hielt mich vom Rand fern, während meine Augen den Horizont absuchten. Auch jetzt war nichts Außergewöhnliches zu entdecken.

»Auf jeder Klippe wächst ein Donnerkopf«, sagte Calandra mit seltsamer Stimme.

Ich drehte mich um. Sie hatte recht — vollkommen recht. Auf dem Gipfel jeder der vier Klippen thronte ein Donnerkopf.

Von der Spitze der schlanken Zeder, vom höchsten Ast, werde ich einen Schößling pflücken und ihn hoch oben auf einem Berg pflanzen ... Ich schauderte, aber nicht wegen des Windes. »Ich gebe auf.« Ich bemühte mich, unbekümmert zu wirken. »Wie sind sie hier heraufgekommen?«

»Sie spüren es also auch?« fragte Calandra ruhig.

Ich machte eine hilflose Handbewegung. »Ich weiß nicht, *was* ich fühle«, mußte ich zugeben. »Etwas stimmt hier nicht ... aber ich habe keine Idee, was.«

Calandra holte tief Luft. »Ich auch nicht. Und das gefällt mir nicht.« Sie deutete auf den einsamen Donnerkopf auf unserer Klippe; einen halben Meter vom Klippenrand entfernt zitterte die Pflanze im leichten Wind. »Wir wollen einmal sehen.«

Wenn ich am Fenster meines Zimmers im hundertzwanzigsten Stockwerk des Carillon-Gebäudes stand, hatte ich noch nie Höhenangst empfunden. Aber es war etwas ganz anderes, im Wind auf den Rand einer Klippe zuzugehen, die nur einen Bruchteil der Höhe hatte. Zu den letzten zwei Metern mußte ich mich zwingen. »Sieht ziemlich normal aus.« Ich ließ mich neben dem Donnerkopf auf die Knie fallen.

»Hat sich in ziemlich harten Fels eingegraben.« Calandra kratzte mit dem Fingernagel am gesprungenen Felsen unter der Pflanze. »Die Spore, oder was es eben ist, muß eine Ritze oder eine Vertiefung gefunden haben, in der sie keimen konnte.«

Ich dachte darüber nach. »Vielleicht. Andererseits ... Es gibt hier oben sehr viele Spalten.«

»Anders ausgedrückt: Warum gibt es nur einen?« Sie schüttelte zögernd den Kopf. »Ich weiß es nicht.«

Ich betrachtete den Donnerkopf. Eine pilzartige Pflanze, die ganz allein in der Mitte des felsigen Gipfels einer Klippe wuchs; in der Nähe gab es keine anderen Pflanzen, und auch keine verrotteten Pflanzenrückstände. Vielleicht holten sich tiefreichende Wurzeln die Nährstoffe aus einer Nahrungsquelle im Felsen. »Vielleicht haben die Donnerköpfe eine Vorliebe für die Abgase von Fusionsantrieben«, mutmaßte ich halb im Spaß.

Sie zitterte. »Der Gedanke gefällt mir überhaupt nicht.«

Ich dachte darüber nach. Wenn wir tatsächlich in einem Schmugglerversteck saßen ... »Mir auch nicht«, gab ich zu.

Sie streckte zögernd die Hand aus, berührte die Außenschicht des Donnerkopfs und ließ ihre Finger einen Augenblick lang darauf ruhen. Dann ließ sie seufzend die Hand sinken und erhob sich. »Hier gibt es nichts. Gehen wir wieder hinunter.«

Wir gingen über die Klippe zu dem Punkt, an dem die zwei Grate abfielen. »Wollen Sie diesmal den anderen versuchen, oder bleiben wir bei dem, den wir bereits kennen?« fragte ich.

»Bleiben wir bei dem, den wir kennen«, antwortete Calandra. »Ich bin zu müde, um neue Tritte zu suchen.«

Ich nickte. Da erregte etwas auf dem anderen Grat meine Aufmerksamkeit. »Warten Sie einen Augenblick!« Ich faßte sie am Arm.

»Was ist?« fragte sie gespannt.

Ich deutete den Grat hinunter. »Verfärbte Flecken auf dem Fels, jeder etwa zwanzig Zentimeter im Durchmesser — hier und hier; sehen Sie? Genau genommen«, verbesserte ich mich aufgeregt, »ziehen sie sich bis hinunter.«

Sie starrte den Grat lange schweigend an. Dann stieg sie wortlos zu den Flecken ab.

Der zweite Grat war zum Glück genauso leicht zu begehen wie der erste. Die erste Verfärbung befand sich vielleicht zehn Meter bergab, und wir erreichten sie ohne Schwierigkeiten. Wir hockten unbeholfen am Hang, Calandra unterhalb und ich oberhalb vom Fleck, und untersuchten ihn genau.

Ich hatte mir die Verfärbung nicht eingebildet, und es war auch nicht zufällig anders gefärbter Fels. Der Fleck war eindeutig durch eine Veränderung des Gesteins entstanden ...

Ich berührte ihn. Glatt, oder zumindest glatter als der umgebende Fels. Wind und Wasser konnten dafür verantwortlich sein, nur gab es keinen Grund, warum dieser Teil davon betroffen sein sollte und der übrige Fels nicht. Verfärbter Fels, mit einer glänzenden, fast glasigen Oberfläche ...

Ich blickte auf ... Calandra war zur gleichen Schlußfolgerung gelangt wie ich. »Er ist durch Hitze entstanden«, sagte ich ruhig.

»Hier gibt es nichts, das so etwas verursachen könnte«, flüsterte sie. »Absolut nichts.«

Wie Wachs schmelzen die Berge vor dem Gott, der die ganze Welt beherrscht ...

Ich schluckte krampfhaft und bekämpfte die dunklen, halb verdrängten Ängste der Kindheit. Spall war nicht — *konnte* nicht — der Sitz von Gottes Königreich sein. Punktum. Es gab eine vernünftige Erklärung für das, was hier geschehen war — eine vernünftige, wissenschaftliche, ganz normale Erklärung.

Ich mußte sie nur finden.

Meine suchenden Fingerspitzen entdeckten noch etwas. »Haarrisse«, stellte ich fest.

Sie nickte. »Ein Netzwerk von Haarrissen. Von hier, wo ich stehe, sind sie noch besser zu sehen. Sie verlaufen von dem polierten Stück nach außen in den angrenzenden Fels.«

Ich beugte mich vor, um besser zu sehen. »Risse von der Hitze?«

Sie zuckte unsicher die Achseln. Wenn sie auch derzeit ihren Glauben ablehnte, so hatte sie doch die gleiche Erziehung wie ich ... Eine Erziehung, in der dieselben Bibelstellen über Gottes Feuer und Blitz vorkamen, die mir im Augenblick im Kopf herumschwirrten. »Vielleicht«, sagte sie. »Sie ähneln sehr den Rissen um den Donnerkopf dort oben.«

Ich schaute sie mir nochmals an und ärgerte mich, weil ich nicht selbst den Zusammenhang entdeckt hatte. »Das ist vielleicht die Antwort«, überlegte ich zögernd. »Vielleicht sind hier einmal Donnerköpfe gewachsen.«

Sie schnaubte ärgerlich. »Bestimmt. Als sie noch kleine Setzlinge waren, hat ihnen niemand gesagt, daß sie nicht mit dem Feuer spielen dürfen.«

Unter anderen Umständen hätte ich vielleicht eine spitze Bemerkung über Gottes Blitze gemacht. Aber mir wurde immer unheimlicher zumute und ich konnte ihr ihren Sarkasmus nicht einmal übelnehmen. »Die Idee ist gar nicht *so* verrückt. Ich habe von Pflanzen gehört, die erst nach einem Waldbrand richtig zu keimen beginnen. Warum sollte es nicht eine geben, die am Ende ihres Lebens von sich aus verbrennt, um den Samen eine gute Ausgangsposition zu geben?«

»Haben Sie je von einer derartigen Pflanze *gehört?*« entgegnete sie.

»Nein. Aber keiner von uns ist in Botanik besonders bewandert.«

Ihr Blick wanderte ins Leere ... als wollte sie etwas sehen, das noch nicht ganz da war. »Stimmt«, sagte sie schließlich. »Ich hoffe nur, daß es wirklich so einfach ist.«

Unten waren Haushaltsarbeiten zu verrichten, und ich vergaß dabei kurzfristig das seltsame Gefühl. Als wir den Platz für das Feuer vorbereitet und die flache Laterne angezündet hatten, war die Sonne untergegangen; als wir die Fertiggerichte ausgesucht und gegessen hatten, war es vollkommen dunkel.

Wir saßen einander am Feuer gegenüber, jeder in seine Gedanken versunken, und es war unvermeidlich, daß meine um das geheimnisvolle Rätsel kreisten.

»Fortschritte?« fragte Calandra; ihr Gesicht schimmerte unheimlich im Licht des Feuers.

Ich zuckte die Achseln. Calandra konnte aufreizend sein, aber ich fand es manchmal nett, mit jemandem beisammen zu sein, mit dem man sich auch ohne Worte verständigen konnte. »Vielleicht«, antwortete ich. »Vulkanische Aktivitäten können wir hier von vornherein ausschließen, richtig?«

»Von Geologie verstehe ich noch weniger als von Botanik. Aber ich kann kaum glauben, daß es sich hier um vulkanisches Gestein handelt.«

»Okay. Dann nehmen wir einmal rein theoretisch an, daß die Donnerköpfe einen hohen Metallgehalt haben.«

»Gut«, sagte sie nach einer kurzen Pause. »Das kann ich mir vorstellen. Demnach ...?«

»Der Metallgehalt ist so hoch, daß sich eine gute elektrische Leitfähigkeit ergibt. Das würde sie bei Gewittern zu bevorzugten Zielen für Blitze machen.«

»Alle jene, die einmal auf dem Hang gewachsen sind, wurden vom Blitz getroffen, und die auf dem Gipfel nicht?«

»Die auf dem Gipfel sind vielleicht jünger. Wir haben nicht die geringste Ahnung, wie alt die von der Hitze beeinflußten Teile sind, oder wie alt Donnerköpfe werden.«

Sie deutete nach oben, und die Bewegung warf einen verzerrten Schatten auf den Grat hinter ihr. »Es ergibt immer noch keinen Sinn«, seufzte sie. »Nichts ergibt einen Sinn. Warum ziehen es ein paar Donnerköpfe vor — ja sie bestehen darauf —, mitten unter verschiedenen anderen Pflanzen im hellen Sonnenlicht zu wachsen, während andere die Mühe auf sich nehmen und sich auf einer Klippe in den Felsen bohren. Und eine *dritte* Gruppe drängt sich wie eine Herde im Schatten zusammen«, fügte sie hinzu und deutete auf das Meer von Donnerköpfen, die im Schein des Lichts schwach sichtbar waren.

Ich war ratlos. »Vielleicht gehören sie verschiedenen Arten an. Vielleicht verhalten sie sich im Verlauf ihres Lebenszyklus' unterschiedlich. Vielleicht sind sie nur äußerst anpassungsfähig und können leben und wachsen, egal, was um sie herum geschieht. Manche können es, andere nicht.«

Meine Bemerkung war nicht anklagend gemeint ... aber wir bemerkten es beide. »Manchmal ist es den Aufwand nicht wert«, sagte sie leise.

Wir blickten einander an, und ich spürte, wie eine ganze Flut von unterdrückten Gefühlen sie überschwemmte. »Was ist geschehen?« fragte ich sanft.

Ihre Augen ruhten immer noch auf mir, aber ihre Aufmerksamkeit war nach innen gerichtet — auf Gedanken, Erinnerungen und Gefühle ... Vielleicht hatte sie das Bedürfnis, darüber zu sprechen. »Aaron Balaam darMaupine ist geschehen«, sagte sie schließlich. »Erinnern Sie sich, wie es war, als Sie sechzehn waren?«

Ich dachte zurück. Körperlich und gesellschaftlich unbeholfen. Verwirrt, da ich plötzlich Dinge in Frage stellte, die ich bis dahin als gegeben angenommen hatte. Der tiefe Wunsch, akzeptiert zu werden, wie die andern zu sein. Die schreckliche Angst, daß ich nicht wie die andern war und es nie sein würde. »Ich erinnere mich nur zu gut«, antwortete ich.

»Ich war sechzehn, als darMaupines Königreich Gottes gestürzt wurde.« In ihrer Stimme klang der alte Schmerz durch. »Damals begannen die Patri und die Kolonien, die Watcher zu hassen. Sie waren damals zehn?«

»Elf.«

»Elf. Das heißt, sie waren noch sicher im Schoß der Watcher geborgen.« Sie schüttelte den Kopf. »Ich nicht. Ich hatte schon viel Zeit außerhalb der Welt der Watcher verbracht — darMaupine hatte uns das mehr oder weniger befohlen. ›Wißt ihr nicht, daß das heilige Volk Gottes die Richter der Welt sein sollen?‹ — das war eines seiner Lieblingszitate. Ich habe außerhalb der Siedlung gelebt. Habe viele ... Freunde gefunden.«

Sie senkte den Blick auf das Feuer, eine Hand strich kurz über die Augen. »Ich war sechzehn, Gilead. Ich ... konnte den Haß nicht ertragen und ... die Ablehnung, die man mir überall entgegenbrachte. Ich konnte nicht glauben, daß ein liebender Gott es zuließ, daß jemand, der so begabt war wie darMaupine, derart korrupt war.«

»Wir haben einen freien Willen«, antwortete ich leise. »Definitionsgemäß heißt das, daß Gott uns die Wahl läßt, ob wir unsere Begabung für oder gegen Ihn einsetzen.«

»Ich kenne alle diese Argumente.« Calandra schüttelte den Kopf. »Aber die Argumente haben mir nicht geholfen. Ich litt ... und die Watcher, die es noch gab, waren zu sehr damit beschäftigt, sich gegen die Vernichtung zu wehren; sie kümmerten sich nicht um die Glaubenskrise eines Teenagers. Ich ging weg, sobald ich konnte.«

»Und Sie haben seither nicht aufgehört wegzulaufen?«

Ein bitteres Lächeln umspielte ihre Lippen. »Jetzt hat das Laufen ein Ende. Sobald man an der Totmannschaltung sitzt, kann man nicht mehr weglaufen.«

»Calandra ...«

»Glauben Sie, es ist die Strafe dafür, daß ich weggelaufen bin?« fragte sie mit zitternder Stimme. »Glauben Sie, Gott hält es für Häresie, daß ich weglief, als ich mehr Fragen als Antworten hatte?«

»Wenn Gott so ungeduldig wäre, dann hätte Er das Universum schon längst zusammengerollt und in einer Schublade verschwinden lassen«, seufzte ich. »Wir müssen darauf vertrauen, daß Er die Dinge unter Kontrolle hat. Ob wir verstehen, was Er tut, oder nicht.«

Sie hob den Blick wieder zu mir. »Warum sind *Sie* weggelaufen?«

Ich zögerte. Ich hatte mir fest vorgenommen, nie mit jemandem darüber zu sprechen ... »Ich ging, weil ich in Cana nichts verdienen konnte, und ich wollte Geld verdienen.«

Sie starrte mich lange an. »Ich glaube Ihnen nicht.«

»In Cana glaubt es jeder.« Ich spürte einen leisen Schmerz, den ich schon vor langer Zeit überwunden hatte — wie ich glaubte.

»Dann haben diese Sie in letzter Zeit nicht gesehen. Das stimmt doch?«

»Es ist etwa neun Jahre her.«

»Lügen Sie mich nicht an, Gilead. DarMaupine und seine Leute haben mich angelogen. Ich lasse mich nicht nochmals belügen.«

Ich schöpfte tief Luft. »Mit meiner Arbeit für Lord Kelsey-Ramos verdiene ich hundertfünfzigtausend im Jahr.«

Sie brummte verächtlich. »Ich habe von sechs gelebt.«

»Ich lebe von fünf.«

Schweigen. Dann nickte sie langsam. »Wer weiß davon?«

»Der Vorsitzende der Ältesten von Cana. Sonst niemand.«

»Warum nicht?«

»Welchen Zweck hätte es? Um meinen guten Ruf zu retten?«

»Ihr Ruf ist sehr wichtig für Sie.«

Ich biß mir auf die Lippe. Sie hatte natürlich recht. »Auch ihre Würde als menschliches Wesen ist wichtig. Ihre Bethel-Siedlung, Calandra, wurde in den Nachwehen von darMaupine vernichtet; Cana wird langsam zu Tode gewürgt. Ich glaube nicht, daß sie ohne meinen Beitrag als Gemeinde weiterbestehen könnten. Wollen Sie wirklich, daß die Leute das erfahren?«

Sie verzog den Mund, doch sie empfand eher Mitleid als Verachtung. »Und das setzen Sie aufs Spiel, nur um mir zu helfen?«

Ich hatte in den vergangenen Tagen viel darüber nachgedacht; meistens spät nachts, wenn ich im Dunkeln allein war. »Wahrscheinlich habe ich eine Schwäche für aussichtslose Fälle«, antwortete ich mit einem gezwungenen Lächeln.

Ihr Blick wanderte hinaus zu den Donnerköpfen. »Aussichtsloser als meiner geht es kaum noch ...«

Sie verlor sich in Gedanken, wurde jedoch plötzlich hellwach.

»Was ist los?« flüsterte ich.

Sekundenlang antwortete sie nicht ... Langsam änderte sich ihre Ausstrahlung: Unglaube erfüllte sie, Unglaube und namenlose Angst. »Spüren Sie es?« flüsterte sie.

Ich folgte ihrem Blick und bemühte mich mit aller Kraft, etwas zu erkennen. Die Donnerköpfe waren ein geisterhaftes Meer von blaß-weißen Flecken, einige zitterten im leichten Wind. Die Luft war voll von vielen subtilen Geräuschen ... subtilen Gerüchen und Wahrnehmungen ...

Und schließlich sah ich, was Calandra gesehen hatte.

Unsere Blicke trafen sich. Wir streckten gleichzeitig die Beine aus, und holten im Aufstehen die Taschenlampen aus dem Gepäck. Sie trat auf die andere Seite des Feuers, neben mich; sie zitterte vor Erregung. Wir blieben noch einen Augenblick so stehen und hielten einander fest. Unsere Schatten fielen über das milchweiße Meer. Dann raffte ich mich auf, stellte den Lichtkegel meiner Taschenlampe enger und schaltete sie ein.

Ein schmaler Lichtkegel beleuchtete die Donnerköpfe ... Ich blinzelte und spürte gleichzeitig, wie sie reagierten. Wir hatten uns nicht getäuscht.

Die Donnerköpfe lebten. Lebten, verfügten über Bewußtsein ... und beobachteten uns.

19. Kapitel

Keiner von uns bewegte sich. »Das ist verrückt«, sagte ich schließlich. »Ich meine, *wirklich* verrückt. Das sind *Pflanzen!*«

Calandra stand dicht neben mir. Sie zitterte. »Sind es wirklich Pflanzen?«

»*Natür* …« Das Wort blieb mir im Hals stecken. »Was könnten sie *sonst* sein?«

»Es gibt die sogenannten sitzenden Tiere, die ihr ganzes Leben lang oder wenigstens einen großen Teil davon an Bäumen festsitzen«, sagte sie geistesabwesend; ihre Blicke wanderten unablässig zwischen den vor uns ausgebreiteten schmutzig weißen Schemen hin und her. »Wie konnten die ersten Forschungstrupps etwas Derartiges *übersehen!*«

Ich ließ den Lichtstrahl der Taschenlampe wandern und beobachtete die Reaktion: Eine unwahrscheinlich zarte, wellenförmige Bewegung. »Weil sie keine Watcher waren«, antwortete ich bitter.

»Sehen wir sie uns genauer an.«

Wir gingen zusammen über den unebenen Boden. Calandra kniete neben dem ersten Donnerkopf nieder und berührte ihn leicht. »Richten Sie den Lichtstrahl auf ihn.«

Ich tat wie verlangt. »Nun?«

Sie wartete. »Ein … er vibriert — es ist jedenfalls ähnlich wie eine Vibration, nicht genau dasselbe. Ich habe es auch an dem Donnerkopf oben auf dem Gipfel gespürt.«

Ich drehte den Kopf und blickte auf die dunkle Silhouette, die sich vom Sternenhimmel abhob. »Glauben Sie, daß sie irgendwann in ihrem Leben mobil sind?«

»Entweder das, oder sie verstreuen ihre Samen äußerst geschickt …«

Sie verstummte, und wir sahen einander an. »Die verfärbten Flecken.« Mich erfaßte ein seltsam unwirkliches Gefühl. »Der Donnerkopf auf dem Gipfel ist der letzte einer Reihe.«

»Sie können ihre Samen nur kleinweise höher bringen. Also machten sie immerzu weiter, bis sie ganz oben anlangten.«

»Aber warum ...?« Ich hielt inne und blickte auf das Meer der Donnerköpfe, die sich zwischen den Klippen drängten. Nein, es war kein *Meer* von Donnerköpfen ... »Es ist eine Stadt«, hauchte ich.

»Eine *Stadt.*« Das bedeutete, daß die auf dem Gipfel der Klippe ...

»›Ich werde Wache halten‹«, zitierte Calandra leise. »›Ich werde auf meinen Wachtturm stehen und Ausschau halten, was Gott mir zu sagen hat.‹«

Ich blickte wieder zum Himmel empor. Mein Mund war ganz trocken. »Das sind Wachtposten; sie überwachen alles, was sich nähert.«

Calandra folgte meinem Blick. »Aber *wie* machen sie das? Wonach halten sie Ausschau?«

Ich schüttelte den Kopf. »Ich weiß es nicht.« In diesem Moment fielen mir die durch Hitze entstandenen Flecken auf dem Grat ein ... »Was meinen Sie«, schlug ich vorsichtig vor, »wenn wir uns vorsichtig zurückziehen, unser Lager abbrechen und von hier verschwinden.«

Sie zuckte die Achseln. »Es wird nichts nutzen. Sie wissen, daß wir hier sind.«

Sie hatte recht — ich spürte die ungeteilte Aufmerksamkeit der Donnerköpfe auf uns gerichtet. »Vielleicht haben sie noch nicht begriffen, daß wir über sie Bescheid wissen«, mutmaßte ich. Etwas in meinem Unterbewußtsein schrie laut *Gefahr!* — »Kommen Sie!« fuhr ich sie an, nahm sie bei der Hand und zog sie von den Donnerköpfen fort ...

Halb sah ich und halb fühlte ich, wie eine dunkle

Masse vom Himmel fiel. Wir duckten uns beide automatisch und hörten das scharfe Geräusch, das beim Druckablassen entsteht; im nächsten Augenblick standen wir in einer Wolke aus dichtem, weißem Rauch. Ein bittersüßer Geruch stieg mir in die Nase; ich preßte die Hand aufs Gesicht, um ihn fernzuhalten. Aber es war zu spät. Arme und Beine wurden gefühllos. Ich wollte einen Schritt machen und fiel statt dessen auf die Knie. Da meine Hand Calandra nicht losließ, zog ich sie mit. Wir lagen auf dem Boden; einen Augenblick später hatte ich mich auf den Rücken gedreht. Über mir teilte sich der Nebel und gewährte mir einen flüchtigen Blick auf die Lichter über uns.

Das letzte, was ich sah, waren diese Lichter, die sich langsam auf uns herabsenkten ...

20. Kapitel

Von irgendwo neben mir kam ein leises Geräusch: Jemand bewegte sich in einem Stuhl.

Ich hielt die Augen geschlossen und bemühte mich, vollends aufzuwachen und meinen immer noch benommenen Geist auf Touren zu bringen. Das Geräusch und sein Echo verrieten mir, daß ich mich in einem kleinen Raum mit Metallwänden befand, in dem sich außer mir und meinem unbekannten Gefährten niemand aufhielt. Vor dem Raum ... wahrscheinlich ein Korridor, in dem weitere Menschen waren. Ich befand mich vermutlich in einem kleinen Gebäude oder auf einem Schiff, möglicherweise auf dem gleichen Schiff, das ich kurz gesehen hatte, als es uns zwischen den Klippen angriff. War Kommodore Freitags Pravilo-Streitkraft früher als erwartet eingetroffen? Oder waren wir tatsächlich auf Schmuggler gestoßen?

Ich unterbrach diesen Gedankengang, um meine Verfassung zu überprüfen ... Zu meinem Entsetzen stellte ich fest, daß ich zumindest zwei Tage geschlafen hatte.

Da gab es keinen Zweifel. Das säuerliche leere Gefühl in meinem Magen war Beweis genug, daß ich mehr als zwei Mahlzeiten versäumt hatte. Daß ich keinen Hunger hatte und daß mein rechter Oberarm empfindlich war, wies darauf hin, daß man mich intravenös ernährt hatte.

Der eigenartige Geschmack im Mund verriet mir, daß man mich in den beiden Tagen einem Verhör mit Wahrheitsdrogen unterzogen hatte.

Mein unbekannter Gefährte bewegte sich wieder ... Es war zwecklos, die Gegenüberstellung länger hinauszuschieben. Ich riß mich zusammen und öffnete die Augen.

Auf der anderen Seite des kleinen Raumes saß Kutzko und beobachtete mich.

Ich atmete erleichtert auf … Als ich Kutzko genauer musterte, schämte ich mich nur noch.

Ohne eine Miene zu verziehen, tippte er eine Nummer in das Telefon auf dem Tisch neben sich. »Kutzko, Sir«, meldete er sich. »Er ist wach.«

Er erhielt eine Antwort und schaltete das Gerät ab. Wir blickten einander lange an. »Würde …?« Ich brach ab, denn ich mußte erst meinen trockenen Mund befeuchten. »Würde es etwas nützen, wenn ich Ihnen sage, daß es mir leid tut?«

Er blickte mich kühl an. »Ich habe einmal in Ihrer Gegenwart einen Mann getötet, erinnern Sie sich?« fragte er.

Wie hätte ich das vergessen können! Er war ein Werkssaboteur gewesen, und Lord Kelsey-Ramos hatte ihn auf frischer Tat ertappt; er lag praktisch auf mir, als Kutzko drei Giftpatronen aus der Injektionspistole in ihn jagte. »Ich erinnere mich«, bekannte ich schaudernd.

»Ich habe damals auch gesagt, daß es mir leid tut. Hat es *Ihnen* geholfen?«

Ich seufzte. »Nicht wirklich.«

Sein Gesicht blieb unverändert, aber ich spürte, wie er milder gestimmt wurde. »Sie hätten mich einweihen und mich helfen lassen können.«

Ich schüttelte den Kopf. »Ich konnte nicht zulassen, daß Sie für mich Ihren Kopf in die Schlinge stecken.«

»Warum nicht?«

»Weil …« Von der Tür neben ihm kam ein Geräusch und ich verstummte. Die Tür glitt auf … und Randon Kelsey-Ramos betrat den Raum.

Zuerst starrte er mich nur an. »Sie sind wohl mit sich zufrieden«, sagte er schließlich kalt.

Ich schluckte. »Eigentlich nicht, Sir.«

»Nicht?« Er zog die Augenbrauen ironisch hoch.

»Soll das heißen, daß Sie nicht die Absicht hatten, ein halbes Dutzend Gesetze zu brechen — ganz abgesehen davon, daß Ihre Freunde jetzt wie Idioten dastehen!«

Ich biß die Zähne zusammen. Ich hatte einmal gehört, wie Lord Kelsey-Ramos Leute auf diese Art zur Schnecke machte, und Randons Stimme klang genauso. Aber hinter dem Ärger steckte noch etwas, das nicht dazu paßte. »Sie wissen, warum ich es getan habe, Sir«, antwortete ich ruhig. »Ich will mich nicht entschuldigen. Ich kannte die Konsequenzen und bin bereit, sie zu tragen.«

»Bereit, die Konsequenzen zu tragen?« fuhr er mich an. »Bereit, sich einer Anklage wegen Betrug, Diebstahl, Entführung, Beihilfe und Anstiftung zur Flucht eines Gefangenen, sowie etlichen anderen kleineren Vergehen zu stellen? Bereit, die Strafe anzunehmen, nämlich psychologische Blockierung oder sogar völlige Umformung? Lassen Sie sich eines gesagt sein, Benedar: Der *einzige* Grund, warum Sie nicht in einer Gefängniszelle auf Solitaire sitzen ist der, daß ich mich und Carillon für Sie verpfändet haben.«

»Ich weiß Ihre Unterstützung zu schätzen, Sir.« Das Sprechen fiel mir plötzlich schwer. *Auf Solitaire,* hieß das, daß wir uns nicht auf dem Planeten befanden? Daß wir bereits im Weltraum auf dem Weg durch die Wolke waren, und Calandra an der Totmannschaltung saß?

Mir wurde eiskalt ums Herz, aber einen Augenblick später war meine Angst verflogen. Schließlich kannte ich das Geräusch eines Schiffs mit Mjollnir-Antrieb, und ich kannte auch den feinen Unterschied zwischen Pseudoschwerkraft im Mjollnir-Raum und echter Schwerkraft. Wir befanden uns noch immer auf dem Planeten; wenn es nicht Solitaire war ...

»Ich bin froh, daß Sie *etwas* an dem Chaos schätzen«, knurrte Randon sarkastisch.

»Sie kämpfen doch nicht nur meinetwegen gegen

Gouverneur Rybakov«, bemerkte ich und versuchte dabei, seine Ausstrahlung richtig zu interpretieren. »Im Grunde brauchen Sie sich doch überhaupt nicht zu streiten.«

»Ich mußte um Sie kämpfen, als man Sie eingefangen hat«, knirschte er. »Und ich werde es vielleicht wieder tun müssen. Im Augenblick sieht es so aus ... als wären Sie eher ein Aktivposten als eine Verbindlichkeit. Es kommt darauf an.«

»Worauf, Sir?«

»Darauf, ob Sie und Paquin da draußen Halluzinationen hatten.« Er ging zur Tür. »Kommen Sie!«

Ich warf Kutzko einen Blick zu, konnte aber nichts erkennen. »Wohin gehen wir?« fragte ich Randon und schwang meine Beine vorsichtig über den Bettrand. Als ich mich setzte, wurde mir schwindlig, aber das verging bald.

»Zu Ihren Lieblingen natürlich, zu den Donnerköpfen«, antwortete er. »Sie können nur hoffen, daß das Untersuchungsteam da draußen zum selben Schluß gelangt ist wie Sie. Andernfalls werde ich für Sie kämpfen *müssen;* dann muß ich mir darüber klar werden, wieviel Kampf Sie mir wert sind.«

Er drehte sich um und trat in den Korridor hinaus. Ich folgte ihm.

Wir verließen das Pravilo-Schiff zu dritt. Wir befanden uns in einem hastig aufgestellten Lager, etwa zweihundert Meter von den vier Klippen entfernt, wo man Calandra und mich gefangen genommen hatte. Links standen mehrere Geländewagen, so wie der, den wir von Hirten Adams geborgt hatten. Ob er deshalb ebenfalls Probleme hatte? »Wo ist Calandra?« fragte ich Randon.

»Noch eingesperrt«, erwiderte er kurz und ging auf die Fahrzeuge zu. Ein Pravilo-Wachtmeister erwartete uns bereits am Steuer des einen Autos, und Randon setzte sich neben ihn. Kutzko wies mir einen Platz im Fond an und setzte sich zu mir.

Zwei Minuten später waren wir bei den Klippen.

Das Lager beim Schiff hätte mich darauf vorbereiten sollen; trotzdem blieb mir der Mund offen stehen, als wir durch einen der Zwischenräume in die Mulde holperten und zum Stehen kamen. Dort, wo Calandra und ich unser Lager aufgeschlagen hatten, arbeitete jetzt ein halbes Dutzend junger Techniker eifrig an einer Unzahl glänzender Geräte. Von der zentralen Monitorstation liefen drei Kabel bis an den Rand der Stadt der Donnerköpfe. Die drei am nächsten stehenden Donnerköpfe hatte man großzügig mit mehreren Quadratmetern Sensorenbändern und -quadraten beklebt, und an diese Sensoren waren die Kabel angeschlossen. Außer den Technikern an den Monitoren hockten noch weitere zehn Leute bei den Donnerköpfen oder liefen herum; an der Peripherie lümmelten fünf oder sechs Pravilos. Einer von ihnen erwartete uns offensichtlich. »Mr. Kelsey-Ramos, meine Herren«, grüßte er. »Hier entlang bitte.«

Wir folgten ihm zur Gruppe bei den Donnerköpfen. Als wir näherkamen, richtete sich ein älterer Mann auf. Er blickte Randon und Kutzko an, und faßte dann mich scharf ins Auge. Ich spürte sein Interesse und seine Abneigung. »Mr. Benedar«, grüßte er verhältnismäßig höflich. »Ich bin Dr. Peres Chi, und für Ihr sogenanntes Donnerkopf-Projekt zuständig.«

»Sie glauben nicht, daß es sich um intelligente Wesen handelt.« Ich hatte es nicht als Frage gemeint.

Er preßte die Lippen zusammen. »Die Menschheit wartet seit über vierhundert Jahren darauf, auf andere intelligente Wesen zu stoßen«, meinte er steif. »Wir haben sehr lange darüber nachgedacht, wie wir derartige Wesen identifizieren und uns mit ihnen verständigen könnten, sollten wir je das Glück haben, auf eines zu stoßen. Ich sage Ihnen ganz offen, daß *diese* ...« — er zeigte mit der Hand auf die Donnerköpfe — »keiner der festgelegten Richtlinien entsprechen.« Er holte tief Luft. »Dennoch — ich gebe zu, daß wir noch nicht wissen, *was* wir von ihnen halten sollen.«

Ich blickte über seine Schulter zu den Donnerköpfen. Im hellen Tageslicht spürte ich ihre Intelligenz und Aufmerksamkeit noch deutlicher als in der Dunkelheit der Nacht. Aber die Ausstrahlung hatte sich verlagert. Die fernsten Donnerköpfe waren am wachsamsten, während die in der Nähe stehenden — einschließlich der am Monitor angeschlossenen — praktisch leblos wirkten. »Was haben Sie mit ihnen angestellt?« fragte ich Chi.

Auch er blickte sich um. »Sie sehen es. Überwachung des Stoffwechsels, elektromagnetische Abtastung nach eventuellen Gehirnwellen, schichtweise Abtastung nach Organen oder organähnlichen Strukturen. Nichts davon schädlich.«

»Es überrascht mich, daß Sie die Ausrüstung auf Solitaire so prompt zur Hand hatten«, warf Randon ein. Er war wirklich interessiert; offensichtlich sah auch er die ganze Szenerie zum ersten Mal.

»Es handelt sich nur um die Grundausrüstung für biologische Untersuchungen«, erklärte Chi. »Plus ein paar zusätzliche Geräte, die wir uns vom Krankenhaus geliehen haben. Ebenfalls Standard.« Er fixierte mich kühl. »Wir erfahren viel mehr über die Donnerköpfe, als wir bisher über sie wissen wollten ... Aber was immer Sie angeblich in ihnen gesehen haben, es hat nichts mit Empfindungsvermögen zu tun.«

»Wenn Sie nur diese hier beobachtet haben, so überrascht es mich nicht, daß Sie Schwierigkeiten haben. Diese hier scheinen im Augenblick nicht besonders rege zu sein.«

Der Pravilo-Offizier neben mir schnaubte verächtlich. »Das kenne ich schon. Sie erzählen den Leuten, daß Sie mit Hypnose einen Stein einschläfern können;

und wenn Sie es vorführen sollen, dann behaupten Sie, daß alle Steine in der Nähe bereits schlafen.«

Chi warf ihm einen Blick zu und sah mich dann schief an. »Vielleicht etwas grob ausgedrückt; aber Sie müssen zugeben ...«

»Da!« entfuhr es mir. Alle drei Donnerköpfe hatten plötzlich Lebenszeichen gezeigt.

Chi fuhr herum. »Wo?«

»Die Donnerköpfe! Sehen Sie nicht ...?«

Ich pfiff durch die Zähne. Der kurze Augenblick, da ich ihre Intelligenz gespürt hatte, war so schnell vergangen wie er gekommen war. »Es war da. Bestimmt.«

Chi sah mich gereizt an. »Hören Sie, Benedar ...«

»Vergewissern wir uns doch auf den Monitoren!« schlug Randon vor. »Wenn wirklich etwas geschehen ist, dann sollten sie es aufzeigen.«

Chi holte tief Luft. »Wenn Sie darauf bestehen. Ich kann Ihnen jedoch jetzt schon verraten, daß es falscher Alarm war. Wir kennen das bereits.«

Er ging steifbeinig zur zentralen Monitorstation in der Senke. »Geben Sie mir eine Gesamtübersicht über die letzten zwei Minuten«, wies er die junge Frau am Monitor an. »Von allen drei Objekten.«

Sie nickte und betätigte mehrere Tasten; auf dem Schirm erschienen drei Kurven. »Hier bitte, Pseudodaten!« Chi tat die Kurven mit einer Handbewegung ab.

»Moment mal«, widersprach ich. »Wer sagt, daß es sich um Pseudowerte handelt?«

»Sehen Sie sich doch die Kurven an. Alle drei sind praktisch identisch *und* alle drei beginnen und enden zur selben Zeit. Ist das nicht ein Hinweis darauf, daß eine äußere Einwirkung die Ursache dafür war — eine kleine Erschütterung des Bodens, vielleicht — die mit den Donnerköpfen überhaupt nichts zu tun hat?«

Ich biß mir auf die Lippe. Aber ich hatte ihre Intelligenz gespürt — ich spürte sie immer noch, zumindest die der weiter entfernten ...

»Oder«, sagte Randon nachdenklich, »sie schalten ihre Lebensgeister bewußt synchron ein und aus, ganz nach Belieben.«

Chi schnaubte. »Sie untermauern nur Ihre Theorie!«

»Ich suche nach einer inneren Logik«, korrigierte ihn Randon sanft. »Hören Sie mir einen Augenblick lang zu, Doktor. Nehmen Sie einmal an, sie sind zu einer derart komplizierten Handlung fähig. Warum würden sie sich so verhalten?«

»Um uns von ihrer Spur abzubringen«, warf Kutzko unerwartet scharf ein. Ich drehte mich zu ihm um. Er starrte auf die Donnerköpfe ... Mir lief ein Schauer über den Rücken. Kutzkos Haltung, seine Augen, wie er die Hand oberhalb der Injektionspistole hielt — ich kannte das. Er fühlte die Gefahr ... »Sie wollen uns einreden, daß unsere Daten falsch waren.«

»Lächerlich«, bemerkte Chi verächtlich. »Sie unterstellen nicht nur Intelligenz, sondern eine Intelligenz, die der menschlichen ebenbürtig ist. Ganz zu schweigen von einer komplizierten Gesellschaftsstruktur.«

Ich dachte daran, wie Calandra und ich die Ansammlung von Donnerköpfen als Stadt empfunden hatten. »Sie haben angedeutet, daß Sie noch mehr Daten von dieser Art haben.«

»Ein paar«, gab Chi unwillig zu.

»Genau die gleichen?«

»Das bezweifle ich — wir haben noch nicht alle Daten vollständig ausgewertet.« Er seufzte. »Aber wenn es Sie glücklich macht — Karyn, rufen Sie alle ähnlichen Vorkommnisse auf, bitte! Mit Zeitangabe.«

Die Technikerin tat wie angeordnet. Vier Aufzeichnungen erschienen auf dem unterteilten Bildschirm ... Chi pfiff durch die Zähne. »Sieh einmal an«, murmelte er.

»Was?« fragte Randon scharf.

Chi zeigte auf den Bildschirm. »Dieses ist unsere vierte Aufzeichnung ... und die Zeitspanne zwischen ihr und der dritten Aufzeichnung ist genau die gleiche wie zwischen der dritten und der zweiten … *und* zwischen der zweiten und der ersten.«

Randon und ich wechselten Blicke. »Sie haben also Ruhephasen«, sagte Randon langsam, »aber nicht unbeschränkt lange. Wie ein Meeressäugetier, das in bestimmten Abständen auftauchen muß, um zu atmen.«

Chi rieb sich die Wange. »Vielleicht«, gab er zögernd zu. »Vielleicht. Es kann sich trotzdem um ein natürliches Phänomen handeln, das nichts mit Intelligenz zu tun hat. Vielleicht ein normaler biologischer Zyklus.«

»Die anderen folgen keinem derartigen Zyklus«, bemerkte ich. »Nur die, die Sie studieren. Die übrigen beobachten uns.«

»Das sagen Sie«, entgegnete Chi schroff. »Können Sie es beweisen?«

Randon wurde unwillig. »Kommen Sie, Doktor. Er hat Sie genau in dem Moment auf die drei aufmerksam gemacht, als sie reagierten. Wie viele Beweise brauchen Sie noch dafür, daß er etwas tatsächlich Vorhandenes sieht?«

»Ich bin Wissenschaftler, Mr. Kelsey-Ramos«, erwiderte Chi ungerührt. »Ich beschäftige mich mit Tatsachen — beweisbaren, wissenschaftlichen Tatsachen. Watcher wie Benedar beschäftigen sich mit Gefühlen, Interpretationen und Vermutungen. Glaube, nicht Wissenschaft. Ich kann die politischen Gründe verstehen, aus denen Sie ihn hier zum Helden machen wollen, aber ich werde nicht zulassen, daß Ihre Gründe meiner Arbeit in die Quere kommen.«

Randon sah ihn nur an, und Chis gerechter Zorn verwandelte sich in Unbehagen. Vielleicht hätte er mit dem Erben der Carillon-Gruppe doch nicht so heftig sprechen sollen? Randon sah ihm noch eine Weile zu, wie er sich wand; dann wanderte sein Blick wieder zu den Donnerköpfen hinüber. »Sagen Sie mir, Doktor, warum entwickelt etwas so Pflanzenähnliches wie ein Donnerkopf überhaupt Intelligenz?« fragte er.

Chi war über die unerwartete Frage erstaunt. »Ich verstehe nicht, was Sie meinen.«

»Sie können sich doch nicht fortbewegen. Ich habe die Berichte des ersten Forschungsteams gelesen — sie wurzeln ziemlich tief im Boden. Sie können doch sicherlich nicht die Wurzeln herausziehen und anderswo hinwandern.«

»Natürlich nicht. Darum ist ja die Idee, daß sie Intelligenz besitzen ...«

»... lächerlich«, beendete Randon den Satz für ihn. »Das wissen wir. Trotzdem ist ihnen bewußt, daß Sie sie studieren. Richtig?«

Er zögerte. »Dafür haben wir keine stichhaltigen Beweise.«

»Überprüfen Sie meine Aussage«, schlug ich vor. Ich ärgerte mich allmählich über den Mann. »Lassen Sie Calandra herbringen — ich nehme an, daß sie irgendwo in der Nähe festgehalten wird. Wir werden eines Ihrer Testobjekte beobachten und sehen, ob wir beide den genauen Moment feststellen können, wenn es wiederkommt.«

Chi machte ein saures Gesicht. »Die Absprache zwischen zwei Watchern würde kaum ...«

»Einen Augenblick«, unterbrach ihn Kutzko und wandte sich an mich. »Was meinen Sie mit ›wenn es wiederkommt‹. Von wo wiederkommt?«

»Es war nur eine Redewendung ...«, meinte Chi.

»Ruhe!« befahl Randon. »Nun, Benedar?«

Ich öffnete den Mund ... und schloß ihn wieder. Es *war* nur eine Redewendung gewesen ... oder nicht? Nein; doch nicht. »Ich verstehe es selbst nicht ganz, aber ich habe das Gefühl, daß die Donnerköpfe nicht untätig, sondern vielmehr ... leer sind.«

In der kompakten Stille, die in der Mulde eingetreten war, blieb das Wort in der Luft hängen. Ich wußte ohne hinzusehen, daß alle Techniker ihre Arbeit unterbrochen hatten und uns zuhörten.

Chi wußte es auch, und das bremste vielleicht seinen Sarkasmus.

»Das ist, gelinde gesagt, eine recht interessante Deutung«, meinte er schließlich.

Randon beachtete ihn nicht. »Wollen Sie damit sagen, daß die Donnerköpfe nicht selbst empfindungsfähig sind, sondern nur einem nicht körperlichen Bewußtsein als Wirt dienen?«

»Es muß nicht so extrem sein, Sir«, meldete sich einer der Techniker etwas zögernd zu Wort. Er blickte kurz zu mir, als suche er Unterstützung. »Es könnte sein, daß die Donnerköpfe tatsächlich Empfindungsfähigkeit besitzen, aber vielleicht gelernt haben, ihren ... nun ja, ihren Geist von ihrem Körper zu trennen.«

Chi starrte seinen Untergebenen zornig an. »Wenn Sie nichts dagegen haben, Allix«, knurrte er, »ich möchte das gerne ohne Mystik behandeln. Religiöse Erziehung«, fügte er mit schlecht verhüllter Verachtung zu Randon gewandt hinzu.

Der gewöhnliche Mensch hat keine Verwendung für die Geschenke von Gottes Geist; sie scheinen ihm töricht. Er erkennt sie nicht, denn ihr Wert kann nur im Geist gewürdigt werden ... »Dr. Chi ...«

Randon bedeutete mir mit einer Handbewegung zu schweigen. »Warum ist das so lächerlich?« fragte er Chi kühl.

Chi schaute ihn überrascht an. »*Warum?* Mr. Kelsey-Ramos — also gut: Erstens ergibt es vom evolutionären Standpunkt aus gesehen keinen Sinn ...«

»Warum nicht? Sie können ihren Standort nicht verlassen, warum sollen sie nicht eine Möglichkeit gefunden haben, sich auf einer anderen Ebene zu bewegen?«

»Sie bringen die Mystik ins Spiel ...«

»Ich bringe andere Ebenen der Realität ins Spiel«, brauste Randon auf. »Auch der Mjollnir-Raum hat einmal als Mystik gegolten. Reisen mit mehr als Lichtgeschwindigkeit, elektrische Ströme, die künstliche

Schwerkraft erzeugen — vor einem halben Jahrtausend war all das nach den damals bekannten Naturgesetzen unrealistisch.«

»Ersparen Sie mir bitte den Geschichtsunterricht«, sagte Chi scharf. »Das Problem besteht darin, daß kein Evolutionsprozeß etwas Derartiges hervorgebracht haben *kann.*«

»Dann vergessen Sie die Evolution«, warf ich ein; ich hatte plötzlich genug davon, mich mit diesem Mann herumzuschlagen. »Irgendwo in den Patri und den Kolonien gibt es bestimmt empfindlichere Instrumente ...«

»Mit anderen Worten«, fiel mir Chi ins Wort, »die Patri sollen also ein Riesen-Aufhebens um die Sache machen, nur weil ein Watcher es behauptet. Lassen Sie sich etwas sagen, Benedar: Ich habe mir einen Ruf erworben und Karriere gemacht, aber nicht durch Gespensterjagden. Wenn wir innerhalb der nächsten zwei Tage einen Beweis finden — einen schlagkräftigen Beweis — dann werden wir weitersehen.«

»Und wenn nicht?« fragte Randon.

»Dann packen wir zusammen und fliegen nach Solitaire zurück. Sie müssen sich dann etwas anderes einfallen lassen, damit Sie Ihren Watcher zurückbekommen.«

Kutzko machte eine Bewegung. »Schlagkräftiger Beweis, sagten Sie?«

Alle sahen ihn an ... ich schauderte. Er machte sich zu einer Aktion bereit ... »Mikha!«

Er sah mich scharf an, und ich hielt den Mund. »Sind Sie einverstanden, Mr. Kelsey-Ramos?«

Randon nickte. »Machen Sie nur!«

Kutzko wandte sich an den Pravilo-Offizier neben uns. »Sir, ich werde meine Waffe gebrauchen. Sagen Sie Ihren Männern, sie sollen nicht reagieren!«

Der andere nickte nachdenklich. »Wachen! Waffen weg!« rief er dann.

»Danke.« Kutzko holte seine Injektionspistole vorsichtig aus dem Halfter und richtete sie auf den Boden. »Würden Sie sagen, Dr. Chi, daß etwas um so schneller lernt, je klüger es ist?«

Chi wurde nervös. Er hatte keine Ahnung, worauf Kutzko hinauswollte, aber es gefiel ihm nicht. »Wahrscheinlich eine einigermaßen zutreffende Verallgemeinerung.«

»Fein.« Kutzko sah mich an. »Welche sind am wachsten, Gilead?«

Ich schluckte. »Alle ziemlich gleich, außer den dreien, die untersucht werden.«

»Dieser zum Beispiel«, fragte er und richtete seine Waffe auf einen Donnerkopf in der Nähe.

Ich vergewisserte mich kurz. »Ja.«

»Im Augenblick keine Veränderung?«

»Nein.«

»Gut.« Er senkte die Waffe und holte tief Luft. »Beobachten Sie ihn ganz genau. Schauen Sie, ob er lernt, daß man sich vor einer Injektionspistole fürchten muß.«

Er ging ein paar Schritte auf den Donnerkopf zu. Chi und Randon sahen ungerührt zu. In der Mulde herrschte gespannte Stille. Alle beobachteten, was vorging. Kutzko hob die Pistole, zielte auf die weiter entfernte Klippe und schoß zweimal.

Die Schüsse dröhnten durch die Stille, das Echo übertönte das leise Surren der Injektionsnadeln, die ohne Schaden anzurichten vom Felsen abprallten. Es war wieder still ... Kutzko zielte bewußt niedriger, auf den vorher angedeuteten Donnerkopf.

Eine eiskalte Hand fuhr mir ans Herz. »Stop!« schrie ich. »Nicht schießen!«

Die Waffe bewegte sich nicht. »Ich schieße nicht. Ist es weg?«

Ich atmete tief durch. »Ja. Nehmen Sie bitte die Waffe weg«, bat ich ihn.

Er blieb noch einen Moment lang mit gezogener Waffe stehen, steckte sie dann ins Halfter zurück und trat wieder zu uns. »Was ist los?« flüsterte mir Randon ins Ohr.

Ich schüttelte den Kopf und versuchte, die Empfindungen zu ordnen, die mich zu meiner Warnung veranlaßt hatten. »Ich weiß es nicht genau. Die gesamte Stadt richtete plötzlich eine Welle von Gefühlen auf Kutzko. Dann gab es ein ... ein aufzuckendes Licht, zu kurz, um es wirklich wahrzunehmen.«

»Ein aufzuckendes Licht, das Sie nicht wirklich sehen konnten?« fragte Chi trocken. »*Das* macht Sinn!«

Mir wurde vor Enttäuschung übel. Der bedrohte Donnerkopf zeigte inzwischen wieder volles Bewußtsein. »Der Blitz war da«, bestand ich.

»Nun, Doktor?« fragte Kutzko kühl. »Sind Sie überzeugt?«

Chi verzog das Gesicht. »Nicht besonders. Wir haben leider nur die Eindrücke eines einzigen Mannes, keine Spur von einem konkreten Beweis.«

Ich hatte eine Idee. »Geben Sie mir Ihre Pistole, Mikha!«

Kutzko runzelte die Stirn. »Sir?« fragte er den Pravilo-Offizier.

Der nickte. »Geht in Ordnung.«

Kutzko zog die Waffe aus dem Halfter und reichte sie mir mit dem Griff voran. Ich nahm sie vorsichtig und schaute in die Mündung.

Ein Spinnwebengeflecht blockierte den Lauf einen Zentimeter hinter der Mündung. Ein Spinnwebengeflecht aus einem Dutzend ultradünner Metallfäden ...

Wortlos reichte ich Randon die Waffe. Er sah hinein ... »Blockiert«, stellte er mit hohler Stimme fest und gab sie an Chi weiter. »Als wäre sie ... punktgeschweißt.«

Mir war eiskalt. »Sie befürchteten, Mikha würde auf sie schießen. Damit wollten sie es verhindern.«

Chi blickte entsetzt von der Pistole auf. »Aber es hätte den Schuß nicht *wirklich* verhindert, oder?«

Kutzko nahm seine Injektionspistole an sich, und sein Gesicht wurde hart, als er das metallene Spinnengeflecht betrachtete. »Wahrscheinlich nicht. Macht das etwas aus?«

Chi atmete stoßweise, und sein Blick wanderte unwillig zu den Donnerköpfen. Sie hatten innerhalb weniger Sekunden die Situation erfaßt, sie beurteilt und gezielt darauf reagiert ... »Nein«, beantwortete er Kutzkos Frage. »Es macht nichts aus.«

21. Kapitel

Man brachte mich nach Solitaire zurück und stellte mich an Bord der *Bellwether* unter Hausarrest … Sechs Wochen lang geschah nichts.

Zumindest nichts, was ich erwartet hatte. Niemand beschuldigte mich eines oder mehrerer Verbrechen, ich wurde nicht vor Gericht gestellt, ja nicht einmal in ein offizielles Gefängnis gebracht. Die *Bellwether* traf keine Anstalten, den Planeten zu verlassen, vom System gar nicht zu reden. Meinen spärlichen Informationsquellen zufolge gab es in der solitärischen Öffentlichkeit keine Reaktion auf die Neuigkeit, daß auf ihrer Schwesterwelt eine fremde Intelligenz entdeckt worden war.

Alles wies darauf hin, daß man irgendwo beschlossen hatte, die Entdeckung geheimzuhalten, auch wenn Kurierschiffe durch den Mjollnir-Raum brausten, um der Patri-Hierarchie die Nachricht zu überbringen. Ich hielt es aus mehreren Gründen für keine gute Idee, aber niemand fragte nach meiner Meinung.

Calandra sah ich während der ganzen Zeit nicht. Ich erriet aus dem Verhalten der Wachen, die mir das Essen brachten, daß sie ebenfalls wieder an Bord war, aber niemand bestätigte es mir. Ebensowenig wollte man mir sagen, ob sich in ihrem Fall etwas verändert hatte, und wenn ja, was. Ich verbrachte viele lange Stunden damit, über das Geschehene nachzudenken, und darüber, ob meine ungeschickten Versuche ihre Lage verbessert hatten. Ich erfuhr nichts darüber und tröstete mich mit dem Wissen, daß ich ihre Lage zumindest nicht verschlechtert hatte.

Endlich, sechs Wochen nach meiner Inhaftierung, holten sie mich.

Wir landeten in der Nähe des Lagers bei Butte City, der Stadt der Donnerköpfe zwischen den Klippen; hier war ich nach der Befragung mit der Wahrheitsdroge aufgewacht. Während ich auf Solitaire im Gefängnis saß, hatte sich das Lager drastisch verändert. Das Schiff von damals stand immer noch hier, aber die zeltähnlichen Gebilde hatte man durch zehn vorgefertigte, zerlegbare Gebäude ersetzt; es gab sogar ein staubfreies Labor und zwei Militärbaracken. Ein mit Sensoren ausgestatteter Zaun riegelte das Gelände ab; er verlief um den Landeplatz und bildete einen breiten Korridor hin zu den Klippen. Von meinem Standpunkt aus konnte ich nicht erkennen, ob man die Klippen ebenfalls eingezäunt hatte, aber ich vermutete es.

Die Wachen brachten mich ins Labor; im großen Büro- und Arbeitsraum zeigten sich die ersten Anzeichen von Unordnung ... hier lernte ich den neuen Leiter des Donnerkopf-Projekts kennen.

Ich wußte sofort, daß er der Projektleiter war. Sein Auftreten, sein Verhalten, die Feinheiten in der Körpersprache zwischen ihm und meinen Wachen — alles wies auf eine gewohnheitsmäßige Autorität hin. Als ich mit meinen Pravilo-Begleitern eintrat und zu seinem Schreibtisch ging, maß er mich nachdenklich forschend. Mir war klar, daß er ein Wissenschaftler war, kein Bürokrat oder einfacher Beamter der Patri.

Außerdem mochte er mich nicht.

»Gilead Benedar, Sir«, meldete der Anführer meiner Eskorte. »Befehlsgemäß vorgeführt.«

»Danke, Hauptmann. Sie und die anderen können gehen.«

Der Hauptmann gab seinen Männern ein Zeichen; der Wissenschaftler und ich blieben allein zurück.

Er studierte mich noch eine Weile eingehend, und ich hatte das unbestimmte Gefühl, mich unter einem Mikroskop zu befinden. »*Also Sie sind* ein Watcher«, meinte er schließlich. »Habe ich mir anders vorgestellt.«

Ich sah ihm an, daß er log. »Das überrascht mich, Sir, denn Sie haben alle Informationen gelesen, die es über Watcher im allgemeinen und mich im besonderen gibt.«

Er reagierte mit unverhüllter Überraschung. Das bestätigte meine Annahme, daß er sein Leben der Wissenschaft gewidmet hatte, abgeschirmt von den dunkleren Welten der Politik und der Wirtschaft, in denen man lernt, seine Gedanken und Gefühle sorgfältiger zu verbergen.

Die Überraschung verschwand schnell und machte einer gewohnheitsmäßigen Skepsis Platz. »Leicht zu erraten. Natürlich habe ich mich möglichst gut informiert, bevor ich Sie kommen ließ.«

Wieder eine Lüge ... »Vielleicht«, erwiderte ich. »Es war nur nicht Ihre Idee, nach mir zu schicken. Sie mögen mich nicht und wollten mich nicht hier haben: Sie hätten gerne einen Grund, mich aus Spall rauszuwerfen und mich damit los zu sein.«

Sein Gesicht erstarrte zu Stein, und seine gönnerhafte Heiterkeit war verflogen. »Ich verstehe. Fahren Sie bitte fort, wenn Sie doch so viel wissen! Warum sind Sie dann hier, wenn ich Sie nicht mag?«

»Weil Sie meine Hilfe brauchen«, erklärte ich ihm. »Die Donnerköpfe vereiteln irgendwie Ihre Pläne, und Sie können sich nur an Strohhalme klammern.«

Er blickte mich unverwandt an. »Wissen Sie, wer ich bin?«

Ich schüttelte den Kopf. »Ich hatte in letzter Zeit hauptsächlich in der Wirtschaft zu tun und ...«

»Ich bin Dr. Vlad Eisenstadt.«

Ich schluckte. Diesen Namen kannten sogar die Leute, die sich ausschließlich mit Geschäften abgaben. Er war ein echter Renaissance-Wissenschaftler und in Biologie, Chemie, Kybernetik und Neuropsychologie gleichermaßen bewandert. Rückblickend war es nur natürlich, daß die Patri jemanden wie ihn für diese Aufgabe ausgesucht hatte. »Ich verstehe, Sir«, antwortete ich, da mir nichts Besseres einfiel.

»Ich bin Wissenschaftler, Benedar«, fuhr er fort. »Ich beschäftige mich mit der objektiven Welt und mißtraue allem, was von Natur aus subjektiv ist. Ganz oben auf dieser Liste stehen Kunststücke im Gedankenlesen und alle Religionen.«

»Sie reden wie Dr. Chi«, murmelte ich.

Er wurde mürrisch. »Vielleicht. Es war seine Idee, Sie beizuziehen.«

»Das ist ... sehr interessant, Sir.«

Er wirkte erleichtert. Erleichtert und — paradoxerweise — auch ein wenig enttäuscht. »Sie können *also nicht wirklich* Gedanken lesen«, sagte er mehr zu sich selbst.

»Nein, Sir.« Ich schüttelte den Kopf. »Das geht meines Wissens klar aus den Akten über die Watcher hervor.«

Er preßte die Lippen zusammen und überlegte, ob er das Gespräch hier und jetzt beenden sollte. »Wenn es Ihnen etwas hilft, Dr. Eisenstadt«, fuhr ich fort, »beim letzten Mal konnte ich so etwas wie gefühlsmäßige Veränderungen bei den Donnerköpfen spüren.«

Er war nicht besonders beeindruckt. »Das können unsere Sensoren auch. Was wir brauchen, ist ...« — er zögerte — »wir suchen nach einem Weg, wie wir feststellen können, wann einer tot ist.«

Ich blickte ihn verständnislos an. »Wie bitte?«

»Was ist los? — war die Frage nicht klar genug? Ich möchte wissen, ob es eine Möglichkeit gibt, einen toten Donnerkopf von einem zu unterscheiden, der nur vorübergehend weg ... auf Besuch weilt.«

Ich ließ die letzten Worte noch einmal nachklingen. »Das stört Sie, nicht wahr?« fragte ich ihn leise. »Der Gedanke, daß in uns etwas sein könnte, das unabhängig von unseren physischen Körpern existiert ...«

»Wenn Sie über Religion reden wollen, Benedar«, unterbrach er mich schroff, »dann können Sie das in Ihrer Zelle auf Solitaire allein tun. Ich möchte nur eine Antwort von Ihnen, ja oder nein: Können Sie einen toten Donnerkopf finden?« Er starrte mich an. »Lautet die Antwort nein, dann müssen wir aufs Geratewohl einen aussuchen und ihn sezieren.«

Mein Hals war wie zugeschnürt, als ich langsam zu verstehen begann. *Mann Gottes, sagte er, möge mein Leben und das Leben Deiner fünfzig Diener vor Deinen Augen Gefallen finden ...* »Was ist, wenn Sie sich irren?« Ich bemühte mich, ruhig zu bleiben. »Was ist, wenn Sie einen von ihnen töten?«

»Was soll sein?« erwiderte er.

Ich schöpfte tief Luft und suchte nach einer nicht-religiösen Antwort ... Während ich nachdachte, beruhigten sich meine Gefühle und die gesuchte Antwort stand klar vor mir. »Wenn Sie einen töten, dann könnte das gleiche wie mit Mikha Kutzkos Injektionspistole noch einmal geschehen. Ihren Leuten.«

Er verzog spöttisch den Mund, aber eher aus Gewohnheit, nicht aus Überzeugung. Als die Donnerköpfe versuchten, den Lauf von Kutzkos Waffe zu blockieren, hatten sie damit nicht nur ihre Intelligenz unter Beweis gestellt; sie verfügten auch über die Möglichkeit, sich zu verteidigen. Eisenstadt wußte das. »Dagegen gibt es Vorsichtsmaßnahmen.« Er wollte seine rationale Angst vor mir nicht zugeben. »Wenn sich jedoch herausstellt, daß diese Dinger intelligenter sind als, sagen wir, Hunde oder Pferde, dann könnte es für zukünftige Beziehungen belastend sein, wenn wir eines töten.«

Er zweifelte kaum an der Existenz eines derart hohen Intelligenzniveaus, aber ich überging die Gelegenheit, ihn nochmals einer Halbwahrheit zu überführen. »Ich verstehe und werde mein Möglichstes tun. Ich brauche jedoch Calandras Hilfe.«

»Diese Bitte habe ich fast erwartet — Ihr Kreuzzug,

mit dem Sie die Frau vor der Totmannschaltung retten wollen, grenzt an Besessenheit. Nennen Sie mir einen guten Grund, warum ich Calandra in diese Sache noch mehr hineinziehen soll, als sie es doch ohnehin schon ist.«

»Weil wir das, was Sie wollen, zu zweit eher finden. Es liegt in Ihrem Interesse und dem der Patri, die Möglichkeit eines Versagens so klein wie möglich zu halten.«

»Dieser Logik zufolge müßte ich eine ganze Watcher-Kolonie einladen.«

Ich zuckte die Achseln. »Stimmt.«

Während er tat, als denke er über meine Worte nach, wollte er mich mit seinen wütenden Blicken einschüchtern. In Wirklichkeit hatte er sich bereits entschlossen, Calandras Anwesenheit zu dulden, vor allem bei den andernfalls möglichen verheerenden Konsequenzen. »Gut«, brummte er schließlich, schob seinen Stuhl zurück und stand auf. »Holen wir Ihre Freundin und gehen wir zum Testgebiet. Aber denken Sie daran, daß sie neben Ihnen stehen wird, wenn wir zu schneiden beginnen ... und wenn Sie sich irren, werden Sie beide die ersten sein, die von den Donnerköpfen gebraten werden.«

In diesem Fall müßte die *Bellwether* die Totmannschaltung auf der Rückreise mit einem ihrer Leute besetzen ... »Ich verstehe, Sir.«

Wir gingen nicht selbst zu Calandras Zelle — Eisenstadt überlegte es sich in letzter Minute anders und schickte zwei Pravilos zu ihr; er und ich gingen durch den abgezäunten Korridor zu Butte City. Ich studierte gerade bewundernd die komplizierten Sensoren, die an vielen Donnerköpfen angebracht waren, als man Calandra endlich brachte.

Ich wußte nicht, wo und unter welchen Bedingungen man sie festgehalten hatte, doch man hatte sie offenbar keineswegs so höflich behandelt wie mich. Sie war blaß, und ihr Gesicht war schmaler geworden; als sie aus dem Auto stieg, waren ihre Bewegungen unsicher. Ich machte einen Schritt auf sie zu, blieb dann aber stehen und wartete, da mich ihre Bewacher warnend ansahen.

»Alles in Ordnung?« fragte ich leise und faßte ihre Hand, als sie näher kam. Ihre Haut fühlte sich kühl an, erwärmte sich aber schnell.

»Den Umständen entsprechend«, sagte sie halb gereizt, halb müde und resigniert. In ihren Augen ...

Plötzlich klingelte es bei mir. »Wahrheitsdrogen?« fragte ich Eisenstadt. »Die ganzen sechs Wochen?«

»Nicht ständig, aber immer wieder«, antwortete er kühl. »Wir mußten soviel wie möglich über die Donnerköpfe in Erfahrung bringen. Sie haben es selbst angedeutet, daß sie der bessere Beobachter von Ihnen beiden ist.«

»Und niemand mit dem Einfluß der Carillon-Gruppe hat darauf geachtet, daß sie nicht schlecht behandelt wird!« fuhr ich ihn wütend an.

Seine Stirn wurde dunkel vor Zorn. »An Ihrer Stelle würde ich nichts auf die Spitze treiben, Benedar. Ihr Schicksal hängt an einem seidenen Faden, und in dem Augenblick, in dem wir Sie nicht mehr brauchen, kann der Faden sehr leicht reißen.«

Ich blickte ihn wütend an, aber bevor ich etwas sagen konnte, drückte mir Calandra warnend die Hand. »Es ist schon gut«, sagte sie. »Er hat recht. Außerdem ...« Ihre Augen wanderten hinaus zu dem Meer von Donnerköpfen. »Wir müssen erfahren, was da drüben vorgeht, was es auch sein mag.«

Ich schluckte meinen Zorn hinunter. »Wo sollen wir anfangen?«

Eisenstadt war erleichtert. »Ich würde sagen, hier«, schlug er vor; auch seine Stimme klang erleichtert. Calandra und ich waren keineswegs so entbehrlich, wie er uns einreden wollte. Das wollte ich mir merken; vielleicht mußte ich noch einmal darauf zurückkommen. Wir folgten ihm zum Rand der Donnerkopf-Stadt. »An verschiedenen Punkten ihrer Haut können wir neuroelektrische Signale feststellen.« Er hockte sich neben einen Donnerkopf und deutete vorsichtig auf Stellen an der Seite und am gekrümmten Kamm, stets darauf bedacht, das Geschöpf nicht zu berühren. Ob die Donnerköpfe den Wissenschaftlern neuerlich ihre Verteidigungsmechanismen demonstriert hatten? »Wir können recht gut feststellen, wann das Ding ... leer ist ... aber bis jetzt ist jeder noch innerhalb des Verwesungsspielraums zurückgekommen.«

»Innerhalb *wovon?*«

»Verwesungsspielraum.« Eisenstadt fühlte sich immer unbehaglicher. »Wenn die Körper leer sind, beginnen die Gewebe sich zu zersetzen. Nichts Aufregendes, aber die Untersuchungen lassen vermuten, daß irreversible Schäden eintreten, sobald das Ding länger als zwei Stunden wegbleibt.«

Calandra fröstelte. »Als wären sie wirklich tot.«

Das Wort hing einen Moment lang in der Luft. Vorübergehend tote Donnerköpfe; für immer tote Zombies. Im Solitaire-System konnte man dem Tod nicht entrinnen.

»Auf Grund dieser Begrenzung vermuten wir«, sprach Eisenstadt schließlich weiter, »daß sich diese Gabe unabhängig von der Evolution der Pflanze entwickelte.«

Ich verscheuchte das Bild des Todes. »Sie bringen also Ihre Sensoren an einem Donnerkopf an; er flüchtet, sobald er Sie kommen sieht, und dann müssen Sie zwei Stunden lang warten, bevor Sie sagen können, ob er tot ist oder sich irgendwo versteckt hält.«

Eisenstadt nickte mürrisch. »Richtig — und wir wollen nicht alle zweihunderteinundvierzig verdammten Dinger dieser Prozedur unterziehen. Dann müssen wir womöglich nach draußen gehen, um doch noch einen zu erwischen.«

Ich sah Calandra an. »Was meinen Sie?«

Sie runzelte die Stirn. »Als wollte man in einem überfüllten Raum ein ganz bestimmtes Gespräch heraushören. Noch dazu aus ziemlicher Entfernung. Es wird nicht leicht werden.«

»Warum aus der Entfernung?« wollte Eisenstadt wissen. »Warum können Sie nicht geradewegs auf einen zugehen ...?« Er ärgerte sich über sich selbst und fuhr fort: »Natürlich, sie sind ja so schreckhaft.«

Calandras Blick wanderte langsam über die Donnerköpfe. »Da!« Sie zeigte auf einen. »Der vierte vom Rand. Ist er ...?«

Sie verstummte. Ich starrte auf den Donnerkopf und suchte nach Anzeichen für eine Empfindung ... »Ich weiß nicht«, murmelte ich schließlich. »Es ist schwer zu sagen.«

Calandra fuhr sich mit der Zunge über die Lippen. »Es gibt eine Möglichkeit, es herauszufinden. Vielleicht.«

Sie ging vorsichtig auf den Donnerkopf zu. Ich beobachtete genau ... und sah die feine Veränderung. »Es ist fort«, rief ich ihr zu.

Sie blieb stehen, beobachtete den Donnerkopf noch kurz, dann drehte sie sich zögernd um und kam zu Eisenstadt und mir zurück. »So wird es nicht gehen, Dr. Eisenstadt«, seufzte sie. »Die Symptome sind äußerst schwach ...« — sie machte eine hilflose Geste —, »und von den anderen kommen so viele Störungen.«

Er warf ihr einen verächtlichen, ja angewiderten Blick zu. »Was ist mit Ihnen, Benedar?« wandte er sich an mich. »Geben Sie auch auf?«

Die Drohung in seinen Worten war nicht zu überhören. Wenn wir ihm bei seiner Untersuchung nicht helfen konnten oder wollten, würden wir umgehend wieder in unsere Zellen wandern. Auf mich wartete dann ein solitarisches Gericht, und auf Calandra ihre längst überfällige Hinrichtung an Bord der *Bellwether.* »Was ist mit den Donnerköpfen außerhalb von Butte City?« Ich suchte verzweifelt nach einem rettenden Strohhalm. »Von denen müssen doch auch welche gestorben sein.«

»Einige sind gestorben«, knurrte Eisenstadt. »Leider sind die zwei oder drei, die wir gefunden haben, schon so lange tot, daß die hiesigen Aasfresser schon gute Arbeit geleistet haben. Außerdem treten sie draußen nur in Gruppen von höchstens vier auf. Ich habe keine Lust, über ganz Spall zu wandern und in derart kleinen Gruppen nach frischen Leichen zu suchen. Unsere beste Chance ist hier. *Und Ihre einzige* Chance liegt in Ihren hochgestochenen religiösen Grundsätzen. Wenn Sie keinen Erfolg haben, dann reißen wir eben ein x-beliebiges dieser Dinger aus.«

Ich holte tief Luft. »Sir, ... «

Neben mir spannte sich Calandra unvermittelt, und ich wandte mich zu ihr um. »Was ist?«

Ihre Augen wanderten blicklos über die Donnerköpfe. Ihre Stimme klang seltsam zögernd. »Sir, vielleicht könnten wir versuchen, die Donnerköpfe selbst zu fragen!«

Eisenstadt schnaubte verächtlich. »Selbstverständlich!« erwiderte er mit beißendem Spott. »Wollen wir die Zeichensprache verwenden oder einen Punkte-Code?«

Calandra zögerte. »Vielleicht ... ist es leichter als Sie glauben.« Sie blickte mich flehend an.

Plötzlich verstand ich. »Natürlich«, stimmte ich zu. Wirklich eine sehr vage Vermutung. Ich hörte bereits Eisenstadts Antwort auf meinen Vorschlag. Der Gedanke bereitete mir Unbehagen ... Aber wenn auch nur die kleinste Chance bestand ... Ich machte mich auf das Kommende gefaßt und versuchte, so selbstsicher wie möglich zu klingen: »Es ist einen Versuch wert, Dr. Eisenstadt ... Wir werden ein Luftfahrzeug brauchen.«

22. Kapitel

Hirte Denvre Adams hörte Eisenstadt schweigend zu. Dann musterte er mich, Calandra und das Meer der Donnerköpfe neben uns. »Was Sie vorschlagen, ist Gotteslästerung.«

Eisenstadt verzog den Mund. »Ich verstehe, wie Ihnen dabei zumute ist ...«

»Das bezweifle ich«, fiel ihm Adams ins Wort. »Das bezweifle ich sehr. Ich werde es jedenfalls nicht tun.«

Die wilde, zornige Enttäuschung in Eisenstadts Blick erschreckte mich. Ich hatte alle meine Überredungskünste gebraucht, um ihn davon zu überzeugen, daß es den Versuch wert war. Er hatte von vornherein klargestellt, daß ich bei einem Fehlschlag meinen Kopf hinhalten müsse. Jetzt hatte es den Anschein, als würden wir gar nicht so weit kommen. »Könnten Calandra und ich allein mit dem Hirten Adams sprechen?« fragte ich Eisenstadt.

»Warum?«

Calandra platzte zuerst mit der Antwort heraus. »Weil wir wissen, wie ihm zumute ist.«

Eisenstadt starrte sie an. Er wollte zwar ablehnen, änderte aber dann plötzlich seine Meinung. »Sie haben fünf Minuten«, sagte er statt dessen, wandte uns den Rücken zu und stapfte zur zentralen Monitor-Station.

»Sie können mich nicht überzeugen«, warnte mich Adams ... Aber unter seiner gelassenen Abwehr spürte ich seine Unsicherheit.

»Wovor fürchten Sie sich?« fragte ich ihn.

»Ich habe es Ihnen bereits gesagt: Gotteslästerung. Allein die Unterstellung, daß Gott nicht mehr sein soll als eine Gruppe empfindungsfähiger Pflanzen ...«

»Das hat niemand gesagt. Ich habe nur gesagt, daß Sie vielleicht die Donnerköpfe hören, wenn Sie meditieren.«

»Ist das alles?« fragte er höhnisch. »Sie wollen nur beweisen, daß Gott nicht zu uns spricht?«

»Aber wenn Er nicht ...«

»Wenn Er nicht zu uns spricht, dann bringt uns der Akt der Meditation trotzdem viel Gutes«, bestand er starrköpfig. »Genauso wie unsere Gemeinde gut für uns ist.«

Ich hatte Lord Kelsey-Ramos jahrelang dabei beobachtet, wie er Menschen von seiner Ansicht überzeugte: Er appellierte stets an Logik und Eigennutz. Schade, daß er nicht hier war und es an meiner Stelle tun konnte! »Das weiß ich, Sir — vergessen Sie nicht, daß ich das Glück hatte, diesen Gewinn selbst zu beobachten. Aber das steht jetzt nicht zur Debatte. Die Frage ist, ob die Lehre von der Glorie Gottes im Widerspruch zum realen Universum steht ... Ist das der Fall, so können Sie das nicht für sich behalten, das wissen Sie genausogut wie ich.«

»Nicht für immer, aber vielleicht eine Zeitlang«, widersprach er gelassen.

Calandra schnaubte verächtlich. »Und was hätten Sie davon? Es sei denn, Sie wollen die von Ihnen geschaffene Welt verlassen, bevor sie zusammenbricht.«

Adams' Mund wurde vor Zorn schmal. »Ich habe die Glorie Gottes nicht ›geschaffen‹«, fuhr er sie an. »Weder um einen Gewinn daraus zu ziehen, noch aus einem anderen Grund. Es geschah spontan und viele Menschen waren dabei.«

»Warum fürchten Sie sich dann vor der Wahrheit?« fragte ich.

Sein Blick wurde hart. »Sie glauben, daß ich um mich Angst habe? Ich hatte gedacht, ein Watcher würde mich besser verstehen.«

Ich wartete; einen Augenblick später seufzte er. »Also gut. Nehmen wir einmal an, daß Ihre Theorie stimmt, daß Dr. Eisenstadts Leute bewiesen haben, daß Gott nicht wirklich zu uns spricht. Wie lange wird es

Ihrer Meinung nach bis zur naheliegenden Verallgemeinerung dauern — daß alle Manifestationen Gottes ein Irrtum sind?«

Diese mögliche Entwicklung konnten wir leider nicht gänzlich von der Hand weisen. »Jene, die Gottes Gegenwart in ihrem Leben erfahren haben, werden es besser wissen.«

»Und was ist mit jenen, deren Glauben noch schwankt?« entgegnete er. »Ich habe gesehen, wie sich der Druck der Gesellschaft auf sie auswirken kann.«

Doch sobald die Sonne am Himmel aufging, verdorrten sie; und da sie keine Wurzeln hatten, welkten sie dahin ... »Sie können sie nicht ewig beschützen«, wandte ich ein.

»Das weiß ich. Ich kann sie aber vielleicht so lange beschützen, bis ihre Wurzeln kräftiger sind.«

»Sie mit einer Lüge beschützen?« fragte Calandra leise.

»Sie werden es sicherlich verstehen. Nachher.«

»Glauben Sie das wirklich?« fragte Calandra gereizt; sie kämpfte mit den Erinnerungen, die sie lieber begraben hätte. »Ich glaube es nicht. Ich habe unter Aaron Balaam darMaupine auf Bridgeway gelebt. Sie wissen, was nach dem Sturz der Theokratie mit seinen Anhängern geschehen ist?«

Adams sah sie schmerzlich berührt an. »Sie wurden zerstreut, sofern sie nicht als Mitschuldige vor Gericht kamen und eingesperrt wurden.«

»Richtig«, nickte sie. »Noch etwas Seltsames geschah. Viele der Mitschuldigen — diejenigen, die ihm am nächsten standen und wußten, was er tat — behielten ihren Glauben. Unverändert.« Ihre Härte wich einer traurigen Bitterkeit. »Wir anderen, die belogen wurden ... wir verloren ihn.«

Für eine Weile war in der Senke nichts zu hören als die leisen Gespräche der Techniker bei den Stationen und das Pfeifen des Windes zwischen den Klippen. Adams blickte hinaus zu den Donnerköpfen. Er fühlte sich zwischen dem logischen Schluß, den die Situation forderte, und seinem Wunsch, sein Volk zu beschützen, auf verlorenem Posten. »Als wir einander kennenlernten«, erinnerte ich ihn vorsichtig, »wußten Sie unsere Ehrlichkeit zu schätzen. Wenn Sie das ernst gemeint haben, dann müssen Sie Ihren Anhängern gegenüber ebenso ehrlich sein. Und auch ehrlich zu sich selbst.«

Er schloß die Augen, und Tränen hingen an seinen Wimpern ... Er sah das Ende kommen. »Es wird wahrscheinlich das Beste sein«, brachte er schließlich mit Mühe hervor, »wenn wir zumindest zu zweit sind. So könnte einer dem anderen bestätigen ... was wir hören.«

Eisenstadt war alles andere als glücklich über die Aussicht, noch einen Außenseiter in den gut abgeschirmten Sicherheitsbereich zu lassen und war wieder einmal nahe daran, das Experiment auf der Stelle abzublasen. Doch als Wissenschaftler konnte er nichts dagegen einwenden, daß mehr als ein Dolmetscher eingesetzt wurde; so gab er am Ende nach. Adams schlug die Hirtin Joyita Zagorin als zweiten Seeker vor; ein Pravilo-Luftfahrzeug sollte sie aus der Siedlung Myrrh holen.

Eine Stunde später war alles bereit.

Sie saßen nebeneinander und blickten durch ein Gewirr von Sensorenleitungen, an die man sie angeschlossen hatte, auf die Donnerkopf-Stadt; Eisenstadt ging ein letztes Mal die Anweisungen durch. »... Und vergessen Sie nicht, keine Phantastereien«, erinnerte er sie und versuchte angestrengt, seine Zweifel zu verbergen. »Konzentrieren Sie sich darauf, unseren guten Willen auszudrücken und versuchen Sie, ein ähnliches Gefühl als Antwort zu erhalten.«

»Sollen sie sich nicht nach kürzlich verstorbenen Donnerköpfen erkundigen?« fragte ich leise.

Er wurde ärgerlich. »Eins nach dem anderen, Benedar, ja? *Wenn* die Sensoren diesen Trancezustand als etwas Ungewöhnliches registrieren, *dann* können wir versuchen, ins Detail zu gehen.«

Wenn nicht, ergänzte ich im stillen seine Gedanken, dann hat es keinen Sinn, mehr Zeit als notwendig für das Geplapper religiöser Fanatiker zu verschwenden. Ich wollte etwas erwidern, aber es gab wirklich nichts zu sagen. Nur eindeutig positive Ergebnisse konnten seine Skepsis erschüttern.

Ich konnte nur darum beten.

Adams nickte. »Wir verstehen.« Er holte tief Luft. »Für unsere Konzentration wäre es gut, wenn es still wäre.«

Eisenstadt verstand den Wink und hielt den Mund; Adams und Zagorin schlossen die Augen und versanken in ihren meditativen Trancezustand.

Beim letzten Mal war mir der eigentliche Übergang entgangen. Diesmal gab ich genau acht, und hätte ihn trotzdem fast versäumt. Adams saß ruhig da, sein Atem ging immer langsamer und alle Gefühlsregungen verschwanden; im nächsten Moment war alles anders.

»Es hat begonnen«, flüsterte ich Eisenstadt zu. Calandra nickte bestätigend.

»Kiell?« rief Eisenstadt nach hinten.

Einer seiner Techniker machte eine Bewegung. »*Etwas* geschieht«, antwortete er leicht verwirrt. »Zuerst glichen die Daten einem normalen Ruhezustand, aber jetzt ...«

»Jetzt was?« wollte Eisenstadt wissen; er wirkte gereizt, zeigte aber echtes Interesse.

Der Techniker hatte keine Gelegenheit mehr zu antworten. Adams und Zagorin richteten sich jäh auf und öffneten die Augen; ein beunruhigender Glanz lag darin. »Wir grüßen euch.« Die Seeker sprachen gleichzeitig mit der gleichen, heiseren Flüsterstimme. »Wir sind ...« was dann kam, verstand ich nicht. »Wir begrüßen euch auf unserer ... Welt.«

23. Kapitel

Im ersten Moment waren wir wie erstarrt. Eisenstadt regte sich als erster; er drehte sich drohend zu mir um. »Wenn das ein Scherz sein soll, Benedar ...«

Er sprach nicht weiter, sondern schluckte krampfhaft. Auch ihm mußte klar sein, daß das kein Trick war. Die seltsame Leere in den Augen der beiden Seeker, ihre verzerrten Gesichter und der unnatürliche Klang ihrer Stimmen — das konnte kein Schwindel sein. »Es ist kein Spiel, Sir«, flüsterte ich. »Sie haben — irgendwie — mit den Donnerköpfen Verbindung aufgenommen.«

Eisenstadt atmete durch die Zähne zischend aus. Adams und Zagorin hatten sich noch nicht gerührt, seit sie ihre Botschaft überbracht hatten, und ihre Gesichter und Körper waren unnatürlich starr. Sie warteten auf Eisenstadts Antwort ... »Wollen Sie nicht etwas sagen?« forderte ich ihn leise auf.

Eisenstadts Kiefer verkrampfte sich. »Auch ich ... begrüße euch«, brachte er schließlich heraus. Als der erste Schock verflogen war, wurde ihm plötzlich klar, daß er zukunftsträchtige Worte sprach, und ärgerte sich, daß er nicht sonderlich denkwürdig wirkte. »Ich bin Dr. Vlad Eisenstadt und vertrete die Vier Welten der Patri und ihre Kolonien«, setzte er etwas bestimmter fort. »Darf ich fragen, mit wem ich spreche?«

Einen Augenblick lang war Stille. Dann flüsterten Adams und Zagorin wieder mit seltsam heiseren Stimmen, und wieder einstimmig: »Meine Identität kann ... in dieser Art von Sprache ... nicht ausgedrückt werden. Wir sind ...« Die beiden Seeker verstummten.

Eisenstadt beugte sich vor und spitzte die Ohren. »Es tut mir leid, aber was war das?«

»Sie können nicht antworten.« Calandras Stimme

zitterte. Auf ihrem Gesicht spiegelten sich Ehrfurcht und Erschütterung. »Ihre Gesichter — beobachten Sie ihre Gesichter und wie sich ihre Kehlen zusammenziehen. Sie können das Wort nicht aussprechen.«

Eisenstadt dachte nach. »Wenn ihr gestattet«, sagte er dann, »werden wir euch weiterhin so nennen wie bisher: Donnerköpfe. Außer wir verwenden das Wort, um zwischen euch und euren physischen Gastgebern zu unterscheiden. Sie dienen euch doch als Gastgeber?«

Pause. Als Adams und Zagorin wieder sprachen, zögerten sie etwas. »Nicht Gastgeber. Körper ... Heime ... Festungen. Sicherheit. Leben.«

»Aha.« Eisenstadt nickte vorsichtig. »Körper.« Er überlegte. »Ihr sagt Sicherheit. Welche Sicherheit gewähren euch diese Körper?«

Schweigen. Eisenstadt wollte eindeutig Einzelheiten über das Verteidigungssystem der Donnerköpfe in Erfahrung bringen. Vielleicht war das auch den Donnerköpfen klar. »Ich glaube nicht, daß sie antworten werden«, murmelte ich leise nach einer Weile.

»Aus Angst?« fragte er. »Oder nur weil ihnen die Worte fehlen?«

Ich überlegte. »Angst oder Argwohn, würde ich sagen. Die Ausstrahlung ist jetzt anders als zuvor, als sie versuchten, ihre Körper-Heimat zu beschreiben; ich glaube nicht, daß es nur die fehlenden Worte sind.«

Er wandte sich an Calandra. »Sind Sie der gleichen Ansicht?«

»Daß die Ausstrahlung verschieden war, ja. Ob das Gefühl als Angst ausgelegt werden kann oder als etwas anderes, weiß ich nicht.«

»Ich habe geglaubt, ihr Watcher durchschaut die Gefühle von jedem, den ihr wollt«, murrte er.

»Menschen, ja«, verbesserte sie ihn leise. »Im Augenblick ... sie sind keine Menschen.«

Eisenstadts Ausstrahlung änderte sich unvermittelt. »Vielleicht glaubt ihr religiösen Typen an Dämonen, an

Besessenheit«, sagte er schroff. »Aber ich nicht. Smyt — drehen Sie Adams ein wenig zur Seite, so daß er und Zagorin einander nicht sehen können.«

Ich runzelte die Stirn, als Smyt und ein anderer Techniker gehorchten. »Sir, sie können einander unmöglich Stichworte liefern. Der Synchronismus ist zu perfekt.«

»Das werden wir sehen«, erwiderte Eisenstadt kühl. Die Vorgänge hatten ihn ebenso wie Calandra und mich beeindruckt und überrascht, aber nur kurz. Das war vorbei, und jetzt war der skeptische und nüchterne Wissenschaftler in ihm wieder erwacht. »Was für Daten haben wir bis jetzt?« fragte er die Techniker an den Monitoren.

»Sonderbare«, berichtete einer von ihnen. »Herzfrequenz, Blutdruck und Zell-Stoffwechsel-Index sind sehr niedrig. Neuronen und Gehirnwellen ...« Er zögerte. »Ganz ehrlich Doktor, ich weiß nicht, wie ich das interpretieren soll. Es gibt starke Anzeichen für geistige Überaktivität — an höchst ungewöhnlichen Stellen — aber es gibt auch Anzeichen für Tiefschlaf. *Wirklichem* Tiefschlaf — nahezu komatös. Nach meinem Ermessen sollten sie flach auf dem Rücken liegen und schnarchen.«

Eisenstadt biß sich auf die Lippe. »Sehen Sie Parallelen zu anderen, bekannten Meditationsformen?«

»Meines Wissens nicht. Die Aufzeichnungen, die wir hier haben, sind natürlich nicht besonders umfangreich.«

»Sir«, schaltete sich ein anderer Techniker ein. »Die Stoffwechselwerte sinken weiter. Langsam, aber merkbar.«

»Eventuell lebensbedrohend?« fragte Eisenstadt.

»Ich ... ich weiß es nicht. Möglich.«

Eisenstadt blickte verdrießlich. »Ihr — Donnerköpfe — seid ihr noch da?«

Adams und Zagorin verzogen gleichzeitig die Gesichter. »Wo ist *da*?«

»Ich meine, ob ihr noch ... mit uns in Verbindung steht.« Eisenstadt holte vorsichtig Luft. Es widerstrebte ihm, das alles unbesehen zu akzeptieren, aber er mußte sich eingestehen, daß uns vielleicht die Zeit zu kurz werden könnte. »Wir würden gern mehr über euch erfahren — und natürlich auch über uns berichten. Ein Teil der geplanten Studie wäre ...«

»Wir haben nicht den Wunsch ... mehr über euch zu erfahren.«

Eisenstadt kam für einen Augenblick ins Schwimmen, da sein Gedankengang unterbrochen worden war. »Ja. Nun. Für einen Teil der geplanten Studie würden wir einen toten Donnerkopf benötigen, für einen Vorgang, den wir Sezieren nennen. Wäre es möglich, daß wir einen ...?«

»Es gibt keinen Tod.«

Wieder holte Eisenstadt vorsichtig Luft. »Ah ... ja. Vielleicht habe ich mich nicht klar ausgedrückt. Wir würden gern ...«

»Das Körper-Heim kann sterben. Wir nicht.«

»Ja — das habe ich gemeint«, versuchte es Eisenstadt wieder. »Wir möchten eines eurer Körper-Heime untersuchen. Wenn ihr uns ein unbenutztes zeigt und uns gestattet ...«

»Ihr dürft eine Drohne ... untersuchen.«

Eisenstadt schwieg verblüfft. »Eine Drohne? Was ist das?«

»Ein Körper-Heim, das aus einem ster ... ilisierten Samen gezogen wurde, für den Fall ... daß es jemand braucht.«

Eisenstadt war für einen Augenblick sprachlos. »Was meint ihr damit, daß es jemand braucht? Habt ihr nicht alle eure eigenen Körper-Heime?«

Wieder keine Antwort. »Sie haben gesagt, daß ihre Körper-Heime sterben können«, erinnerte ihn Calandra leise. »Vielleicht züchten sie Ersatzkörper und bleiben so unsterblich.«

Eisenstadt warf ihr einen durchdringenden Blick zu. »Wir wollen versuchen, die Metaphysik rauszuhalten«, brummte er ... aber ich hörte, daß ihm die Idee äußerst unbehaglich war. »In Ordnung, wir nehmen an. Könnt ihr uns eine Drohne zeigen?«

Kurze Pause. Dann hoben Zagorin und Adams beide gleichzeitig einen Arm und zeigten in eine Richtung. »Dort«? flüsterten sie. »Zweitausendvierhundert ... siebenundachtzig Höhen.«

»Welche Höhen?« fragte Eisenstadt. »Unsere, eure? Diese Berge?«

»Doktor!« rief einer der Techniker an den Monitoren, bevor die Seeker antworten konnten. »Herzstillstand bei Adams!«

»Adams! Verbindung abbrechen!«

Es dauerte einen Augenblick, bis mir klar wurde, daß ich gerufen hatte. Der verzerrte Ausdruck auf Adams Gesicht — die plötzliche Spannung in seinem Körper — ich spürte überdeutlich die tödliche Belastung. Ich machte einen Schritt auf ihn zu ...

Eisenstadt packte mich am Arm und hielt mich zurück. »Doktor!«

»Wir wollen abwarten, was die Donnerköpfe tun«, antwortete er unbeugsam. »Ob sie ihn aus eigenem Antrieb freilassen oder nicht.«

Ich konnte es nicht glauben. »Und wenn sie ihn nicht loslassen?« schnauzte ich ihn an.

Er ließ Adams nicht aus den Augen. »Wir müssen wissen, welchen Wert die Donnerköpfe einem Menschenleben beimessen. Es ist eine gute Gelegenheit, es herauszufinden.«

Weil Adams ein Halloa war. Ein religiöser Fanatiker ... und daher entbehrlich. Ich biß die Zähne so fest zusammen, daß es schmerzte und wandte mich wieder an die Seeker. Adams Belastung wuchs — erreichte den kritischen Punkt — »Donnerkopf!« schrie ich. »Du tötest ihn. Laß ihn los!«

Zunächst geschah gar nichts. Dann war abrupt die fremde Ausstrahlung beider Seeker verschwunden. Zagorin sackte zusammen und atmete stoßweise durch schlaffe Lippen.

Adam brach ohnmächtig zusammen.

Der Arzt aus Eisenstadts Team war jung, rasch, und — was selten vorkam — bereit, eine gewisse fachliche Unzulänglichkeit zuzugeben. »Kurz gesagt, ich weiß nicht, was genau mit ihm geschehen ist.«

Eisenstadt blickte ihn finster an. »Etwas Besseres können Sie mir nicht sagen?«

»Nein.« Die Unzufriedenheit seines Vorgesetzten beeindruckte den Arzt nicht. »Ich weiß nicht, was geschehen ist, aber das heißt *nicht*, daß ich die Folgen nicht behandeln kann.« Er beugte sich über den Tisch und rief eine Graphik auf. »Hier, zum Beispiel, hat er einen leichten Schlaganfall erlitten — diesen Schaden beheben wir gerade.« Eine andere Graphik. »Herz-Trauma. Wir müssen wahrscheinlich Teile seines Herzens erneuern, aber im Augenblick befindet er sich nicht in Lebensgefahr. Das gleiche gilt für die übrigen Schädigungen.«

Eisenstadt nickte. »Was ist mit der Frau?«

Der Arzt zuckte die Achseln. »Leichtes Trauma des Herzens und des Zentralnervensystems, zurückgehend auf die Überbelastung, aber keine bleibende Schädigung.«

»Warum nicht?« wollte ich wissen. »Weil sie jünger ist als er?«

»Größtenteils deshalb«, bestätigte der Arzt. »Bei Mr. Adams bestand außerdem eine Veranlagung zu Herzproblemen, als er ... was immer er da gemacht hat.«

»Und die Belastung war der auslösende Faktor.« Eisenstadt ignorierte die unverhüllte Neugierde des Arztes. »Heißt das also, daß ein normaler, gesunder

Mensch unter der gleichen Belastung keine Probleme haben würde?«

»*Das* würde ich nicht sagen, Doktor. Auf keinen Fall, wenn ich nur zwei Fälle habe, aus denen ich Schlüsse ziehen kann. Es wäre genausogut möglich, daß Miss Zagorin eine überdurchschnittlich hohe Widerstandskraft gegen den Druck besitzt, der auf die beiden ausgeübt wurde.«

Eisenstadt überlegte einen Augenblick lang. »Nachdem wir gesehen haben, was dieser Stress anrichten kann ... Gibt es eine Möglichkeit, jemanden vorzubehandeln, um eine Schädigung so gering wie möglich zu halten?«

Der Arzt zuckte die Achseln. »Wenn die Stressfolgen gleichbleiben, dann ja. Aber ich muß nochmals betonen, daß ich nur zwei Fälle kenne; vielleicht entwickelt sich der nächste Fall völlig anders.«

»Dieses Risiko müssen wir eingehen. Wann können wir Miss Zagorin sehen?«

Der Arzt rief eine andere Graphik ab. »Warten Sie noch ein paar Minuten. Sie hat zwar keine bleibenden Schäden davongetragen, aber es war doch ein traumatisches Erlebnis für sie. Und je mehr Zeit wir haben, die Vorbeugungs- und Diagnose-Pharmaka aus ihrem Organismus zu spülen, desto klarer wird ihr Geist sein.«

Eisenstadt nickte. »Danke.«

Wir verließen das Büro. Calandra wartete wie üblich zusammen mit ihren zwei Pravilos im Korridor. Ohne sie anzublicken, nahm Eisenstadt ihren Arm und führte uns in ein leeres Besprechungszimmer. »Warten Sie draußen!« befahl er den Pravilos. Er hielt uns die Tür auf und schloß sie hinter uns.

Er blickte uns lange an, und auf seinem Gesicht wechselten die widersprüchlichsten Gefühle einander ab. »Nun?« knurrte er schließlich zögernd. »Was halten Sie davon?«

Er fragte nicht nach unserem Bericht, sondern nach unserer Meinung, und betonte damit die Subjektivität unserer Begabung. Immerhin, er hatte *gefragt,* und auch ein widerwilliges Interesse war ein Schritt vorwärts. »Hirte Adams und Hirte Zagorin standen beide in Kontakt mit einem oder mehreren Donnerköpfen«, berichtete ich. »Betrug oder Irrtum sind ausgeschlossen.«

»So sehr ich mir wünsche, daß es anders wäre, ich muß Ihnen zustimmen. Voraussetzung ist natürlich, daß unser Suchtrupp in der angegebenen Richtung einen toten Donnerkopf findet. Die Donnerköpfe leben, sie besitzen Empfindungsvermögen, und sie *können* ihre Körper verlassen. Was können Sie mir über sie erzählen?«

Ich bedeutete Calandra anzufangen. »Vor allem besitzen sie Intelligenz«, begann sie vorsichtig und runzelte nachdenklich die Stirn. »Wahrscheinlich beobachten sie *uns* schon eine ganze Weile. Zumindest seit die Leute von der Glorie Gottes hier sind, möglicherweise seit der Ankunft der ersten Siedler auf Solitaire.«

»Wie kommen Sie darauf?«

»Erstens können sie sich der menschlichen Sprechwerkzeuge bedienen, um sich verständlich zu machen. Außerdem ...« Calandra zögerte und sah mich an.

Jetzt funkte es bei mir. »Die allgemeine Paranoia auf Solitaire ist der unbewußte Widerstand gegen die Anwesenheit der Donnerköpfe.«

Sie blickte seltsam gequält. »Ich glaube, ja.«

Eisenstadt überlegte, ob er dieses Thema weiterverfolgen sollte, entschloß sich aber, es für den Augenblick zu lassen. »Sie sind also der Meinung, daß die Donnerköpfe Intelligenz besitzen und uns beobachtet haben. Was noch?«

Calandra schöpfte tief Luft. »Sie steuern offenbar auch — seit siebzig Jahren unsere Schiffe nach Solitaire.«

Für Eisenstadt war der Gedanke nicht neu. »Das ist

sehr wahrscheinlich«, gab er zu. »Haben Sie diesbezüglich mehr als bloße Vermutungen?«

»Ihre Armbewegungen.« Ich ließ die Kontaktaufnahme noch einmal vor meinem geistigen Auge ablaufen. »Als sie in die Richtung des toten Donnerkopfs zeigten, war der Ablauf der Muskelbewegungen praktisch mit den Handbewegungen identisch, die ich auf unserer Reise nach Solitaire auf der *Bellwether*... gesehen habe.«

»Sind Sie sicher?«

»Vollkommen.«

»Warum haben sie sich dann nicht früher mit uns in Verbindung gesetzt?« fragte er leise.

»Das weiß ich nicht.«

Einen Moment herrschte Stille. »Was ist mit Zagorin?« fragte Eisenstadt schließlich. »Könnte es sein, daß sie während des Kontaktes etwas herausgefunden hat, oder war sie ausschließlich Medium?«

»Keine Ahnung, Sir.« Ich sah Calandra an. »Sie?«

Sie schüttelte den Kopf. »Fragen Sie sie selbst.«

Er zögerte. »Das hatte ich vorgehabt. Ich habe nur gedacht ... aber es ist egal.« Er nahm sich zusammen. »Ich würde sagen ... Wir wissen jetzt, wie wir mit den Donnerköpfen verkehren können; damit ist Ihre Aufgabe so ziemlich erfüllt.«

Er hielt inne ... Ich spürte, was er nicht zugeben wollte. »Wenn Sie erlauben, Dr. Eisenstadt«, unterbrach ich die Stille, »würden Calandra und ich gern weiter mitarbeiten. Jetzt sind wir so weit gegangen, da möchten wir bis zum Ende gehen.« Calandra begriff, was ich tat und warum. »Nicht nur aus Neugierde, aber vielleicht können wir Ihnen von Nutzen sein.«

Eisenstadt war erleichtert — ich hatte also richtig vermutet. Er konnte und wollte nicht zugeben, daß er uns brauchte; uns zum Bleiben aufzufordern, wäre für ihn demütigend gewesen. Jetzt war sein Stolz befriedigt — er *erwies uns* einen Gefallen — und hatte erreicht, was er von Anfang an gewollt hatte. »Sie könnten uns vielleicht nützlich sein«, pflichtete er mir bei. »Ich werde beim Gouverneur alle Hebel in Bewegung setzen; vielleicht kann sie etwas tun. Unterdessen ...« — er sah auf die Uhr — »sprechen wir mit Zagorin. Wir werden sehen, was sie noch über den Kontakt weiß, falls sie sich überhaupt noch erinnert.«

Wir gingen ... Erst jetzt erfaßte ich, was ich gerade getan hatte. Noch vor zwei Monaten bereitete es mir moralische Qualen, wenn ich meine Watcher-Fähigkeiten dazu benutzte, um Menschen nach meinen Wünschen zu manipulieren. Jetzt war ich mit Eisenstadt so verfahren und hatte nicht die geringsten Gewissensbisse.

Meine Motive waren natürlich die besten: Ich wollte Calandras Leben schützen. *Keine Liebe ist größer, als jene, die ihr Leben für ihre Freunde hingibt ...* Immer wieder sagte ich mir das Bibelwort vor, während wir zusammen mit den beiden Pravilos durch den Korridor gingen. Einen anderen Spruch verdrängte ich; er war fast genauso alt und beunruhigte mein Unterbewußtsein. Ein Zitat über den Weg zur Hölle ... und womit der Weg gepflastert ist.

24. Kapitel

Der Arzt hatte uns gewarnt: Zagorin war mit Medikamenten behandelt worden, die immer noch wirkten. Insgeheim fragte ich mich, ob wir mit dem Gespräch nicht unsere Zeit verschwendeten. Meine Angst war unbegründet. Zagorin war wach, munter und konnte klar denken. Trotz ihrer Müdigkeit war sie bereit, uns zu helfen.

Nur half uns ihr guter Wille nicht viel.

»Es tut mir leid, Dr. Eisenstadt«, sagte sie müde bereits zum fünften Mal. »Glauben Sie mir, ich würde Ihnen alles erzählen, schon um das hinter mich zu bringen. Aber mir fehlen die Worte — ich *habe* keine Worte. Der Kontakt war wie ...« Ihre Hand vollführte eine unbestimmte Bewegung und sank wieder auf das Bett. »Die Gefühle, die Empfindungen ...« Ihr Gesicht verzerrte sich vor Anstrengung; sie mußte aufgeben.

Eisenstadt starrte sie an, krampfhaft bemüht, nicht die Geduld zu verlieren. »Stellungnahme?« knurrte er mich an.

»Sie ist bereit, uns zu helfen«, versicherte ich ihm. »Sie *findet* die Worte nicht.«

»Vielleicht würde eine Dosis Wahrheitsserum ihren Wortschatz vergrößern«, schlug er böse und verärgert vor.

»Das bezweifle ich.« Calandra sprach zum ersten Mal, seit wir den Raum betreten hatten. »Das Problem liegt nicht im Wortschatz. Ihre Fähigkeit zu sprechen ist blockiert.«

»Eine leichte Störung des Sprechvermögens? Die Gehirnuntersuchung hat nichts dergleichen gezeigt.«

Calandra zuckte die Achseln. »Es muß nicht unbedingt eine körperliche Ursache haben. Die Donnerköpfe haben ihr Sprachzentrum benutzt, um mit uns zu sprechen; vielleicht ist das jetzt eine Nebenerscheinung.«

»Vielleicht.« Eisenstadt strich sich nachdenklich über das Kinn; plötzlich kam ihm ein Verdacht. »Vielleicht haben sie es absichtlich getan.«

Zagorin erschrak. »Warum sollten sie so etwas tun«, fragte ich Eisenstadt. »Wenn sie nicht mit uns sprechen wollten ...«

»Sie wollten mit uns sprechen, das schon. Aber wenn Sie aufgepaßt haben, dann haben Sie vielleicht bemerkt, daß die Informationen, die sie uns gegeben haben, keinen Pfifferling wert waren. Nichts, was wir nicht bereits wußten oder mühelos herausfinden können. Vielleicht wollten sie uns etwas verheimlichen, das sie aber vor den von ihnen ausgewählten Sprachrohren nicht verbergen konnten.«

Ich wurde ärgerlich — er zog wieder einmal vorschnell die schlimmsten Schlüsse. »Ist Ihnen nicht die Idee gekommen, daß sie vielleicht nur nervös waren?« fragte ich heftiger als notwendig.

»O ja, daran habe ich gedacht«, entgegnete er. »Haben *Sie* nie daran gedacht, daß sie uns genausogut eine Verschwörung gegen die Menschheit verheimlichen können?«

»Was? — hier, mitten in der Einöde?«

Er blickte mich kalt an. »Sie und Miss Paquin nehmen an, daß die Donnerköpfe für die Spannung, unter der die Menschen auf Solitaire stehen, verantwortlich sind. Unsere Kommunikation erfolgte bisher ausschließlich *zu ihren* Bedingungen und unter *ihrer* Kontrolle. Jetzt behaupten Sie, daß die Donnerköpfe diese Kontrolle — absichtlich oder nicht — auch nach dem Ende der Kommunikation beibehalten.«

Zufall, dachte ich. Zufall oder einfach die üblichen Mißverständnisse und Tastversuche, wie sie bei der ersten Begegnung zweier so verschiedener Spezies zu erwarten waren. »Wenn Sie das Schlechteste von den

Menschen annehmen, dann bekommen Sie es oft auch«, murmelte ich.

»Vielleicht«, räumte er ein. »Ihr religiösen Typen seid lieber einmal zu oft großzügig, bevor ihr riskiert, den Stolz eines anderen zu verletzen. Diese Naivität können wir uns hier nicht leisten. Ich muß sichergehen, daß die Donnerköpfe keine Bedrohung für die Menschheit im allgemeinen und für die Kolonie Solitaire im besonderen darstellen; das gehört zu meinem Job — *und* zu Ihrem. Entweder Sie arbeiten mit mir zusammen, oder Sie verschwinden. Verstanden?«

»Ja«, preßte ich zwischen den Zähnen hervor. Innerlich mußte ich zugeben, daß diese Einstellung für ihn und die Patri durchaus vernünftig war. Das machte es noch schlimmer.

»Gut«, fuhr er fort. »Miss Zagorin kann also offenbar nicht über ihren kleinen Besuch bei den Donnerköpfen sprechen. Es liegt keine Schädigung des Gehirns vor, zumindest keine, die mit einer Störung des Sprechvermögens im Zusammenhang steht. Die Ursache ist demnach entweder äußerst hintergründig oder psychologischer Natur. Frage: Würde Hypnose helfen? Standardhypnose oder unter Drogen?«

Ich sah Calandra an. Sie überlegte und trat dann ans Bett. »Ich möchte zunächst etwas weniger Drastisches versuchen, wenn Sie gestatten. Hirte Zagorin, entspannen Sie sich und denken Sie an den Kontakt. Erinnern Sie sich so gut Sie können. Worte, Eindrücke, Gefühle — was Ihnen einfällt. Versuchen Sie nicht, darüber zu sprechen; erinnern Sie sich nur.«

Ich wollte es Eisenstadt erklären, aber er hatte bereits begriffen, was sie vorhatte. »Fangen Sie an!« forderte er Zagorin auf.

»Also gut.« Sie schloß die Augen.

Calandra ergriff ihre linke Hand, ich trat an die andere Bettseite und nahm ihre rechte. Zagorins Haut fühlte sich warm an, die Muskeln waren leicht angespannt, und ich spürte das Pochen ihres Pulses. »So, Joyita«, sagte Calandra leise und beruhigend. »Sie setzen sich neben die Donnerköpfe und fallen in meditative Trance.«

Alles blieb normal. »Alles läuft wie immer«, fuhr Calandra fort. »Plötzlich — ist es anders.«

Überraschung — leichte Angst — Erkennen einer bis dahin nur vage empfundenen Persönlichkeit. »Zum ersten Mal stehen Sie wirklich mit dem Unsichtbaren in Verbindung, das Sie bei Ihren früheren Meditationen gespürt haben.«

»Es ist stark«, flüsterte Zagorin mit geschlossenen Augen. »Sehr, sehr stark.«

»Überwältigend stark?« fragte Eisenstadt.

Pause. »N-nein.« Zagorin zögerte. »Aber ...« Sie verstummte.

»Sie konnte den Kontakt widerstandslos unterbrechen, als Adams Schwierigkeiten bekam«, erinnerte ich Eisenstadt. »Vergessen Sie nicht, daß sie sich während des Kontakts in einem äußerst passiven Zustand befanden — Ihre Techniker beschrieben es als fast ein Koma.«

Er überlegte. »Ihre Schwäche war demnach ausschlaggebender als die Stärke der Donnerköpfe.«

»Ich glaube nicht, daß sich die Donnerköpfe eines unempfänglichen Geistes bemächtigen können, falls Sie sich darüber Sorgen machen«, sagte Calandra.

»Würde ich auch sagen«, bestätigte ich.

Eisenstadt verzog das Gesicht. Er hatte sich tatsächlich deswegen Sorgen gemacht, und war noch nicht ganz überzeugt. »Wir kommen später darauf zurück. Machen Sie weiter!«

Calandra wandte sich wieder Zagorin zu. »Sie haben den Kontakt hergestellt, Joyita. Die Donnerköpfe sprechen durch Sie und den Hirten Adams zu Dr. Eisenstadt. Können Sie das Gespräch hören? Nur eine Seite oder beide?«

Ein seltsamer Eifer bemächtigte sich Zagorins. Eifer, verbunden mit ... Dringlichkeit. »Sie wollen dringend mit uns Verbindung aufnehmen«, murmelte ich Eisenstadt zu.

»Nochmals: Warum haben sie so lange gewartet?«

»Ruhe«, befahl Calandra. »Gibt es noch etwas, Joyita? Etwas, das sie Ihnen sagen — oder vor Ihnen verbergen wollen? Etwas, nach dem nicht gefragt wurde?«

»Ich ... ich weiß es nicht.« Zagorins Gesicht war vor Anstrengung verzerrt. »Es gibt etwas. Etwas Wichtiges. Aber ich kann es nicht ... Ich kann mich nicht genau erinnern.«

»Hat es etwas mit dem toten Donnerkopf zu tun, den wir suchen?« fragte Eisenstadt.

Verwirrung, Enttäuschung. »Ich ... ich weiß es nicht.«

Eisenstadt fluchte leise. »So kommen wir nicht weiter.«

»Vielleicht, vielleicht auch nicht«, sagte ich. Ich fing Calandras Blick auf. »Haben Sie in Bethel je das Ausscheidungsspiel gespielt?«

Zuerst runzelte sie die Stirn, dann begriff sie. »Ich verstehe. Ein Versuch kann nicht schaden.«

»Was kann nicht schaden?« wollte Eisenstadt wissen.

»Es heißt Ausscheidungsspiel«, erklärte ich ihm. »Ursprünglich war es ein Spiel der Watcher-Kinder, aber die Methode wird auch in der Therapie verwendet. Wir werden verschiedene Stichworte geben und beobachten, ob sie auf eines davon reagiert.«

»Wenn Sie ein Wahrheitsserum einsetzen, so sprechen Sie nur das Bewußtsein an.« Calandra kam seiner nächsten Frage zuvor. »Auf diese Art können wir manchmal etwas tiefer vordringen — und, falls die Blockade im bewußten Sprachzentrum liegt, können wir sie vielleicht umgehen.«

»Wir könnten sie also einfach an Sensoren anschließen und es versuchen?« fragte Eisenstadt.

»Ja, nur daß die Sensoren die bloße Tatsache einer Reaktion registrieren«, erinnerte ich ihn. »Calandra und ich erkennen vielleicht die Gefühle, die die Reaktion ausgelöst haben.«

Er verzog das Gesicht, dann nickte er. »Also gut. Versuchen Sie es!«

Als ich mich wieder Zagorin zuwandte, wurde mir schlagartig bewußt, daß wir uns über sie wie über ein Versuchskaninchen unterhalten hatten, während sie uns zuhörte. Aber falls sie sich darüber ärgerte, fühlte ich es nicht. »Sind Sie bereit?« fragte ich.

Sie bejahte. »Fangen Sie an!«

»Donnerköpfe.«

Nichts. »Verteidigung. Festungen. Körper-Heim.«

Immer noch nichts. »Solitaire«, warf Calandra ein. »Spall. Die Glorie Gottes. Menschen. Angst oder Mißtrauen.«

»Irgend etwas?« fragte Eisenstadt leise.

»Ruhe«, fuhr ich ihn scharf an. Eben hatte ich eine ganz kurze Reaktion gespürt ... »Angst, Joyita? Angst vor uns? Angst vor dem Tod?«

Wieder eine Reaktion. »Tod«, sagte Calandra; sie stürzte sich nahezu auf das Wort. »Tod? — die Totmannschaltung?«

Calandras Ausstrahlung bestätigte meinen Eindruck. »Die Wolke?« fragte ich Zagorin leise.

Das war es. Zart, aber unverkennbar. »Die Wolke«, wiederholte Calandra; sie zitterte.

Ich wandte mich an Eisenstadt. »Es hat mit der Wolke zu tun.«

Er biß sich auf die Lippe. Entgegen seiner sonstigen Art machte er keine Anstalten, unsere Schlußfolgerung zu bezweifeln ... zumindest bis jetzt nicht. »Ich brauche Details«, sagte er. »Sind sie diejenigen, die uns durch die Wolke führen?«

Ich beobachtete Zagorin und wiederholte im Geist ihre früheren Reaktionen, vor allem auf das Wort *Angst*.

»Ich weiß es nicht«, mußte ich zugeben. »Aber es ist auf alle Fälle wichtig. Und es hat mit Angst zu tun.«

Eisenstadt holte tief Luft. »Miss Zagorin ... sind in Ihren Aufzeichnungen in ... in Ihrer Siedlung Myrrh — auch die Namen Ihrer besten Meditatoren enthalten?«

Zagorin blickte zu ihm auf — und setzte sich zur Wehr. »Ich kann unsere Leute nicht darum bitten.«

»Ich muß leider darauf bestehen«, antwortete er bestimmt. »Wir müssen nochmals mit den Donnerköpfen sprechen, und weder Sie noch Ihr Freund Adams sind dazu fähig ...«

»Und warum ist Hirte Adams nicht dazu fähig?« fiel sie ihm ins Wort. »Weil er fast gestorben wäre, deshalb. Wie können Sie von mir erwarten, daß ich einen meiner Leute bitte, ein solches Risiko einzugehen!«

»Das Risiko ist nicht so groß.« Eisenstadt versuchte, sie zu beruhigen. »Wir wissen, was der Kontakt bewirkt.«

»Und Sie wissen, daß ich die einzige bin, die es gut überstanden hat.«

Eisenstadt seufzte. »Miss Zagorin, ich danke Ihnen für Ihr Angebot — ich nehme an, daß es ein Angebot war. Aber um ganz offen zu sein, wir können es uns nicht leisten, daß Sie unsere einzige Kontaktperson zu den Donnerköpfen sind. Vor allem können Sie auch mit entsprechender medizinischer Vorbereitung den Kontakt nicht öfter als einmal pro Tag aufnehmen. Ich möchte mich aber nicht derart limitiert sehen. Außerdem ...« Er zögerte. »Ich möchte nicht, daß der gesamte Informationsaustausch über eine einzige Person läuft.«

»Warum nicht?« fragte Zagorin verständnislos.

»Dr. Eisenstadt?« schaltete ich mich ein, bevor er noch antworten konnte. »Kann ich Sie einen Augenblick allein sprechen?«

Er zögerte kurz und blickte mich abschätzend an. Dann nickte er knapp und ging mit mir in den Korridor voraus. »Nun?« fragte er, während er die Tür schloß.

»Sie befürchten, daß wiederholte Kontakte Miss Zagorin verändern könnten. Daß sie sich gefühlsmäßig auf die Seite der Donnerköpfe stellt oder sogar ihr williges Werkzeug wird. Richtig?«

»Vielleicht sind Sie gar nicht so naiv, wie ich angenommen habe«, räumte er ein. »Es stimmt, genau das befürchte ich.«

»In diesem Fall, Sir, sollte Hirtin Zagorin unsere einzige Kontaktperson bleiben, zumindest für den Augenblick.«

»Ach wirklich? Und was ist mit der Behauptung, daß die Anwesenheit der Donnerköpfe die Menschen auf Solitaire beeinflußt?«

Ich dachte an das Abendessen in der Siedlung Myrrh und an die eigenartige Passivität, die Calandra bei den Seekern gespürt hatte. »Auch die Menschen auf Spall sind davon betroffen«, erklärte ich Eisenstadt. »Nur anders. Vielleicht deshalb, weil die Seeker durch die Meditation mit den Donnerköpfen zusammenarbeiten, statt ihnen Konkurrenz zu machen ...«

Ich hatte laut gedacht und bemerkte, daß mir Eisenstadt nicht folgen konnte. »Calandra und mir fiel hier eine Art entspannter Passivität auf, als ...«

»Ich kann es mir vorstellen«, unterbrach er mich. »Nehmen wir an, daß Sie keinen Unsinn daherreden — was gar nicht so sicher ist — dann komme ich immer mehr zu der Ansicht, daß der Kontakt um so gefährlicher ist, je enger er wird.«

»Vielleicht, vielleicht auch nicht. Wir können es nicht mit Bestimmtheit sagen — und daher ist es sicherer, wenn wir die direkten Kontakte auf so wenig Menschen wie möglich beschränken. Außerdem haben Calandra und ich nach unserer Ankunft auf Spall einige Zeit mit Zagorin und Adams verbracht. Die übrigen Seeker kennen wir nicht annähernd so gut.«

Eisenstadt blickte mich mißbilligend an ... dann verstand er. »Glauben Sie tatsächlich, daß Sie Veränderungen, die die Donnerköpfe verursachen, erkennen können?«

»Ich weiß es nicht«, gestand ich. »Aber bei den beiden ist die Chance größer als bei den anderen, zumindest solange wir sie nicht besser kennen.«

Eisenstadt überlegte. »Ihr Chef — Kelsey-Ramos — hat mir gesagt, daß Sie Überredungsgabe besitzen und daß Sie versuchen werden, sich und Ihre Freundin für mich so wertvoll zu machen, daß ich Sie nur schwer wieder loswerde.«

»Mr. Kelsey-Ramos übertreibt.«

»Vielleicht. Leider muß ich den Köder schlucken, auch wenn ich den Haken sehe.« Er holte tief Luft. »Sie haben mich überzeugt. Wir bleiben vorläufig bei Zagorin. Wahrscheinlich ist es am vernünftigsten, ein oder zwei Tage zu warten, bevor wir wieder mit ihnen sprechen; in der Zwischenzeit können wir den toten Donnerkopf untersuchen, den wir angeblich bekommen.« Er schaute auf die Uhr. »Da fällt mir ein, ich muß nachsehen, wie sie vorankommen.«

»Wollen Sie, daß Calandra oder ich mitkommen?«

»Wenn wir das Ding tatsächlich finden, ja. Bis dahin ...« — er deutete mit dem Daumen auf die Tür hinter sich — »ist es Ihre Aufgabe, Zagorin so gut wie möglich kennenzulernen. Sicherheitshalber.«

Ich seufzte leise. »Ja, Sir.«

Er sah mich an. »Noch etwas?«

»Ich ... weiß es nicht.« Ich versuchte, mir über das unangenehme, dunkle Gefühl klar zu werden, das wie ein nächtliches Raubtier in meinem Unterbewußtsein lauerte. »Wahrscheinlich gefällt mir nicht, daß wir keine Ahnung haben, was uns die Donnerköpfe über die Wolke verschweigen.«

»Das gefällt mir auch nicht. Vergessen Sie nicht, daß *Sie* es mir ausgeredet haben, weitere Halloas kommen zu lassen und den Donnerköpfen ihr Geheimnis auf der Stelle zu entreißen.«

»Ich weiß, Sir. Aber ...«

»Was es auch sein mag, sie haben es siebzig Jahre lang für sich behalten. Ein paar Tage mehr oder weniger spielen bestimmt keine Rolle.«

Damit machte er sich auf den Weg zu seinem Forschungsteam. Ich mußte ihm natürlich recht geben; nach siebzig Jahren waren zwei Tage kaum mehr wichtig.

Hoffentlich.

25. Kapitel

Es dauerte wesentlich länger als zwei Tage, bis Eisenstadt so weit war, wieder mit den Donnerköpfen zu sprechen. Hirtin Zagorin war zwar bereit und gewillt, am nächsten Morgen einen weiteren Versuch zu wagen, doch der Arzt, der sie vorbereiten sollte, zögerte; er wollte zusätzliche Tests an Zagorin und dem zur Vorbehandlung vorgeschlagenen Präparat durchführen. Eisenstadts Suchtrupp fand schließlich den toten Donnerkopf, bevor diese Tests abgeschlossen waren.

Fast alle — angefangen von Eisenstadt — hatten insgeheim angenommen, daß wir die Anweisungen falsch verstanden hatten. Nur der Starrköpfigkeit des Teamchefs war es zu verdanken, daß der tote Donnerkopf überhaupt gefunden wurde. Die »Höhe«, die der Donnerkopf als Entfernungsangabe verwendet hatte, war weder seine noch unsere Körpergröße. Man hatte endlich herausgefunden, daß es sich dabei um die Höhe des Versammlungshauses in Zagorins Siedlung Myrrh handelte. Für mich war das wieder ein Beweis, daß die Donnerköpfe die Siedler der Glorie Gottes seit ihrer Ankunft beobachtet hatten. Eisenstadt hingegen sah darin eine absichtliche Verzögerungstaktik. Doch es dauerte nicht lange, und die wissenschaftliche Erregung verdrängte seine politisch-militärischen Überlegungen; jetzt kam der Wissenschaftler in ihm wieder zum Zug.

Er arbeitete wie ein Besessener. Er existierte nur noch für seinen engsten Kreis, versank in dem Projekt, als hätte es ihn aufgesaugt. Jede wache Stunde verbrachte er entweder beim Untersuchungsteam im sterilen Raum oder in seinem Büro, wo er die gewonnenen Daten auf den Zyls studierte. Während der kurzen Ruhestunden träumte er wahrscheinlich davon.

Ich war seit acht Jahren bei Lord Kelsey-Ramos, und er hatte Carillon nicht durch Faulheit an die Spitze gebracht, aber was Leistungsfähigkeit und Energie anging, konnte sich Eisenstadt durchaus mit ihm messen. Ich hatte Zugang zu allen Informationen — was ich lange einem zufälligen Versehen seinerseits zuschrieb — und bemühte mich redlich, mit der Flut von Informationen auf dem laufenden zu bleiben. Doch ich bewältigte kaum die nicht technischen Zusammenfassungen.

Die Donnerköpfe besaßen sowohl pflanzliche als auch tierische Charakteristika. Wir zogen unsere tote Drohne aus dem Boden und entdeckten das ausgedehnte Netzwerk von haarfeinen Wurzeln, die sich bis zu zwanzig Meter im Boden ausdehnten. Dieses Nahrungs-Sammelsystem erklärte, warum sie auf den Gipfeln der kahlen Klippen genauso überleben konnten wie inmitten üppiger Vegetation. Das Wurzelsystem wies noch eine Besonderheit auf: Eine genaue Untersuchung zeigte, daß jede Faser den Zyklus Leben-Tod-Verwesung durchlief. Dieser Zyklus förderte ringsum das Pflanzenwachstum, da er den Boden mit lebenswichtigen Spurenelementen überschwemmte.

Die Wissenschaftler begrüßten diese Entdeckung mit Begeisterung, doch die Leute, die die Drohne ausgraben mußten — und voraussichtlich nicht nur die eine — waren etwas verdrossen. Nicht nur, daß sie sich mühsam durch verfilzte Pflanzen zu dem Donnerkopf durchkämpfen mußten. Sie entdeckten bald, daß sich in diesem Pflanzendickicht ziemlich ekelhafte, stechende Insekten verbargen; die mußten vergast werden, bevor man sich der Drohne nähern konnte. Tags darauf kursierte ein Gerücht: Die Arbeiter hätten verlangt, daß das nächste Exemplar entweder in Butte City ausgegraben werden sollte, wo es diese Pflanzen und Insekten nicht gab, oder daß Eisenstadt das nächste Mal ein Pravilo-Team in Schutzanzügen einsetzte.

Die Gerüchte verstummten mit der Zeit. Ich bezweifle, daß Eisenstadt sie jemals zu hören bekam.

Es gab noch viele pflanzliche Chrakteristika, darunter auch die Zellstruktur. Gleichzeitig gab es aber auch genügend tierische Merkmale, die es unmöglich machten, die Donnerköpfe als festgewachsene, empfindungsfähige Pflanzen einzustufen. So waren sie nahezu vollständig mit tierischen Sinnesorganen ausgerüstet, einschließlich Seh- und Hörvermögen; sie verfügten über einen beschränkten Tastsinn und ein chemisches Analysesystem, das unterhalb des wellenförmigen Überhangs saß und Geruch und Geschmack vereinte. Besonders das Sehvermögen war überraschend gut entwickelt, obwohl es auf einfachen Zellular-Linsen beruhte, die willkürlich über den ganzen Körper verteilt waren. Es dauerte lange, bis das Computer-Modell zeigte, wie Neuronen-Stränge die Linsen untereinander verbanden; das Gehirn fungierte wie ein organischer Computer, der die verschwommenen Bilder vereinte und in klare Bilder verwandelte, die der menschlichen Sehkraft entsprachen.

Die Drohne besaß außerdem einen Kreislauf, keine primitiven Röhren, die Wasser und Saft transportierten, sondern ein System, in dem Gefäßdruck, Kapillareffekt und Schwerkraft das Herz ersetzten. Im ganzen Körper verstreut lagen verschiedenartige Organe, und es gab hitzige Debatten darüber, welche Funktionen sie besitzen könnten. Das Gehirn und das Nervensystem waren dezentralisiert, obgleich die Nervendichte rund um die einzelnen Sinnesorgane und um jedes Zellular-Auge größer wurde.

Es gab noch viel zu lernen — sehr viel — und Eisenstadts »zwei Tage« dehnten sich immer länger aus; sie zerlegten ihre Beute Stück für Stück und diskutierten und stritten über jede neue Entdeckung. Calandra, die Hirtin Zagorin und ich warteten unbeachtet am Rande ... Wir grübelten darüber nach, ob die Donnerköpfe

Eisenstadt die Drohne gegeben hatten, um ihn von der Wolke abzulenken, deren Geheimnis sie offenbar nicht preisgeben wollten.

Wir warteten drei Wochen ... Endlich entschied Eisenstadt, daß er so weit war.

Am Vormittag des nächsten Tages brachte man Calandra und mich zu Butte City, wo die Vorbereitungen fast beendet waren. Die Hirtin Zagorin saß diesmal allein am Rand der großen Menge von Donnerköpfen. Sie war an Sensoren und Monitoren angeschlossen, und Eisenstadt stand daneben und machte sich nervös an ihr zu schaffen. Hinten in der Senke überprüften die Techniker ihre Ausrüstung und lasen Daten ab. Das stille Chaos erinnerte mich an ein Orchester, das sich auf ein Konzert vorbereitete.

Optisch war es die Wiederholung des vorangegangenen Kontakts; emotionell bestand ein gewaltiger Unterschied. Vor drei Wochen hatten sich die Männer und Frauen darüber lustig gemacht, daß eine einfache religiöse Übung etwas erreichen sollte, das der Wissenschaft bisher nicht gelungen war. Wir hatten ihnen ein Wunder angeboten, und es hatte sich ereignet ... Als ich mich jetzt in Butte City umsah, fand ich nur nüchterne Erwartung und sogar Spuren von Respekt.

»Schauen Sie einmal«, flüsterte Calandra neben mir und deutete mit einer verächtlichen Handbewegung auf die geschäftigen Techniker.

»Was ist mit ihnen?«

»Wie sie Joyita ansehen! Sie haben sie zum Ehrenmitglied ernannt.«

Ich musterte sie genauer. Calandra hatte recht; ich spürte tatsächlich eine seltsame Kameradschaftlichkeit, wenn die Techniker in Joyitas Richtung sahen. »Das verstehe ich nicht.«

»Beim letzten Mal waren sie und Adams nichts als religiöse Fanatiker, denen man die vom Gesetz geforderte Toleranz entgegenbrachte.« Einige Bitterkeit lag in Calandras Stimme. »Aber ihre Methode funktionierte, und jeder Wissenschaftler und Techniker *weiß,* daß nur wissenschaftliche Methoden funktionieren. Daher muß es sich um eine wissenschaftliche Methode handeln und Adams und Zagorin müssen Wissenschaftler sein.«

Jetzt empfand auch ich die gleiche Bitterkeit wie sie. *Denn die Weisheit seiner weisen Männer ist verdammt, das Verständnis jener, die verstehen, wird vergehen ...* »Es ist immer einfacher, eine rationale Erklärung zu finden, als die eigene ursprüngliche Annahme zu revidieren«, erinnerte ich sie. »Sie akzeptieren jetzt wenigstens Zagorin — vielleicht bringen sie der Glorie Gottes auch etwas Verständnis entgegen.«

Eisenstadt erblickte uns und winkte uns zu sich. »Wir sind beinahe fertig«, empfing er uns nervös und erwartungsvoll. Er sah uns fragend an.

»Auch wir sind soweit«, versicherte ich ihm. Calandra und ich hatten uns an die Abmachung mit Eisenstadt gehalten und während der vergangenen drei Wochen siebzig bis achtzig Stunden mit Zagorin verbracht. Wenn die Donnerköpfe eine intellektuelle oder emotionelle Manipulation planten, dann würden wir es bestimmt bemerken.

Eisenstadts Spannung ließ ein wenig nach, und er wandte sich wieder Zagorin zu. »Wenn Sie soweit sind, Miss Zagorin?«

Sie nickte und schloß die Augen. Eisenstadt trat zwischen Calandra und mich, und wir warteten.

Meinem Gefühl nach kam der Kontakt diesmal schneller zustande als das letzte Mal, aber alles andere war genauso wie damals. Zagorin richtete sich jählings aus ihrer zusammengesunkenen Meditationshaltung auf, öffnete die glasigen Augen und starrte uns an. »Wir begrüßen euch«, flüsterte sie; ihre normale Stimme klang niemals so heiser. »Wir sind die Donnerköpfe. Wir haben lange darauf gewartet, daß ... ihr zurückkommt.«

Eisenstadt räusperte sich; es beeindruckte ihn, daß die Donnerköpfe den Namen akzeptierten, den wir ihnen gegeben hatten. »Ich begrüße euch«, erwiderte er. »Es ist wirklich lange her. Wir hatten viel zu tun, und wollten die Arbeit fertigstellen, bevor wir wieder mit euch sprechen. Diese Art der Kommunikation ist für die Menschen, durch die ihr sprecht, sehr belastend.«

Kurze Pause. Ich blickte zu den Technikern hinüber, die Zagorins biologische Funktionen überwachten; sie zeigten keine Anzeichen von Unruhe oder Gefahr. Die medizinische Vorbehandlung schützte offensichtlich erfolgreich vor den extremen Nebenerscheinungen des Kontaktes. »Wir wollen euch nichts Böses«, flüsterte Zagorin. »Wir können es ... nicht ändern.«

»Wir verstehen«, versicherte Eisenstadt dem Sprecher. »Vielleicht können wir an unserem Ende etwas dagegen tun — wir experimentieren noch damit.« Er machte eine Pause, und ich spürte, wie er sich zusammennahm. »Wir danken euch dafür, daß ihr uns großzügig erlaubt habt, einen eurer Toten zu untersuchen. Wir haben aus unserer Arbeit viel gelernt. Einige Fragen konnten wir jedoch nicht beantworten. Vor einigen Wochen habt ihr zum Beispiel eine Hitzewaffe gegen einen Menschen eingesetzt, von dem ihr euch bedroht gefühlt habt; wir vermuten, daß es ein chemisch-betätigter Laser war. Wir interessieren uns für die wirtschaftlichen und industriellen Möglichkeiten eines solchen Geräts, aber aus der untersuchten Drohne können wir weder den Mechanismus noch die Biochemie rekonstruieren. Wenn ihr uns darüber Aufschluß geben könnt — oder uns zumindest andeutet, wo sich die Quelle dafür befindet — so wären wir äußerst dankbar.«

Zagorin starrte ihn mit ihren leeren Augen an und schwieg.

»Auch eine zweite Demonstration würde uns helfen«, versuchte es Eisenstadt noch einmal; er wurde allmählich unsicher und fühlte sich unbehaglich. »Natürlich unter kontrollierten Bedingungen, wir würden Instrumente aufstellen und den Vorgang aufzeichnen ...«

»Die Wolke«, unterbrach ihn Zagorin. »Ihr sucht den Ur ... sprung der Wolke, ... richtig?«

Eisenstadt warf mir einen erschrockenen Blick zu. »Ja ... natürlich. Wir vermuten, daß euer Volk unsere Schiffe all die Jahre durch die Wolke geleitet ...«

»Wir bringen euch zum ... Ursprung der ... Wolke.«

Eisenstadt starrte Zagorin an. Er setzte zwei- oder dreimal an, bis er ein Wort herausbrachte. »Ihr meint, ... den Mechanismus, der die Wolke erzeugt? Wo ist das, auf Spall?«

»Im Weltraum«, flüsterte Zagorin. »Tief im Weltraum.«

Eisenstadt nickte langsam; er hatte endlich die Antwort auf ein Rätsel gefunden. »Ich verstehe. Wir müssen ein Schiff startbereit machen, das wird einige Zeit dauern. Können wir uns außerhalb von Spall auf die gleiche Weise mit euch verständigen?«

»Das ist nicht notwendig. Wenn ihr bereit seid, sprecht ... zum Piloten. Zu ...« Zagorin zögerte; der Donnerkopf suchte bei seinem Wirt nach dem richtigen Wort. »Zum Zombie.«

»In Ordnung«, bestätigte Eisenstadt. »Wir beginnen mit den Vorbereitungen. Inzwischen ...«

»Lebt wohl, bis dahin«, sagte Zagorin.

»Warte!« rief Eisenstadt, aber es war zu spät. Zagorin sank zusammen, und ihr Gesicht und ihre Augen wurden wieder normal.

Eisenstadt trat zornig auf sie zu. »Wer hat Ihnen befohlen, den Kontakt zu unterbrechen«, schnauzte er sie an.

Zagorin blinzelte, aber Calandra kam ihr mit der Antwort zuvor. »Das war nicht ihre Entscheidung,

Doktor. Der Donnerkopf hat sie aus eigenem Entschluß verlassen.«

Eisenstadt bemühte sich, seinen Zorn zu unterdrükken. »Ich war mit meinen Fragen noch nicht am Ende«, sagte er bissig zu niemand Bestimmtem. »Hat er das nicht gesehen?«

»Vielleicht schon«, mischte ich mich ein. »Vielleicht war *er* mit seinen Antworten am Ende.«

Eisenstadt blickte mich scharf an ... Der Wissenschaftler in ihm gab nach, und der offizielle Vertreter der Patri gewann die Oberhand, der politische und militärische Erwägungen zu berücksichtigen hatte. Es kam als Schock für mich, denn mir war noch nicht zu Bewußtsein gekommen, wie anders der Mann ohne diese Belastungen gewesen war.

»Ich verstehe«, sagte Eisenstadt schließlich mit veränderter Stimme. »Sie wollen offenbar nicht über ihren organischen Laser sprechen.«

»Oder sie halten die Sache mit der Wolke für wesentlich dringender«, gab ich zu bedenken.

Eisenstadt erinnerte sich offensichtlich an das Ausscheidungsspiel mit Zagorin vor drei Wochen. »Sie könnten recht haben«, gab er widerwillig zu. Er dachte über den Aufwand nach, der für einen Flug ins All nötig war, nur damit er sich die Sache ansehen konnte. Er schwankte lange, bis er zu einem Entschluß gelangte. »Leutnant!« rief er und sah sich nach dem diensthabenden Pravilo-Offizier um.

Der trat vor den Monitoren zu uns. »Ja, Sir?«

»Setzen Sie sich mit Kommodore Freitag in Verbindung, und stellen Sie fest, wie bald wir einen seiner Zerstörer für einen kurzen Ausflug haben können.«

Der Leutnant wandte sich wieder seinen Steuerpulten zu. Eisenstadt schaute zu Zagorin hinüber; im Augenblick stand sie im Mittelpunkt des Interesses von einem halben Dutzend Medizinern. »Wie fühlen Sie sich, Miss Zagorin?« fragte er.

»Gut.« Sie klang etwas außer Atem. »Viel besser als beim letzten Mal.«

»Machen Sie eine Extrapolation ihres physischen Zustands«, wies Eisenstadt einen der Ärzte an. »Mich interessiert vor allem, wie lange sie gefahrlos in Trance hätte bleiben können.«

Der Arzt nickte und kehrte zur Untersuchung zurück. »Wollen Sie sie mitnehmen?« fragte ich leise.

Eisenstadt bejahte. »Es ist vielleicht nützlich, wenn wir herausfinden, wie weit wir uns von Spall entfernen können, bis wir sie nicht mehr erreichen.«

»Aber wenn uns die Donnerköpfe durch die Wolke führen ...«

»Wir haben keinen Beweis dafür. Die Donnerköpfe haben die Aussage nicht einmal bestätigt. Das ist alles nur unsere Vermutung, und Vermutungen machen mich immer nervös.«

Ich spürte sein Unbehagen ... »Denn wenn uns nicht die Donnerköpfe durch die Wolke führen, muß es etwas anderes sein, nicht wahr?«

»Es ist doch offensichtlich, Benedar, daß es hier zumindestens zwei Intelligenzen gibt, die gegeneinander arbeiten. Oder wollen Sie mir weismachen, daß die Donnerköpfe die Wolke zur Verteidigung errichtet haben und sich nicht mehr daran erinnern, wie man sie abschaltet?«

Ich dachte darüber nach. »Warum so schwarzweiß zeichnen?« gab ich zögernd zu bedenken. »Könnte es nicht sein, daß es sie nicht stört, wenn wir die Minen auf den Ringen betreiben, daß sie aber ein Limit dafür setzen wollen, wie viele von uns auf Solitaire leben?«

»Oder umgekehrt«, fügte Calandra hinzu. »Daß sie nichts dagegen haben, wenn wir auf Solitaire leben, aber daß sie den Abbau der Ring-Minerale in Grenzen halten wollen.«

»Was nützten denn *ihnen* die Ringe?« knurrte Eisenstadt. »Selbst können sie sie doch nicht abbauen. Leider ist keine dieser Theorien brauchbar. Wenn sie nichts anderes wollten, dann müßten sie nur einen Vertrag über die Bevölkerungszahl und die Bergbaurechte mit uns abschließen und dann die Wolke abschalten.«

»Und wenn wir unser Wort brechen?« fragte ich.

»Dann schalten sie natürlich die Wolke wieder ein — und wer sich gerade im System befindet, sitzt in der Falle. Solange diese Gefahr über uns schwebt, müssen sie sich keine Sorgen darüber machen, daß wir den Vertrag nicht einhalten.«

»Vielleicht hatten sie keine Möglichkeit, mit uns zu sprechen, bevor die Angehörigen der Glorie Gottes kamen«, erinnerte ich ihn.

»Diese Möglichkeit besteht jetzt, und sie haben nichts in der Richtung erwähnt. Nein, entweder die Donnerköpfe führen unsere Schiffe durch die Wolke und *sind nicht* für die Wolke verantwortlich, oder sie betreiben die Wolke und jemand anderer führt unsere Schiffe durch. Anders ergibt es keinen Sinn.«

Er hatte recht — gegen diese Logik konnte man nichts einwenden. Trotzdem ...

»Sie scheinen nicht überzeugt zu sein, Benedar.«

Er wirkte abweisend und nachsichtig, wie es sich für einen Wissenschaftler gehörte, der offiziell nicht viel von meinen Watcher-Fähigkeiten hielt ... Aber unter dieser offiziellen Tünche spürte ich sein echtes Interesse. »Noch etwas stimmt mit den Donnerköpfen nicht.« Ich versuchte vergeblich, das flüchtige Gefühl genau zu definieren, das sich in meinem Unterbewußtsein festgesetzt hatte. »Etwas stört mich.«

»Sie glauben, daß sie uns belügen?«

Ich blickte Calandra an, und sie zuckte ebenfalls hilflos die Achseln. Sie wußte es auch nicht. Aber auch sie spürte, daß es noch etwas gab, das wir nicht fassen konnten. »Ich glaube nicht, daß sie *lügen.* Nicht ... wirklich.«

Es war eine ziemlich unsachliche Aussage, und ich

erwartete dafür einen rügenden Blick. Aber Eisenstadt rieb sich nur nachdenklich die Wange. »Könnte es sein, daß diese Einladung in die Wolke eine Falle ist?«

»Ich wüßte nicht, was sie sich davon erhoffen.« Ich schüttelte den Kopf. »Sie müssen wissen, daß die Informationen über ihre Existenz längst das System verlassen haben. Jetzt ist es zu spät, um das Geheimnis ihrer Existenz zu bewahren, falls sie das wollten.«

»Ich glaube nicht, daß es eine Falle ist«, warf Calandra ein. »Aber Gilead hat recht — sie *verbergen* etwas. Ich spüre etwas wie Manipulation, als ob sie uns gezielt gerade so viele Informationen gäben, um uns in die von ihnen gewünschte Richtung zu lenken.«

»Glauben Sie, daß sie uns zum Generator der Wolke bringen und uns dann bitten, ihn abzustellen?« fragte Eisenstadt offen.

Sie blickte ihn unbeirrt an. »In diesem Fall würde ich sehr vorsichtig sein. Wenn Sie damit recht haben, daß die Donnerköpfe nicht für die Wolke verantwortlich sind, dann kann sie nur jemand anderer errichtet haben, um die Donnerköpfe zu isolieren.«

Eisenstadt nickte grimmig. »Daran habe ich auch schon gedacht. Deshalb will ich ein Pravilo-Kriegsschiff nehmen und keinen Frachter. Der Generator wird vielleicht verteidigt.«

Drüben richtete sich der Pravilo-Leutnant von seinem Steuerpult auf. »Dr. Eisenstadt?« rief er. »Alles in Ordnung. Kommodore Freitag hat die *Kharg* vom Patrouillendienst bei den Ringen zurückbeordert; vermutliche Ankunft in ungefähr sechs Tagen.« Er zögerte. »Aber ... der Kommodore möchte Sie daran erinnern, daß keines der Pravilo-Schiffe im Solitaire-System mit einer Totmannschaltung ausgerüstet ist.«

Eisenstadt starrte ihn einen Augenblick lang an. Dann fluchte er leise. »Verdammt noch mal — das habe ich total vergessen!«

Calandra war ebenso verwirrt wie ich. »Das verstehe

ich nicht; es kann doch nicht so schwierig sein, eine Totmannschaltung einzubauen«, meinte ich.

»Die Hardware ist auch nicht das Problem«, knurrte er. »Sondern die Tatsache, daß der Pravilo keine General-Lizenz für Solitaire-Transport besitzt. Für Flüge in das System und aus dem System erteilen die Patri Einzelgenehmigungen. Eine solche Genehmigung gibt es nur in Portslava.«

»Es ist nicht ganz so schlimm, Sir«, meldete sich der Leutnant zu Wort. »Die Justizbehörden auf Miland oder Whitecliff können die Genehmigung ebenfalls erteilen.«

»Das heißt nur, daß man den Antrag bei ihnen einbringt und *sie* ihn nach Portslava senden.« Eisenstadt schüttelte den Kopf. »Das kann Wochen dauern — vom Papierkram gar nicht zu reden, der notwendig ist, um den Zombie zu bekommen.«

Ich schaute Calandra an, und mein Magen krampfte sich zusammen. Wir hatten bereits einen Zombie; wenn Eisenstadt sich zufällig daran erinnerte ... »Sicher gibt es ein Verfahren für Notfälle«, warf ich ein.

»Ich bezweifle, ob das als Notfall gilt«, knurrte Eisenstadt wütend.

Ich zögerte. »Soviel ich weiß, schuldet Gouverneur Rybakov Mr. Kelsey-Ramos einen großen persönlichen Gefallen. Sie könnten mit ihm sprechen, vielleicht kann er ihr einen von den auf Solitaire zum Tod verurteilten Verbrechern als Zombie abschwatzen.«

Die Art, mit der er bewußt an Calandra vorbeisah, sagte mir, daß ihm plötzlich ihr Status eingefallen war. Ich hielt den Atem an ... Aber ehe die Idee noch Gestalt angenommen hatte, begrub er sie auch schon wieder. Genau wie Randon hatte auch er schnell erkannt, daß Watcher ein Aktivposten waren, und er hatte nicht die Absicht, freiwillig auf diesen Vorteil zu verzichten. »Ich hatte den Eindruck, daß auf Solitaire das Gesetz so etwas verbietet«, sagte er. »Aber es ist einen Versuch wert. Auf alle Fälle ...« — er warf einen Blick auf Zagorin — »möchte ich, daß sie beide Miss Zagorin in ihr Quartier begleiten, sobald die hier mit ihr fertig sind.«

Eisenstadts Worte klangen bedeutungsvoll, und ich spürte es auch in seiner Ausstrahlung. »Ja, Sir.« Ich hatte verstanden, was er meinte, wollte aber nicht zu deutlich werden. Wenn die Donnerköpfe etwas mit ihr angestellt hatten, dann würde es sich innerhalb der nächsten zwei Stunden weisen.

»Gut. Ich gebe Ihnen Bescheid, wie die Sache mit dem Gouverneur läuft.« Er nickte Calandra und Zagorin zu, drehte sich um und ging auf die Lücke zwischen den Klippen zu, wo die Autos geparkt waren.

Ich sah ihm nach. Calandra trat neben mich. »Er möchte, daß die Wolke ausgeschaltet wird«, murmelte sie.

Ich nickte. »Ich weiß.«

Plötzlich zitterte sie. »Ich hoffe, daß wir nichts überstürzen. Daß wir nicht eine Tür öffnen ... die besser geschlossen bliebe.«

»Ich glaube nicht, daß er etwas überstürzt. Außerdem ... etwas stimmt dabei nicht. Warum sollte sich jemand die Mühe machen, eine zehn Lichtjahre breite Barriere zu schaffen, deren einziger Zweck darin besteht, im Boden verwurzelte Geschöpfe einzuschließen?«

Calandra schüttelte den Kopf. »Ich weiß es nicht, aber es gefällt mir nicht.«

Ich legte ihr den Arm um die Schulter und spürte ihre verkrampften Muskeln. »Mir gefällt es auch nicht.«

26. Kapitel

Es war spät abends. Ich war in meiner Unterkunft — aus irgendeinem Grund betrachtete ich sie nicht mehr als Gefängniszelle —, als zwei Pravilos kamen, um mich zu Eisenstadts Büro zu bringen. Ein Blick auf sein Gesicht genügte. »Was ist geschehen?« fragte ich, Böses ahnend.

Als Antwort bedeutete er mir, mich zu setzen und drehte den Bildschirm seines Telephons herum, so daß ich ihn sehen konnte. Randons Gesicht blickte mir vom Schirm entgegen ... Auch er wirkte besorgt. »Wiederholen Sie bitte, was Sie mir eben gesagt haben, Mr. Kelsey-Ramos«, bat Eisenstadt mürrisch, während ich mich setzte.

Randon nickte mir zu. »Wie behandelt man Sie, Benedar?«

»Mir geht es gut«, antwortete ich. »Wo liegt das Problem?«

»Ich habe soeben mit Gouverneur Rybakov gesprochen.«

Es war klar, was als Nächstes kommen würde. »Sie ist wahrscheinlich nicht bereit, das Kein-Zombie-Gesetz für uns aufzuheben.«

»Noch schlimmer«, er zeigte mir einen Zyl. »Hier ist die Kopie eines Antrags, der vor zwei Tagen im Büro des Gouverneurs eingebracht wurde. Er erinnert Rybakov daran, daß die über Calandra Paquin verhängte Todesstrafe rechtswidrig aufgeschoben worden ist ... und fordert den unverzüglichen Strafvollzug.«

Ich starrte ihn fragend an. »Aikman?«

»Wer sonst? Was noch schlimmer ist, Rybakov hat keine andere Wahl, als die Sache sorgfältig zu erwägen ... Sie hat mir vertraulich mitgeteilt, daß der Antrag gerechtfertigt ist.«

»Wieso?« wollte ich wissen. »Ein Vertreter der Patri hat Calandra für offizielle Zwecke angefordert.«

Eisenstadt räusperte sich. »Leider reicht meine Autorität nicht so weit, Benedar. Es ist nur Mr. Kelsey-Ramos' Großzügigkeit zu verdanken, daß Calandra überhaupt hier auf Spall ist; rechtlich kann er sie jederzeit auf die *Bellwether* zurückberufen.«

Ich starrte auf den Bildschirm. Mein Herzschlag dröhnte — das Gebäude meiner Hoffnungen stürzte zusammen. Mein Glaube an Calandras Unschuld — meine Bemühungen, Zeit für eine neue Verhandlung herauszuschinden — das alles wurde durch einen juristischen Trick gefährdet. *Aber er sagte, wehe auch euch Rechtsgelehrten, denn ihr beladet die Menschen mit Bürden, die untragbar sind, Bürden, die ihr nicht einmal mit den Fingerspitzen berühren würdet …* Ich biß die Zähne zusammen und zwang mich, wieder nachzudenken. »Also gut«, begann ich langsam. »Calandra wurde der *Bellwether* zugeteilt; das heißt doch, daß ihre Strafe nur auf der *Bellwether* vollzogen werden kann?«

»Da aber die *Bellwether* aus Sicherheitsgründen vorübergehend Startverbot hat«, setzte Randon für mich fort — auch er hatte bereits daran gedacht —, »sollte auch die Strafe vorübergehend aufgeschoben werden. Eine hübsche Idee. Das Problem ist nur, daß ihre ursprüngliche Zuteilung auf HTI-Transport lautet, nicht auf die *Bellwether.* Zufällig befinden sich im Augenblick zwei weitere HTI-Frachter im Anflug auf Solitaire; die Strafe könnte auf beiden vollstreckt werden.«

»Sie haben ihre eigenen Zombies …« Ich hielt inne, weil mir ein fürchterlicher Gedanke gekommen war.

»Natürlich. Aber nachdem die Strafen für ihre Zombies wahrscheinlich später verhängt wurden als Calandras, wäre es durchaus denkbar, einen ihrer Zombies gegen den der *Bellwether* auszutauschen.«

Ich hatte Aikmans Gesicht vor Augen: Sein Gesicht, seine haßerfüllte, rachsüchtige Seele, seine Falschheit ... Plötzlich wußte ich, was er vorhatte. »Sie werden keinen Ersatz bekommen. Man wird Ihnen nichts eintauschen. Wenn der Gouverneur dem Antrag stattgibt, dann werden sie Calandra nehmen, und Sie sitzen auf Solitaire fest.«

»Was soll das heißen?« wollte Eisenstadt wissen. »Sie haben ihren eigenen Zombie ...«

»Der bereits tot sein wird oder im Sterben liegt, wenn ihn die *Bellwether* bekommt.«

Beide starrten mich an ... Langsam begriffen sie. »Sie meinen ... daß sie einen Zombie absichtlich *töten?*« fragte Eisenstadt, entsetzt und ungläubig.

»Er ist vielleicht schon tot.« Mein Instinkt schrie danach, daß sofort etwas unternommen wurde. »Hat jemand vom HTI-Aufsichtsrat Kontakt mit diesen Frachtern aufgenommen?«

»Das kann ich vermutlich herausfinden.« Randon zweifelte nicht länger, jetzt zeigte er sich zornig entschlossen. »Schlau — sehr schlau. Verdammt viel Mühe und ein höllisches Risiko, aber bei dieser Bande von Aasgeiern würde mich nichts wundern.«

»Besonders wenn Aikman sie aufstachelt.« Meine Stimme zitterte. »Wir haben vielleicht nicht mehr viel Zeit, Sir ...«

»Nur langsam, Benedar«, beruhigte er mich. »Sie wären dumm, wenn sie die Sache überstürzten und einen der Zombies töteten, bevor sie einen offiziellen Bescheid in der Hand haben — sonst sind es womöglich *sie,* die statt uns hier festsitzen.«

Daran hatte ich nicht gedacht. Es half uns, aber nicht sehr viel. »Ich würde mich nicht darauf verlassen, daß sie so logisch denken«, meinte ich. »Je eher Sie den Gouverneur darüber informieren, desto besser.«

»Da gebe ich Ihnen recht«, pflichtete mir Eisenstadt grimmig bei. »Und wenn wir schon dabei sind, dann wollen auch wir eine rechtliche Offensive starten. Wir brauchen nur einen Gegenantrag stellen, in dem wir ersuchen, daß Rybakov Paquins Strafe auf unbestimmte Zeit aufschiebt, bis die Patri ihren Einsatz bei meinem Team bestätigen.«

»Wir könnten auch darum ersuchen, daß Kommodore Freitag ein paar Pravilos auf die HTI-Frachter abkommandiert, damit sie dort die Zombies bewachen«, fuhr Randon fort. »Es ist auf alle Fälle den Versuch wert. Leider ...« — fuhr er zu mir gewandt fort — »blockiert es nur Aikmans einfachsten Weg. Sein Antrag ist das größere Problem. Dazu kommt Ihr Ansuchen um einen Zombie, Dr. Eisenstadt. Rybakov bleibt nur die naheliegende Lösung, die beiden Gesuche zu verbinden und Paquins Hinrichtung auf Ihre Spritztour zu verlegen. Aikman hätte die Dinge nicht einmal dann besser planen können, wenn er einen direkten Draht zu Ihnen gehabt hätte.«

Ich warf Eisenstadt einen prüfenden Blick zu, aber er schüttelte den Kopf. »Nein, das ist Zufall. Bedenken Sie, daß wir uns erst heute dafür entschieden haben, daß wir einen Zombie brauchen.«

Obwohl es bereits früher konkrete Andeutungen gegeben hatte ... Jetzt war es zu spät, sich über undichte Stellen den Kopf zu zerbrechen. »Gibt es keine Bestimmung, die es ermöglicht, einen solitarischen Verbrecher einzusetzen?« fragte ich.

»Keine«, antwortete Eisenstadt düster. »Es würde uns auch nichts nützen, wenn es eine solche Bestimmung gäbe. Wenn Rybakov mit einer so gewichtigen juristischen Tradition bricht, würde das ihren politischen Selbstmord bedeuten — Solitaire würde auf ihrer Versetzung bestehen, und die Patri müßten sich wohl oder übel diesem Wunsch beugen.«

Da schrie die ganze Menge: ›Hinweg mit diesem! Gib uns Barabbas frei!‹ »Ich verstehe«, murmelte ich und versuchte, die Bitterkeit in meiner Stimme zu unterdrükken.

Randon räusperte sich. »Benedar ... Zum ursprünglichen Grund, warum Sie Paquin überhaupt auf Spall gebracht haben. Haben Sie diesbezüglich Erfolg gehabt?«

Unsere Suche nach dem Schmugglerstützpunkt. Seither war soviel geschehen, daß ich das fast vergessen hatte. »Nein, Sir«, mußte ich zugeben. »Wenn wir mehr Zeit gehabt hätten ...« Ich zuckte hilflos die Achseln.

»Was ist mit dem Pravilo?« beharrte Randon. »*Irgend jemand* wird doch sicher daran interessiert sein, einzuspringen!«

Ich schüttelte den Kopf. Ich sah Kommodore Freitags Gesicht bei unserem letzten Zusammentreffen vor mir. Sein Gesicht, und die eiserne Entschlossenheit, die er ausstrahlte, wenn es um dieses Thema ging. »Ich habe mit Kommodore Freitag gesprochen, bevor wir Solitaire verließen. Er war nicht interessiert; für ihn kam nur eine vollständige Lösung des Problems in Frage.«

»Nicht interessiert?«

»Absolut nicht. Ich muß zugeben, daß ich seine Gründe verstehe.«

Randon verzog das Gesicht, aber er vertraute meinem Urteil. »Sie können mir das alles ein andermal erzählen, wenn wir mehr Zeit und eine sichere Leitung haben. Für den Augenblick ...« — seine Augen suchten Eisenstadt —, »haben Sie noch weitere Ideen, Doktor?«

Eisenstadt schüttelte den Kopf. »Nur das, was wir bereits besprochen haben. Ich lasse meinen Gegenantrag ausarbeiten und benachrichtige Freitag, damit er zwei Pravilos zu den HTI-Zombies abkommandiert. Sonst fällt mir nichts mehr ein.«

»Ich werde hier Dampf machen so gut ich kann und zusehen, was ich über inoffizielle Verwicklungen von HTI herausfinden kann. Wenn ich jemand Höheren auf frischer Tat ertappe, kann ich sie vielleicht zum Rückzug zwingen.«

»Es ist den Versuch wert«, pflichtete ihm Eisenstadt bei. »Ich weiß Ihre Hilfe zu schätzen, Mr. Kelsey-Ramos. Viel Glück, und halten Sie mich auf dem laufenden.«

»In Ordnung. Auf Wiedersehen, Doktor.«

»Auf Wiedersehen.« Ein Wink mit der Fernsteuerung und der Bildschirm war leer. Wir schwiegen einen Augenblick lang, dann richtete sich Eisenstadt auf. »Ich dachte nur, daß es Sie interessiert«, sagte er beinahe grob.

Die Grobheit war ein Schutzschild, konnte aber seine echte Besorgnis nicht verbergen. »Ich danke Ihnen«, antwortete ich und stand auf. »Ich lasse Sie lieber mit Ihrer Arbeit allein.«

Er zögerte. »Paquin ist draußen in Butte City. Wenn Sie mit ihr sprechen wollen, dann kann einer der Pravilos Sie hinfahren.«

Mit anderen Worten, ob ich es auf mich nehmen wollte, ihr die schlechte Nachricht zu überbringen. Das war das letzte, was ich tun wollte ... Doch war es besser, wenn sie es von einem Freund erfuhr. »Ja, Sir«, seufzte ich. »Ich werde es tun.«

An der Einzäunung des zweihundert Meter langen Korridors zwischen dem Lager und Butte City waren Lichter angebracht. Aber an diesem Abend machte niemand offiziell Dienst, und die Lichter leuchteten nur gedämpft, wie Leuchtkäfer. Mein Pravilo-Begleiter wollte mich ursprünglich hinüberfahren, aber die Nacht war kühl und still, ideal für einen kurzen Spaziergang. Außerdem brauchte ich Zeit zum Nachdenken.

Seit Calandra und ich das erste Mal bei den Klippen übernachtet hatten, war ich nicht mehr nach Einbruch der Dunkelheit im Freien gewesen. Ich blickte hinauf zu den Sternen und eine stechende Bitterkeit erfaßte mich. Calandra und ich, wir hatten praktisch ohne fremde Hilfe den ersten Kontakt zwischen der Menschheit und einer fremden Spezies ermöglicht — hatten sie gefunden, identifiziert und sogar entdeckt, wie man zu ihnen sprechen kann ... Das alles änderte nichts an dem nüchternen, unpersönlichen Netz aus Gesetzen, das Aikman geschickt um uns spann, nur um uns zu vernichten.

Uns; denn sobald Calandra tot war, würde ich sein nächstes Opfer sein. Ich hatte ihn an Bord der *Bellwether* zum Nachgeben gezwungen. Für einen Mann wie Aikman war es eine tödliche Beleidigung, wenn sein Stolz derart mit Füßen getreten wurde. Randon und die *Bellwether* ohne einen Rückflug-Zombie auf Solitaire sitzen zu lassen, war ein guter Anfang für seine Rache. Dadurch gewann er Zeit, und in dieser Zeit würde er sicherlich den richtigen Faden finden, um auch um mich sein Netz zu spinnen.

Und ich konnte nichts tun, um ihn aufzuhalten.

Butte City war ebenso schwach beleuchtet wie der Korridor, aber zwischen den Felsen sickerte das Licht der Sterne herein, und ich entdeckte die drei Gestalten neben einer Spalte: Calandra und ihre zwei Pravilo-Begleiter. Ich ging auf sie zu, und mein Begleiter schlenderte hinter mir her.

Sie sah uns natürlich kommen und wußte sofort, daß ich es war, noch ehe sie in dem schwachen Licht mein Gesicht wirklich erkennen konnte. »Hallo, Gilead«, rief sie leise. »Kommen Sie her, um die Sterne zu beobachten?«

»Eigentlich nicht.«

Der Klang meiner Stimme alarmierte sie. »Was ist los?«

Ich zögerte; es störte mich plötzlich, daß Fremde mithörten. »Könnten Miss Paquin und ich einen Augenblick allein sprechen?« fragte ich meinen Begleiter.

»Ich denke schon«, antwortete er großzügig. Er zog sein Telefon heraus und gab einen Code ein. Die Lichter rund um Butte City strahlten etwas heller, etwa wie in einem schick abgedunkelten Raum. »Lassen Sie sich soviel Zeit wie Sie wollen«, fügte er hinzu. Er bedeutete

Calandras Begleitern, ihm zu folgen und verschwand hinter den Donnerköpfen.

»Was ist los?« wiederholte Calandra, sobald sie außer Hörweite waren.

Ich berichtete über mein Gespräch mit Eisenstadt und Randon. Die Worte kamen zäh wie geschmolzenes Blei. »Ich verstehe«, sagte sie, sobald ich fertig war. Sie strahlte Angst und gleichzeitig eine seltsame Ruhe aus, als sie an mir vorbeiblickte. »Ich wußte, daß es nur eine Frage der Zeit war.«

Ich biß die Zähne so fest zusammen, daß es schmerzte. »Ich habe noch nicht aufgegeben, und die anderen auch nicht.«

Sie schüttelte den Kopf. »Geben Sie auf! Es ist vorbei.«

»Calandra ...«

Ihr Blick hieß mich schweigen. »Ich habe nie darum gebeten«, erinnerte sie mich leise. »Ich habe Sie nie darum gebeten, diesen Kreuzzug zu beginnen — im Gegenteil, ich habe Sie angefleht, es nicht zu tun. Bitte, Gilead — lassen Sie es sein!«

Sie haben diesen Ort mit dem Blut der Unschuldigen getränkt ... »Ich soll zulassen, daß sie ein unschuldiges Leben gegen Geld eintauschen?«

Sie seufzte und schloß kurz die Augen. »Die Mächtigen haben ihren Reichtum immer auf den Leben anderer Menschen errichtet«, sagte sie müde. »Gerade Sie sollten das wissen — die Carillon-Gruppe hat mit Sicherheit auch ihren Anteil daran. Solitaire ist nur ein besonders eklatantes Beispiel.«

»In einer zivilisierten Gesellschaft sollte Platz für Wohlstand und Moral sein«, preßte ich hervor.

Sie zuckte die Achseln. »Der letzte Mensch, der versucht hat, eine Regierung auf diesem Prinzip aufzubauen, war Aaron Balaam darMaupine. Wollen Sie tauschen?«

»Ich kann es nicht zulassen.«

»Sie können es nicht verhindern. Aber wenn es Ihnen hilft … Sie haben für mich schon mehr getan, als ich je hoffen konnte.«

Sie wandte sich ab und blickte zum Himmel empor. »Erinnern Sie sich an das Gleichnis mit den Talenten?«

Einem gab er fünf Talente, einem anderen zwei und einem dritten eines, jeweils gemäß ihren Fähigkeiten … »Wie könnte ich das vergessen?«

Sie nickte. »Mir geht es auch so. Die Lehrer in Bethel haben uns das wirklich eingebleut. Denken Sie je darüber nach — spät nachts — ob Sie den Erwartungen Ihrer Lehrer entsprochen haben?«

»Nicht öfter als hundertmal pro Jahr.«

»Genau wie ich. Ich hatte den Versuch schon ziemlich aufgegeben, aber der Gedanke war im Unterbewußtsein immer vorhanden. Ich habe mich damit beruhigt, daß ich etwas Großes vollbringen werde, wenn ich älter bin. Nur jetzt … werde ich nicht mehr viel älter werden.«

Ich biß mir auf die Lippe. Wenn ich nur wüßte, wie ich sie trösten konnte! »Es tut mir leid«, war alles, was mir einfiel.

»Kein Grund dazu. Sehen Sie denn nicht — Ihre verrückte idealistische Suche hat mir ein größeres Denkmal gesetzt, als ich je zu träumen wagte. Sie und ich, Gilead, wir haben buchstäblich die Geschichte der Menschheit verändert.«

Ich blickte auf das Meer der Donnerköpfe: verschwommene gespenstische Schemen im dämmrigen Licht. »Wahrscheinlich. Obwohl es unabhängig von unserer Anwesenheit nur eine Frage der Zeit war, bis jemand mit ihnen Kontakt aufnahm.«

»Wer? — die Halloas? Ach kommen Sie! Die waren durchaus zufrieden, einfach dazusitzen und zu glauben, daß sie im Himmel sind und direkt zu Gott sprechen. Von sich aus hätten sie die Verbindung niemals hergestellt.«

Gott blickt vom Himmel herab und sieht Adams Kinder. Von seinem Thron sieht er alle, die auf Erden wohnen, er formt ihre Herzen, er versteht ihr Tun … »Stellen Sie sich die Auswirkungen auf die Geschichte der Menschheit vor, wenn das gestimmt hätte«, murmelte ich.

»Die Donnerköpfe passen nicht recht zum gängigen Bild von Engeln.« Calandra sprach ernst, aber mit einem Anflug von Humor.

Ich lächelte sie an. Plötzlich durchfuhr es mich wie ein leuchtender Blitz. *Gott blickt vom Himmel herab …* »Das ist es, Calandra. *Das ist es!*«

Sie starrte mich an. »Was …?«

»Kommen Sie!« Ich faßte sie bei der Hand und zog sie buchstäblich zu den in der Nähe wartenden Pravilos. »Ich brauche ein Telefon — rasch«, rief ich ihnen zu.

Wir trafen sie auf halbem Weg, und ich bekam ein Telefon. »Wie erreiche ich Dr. Eisenstadt?« fragte ich und fummelte mit zitternden Händen an dem Gerät herum. Es war dermaßen naheliegend …

Einer der Pravilos gab den Code ein und unmittelbar darauf erschien Eisenstadts Gesicht auf dem winzigen Schirm. »Hallo?«

»Hier ist Benedar«, meldete ich mich. »Wo ist Kommodore Freitag?«

Er blickte verständnislos; die unerwartete Frage überraschte ihn. »Vermutlich auf Solitaire.«

»Rufen Sie ihn an! Er soll herkommen.« Er warf einen kurzen Blick auf die Pravilos, die ebenso verwirrt dreinschauten wie Eisenstadt. »Sobald er unterwegs ist, riegeln Sie den gesamten Planeten von der Außenwelt ab. Wir haben keinen Beweis dafür, daß Aikman nicht doch über eine Informationsquelle hier verfügt, und das *darf nicht* hinausdringen.«

»*Was* darf nicht hinausdringen?« Er wurde allmählich ärgerlich. »Beruhigen Sie sich und …«

»Wir brauchen einen nicht-solitarischen Verbrecher«,

unterbrach ich ihn. »Richtig? Der beste Kandidat dafür ist ein Schmuggler. Richtig?«

»J-j-ja«, antwortete er zögernd. »Aber Sie sagten doch, daß Freitag an der Lösung des Problems kein Interesse ...«

»An einer Teil-Lösung«, verbesserte ich ihn. *Sah* er es nicht? »Er möchte alle Schmuggler in einem Aufwaschen gefangen nehmen, bevor ihm einer durchs Netz geht.«

»Und Sie wissen, wo sie alle sind?«

»Nein!« Ich schrie ihn fast an. *»Aber die Donnerköpfe wissen es!«*

Calandras erschrockenes Geflüster klang fast ehrfurchtsvoll. Eisenstadt war zum ersten Mal, seit ich ihn kannte, sprachlos.

27. Kapitel

Es war natürlich nicht ganz einfach. Die Donnerköpfe konnten rechtmäßige Schiffe und Siedlungen von Schiffen und Stützpunkten der Schmuggler nicht unterscheiden. Außerdem war es mühsam, ihnen die Verwendung unserer Landkarten und Himmelsstraßen zu erklären. Aber mit Geduld, Freitags Computer-Zauberei und Zagorins Ausdauer gelang es schließlich.

Eine Woche später konnte Freitag gründlich aufräumen.

Später erfuhr ich, daß bei der groß angelegten Aktion dem Pravilo nicht weniger als fünf Schmugglerschiffe ins Netz gingen; in der Wildnis von Spall waren vier recht gemütliche Hauptquartiere versteckt. Es würde Monate oder sogar Jahre dauern, bis man alle Verwicklungen entwirrt — manche reichten Gerüchten zufolge sogar bis Janus und Elegy — und alle Beteiligten vor das zuständige Gericht gebracht hatte. Eine Mannschaft wurde mit einem entführten Opfer an Bord auf frischer Tat ertappt; das Gericht von Solitaire gestattete bei den Anführern der Mannschaft die Verwendung von Wahrheitsdrogen. Von diesen fünf Männern wurden zwei ausgewählt: Sie waren eindeutig schuldig und wußten es, ebenso eindeutig war, daß sie keine Ahnung von den Geschäftsverbindungen der Gruppe hatten.

Schuldig, aber gleichzeitig für die Pravilo-Untersuchungen nutzlos ... mit anderen Worten, die perfekten Kandidaten für Eisenstadts angeforderten Zombie.

Ich vermutete, daß das Gericht mindestens eine Woche brauchen würde, um das Urteil zu verkünden. Tatsächlich brauchte es kaum fünf Tage.

Ich hatte erwartet, daß es beim zweiten Mal leichter sein würde. Vielleicht hatte ich es nur gehofft.

Das war natürlich nicht der Fall.

Der Pravilo-Arzt trat vom Steuer der *Kharg* zurück und verstaute die Injektionsspritze wieder in seiner kleinen Tasche. Mein Magen war ein einziger Knoten. Ich zwang mich hinzuschauen, als sich die toten Hände vorsichtig hoben und zum Steuerpult griffen. Ich schauderte — es hätten Calandras Hände sein können. Sie ruhten auf dem Steuer, und jäh verschwanden die Sterne von den Monitoren auf der Brücke.

»Totmannschaltung übernimmt Kontrolle, Kommodore«, verkündete der Mann am Doppelsteuer. »Er bringt uns in Richtung zweiundzwanzig Leitzeichen vier null, sechsundfünfzig Leitzeichen drei drei.«

Freitag nickte. »Navigation?«

Die Hände des Navigators glitten bereits über das Schaltpult. »In dieser Richtung ist nichts Besonderes angeführt, Sir«, berichtete er. »Keine großen Planetoiden oder kometenähnliche Körper. Das muß zwar nichts bedeuten — bis auf das Solitaire-System selbst sind die Angaben über diesen Teil des Weltraums ziemlich lückenhaft.«

»Ein zusätzlicher Grund für Sie alle, auf der Hut zu sein«, erinnerte Freitag die Mannschaft auf der Brücke. »Wo immer der Generator für die Wolke steckt, er wird entweder sehr verborgen oder sehr gut geschützt sein. Oder beides.« Dann wandte er sich an Eisenstadt. »Dr. Eisenstadt?«

Der Angesprochene stand vornübergebeugt neben dem Doppel-Navigationssitz und starrte Zagorin in die glasigen Augen. »Donnerkopf? Bist du noch bei uns?«

»Ich bin da«, flüsterte Zagorin.

»Sind wir auf dem richtigen Weg?«

»Ja.«

Ich beobachtete sie genau und bemühte mich so gut ich konnte zu deuten, was hinter ihren Worten lag. Wie gewöhnlich mißlang der Versuch. Bei den einzelnen Begegnungen war die Ausstrahlung jeweils leicht unterschiedlich, so viel konnte ich schon sagen. Der Unterschied konnte wie bei den Menschen in der emotionalen Verfassung der Donnerköpfe liegen. Es war aber möglich, daß sich Zagorin an die Kontakte gewöhnte, oder an die verschiedenen Donnerköpfe am anderen Ende; es gab noch ein Dutzend andere Gründe dafür.

Calandra erschauerte neben mir. »Sie hatten recht, Gilead«, murmelte sie, den Blick auf die Leiche an der Totmannschaltung gerichtet. »Es sind die gleichen Bewegungen, die gleiche Ausstrahlung, alles gleich ... alles.«

Sie verstummte. Eisenstadt hatte ebenfalls Calandra zugehört. Jetzt wanderte sein Blick von mir zu Kommodore Freitag, der steif im Kommandostuhl saß. Seine Ausstrahlung ... »Stimmt etwas nicht?« fragte ich leise.

Eisenstadt zögerte und schüttelte dann den Kopf. »Ich denke ... nur nach. Über die ... Logik, die hierin steckt.«

Die Logik der Wolke. Eisenstadt hatte sich nur darauf konzentriert, einen Zombie für diesen Flug aufzutreiben und dabei offensichtlich alle Fragen und Widersprüche aus den Augen verloren, die den eigentlichen Grund für diese Reise bildeten. »Ich nehme an, daß Sie und Kommodore Freitag vorsichtig vorgehen wollen.«

»Sie können uns ruhig etwas Verstand zutrauen«, murrte er. »Wenn die Donnerköpfe nur ein bißchen aus sich herausgingen und uns genau sagten, was wir da draußen für sie tun sollen.«

Er sah zu Zagorin hinüber; aber falls der Donnerkopf, der durch ihre Ohren mithörte, den Hinweis verstanden hatte, ignorierte er ihn. Eisenstadt gab stöhnend auf. »In zehn Stunden werden wir es wissen. Der Ort, zu dem sie uns bringen, muß innerhalb der Wolke liegen.«

Ich deutete auf Zagorin. »Soll sie während des gesamten Flugs in Kontakt bleiben?«

»Nein, das ist nicht nötig. Die Informationen sprudeln ja nicht gerade«, seufzte er trocken. »Miss Zagorin — Sie können den Kontakt abbrechen. Donnerkopf, wir sprechen später wieder miteinander. Wenn wir noch etwas wissen müssen, dann sag es besser gleich.«

Zagorin richtete sich auf. »Lebt wohl«, sagte sie ... und sackte mit einem lauten Seufzer zusammen.

Eisenstadt war verärgert. »Mit anderen Worten, sie zieren sich immer noch.«

»Machen Sie sich keine Sorgen«, empfahl ihm Freitag kühl. »Ganz gleich, wer oder was den Generator für die Wolke betreibt — wir sind auf alles vorbereitet.«

Wehe jenen, die nach Ägypten um Hilfe senden, die ihr Vertrauen in Pferde setzen, die sich auf die Zahl der Wagen verlassen und die Stärke ihrer Reiter ...

Ich verließ unauffällig die Brücke. Freitag und die anderen blieben zurück und hielten Wache; sie waren voll Zuversicht.

Es dauerte keine zehn Stunden, wie Eisenstadt erwartet hatte. Nicht einmal eine Stunde später fiel plötzlich die Pseudoschwerkraft in der *Kharg* aus.

Wir waren da.

Es gab kein Sirenengeheul und keine knappe Ankündigung von Alarmstufe eins oder etwas Ähnliches. Ich verließ den Bereitschaftsraum und schwebte eilig durch den kleinen Aufenthaltsraum zur Brücke. Es kam eigentlich nicht überraschend. Freitag war nicht der Mann, der bis zur letzten Sekunde wartete, um die Gefechtsstationen zu besetzen; aus diesem Grund durfte auch ich mich von der Brücke nicht weiter entfernen als bis zum nahen Bereitschaftsraum. Aber die Stille war beunruhigender als Schlachtenlärm. Als wäre die Mannschaft auf der Brücke — vielleicht im ganzen Schiff — plötzlich tot oder kampfunfähig. Der Herzschlag dröhnte mir in den Ohren, alle Sinne waren angespannt, als ich die Tür zur Brücke aufschob und mich hineinzog.

Ich kam mir natürlich sofort wie ein Narr vor. Alle lebten, waren gesund und arbeiteten ruhig und konzentriert auf ihren Posten; unterschwellig war Spannung und kontrollierte Nervosität zu spüren, aber nichts wies auf unmittelbare Gefahr hin.

Ich war erleichtert; meine plötzlich abenteuerliche Phantasie war mir peinlich ... Weil ich noch damit beschäftigt war, begriff ich erst einen Augenblick später, daß gerade das Nichtvorhandensein einer Gefahr darauf hinwies, daß etwas nicht stimmte.

Calandra saß in einem Doppel-Arbeitsstuhl angeschnallt, von dem aus sie alles beobachten konnte, aber nicht im Weg war. Ich stieß mich von der Wand ab und schwebte zu ihr. »Was ist los?« murmelte ich.

Sie zuckte unbehaglich die Achseln. »Draußen ist nichts zu sehen.«

Ich überflog alle Bildschirme in Sichtweite. Mein ungeübtes Auge konnte nicht viel daraus entnehmen. »Irrtum?« fragte ich.

Calandra deutete auf Eisenstadt und Zagorin, die eben dabei war, in meditative Trance zu verfallen.

Ich hatte mich von den Bilschirmen abgewandt und beobachtete Zagorin; dennoch blendete mich das gleißende Licht, das durch den Raum zuckte. »Was ...?«

Die heulenden Sirenen verschluckten jeden anderen Laut. »Strahlenangriff«, meldete einer von der Mannschaft. »Bugsteuerbord Rumpf, verzeichnet Partikelfluß von — es geht über die Skala hinaus, Sir.« Er klang beeindruckt und ordentlich erschüttert. »Stark magnetisches Fluß-Residuum — wahrscheinlich gerichtete Partikel-Strahlenwaffe.«

»Verfolgen Sie es zurück, Kernyov!« befahl Freitag einem anderen. »Bestimmen Sie die Quelle! Wieviel ist durchgekommen, Costelic?«

Kernyov öffnete den Mund und schloß ihn wieder. »Praktisch überhaupt nichts, Sir«, stellte er nach einer Pause verständnislos fest. »Die inneren Rumpfsensoren melden knapp über Umgebung.«

»Der Rumpf ist so gebaut, daß er Strahlung abblockt, nicht wahr?« fragte Eisenstadt.

»Nicht die Strahlung von Partikelwaffen, die außerhalb der Skala liegt«, antwortete Freitag scharf. »Haben Sie den Spektrumsquerschnitt schon, Costelic?«

»Er kommt gerade herein.« Costelic machte eine Pause und wurde immer verwirrter. »Es ist ... offenbar kein Strahl gewesen, Sir. Die Streuung läßt auf ein äußerst heißes Thermal-Spektrum schließen, fast wie das Residuum einer punktförmigen Quelle.«

»Vielleicht ist es ein Überbleibsel von einer Nova oder einem in sich zusammengestürzten Stern?« Eisenstadt war nicht sicher. »Eine vorbeiziehende Strahlungsmauer kann zu solchen Werten führen.«

Freitag studierte Costelics Daten und schüttelte den Kopf. »Dazu sind sie zu genau definiert. Kernyov! — Wo sind die Daten von der Rückverfolgung?«

Kernyov machte eine hilflose Handbewegung. »Es läßt sich nicht zurückverfolgen, Sir.« Er klang äußerst frustriert. »Ich kann aus der Partikelgeschwindigkeit einen Vektor ziehen — nicht sehr deutlich, aber immerhin vorhanden — jedoch es gibt nichts in dieser Richtung.«

»Was soll das heißen, es gibt nichts?« forderte Freitag. »Die Strahlung mußte von *irgendwo* kommen.«

»Ich weiß, Sir, aber in der angegebenen Richtung gibt es nichts, das größer als ein paar Mikronen ist.«

Freitag rieb nachdenklich die Fingerspitzen aneinander. »Wir befinden uns mitten in der Kometenwolke des Solitaire-Systems. Gibt es etwas in der Nähe, das groß genug ist, daß sich ein Schiff dahinter verbirgt?«

»Habe ich bereits überprüft, Sir«, kam die prompte Antwort. »Mit dem Teleskop sind acht mittelgroße Kometen zu sehen, aber keiner von ihnen liegt auch nur in der Nähe des Strahlungsvektors. Ich kontrollierte auch auf Neutrino-Emmissionen, die auf eine Fission oder Fusion hinweisen könnten; ebenfalls negativ.«

Freitag wandte sich unwillig an Eisenstadt und Zagorin.

»Ich brauche Antworten, Doktor. Wann ist sie soweit?«

»Donnerkopf?« fragte Eisenstadt und starrte auf Zagorins teilnahmsloses Gesicht. Keine Antwort. »Donnerkopf?« wiederholte er und warf Calandra und mir einen fragenden Blick zu.

»Doktor ...«, begann Freitag.

»Es ist nicht Zagorin, Kommodore«, schaltete sich Calandra ein. »Sie befindet sich in meditativer Trance.«

Freitag sah Calandra an, als wollte er mit ihr streiten. »Warum funktioniert es dann nicht?« fragte er statt dessen.

Calandra zögerte. »Ich glaube, daß das Problem beim Donnerkopf liegt, Sir.«

Freitag starrte Zagorin an. »So. Als ob sie uns hierher geführt, und sich dann vorsätzlich zurückgezogen hätten.« Er wandte sich an Eisenstadt. »Sie finden es nicht der Mühe wert, Doktor, darüber nachzudenken, warum die Freunde der Menschheit so etwas tun?«

Ich hörte das erste Mal, daß jemand die Donnerköpfe so bezeichnete. Eisenstadt zuckte zusammen; wahrscheinlich hatte er den Ausdruck geprägt. Ich begriff zum ersten Mal, wie sehr er sich um eine Genehmigung für diesen Flug bemüht hatte; er hatte dafür seinen Ruf und sein Prestige aufs Spiel gesetzt.

Jetzt drohte alles vor seinen Augen zu zerfallen; bei Freitags Frage erstarrte er. Er warf mir einen Blick zu und in seinen Augen lag eine unausgesprochene Bitte — »Vielleicht gelingt es ihnen einfach nicht, den Kontakt herzustellen«, vermutete ich.

»Sie lenken Zombies, die sich neun Lichtjahre weiter

weg von Spall befinden als wir jetzt«, widersprach Freitag.

»Aber aus dieser Richtung ist noch nie ein Schiff hereingekommen«, machte ich ihn aufmerksam. Der Schweiß stand mir auf der Stirn. Jetzt war *ich* dran, und dabei wußte ich noch gar nicht, worauf ich hinauswollte. »Keine der Kolonien liegt in der Nähe dieser Route.«

»Und?« wollte er wissen.

Ich wußte nicht recht weiter. »Vielleicht ist die Strahlung der Schlüssel. Sie kommt offenbar von nirgendwo, und alles ...«

»Sie wollen doch hoffentlich nicht sagen, daß die Strahlung die Donnerköpfe vertreibt.«

»Ich glaube nicht, daß sie die Strahlung als solche stört, nein. Aber vielleicht etwas anderes, das mit dem Generator der Wolke zusammenhängt.«

Freitag zog eine Augenbraue hoch. »Ja? Was für ein Wolken-Generator ist *das?*« Seine Hand deutete auf die leeren Bildschirme.

»Wer sagt, daß der Generator der Wolke unbedingt im Normal-Raum sein muß?« Ich ließ nicht locker. Es war zwar eine spontane Eingebung, aber ich hatte nicht die Absicht, sie so schnell fallen zu lassen. »Die Wolke selbst ist es nicht. Und wenn die Wolke geschaffen wurde, um die Donnerköpfe innerhalb des Solitaire-Systems festzuhalten, dann wurde der Generator vielleicht dazu entworfen, sie *fernzuhalten.*«

Freitag öffnete den Mund — und schloß ihn wieder. »Wirklich interessant«, sagte er dann nachdenklich. »Es ist zwar angeblich unmöglich, daß im Mjollnir-Raum etwas untätig ist, aber lassen wir das einmal beiseite. Costelic, kennen wir unsere genaue Position?«

Der Navigator öffnete den Mund, um zu antworten, als die *Kharg* ohne Vorwarnung einen Ruck machte und die Schwerkraft jäh zurückkehrte.

»Halt!« schrie Freitag. Doch sein Ärger verflog blitzschnell, und er wurde äußerst verlegen, als er bemerk-

te, daß er seinen Befehl einem Toten zurief. »Kernyov! — Nehmen Sie seine Hände von dem Ding weg.«

»Nein!« brüllte Eisenstadt, als Kernyov nach dem Pult der Totmannschaltung griff. »Wir könnten von der Route abkommen.«

Freitag durchbohrte ihn mit einem Blick. »Wir sind vielleicht schon abgekommen ...«

Mitten im Satz krachten die Unterbrecher, und die Schwerkraft war wieder weg. Freitag fluchte leise und brauchte lange, um sein inneres Gleichgewicht wiederzufinden. Schließlich griffen die Zahnräder wieder richtig, und er hatte sich unter Kontrolle. »Überlegen wir einmal! Wo sind wir jetzt, Costelic?«

Der Navigator starrte auf seinen Monitor. »Nicht weit von unserer Ausgangsposition, Kommodore. Es sieht so aus, als hätten wir eine kurze Schleife zurück zu einem Punkt gezogen, der etwa fünf Millionen Kilometer näher zu Solitaire liegt. Ich gebe Ihnen sofort die genaue Position.«

»Wollen Sie mir *das* erklären, Benedar?« erkundigte sich Freitag. »Sie haben die Wahl: Zwei gesonderte Mjollnir-Raum-Generatoren oder ein *außergewöhnlich* großer. Wählen Sie.«

Ich suchte verzweifelt nach einer Antwort, die nicht gar zu dumm klang — und plötzlich, genau wie beim letzten Mal, leuchteten die Bildschirme auf.

Eisenstadt rief etwas, aber die Worte gingen im Strahlungsalarm unter. »Was, zum Teufel ...?«

»Ruhe!« fuhr ihn Freitag an. »Costelic?«

»Das gleiche wie vorhin, Kommandant. Heiße Strahlung, aber ohne die Durchschlagskraft einer Strahlenwaffe.«

Die Geschäftigkeit auf der Brücke hielt noch kurze Zeit an, und die Mitglieder der Mannschaft meldeten allgemein die gleichen Phänomene wie zuvor. Ich beobachtete Freitag ... Er war ärgerlich und verwirrt, doch plötzlich wurde er eisig. »Kommodore?« fragte ich.

Er schenkte mir keine Beachtung. »Costelic ... haben wir Anzeigen auf den Heck-Steuerbord-Instrumenten?«

»Der Blitz kam wieder von Bug-Steuerbord ...«

»Ich weiß woher er gekommen ist«, unterbrach ihn Freitag scharf. »Ich frage nach *Heck*-Steuerbord. Genau neunzig Grad vom Blitz.«

»Ja, Sir.« Costelics Finger glitten über die Tasten. »Es ist nicht viel da, Sir. Das Solitaire-System liegt natürlich in dieser Richtung; weiter weg zwei Kometen ... einen Augenblick ...«

»Was ist?« wollte Eisenstadt wissen.

»Wir werden es gleich wissen«, antwortete Freitag.

Ich beobachtete Costelic; beeindruckt und irgendwie ratlos hob er den Blick von den Monitoren. »Die Instrumente von Heck-Steuerbord zeigen eine röhrenförmige Region mit großer Partikeldichte, Kommodore.« Er hatte Schwierigkeiten, die Worte herauszubringen. »Sie dehnt sich rasch zu einer noch größeren Röhre aus ... ein absolutes Hochvakuum. Ein großer Teil des Materials mit hoher Dichte deutet auf superaggressives Helium hin.«

Freitags Rückenmuskeln spannten sich. »Und die optischen Scanner?«

Costelic nahm sich zusammen. »Es ist alles da, Sir. Der Computer bereinigt und kompensiert gerade die Bildqualität. Nur noch einen Augenblick!«

»*Was* ist da?« fragte Eisenstadt. »Was haben wir erwischt, einen Donnerkopf?«

»Kaum, Doktor«, antwortete Freitag dumpf. »Der Lichtblitz und die Partikelstrahlung ... Das war das Kielwasser eines Raumschiffs.«

Eisenstadt blickte verständnislos. »Eines *Raumschiffs?*«

Ein tödlicher Schrecken überkam ihn. »Meinen Sie ... Es war im *Normal*-Raum unterwegs?«

Freitag nickte grimmig. »Mehr als neun Lichtjahre

innerhalb des äußeren Randes der Wolke. Sie fliegen mit etwas mehr als zehn Prozent Lichtgeschwindigkeit, und selbst dann müssen sie schon verdammt lange unterwegs sein. Costelic? — Wo sind die berichtigten Daten?«

»Kommen gerade durch, Kommodore ... o verdammt!«

Das letzte kam nur mehr im Flüsterton. Freitag starrte lange auf die Monitoren, zuerst ungläubig, dann immer entsetzter.

»Mein Irrtum, Doktor«, bemerkte er mit eisiger Ruhe zu Eisenstadt. »Es ist nicht *ein* Raumschiff, das sich auf Solitaire zubewegt. Es sind etwa zweihundert.«

Eisenstadt starrte ihn an. »Eine Kriegsflotte?«

»Was könnte es sonst sein?«

Ich ballte die Hände zu Fäusten. »Können es nicht einfach Kolonistenschiffe sein?« Etwas veranlaßte mich, im Zweifelsfall für die Fremden einzutreten.

»Spielt das eine Rolle?« fragte Freitag barsch. »Ob sie Land suchen oder kämpfen wollen, das Endergebnis ist dasselbe.

Solitaire wird angegriffen.«

28. Kapitel

»Die Schiffe sind glücklicherweise nur halb so groß wie ursprünglich angenommen«, erläuterte Freitag. Er teilte den Bildschirm und zeigte uns ein Foto und zum Vergleich eine Computer-Skizze. »Fast vierzig Prozent von Größe und Masse fällt auf dieses schirmähnliche Ding. Es handelt sich offenbar um eine Kombination von Baggerschaufel und Schutzschild, das auf Magnetbasis interstellaren Wasserstoff aufnimmt und in den Antrieb einfüllt — die vier Düsen auf der Unterseite. Gleichzeitig schützt es die Passagiere vor Atomen und Mikrometeoren, die dem Magnetfeld entgangen sind. Das eigentliche Schiff befindet sich *hier*... — er zeigte hin — »und hängt etwa einen Kilometer unter dem Antriebsteil.«

»Was hält es da?« wollte Gouverneur Rybakov wissen. Meiner Meinung nach stand sie der Sache äußerst gefaßt gegenüber.

»Vermutlich ein Kabel«, erklärte Freitag. »Leider waren die Kameras der *Kharg* nicht gut genug, um dieses Detail zu zeigen. Wir können daher seine Schlagkraft nicht genau abschätzen, aber sie ist beachtlich.«

»Wie beachtlich?« wollte Rybakov wissen. »Übersteigt sie die Möglichkeiten der Patri?«

Eisenstadt schüttelte den Kopf. »Ich habe mich damit befaßt. Wir *könnten* ihnen etwas Gleichwertiges entgegenstellen; es wäre kompliziert und teuer, aber es ist möglich.«

Rybakovs Spannung ließ nach. »Sie bedienen sich zumindest einer ähnlichen Technologie«, murmelte sie. »Wir müssen auch für kleine Geschenke dankbar sein.«

Freitag und Eisenstadt tauschten Blicke. »Vielleicht, Gouverneur«, wandte Freitag vorsichtig ein. »Aber vergessen Sie nicht, daß diese Schiffe wahrscheinlich seit fünfundachtzig *Jahren* ununterbrochen unterwegs sind — ohne einen Hafen anzulaufen und ohne Wartung, muß ich dazusagen. Das setzt ein gewaltiges technisches Niveau voraus. Daß sie bereit waren, diese Dinger zu benutzen, beweist, wie groß ihr Vertrauen in diese Technologie ist.«

»Aber wir wissen nicht einmal, ob die Schiffe überhaupt bemannt sind«, entgegnete Rybakov. »Sie könnten ebensogut mit Robotern bemannt sein. Und was das von Ihnen angenommene Niveau angeht, so wissen wir nicht, wie viele Schiffe sie am Beginn der Reise besaßen. Diese einhundertzweiundneunzig können ebensogut nur der Schwanz einer Flotte sein, die ursprünglich Tausend zählte.«

»Unwahrscheinlich«, knurrte Freitag. »Doch leicht nachzuprüfen — wir müssen nur ihren Weg zurückverfolgen und nach Wrackteilen und Trümmern Ausschau halten.«

»Vorausgesetzt, daß die Donnerköpfe bei einer solchen Suche mitmachen«, sagte Rybakov und wandte sich zum ersten Mal an mich. »Deshalb wollte ich, daß Benedar an unserer heutigen Konferenz teilnimmt.«

Am Unterschied in der Verhaltensweise fiel mir auf, wie sehr sich Eisenstadts ursprüngliche Feindseligkeit mir gegenüber in den vergangenen Wochen gelegt hatte. »Ich werde helfen, wo immer ich kann«, sagte ich ruhig.

Sie strahlte Ablehnung und Entschlossenheit aus, ähnlich wie damals, als sie zu Randon gekommen war, um die ungesetzlich ausgestellten Zoll-Ausweise abzuholen. »Sie haben diese Halloas beobachtet, die Dr. Eisenstadt benutzt, um mit den Donnerköpfen zu sprechen.«

»Ja. Obwohl im Augenblick nur ein Seeker hier ist, den ich im Auge behalten kann.«

»Und ...?«

Ich zuckte die Achseln. »Bis jetzt ist alles in Ordnung. Die Hirtin Zagorin zeigt einige leichte Veränderungen, aber wahrscheinlich paßt sie sich nur an die Donnerköpfe an. Es gibt keine Anzeichen dafür, daß die Donnerköpfe ihre Persönlichkeit untergraben.«

Eisenstadt nickte zustimmend. »Wir wollen einmal annehmen, daß Sie recht haben«, fuhr Rybakov fort. »Wenn die Donnerköpfe so freundlich und hilfsbereit sind, dann erklären Sie mir, warum sie uns nicht früher über die Invasoren informiert haben.«

»Wir wissen nicht mit Bestimmtheit, daß es sich um Invasoren handelt.«

»Wenn Sie die andere Wange hinhalten wollen, tun Sie es in Ihrer Freizeit«, unterbrach mich Rybakov. »Beantworten Sie nur die Fragen, und sparen Sie sich Ihre Moralpredigt für Ihre religiösen Freunde.«

»Ich war dabei zu antworten, Gouverneur.« Ich bezwang meinen Ärger. »Ich wollte darauf hinweisen, daß die Donnerköpfe die Invasion vielleicht deshalb nicht erwähnt haben, weil sie es nicht als solche sehen.«

»Lächerlich. Glauben sie, daß die Flotte zu einem Picknick kommt?«

Eisenstadt räusperte sich. »Möglicherweise haben sie Schiffe und Passagiere überprüft und sind zu dem Schluß gekommen, daß sie es nicht auf Spall abgesehen haben. Vermutlich haben sie das gleiche mit *uns* getan, bevor sie begannen, uns durch die Wolke zu führen.«

»Tatsache ist, daß sie *uns* eingelassen haben, zum Unterschied von den Invasoren«, erwiderte Rybakov. »Oder glauben Sie, daß man den Invasoren ebenfalls die Totmannschaltung angeboten hat und eine Abfuhr erhielt?«

»Vielleicht besitzen die Invasoren keinen Mjollnir-Antrieb«, gab Eisenstadt zu bedenken. Er verfuhr mit den Donnerköpfen genauso wie ich mit den Aliens: Im Zweifelsfall hielten wir sie vorerst für unschuldig. »Das werden wir erst wissen, sobald wir bessere Fotos haben, auf denen zu erkennen ist, ob der Rumpf mit Mjollnir-Kabeln ausgestattet ist.«

»Gut, versuchen wir es anders. Aus dem Bericht, mit dem sie um einen solitarischen Zombie ersuchten, geht hervor, daß die Donnerköpfe Ihnen angeboten haben, Ihnen den Generator der Wolke zu zeigen. Das war eine Lüge. Wer sagt, daß sie nicht auch in bezug auf andere Dinge lügen?«

»Diese Frage haben wir uns auch schon gestellt«, bestätigte Eisenstadt; trotz seiner Routiniertheit konnte er seine Verlegenheit nicht ganz verbergen. »Wenn Sie die Bänder nochmals überprüfen, dann werden Sie feststellen, daß die Donnerköpfe versprochen haben, uns zum Ursprung der Wolke zu führen — sie gebrauchten genau dieses Wort. ›Ursprung‹ ist meinem Lexikon zufolge der Ort, an dem eine Sache ihren Ausgang nimmt oder in dem sich eine Sache begründet. Ich habe damals angenommen, daß sie vom Generator der Wolke sprachen. Was sie wahrscheinlich meinten, ist der *Grund* für das Vorhandensein der Wolke.«

»Mit anderen Worten: ein Schutz vor einer Invasion«, vermutete Rybakov. »Wie ich gesagt habe.«

»Nicht unbedingt, Gouverneur«, widersprach Freitag. »Es kann sein, daß sie die Wolke aufrecht erhalten, um *uns* zu beschützen.«

Rybakov wollte etwas einwenden und hatte den Mund schon geöffnet ... Sie überlegte es sich jedoch anders und wurde plötzlich nachdenklich. »Kein besonders schmeichelhafter Gedanke — wir werden damit zu etwas Ähnlichem wie Haustiere oder wertvolle Wildtiere«, sagte sie schließlich.

»Oder zu wissenschaftlichen Studienobjekten«, ergänzte Eisenstadt. »Das erklärt vielleicht, warum sie ihre Anwesenheit so lange vor uns verbargen.«

»Vielleicht. Auch nicht viel besser als Haustiere, wenn Sie mich fragen. Sie haben doch beim ersten Kontakt gesagt, daß sie kein Interesse daran haben, uns zu studieren.«

»Sie sagten damals, daß sie nicht den Wunsch hatten, *mehr* über uns in Erfahrung zu bringen«, stellte Eisenstadt richtig. »Wenn sie uns bereits seit siebzig Jahren studiert hatten, dann brauchen sie keine weiteren Informationen.«

Rybakov schüttelte den Kopf. »Wieder eine völlig wahre Feststellung, die dennoch irreführt. Das Bild, das sich mir da formt, gefällt mir nicht.«

Wenn ein Berufspolitiker eine derartige Bemerkung machte, so konnte sie nur ironisch gemeint sein. Aber Eisenstadt war klug genug, die Spitze zu überhören. »Sie scheuen sich zumindest, ausgesprochene Lügen zu erzählen — und vergessen Sie nicht, sie haben auch Achtung vor dem menschlichen Leben bewiesen. Als der Wächter — wie hieß er, Gilead?«

»Mikha Kutzko«, half ich aus. Mein schlechtes Gewissen machte sich schmerzhaft bemerkbar; in den vergangenen Wochen hatte ich kaum daran gedacht, was mit ihm und den anderen auf der *Bellwether* geschah.

»Als Kutzko sein kleines Experiment anstellte, um herauszufinden, wie schnell die Donnerköpfe lernten, hätten sie ihn vermutlich töten können; statt dessen hatten sie es nur auf seine Waffe abgesehen.«

»Sie haben ihr wissenschaftliches Experiment geschützt«, warf Rybakov bissig ein. »... Ja, ich weiß Doktor, das ist besser, als wenn sie uns als ihre Feinde betrachteten«, fügte sie hinzu, als Eisenstadt etwas erwidern wollte. »Die Vorstellungen der Donnerköpfe stehen aber im Augenblick auf unserer Prioritätenliste weit unten. Wichtig ist, wie wir uns gegenüber den Eindringlingen verhalten sollen. Irgendwelche Ideen, Kommodore?«

Freitag winkte ab. »Ich habe zwei vorläufige Pläne erstellt, aber keiner ist besonders vielversprechend.«

»Wo liegt das Problem? In ihrer Geschwindigkeit?«

»Im Grunde, ja. Sie dürfen nicht vergessen, daß sie zwölf Prozent Lichtgeschwindigkeit machen, das sind sechsunddreißigtausend Kilometer pro *Sekunde.* Unsere

Waffen haben nicht die geringste Chance, einem derart schnellen Objekt zu folgen, von treffen will ich gar nicht reden.«

»Wir könnten sie von vorne beschießen!« schlug Rybakov vor. »Wir kennen schließlich ihren Kurs.«

»Augenblick«, warf ich ein. »Ist es nicht zu früh, um vom Schießen zu reden? Wir haben noch nicht einmal *versucht,* mit ihnen zu sprechen.«

Alle drei blickten mich an. Rybakov ungeduldig, Freitag beinahe schuldbewußt ungeduldig, Eisenstadt mit ehrlichem Bedauern. »Das Problem liegt darin, Gilead«, erklärte Eisenstadt, »daß ihre Geschwindigkeit auch jede Art der Kommunikation so ziemlich ausschließt. Wir müßten in dem Augenblick, in dem sie vorbeifliegen, aus nächster Nähe komprimierte Impulse abfeuern. Diese Signale reagieren aber bekanntlich empfindlich auf die von ihnen verwendeten elektromagnetischen Flüsse.«

»Das können sie doch bestimmt kompensieren.« Ich ließ nicht locker. »Sie müssen doch zumindest über eine Möglichkeit verfügen, den Raum vor ihnen zu beobachten.«

»Das tun sie ganz bestimmt«, bestätigte Freitag. »Aber sie halten nach Kometen Ausschau, und nicht nach Funkimpulsen. Außerdem ...« Er riß sich zusammen. »Vielleicht ist es keine gute Idee, wenn wir sie darauf aufmerksam machen, daß wir sie entdeckt haben. Wir würden damit auf den Überraschungseffekt verzichten.«

Ich wurde blaß. *Sieh sie an, im Hinterhalt lauern sie auf mich, gewalttätige Männer greifen mich an, ich habe nicht gefehlt, ich habe nicht gesündigt ...* »Das können Sie nicht machen«, sagte ich leise. »Es wäre Massenmord.«

»Das nennt man Überleben«, beharrte Rybakov scharf.

»Seit wann?« wollte ich wissen. »Wir müssen nicht auf einen plötzlichen, sekundenschnellen Angriff reagieren. Sie werden frühestens in zehn Jahren hier sein.«

»Länger«, knurrte Freitag. »Irgendwann müssen sie ihre Schiffe wenden und abbremsen. Es kommt darauf an, welche Schubkraft ihre Maschinen aushalten, aber es kann zwölf bis zwanzig Jahre dauern, bis sie eintreffen.«

»Damit haben alle Beteiligten genügend Zeit, über Alternativen nachzudenken«, beruhigte mich Eisenstadt. »Mit ›alle‹ sind nicht wir, sondern andere gemeint, ist das richtig, Gouverneur?«

Rybakov nickte. »Die Patri werden sicherlich eine Kommission einsetzen wollen, die die Situation beurteilen und Empfehlungen abgeben wird.« Sie wandte sich an mich. »*Ihr* Job, Benedar, wird es sein, weiterhin beim Studium der Donnerköpfe mitzuarbeiten. Das heißt, sofern Dr. Eisenstadt Sie noch braucht.«

»Ich brauche ihn!« Eisenstadts Antwort kam fast zu schnell. »Miss Paquin und er sind unentbehrlich.«

Rybakov bemühte sich, darüber hinwegzugehen, aber es gelang ihr nicht ganz. »Lassen Sie es mich wissen, sobald einer von ihnen nicht mehr gebraucht wird. Danke, Doktor, Kommodore. Ich gratuliere Ihnen zu Ihrer Arbeit und ich bin sicher, die Patri werden eine Möglichkeit finden, ihre Anerkennung konkreter auszudrücken. Ich wünsche allen einen guten Tag. Dr. Eisenstadt, halten Sie mich über Ihre Arbeit auf dem laufenden.«

Freitag verließ uns vor der Gouverneursvilla und begab sich in sein Büro im Pravilo-Hauptquartier auf Solitaire. Eisenstadt und ich machten uns auf den Weg nach Rainbow's End, wo uns das Shuttle erwartete. Ich hob mir meine Frage auf, bis wir uns außer Hörweite von Fahrer und Mannschaft an Bord befanden. »Was hat Gouverneur Rybakov damit gemeint, Sie mögen sie wissen lassen, sobald Calandra oder ich nicht mehr gebraucht werden?«

»Über Sie beide hat es noch ein paar rechtliche Kontroversen gegeben; das gleiche wie früher.« Er versuchte, unbekümmert zu klingen.

»Meinen Sie, daß Calandras Hinrichtung vollstreckt werden soll?«

»In erster Linie. Man spricht auch davon, daß Sie wegen Ihrer Rolle bei Calandras Flucht angeklagt werden sollten. Vollkommen lächerlich, besonders wenn man bedenkt, in welch bedeutende Sache Sie beide gestolpert sind, als Sie auf Spall herumgestöbert haben.«

Ich dachte einen Augenblick darüber nach. Das hieß ... »Dann wollen die Patri die Angelegenheit noch immer so lange wie möglich geheim halten?«

Er nickte mit einem schiefen Lächeln. »Das ist im Augenblick für Sie sehr vorteilhaft. Solange sie nicht mehr Leute als unbedingt notwendig in die Sache hineinziehen wollen, sind Sie beide die einzigen Watcher, die zur Verfügung stehen. Solange ich Sie brauche, wird Rybakov Sie nicht wegbringen.«

»Ja, Sir«, murmelte ich. Vorteilhaft für uns, gewiß ... und noch vorteilhafter für die Patri. Wenn die Öffentlichkeit nichts wußte, hatte sie auch keine Meinung ... und keine öffentliche Meinung bedeutete, daß sie die Vernichtung der Fremden völlig ungestraft planen konnten. *Wenn auch tausend neben dir fallen, zehntausend auf deiner Rechten, du selbst wirst unversehrt bleiben ...* »Ich verstehe, Sir.«

29. Kapitel

Drei Wochen lang geschah fast nichts. Eisenstadt sprach jeden zweiten Tag mit den Donnerköpfen, Calandra und ich beobachteten die Kontakte und versuchten, den Geist der fremden Geschöpfe zu erfassen und zu verstehen, wenn sie durch Zagorin sprachen. Eisenstadt erfuhr durch die Gespräche nicht sehr viel. Jetzt, da ich darauf achtete, erkannte ich, wie recht Gouverneur Rybakov gehabt hatte. Die Donnerköpfe gaben mit *Vorliebe* wahre Erklärungen ab, die irreführend waren. Einmal wurde Eisenstadt derart wütend, daß er sie fast darauf hingewiesen hätte, aber er tat es dann doch nicht. Wahrscheinlich war es nur eine seltsame Eigenart von ihnen; in diesem Fall würde ein Einwand wenig bringen und vielleicht sogar beleidigend wirken.

Über die Flotte, die sich näherte, äußerten sie sich nicht; Eisenstadt konnte die Fragen, auf die wir Antworten suchten, noch so geschickt verkleiden. Schließlich hörte er zu fragen auf, aber erst, nachdem sie ihm versprochen hatten, die Beobachtungsschiffe zu führen, die die neue Patri-Kommission zweifellos aussenden würde.

Die Kommission traf mit zwei Pravilo-Schiffen, einer Reihe hochentwickelter Sensoren und fotografischer Geräte und — wie ich hörte — mehr als einem Dutzend zum Tode Verurteilter ein. Dieser Umstand bereitete mir großes Unbehagen. Ich konnte mir noch nicht vorstellen, wie ich in einem Lager leben sollte, das gleichzeitig ein komplettes Gefängnis mit Todeszelle beherbergte. Aber meine Sorge stellte sich als unbegründet heraus. Die Kommission schloß sich nicht uns an, sondern schlug ihr Hauptquartier ein paar hundert Kilometer entfernt in einem der jetzt verlassenen Schmuggler-Stützpunkte auf. Sie richteten sich auf einen langen, geruhsamen Studienaufenthalt ein, den sie nicht in einem immer noch provisorischen Lager verbringen wollten.

Das machte mich neugierig, welche Leute man für die Kommission ausgesucht hatte. Aber vielleicht war es ein gutes Zeichen; Geschäftsleute und Politiker, die ihre Bequemlichkeit schätzten, neigten vielleicht weniger als Pravilo-Militärstrategen dazu, zuerst zu schießen und dann den Schaden zu begutachten. Nach einem Gespräch in ihrem Lager berichtete mir Eisenstadt, daß — entgegen Freitags Erwartungen — die Frage auf dem Programm stand, ob die Patri versuchen sollten, mit der Flotte Verbindung aufzunehmen. Ich mußte zugeben, daß ich nicht mehr erhoffen konnte.

Die Kommission sandte ihre Schiffe hinaus, und ich kehrte zu meinen Pflichten zurück; der Gedanke an die fremde Flotte versank in meinem Unterbewußtsein ... Ich war daher völlig unvorbereitet, als zwei Wochen später alles vor meinen Augen zusammenbrach.

Eisenstadt und Zagorin hatten an diesem Morgen eines ihrer — wie üblich — ziemlich nutzlosen Gespräche mit den Donnerköpfen geführt. Butte City lag nachmittäglich verlassen da, nur zwei Pravilo-Wachen beobachteten gleichzeitig den eingezäunten Korridor, der vom Lager wegführte. Ich nützte die Gelegenheit, mich ungestört mit den Donnerköpfen zu befassen; das hatte ich in letzter Zeit oft getan. Es war mein Ziel, sie so zu durchschauen wie die Menschen. Aber auch dieses Projekt war zum Stillstand gekommen, wie alles, was mit den Donnerköpfen zusammenhing. Ich empfing eine Menge feiner Signale von den weißlichen Gestalten — Bewegungen, Farbveränderungen, andeutungsweise sogar leise, hohe Töne. Ich konnte jedoch aus diesen Beobachtungen nur schließen, ob das Bewußtsein eines Donnerkopfs vorhanden war oder nicht; etwas Wesentlicheres daraus zu entnehmen, überstieg bei weitem meine Fähigkeiten. Es war äußerst frustrierend, aber so lange sie sich weigerten, auf lebenswichtige Fragen zu antworten, mußte ich es weiter versuchen.

Vor allem deshalb, weil — wie ich ehrlich zugab — Calandra und ich dadurch für Eisenstadt noch wertvoller wurden.

Die Schatten der sinkenden Sonne krochen die Hänge der Klippen hinauf, und ich überlegte gerade, ob ich für diesen Abend Schluß machen sollte, als der Wind mir das leise Geräusch näherkommender Reifen zutrug.

Ich blickte verwundert auf. Wer mochte um diese Zeit noch kommen? Die Pravilo-Wachen standen beisammen und blickten den Korridor entlang — plötzlich erstarrten sie in gespannter Aufmerksamkeit.

Mein Herz stand für einen Augenblick still. Gefahr? — Nein. Plötzliche Aufmerksamkeit, aber keiner der Männer hatte nach den Injektionspistolen oder dem Telefon gegriffen. Sie standen stramm ... wie auf dem Exerzierplatz. Eine wichtige Persönlichkeit auf einer überraschenden Inspektionsfahrt? Das war möglich; in diesem Fall würden er und seine Wächter nicht begeistert sein, wenn ich hier herumlungerte. Ich überlegte, ob ich genug Zeit hatte, mich unauffällig zurückzuziehen, bevor mir das Auto den Rückweg versperrte. Doch es war zu spät. Das Auto kam in Sicht und hielt. Zwei Männer stiegen aus ... Ich hielt den Atem an. Ich sah ihre Gesichter nur als Silhouetten gegen den Himmel, doch ich kannte ihre Haltung und ihre Bewegungen zu gut, um mich zu irren.

Der größere der beiden war Mikah Kutzko ... und der kleinere war Lord Kelsey-Ramos.

Ich starrte sie mit offenem Mund an und mein Verstand setzte aus, wie bei einem aufgeschreckten Vogel. Lord Kelsey-Ramos *hier?* Ich hatte erfahren, daß auch die Reisen von und nach Solitaire in letzter Zeit sehr eingeschränkt worden waren, von Reisen in diesen Teil von Spall gar nicht zu reden. Daß man ihm gestattete, nach Butte City zu kommen ...

Sie unterhielten sich mit den Pravilo-Posten, und einer von ihnen deutete auf mich. Lord Kelsey-Ramos nickte dankend und kam mit Kutzko herüber. Sofort hatte ich meinen Verstand soweit beisammen, um mich meiner Umgangsformen zu erinnern. »Lord Kelsey-Ramos«, begrüßte ich ihn, sehr bemüht, mir die Überraschung nicht anmerken zu lassen. Es gelang mir nicht besonders gut.

»Ich freue mich, Sie zu sehen, Gilead«, antwortete er trocken. Er klang gut gelaunt, sogar freundlich ... aber hinter der Fassade lag Erbitterung, sogar heftige Erbitterung. »Sie fragen sich, wie ich es geschafft habe, die Patri-Blockade des Solitaire-Systems zu durchbrechen?«

Kutzko erwiderte meinen Blick mit kühler Förmlichkeit. Er hatte mir offenbar immer noch nicht vergeben. »Wahrscheinlich haben Sie auf höchster Ebene eine Gefälligkeit eingefordert, Sir ... nein«, unterbrach ich mich, als in meinem immer noch benommenen Hirn die naheliegende Antwort auftauchte. »Sind Sie Mitglied der Kommission, die die Flotte studiert, die im Anflug ist?«

Er lächelte, aber die Erbitterung in seinen Augen blieb. »Sie haben mir wirklich gefehlt, Gilead — Sie verschwenden nur selten meine Zeit; lange Erklärungen sind bei Ihnen unnötig. Richtig, man hat mich tatsächlich mit einem Sitz in diesem Gremium ausgezeichnet.«

»Ich gratuliere den Patri zu ihrer vorzüglichen Wahl, Sir.«

»Danke. Um ehrlich zu sein, ich hatte eine gute Ausgangsposition, um meinen Namen den richtigen Leuten zu präsentieren: Die *Bellwether* sitzt hier fest, und auf jede Anfrage, die ich schickte, erhielt ich unbestimmte, eindeutig zensierte Antworten. Da wußte ich, daß etwas Unerwartetes geschehen war.« Er drehte sich halb um und blickte auf die Donnerköpfe. »Aber ich hätte nie gedacht, daß es sich um *so etwas* handeln könnte ...«

»Stimmt etwas nicht, Sir?« fragte ich.

Er drehte sich zu mir zurück. »Die Kommission hat die erste Phase der Studie abgeschlossen, Gilead. Man hat beschlossen, die Invasoren zu vernichten.«

»*Was?*« flüsterte ich.

Er schüttelte resigniert den Kopf. »Es tut mir leid. Ich habe versucht, einen Ausweg zu finden — ich habe mir verdammte Mühe gegeben. Aber es gibt keine andere Lösung, nicht in der verfügbaren Zeit.«

»Was soll ›verfügbare Zeit‹ heißen?« wollte ich wissen. »Es wird *Jahre* dauern, bis sie hier sind — bis dahin finden wir einen Weg, uns mit ihnen in Verbindung ...«

»Wir haben nicht jahrelang Zeit. Wir haben vier bis sechs Monate.«

Meine Entgegnung blieb mir im Hals stecken. »*Monate?*«

Er nickte. »Admiral Yoshidas Experten haben die Leistungsfähigkeit der Triebwerke der Invasoren aus fünf verschiedenen Richtungen überprüft. Sie schätzen, daß die Invasoren in vier bis sechs Monaten ihre Triebwerke abschalten, die Schiffe wenden und eine lange Bremsphase beginnen werden.«

»Aber wenn sie langsamer werden ...?«

»Sicher, sie werden Solitaire erst in siebzehn Jahren erreichen.« Er zuckte die Achseln. »Aber sobald sie sich in der Bremsphase befinden ... dann besteht keine Notwendigkeit mehr, daß ihr Antrieb in einem Winkel zu ihrer Bewegungsrichtung steht.«

Plötzlich verstand ich. »Mit anderen Worten, ihre Bremsfeuer werden nach vorn gestoßen und lassen alles, was wir ihnen entgegenschleudern, verdampfen.

Wenn wir sie nicht jetzt zerstören, haben wir vor ihrer Ankunft keine Chance mehr dazu. Richtig?«

Ein Wangenmuskel zuckte, ich spürte seinen tiefen, ehrlichen Schmerz. »Es ist eine *Kriegsflotte,* Gilead — je mehr Yoshidas Fachleute sich mit ihr beschäftigen, desto mehr sind sie davon überzeugt. Wenn wir sie nach Solitaire kommen lassen, ist die Kolonie — schlicht und einfach verloren.«

»Wir haben siebzehn Jahre, um uns darauf vorzubereiten ...«

»Auch wenn wir *hundert* Jahre hätten — wir können unmöglich eine direkte Konfrontation mit so vielen Schiffen riskieren.«

»Auf Solitaire leben weniger als eine halbe Million Menschen. Wir könnten sie sicher anderswo ansiedeln.«

»Sie meinen, einfach das System verlassen?«

»Warum nicht?«

»Zwei Gründe. Erstens: Wir müßten die Ring-Minen aufgeben.«

Mein Magen krampfte sich zusammen. Natürlich — so etwas mußte ja kommen! »Für ein paar Millionen Tonnen Metall ermorden wir kaltblütig Tausende ...«

»Zweitens«, unterbrach er mich bestimmt, »würden wir damit die Donnerköpfe im Stich lassen, und sie müßten den Invasoren sodann allein gegenübertreten. *Jetzt* sagen Sie mir, welches der moralischere Weg ist!«

Mein gerechter Zorn verflog; ich wurde unsicher. *Wenn Fremde in eurem Land wohnen, so werdet ihr ihnen kein Leid antun. Ihr werdet die Fremden in eurem Land wie euresgleichen behandeln und sie lieben — denn auch ihr wart einmal Fremde in Ägypten ...* »Ich weiß es nicht«, mußte ich zugeben. »Ich weiß nur, daß wir keinen Massenmord begehen können.«

Lord Kelsey-Ramos seufzte. »Innerlich gebe ich Ihnen recht ... Aber mein Verstand sagt mir, daß es keine

Alternative gibt. Wir würden wahrscheinlich die Zeit, bis sie ihre Schiffe wenden, allein dafür brauchen, um ein Verfahren zur Übermittlung einer Botschaft an die Invasoren zu entwickeln; dann muß noch eine gemeinsame Sprache gefunden werden.«

»Einen Augenblick!« Mir war plötzlich etwas eingefallen. »Was ist mit den Donnerköpfen? Vielleicht können sie mit ihnen sprechen.«

»Vielleicht. Wenn Sie die Donnerköpfe dazu bringen, daß sie uns entweder Methode oder Sprache verraten, dann wird sich die Kommission dafür interessieren. Aber wir haben sie immer wieder gefragt, und bisher haben sie unsere Bitte einfach ignoriert.«

»Sie wissen etwas darüber — davon bin ich überzeugt.« Ich war ganz sicher.

»Ich gebe Ihnen recht.« Lord Kelsey-Ramos nickte bitter. »Aber wenn sie nichts sagen, können wir nicht viel dagegen tun.«

»Wieso nehmen wir dann an, daß sie bedroht sind?« wandte ich ein. »Angenommen, die Schiffe *sind* auf dem Kriegspfad, wer sagt, ob die Donnerköpfe es sich nicht selbst zuzuschreiben haben?«

Lord Kelsey-Ramos sah mich an. »Was schlagen Sie in dem Fall vor? Sollen wir die Partei der Invasoren gegen die Donnerköpfe ergreifen?«

Die Aussichtslosigkeit enttäuschte mich unsagbar. *Selig die Friedensstifter* . . . »Ich weiß es nicht.«

Wir schwiegen lange. Dann blickte Lord Kelsey-Ramos zu den Klippen hoch, die über uns aufragten. »Ein interessanter Ort«, bemerkte er im Plauderton. »Außerdem einmalig — wir haben die Satellitenfotos von ganz Spall mit einem feinen Raster durchgemustert, nichts kommt dieser Stadt auch nur annähernd gleich.«

»Viele Empfindungen der Donnerköpfe lassen sich mit jenen der Menschen vergleichen«, erwähnte ich mechanisch; meine Gedanken waren immer noch bei der schrecklichen Vorstellung des Massenmords. »Sie haben uns erzählt, daß sie überall, wo es möglich ist, diese enge Gemeinschaft bevorzugen.«

»Und wieso ist sie hier möglich?«

Das Bild des Gemetzels verschwand, und ich blickte Lord Kelsey-Ramos prüfend an. In seiner Ausstrahlung hatte sich etwas geändert. Ich spürte immer noch seine Erbitterung, doch irgendwie anders. »Worum geht es?« fragte ich leise.

»Nur ein Verdacht, weiter nichts, zumindest nicht im Augenblick. Meine Frage war übrigens rein rhetorisch.«

Ich sah mich in Butte City um. »Ich weiß es wirklich nicht, Sir«, gab ich zu. »Der Ort ist wettergeschützt, mehr fällt mir nicht ein.«

Lord Kelsey-Ramos nickte. Seine Augen wanderten zu dem Grat, den Calandra und ich am ersten Abend erklommen hatten, als wir hier übernachtet hatten — es schien Jahre zurückzuliegen. »In der Mitschrift Ihres Verhörs unter Wahrheitsdrogen steht, daß Sie eine Linie von Hitze verursachter Stellen gefunden haben, die sich auf einem dieser Grate hinaufzieht. Zeigen Sie sie mir?«

»Selbstverständlich. Hier bitte ...«

Ich führte ihn und Kutzko zum Fuß des Grats und zeigte ihnen die untersten Stellen. »Vielleicht haben früher einmal Donnerköpfe an diesen Stellen gestanden«, erklärte ich. »Sie haben den Gipfel der Klippe offensichtlich nur in mehreren Etappen erreicht.«

»Ein Wächter. Ich erinnere mich an diese Vermutung aus der Niederschrift. Haben Sie sich seither je die Frage gestellt, wozu Wesen, die ihre Körper verlassen und sich frei bewegen können, einen physischen Wächter benötigen?«

Diese Frage hatte ich mir *noch nicht* gestellt. »Sollen sie nach Unwettern Ausschau halten?« schlug ich zögernd vor.

»Scheint mir unwahrscheinlich.« Lord Kelsey-Ramos schüttelte den Kopf. »Die meisten Geschöpfe verbrauchen so wenig wie möglich Energie. Ich kann mir nicht vorstellen, daß sie für etwas, das sie nicht kontrollieren können, so viel Mühe auf sich nehmen.«

»Woher wollen wir wissen, daß sie keine Kontrolle über ihr Wetter haben?« entgegnete ich. »Ich könnte mir vorstellen, daß sie vielleicht durch die Hitze von massiert eingesetztem organischen Laser zumindest die Bahn eines Sturms ändern können.«

Lord Kelsey-Ramos sah mich prüfend an, und plötzlich veränderte sich seine Ausstrahlung.

»Was?« fragte ich, und mein Herz machte vor Freude einen Satz.

»Vielleicht nichts«, antwortete er langsam. »Vielleicht alles. Koordinierter Einsatz ihres organischen Lasers ... interessant.« Er dachte noch einen Augenblick lang darüber nach und schüttelte dann den Kopf; was es auch war, er schob es vorerst beiseite. »Zurück zu unserem ursprünglichen Thema: Die Wächter der Donnerköpfe. Laut Dr. Eisenstadts Berichten haben die Donnerköpfe die Schiffe und Stützpunkte der Schmuggler gefunden, indem sie isolierte Gruppen von Menschen aufspürten. Richtig?«

»Ja, ich erinnere mich an ihre Feststellung, daß sie tote Objekte, wie zum Beispiel Schiffe, in diesem Stadium nicht erkennen können.«

»Richtig. Genauso steht es im Bericht.«

»Laut Dr. Eisenstadt ist das durchaus begreiflich.« Worauf wollte er hinaus? »Wenn sie alles um sich herum sehen können, sobald sie ihren Körper verlassen, dann ist es unnötig, daß die Körper ebenfalls diese Sinne entwickeln.«

»Ich bin ganz Ihrer Meinung. Eisenstadt vermutete, daß sie sich eine Art ›Lebenskraft‹ holen — unsere Seelen, wenn Sie wollen.« Er hatte offensichtlich diese Feststellung von mir erwartet. »Wir haben vielleicht wieder einmal eine Aussage der Donnerköpfe zu wenig beachtet. Sie haben selbst behauptet, daß sie leblose

Objekte nicht sehen können. Wir aber haben angenommen, daß sie *nur* leblose Objekte nicht sehen können.«

Endlich hatte ich begriffen. »Glauben Sie, daß es hier Raubtiere gibt, die sie auch nicht wahrnehmen?«

»Wäre doch möglich«, vermutete Lord Kelsey-Ramos. »Im Hinblick auf die organischen Laser der Donnerköpfe müßte ein Raubtier imstande sein, sich an sie anzuschleichen.«

Jetzt wußte ich, was in ihm vorging. »Das ist nicht nur eine Vermutung, nicht wahr? Sie haben es bereits überprüft?«

Er blickte wieder zu den Klippen hinauf. »Es gibt hier ein kleines wieselähnliches Tier, das eine Vorliebe für das Fleisch der Donnerköpfe hat«, sagte er. »Sie jagen oft in Rudeln bis zu dreißig. Wie gut man wohl eine solche Gruppe von dort oben sehen kann?«

»Die Donnerköpfe sehen ziemlich gut.« Mir lief eine Gänsehaut über den Rücken. Im Nachhinein war mir klar, daß das Gleichgewicht der Natur auf Spall auch Raubtiere voraussetzte, mit denen die Donnerköpfe fertig werden mußten ... Daß uns die Donnerköpfe wieder vorsätzlich eine wichtige Information vorenthalten hatten, reichte mir endgültig. »Wenn die Wächter auf den Klippen ein Rudel erspähen ... bereiten sich die anderen auf dem Kampf vor.«

»Kutzko«, bat Lord Kelsey-Ramos, »das ist Ihre Spezialität. Was meinen Sie?«

Kutzko blickte sich sorgfältig prüfend um. Der Gedanke war auch ihm neu. Lord Kelsey-Ramos hatte diese Überlegung offenbar für sich behalten. Ein Zeichen, daß er sich große Sorgen machte ... »Die Anordnung ist gut«, stellte Kutzko schließlich fest. »Nur vier Zugänge, keiner davon sehr breit, und an jedem Zugang eine gestaffelt angeordnete Verteidigung.«

»Gestaffelte Verteidigung?« wiederholte Lord Kelsey-Ramos stirnrunzelnd.

»Ja, Sir. Bei jeder Öffnung wachsen fünf bis sieben

Donnerköpfe den Hügel hinauf. In einer herkömmlichen militärischen Formation wären sie die Vorposten, die einzelne Wiesel oder kleine Gruppen aufhalten müssen, die an den oberen Wachen vorbeigeschlüpft sind.« Er wies auf eine größere Gruppe von Donnerköpfen. »Größere Rudel — vor denen sie der obere Posten vermutlich gewarnt hat — werden von der Hauptgruppe der Gemeinschaft mit konzentriertem Laserfeuer bekämpft. Sehen Sie die kleineren Donnerköpfe am Rand und die größeren in der Mitte? Wieder eine Anlehnung an das herkömmliche Arrangement kniender und stehender Soldaten.«

Ich fuhr mir mit der Zunge über die Lippen. »Viele der kleineren Exemplare sind Drohnen«, erklärte ich. »Zusätzliche Körper, die ursprünglich nicht empfindungsfähig sind.«

Kutzko nickte. »Um so besser. Sie können wahrscheinlich trotzdem als Kampfposition verwendet werden und sind entbehrlich, für den Fall, daß diese Wiesel so nahe kommen.«

»Mit anderen Worten, die Donnerköpfe verstehen etwas von Kriegsführung«, stellte Kelsey-Ramos fest.

Kutzko zuckte die Achseln. »Nicht unbedingt. Manchmal verleiht die Evolution einer Spezies solche strategische Eigenschaften.«

»Nur handelt es sich hier um intelligente Geschöpfe«, knurrte Lord Kelsey-Ramos. »Außerdem entspricht diese Stadt nicht ihrer üblichen Lebensweise.«

»Ja, was sagen Sie dazu?« fragte ich. »Draußen in der Wildnis schützen sie sich nicht durch solche Arrangements.«

»Sie drängen sich auch nicht in große Gruppen zusammen, die Räuber anziehen«, erklärte Lord Kelsey-Ramos. »Vielleicht soll die dichte Vegetation, deren Wachstum sie fördern, Angriffe abwehren.«

»Das glaube ich nicht«, widersprach Kutzko. »Dieses Zeug rundum wäre doch ihrem Laser im Weg.«

Lord Kelsey-Ramos dachte einen Augenblick lang nach; seine Ausstrahlung wurde gefühllos, als ihm ein neuer, eindeutig unangenehmer Gedanke kam. »Was machen Sie morgen vormittag, Gilead?« fragte er unvermittelt.

»Soweit ich weiß, nichts Besonderes«, antwortete ich vorsichtig. »Ich glaube nicht, daß Dr. Eisenstadt eine Kontakt-Sitzung geplant hat.«

»Gut. Ich hole Sie um neun Uhr ab — halten Sie sich bereit!« Er gab Kutzko einen Wink, wandte sich zum Gehen um ... und zögerte. »Übrigens«, er klang fast verlegen, »ich habe in Outbound die Mitschrift des Prozesses Ihrer Freundin Paquin angefordert.«

»Oh ... Danke, Sir.« Ich war überrascht und seltsam beschämt. Alles konzentrierte sich auf die Donnerköpfe und die fremde Flotte, so daß ich fast vergessen hatte, was das auslösende Moment für alles gewesen war.

»Keine Ursache«, brummte er. »Aber Sie wissen, daß ich nichts versprechen kann. Wir sehen uns morgen früh. Gute Nacht und schlafen Sie gut.«

Gut schlafen. Wenn hundertzweiundneunzig fremde Raumschiffe der Zerstörung entgegenrasten ... »Ja, Sir«, seufzte ich. »Gute Nacht.«

30. Kapitel

Sie kamen am nächsten Morgen in einem schlanken Pravilo-Luftfahrzeug vom Hauptquartier der Kommission herüber und trafen Punkt neun Uhr ein. Eine halbe Stunde später fuhren wir in einem Geländefahrzeug weiter. Dazwischen hatten Lord Kelsey-Ramos und Dr. Eisenstadt eine leise, aber heftige Auseinandersetzung. Ich stand nicht nahe genug, um die Worte zu verstehen, aber aus ihren Gesten entnahm ich, daß Eisenstadt neugierig geworden war und mitkommen wollte; Lord Kelsey-Ramos lehnte ab. Eisenstadt glaubte offenbar, daß Lord Kelsey-Ramos etwaige Lorbeeren allein ernten wollte und ärgerte sich begreiflicherweise darüber, daß ein Amateur in wissenschaftlichen Angelegenheiten herumstocherte und dabei womöglich alles verpatzte.

Hoffentlich steckte nicht mehr dahinter. Aber ich kannte Lord Kelsey-Ramos; wahrscheinlich erwartete er Probleme, und um die Zahl der möglichen Opfer in Grenzen zu halten, beschränkte er die Gruppe auf sich selbst, Kutzko und mich.

Eine noble Einstellung ... Aber als wir in die Wildnis fuhren, überlegte ich unwillkürlich, um wieviel leichter man sich für eine solche Überlegung begeistert, wenn nicht der eigene Kopf in der Schlinge steckt.

Wir fuhren etwa eine Stunde, bevor Lord Kelsey-Ramos schließlich fand, was er suchte.

»Hier«, deutete er und bot mir sein Fernglas an. »Dort oben auf dem Hügel — der einzelne Donnerkopf mitten im Unkraut?«

Ich nickte. Ich kannte das »Unkraut«, wie er es nannte. Es handelte sich um den dichten Pflanzenwuchs, dem es Eisenstadts Studien zufolge so gut bekam, daß sich die Wurzeln der Donnerköpfe in periodischen Abständen auflösten. Ein paar kleine Insekten umkreisten die Pflanzen, sonst entdeckte ich kein anderes Lebewesen. Ich drehte mich um und überprüfte kurz die Gegend. Auf den nahegelegenen Hügeln wuchsen ebenfalls Donnerköpfe, aber so weit ich sehen konnte, stand keiner in der Blickrichtung von Lord Kelsey-Ramos' ausgewähltem Exemplar. »Er ist völlig isoliert«, bemerkte ich. »Erfahren wir jetzt, warum das wichtig ist?«

Er öffnete die Wagentür und gab sich einen Ruck. »Nehmen Sie das Fernglas und gehen Sie hinauf!« Seine Stimme klang gespannt. »Nicht zu nahe — vielleicht bis zu den Felsen dort drüben.« Er zeigte hin. »Von dort können Sie alles überblicken. Lassen Sie Ihr Telefon eingeschaltet — ich möchte nicht, daß wir hin- und herschreien. Wo haben Sie die Kiste verstaut, Kutzko?«

»Links im Gepäckraum; ich hole sie.«

»Nein, das mach ich. Sie nehmen den Recorder und gehen mit Gilead hinauf! Finden Sie einen Platz mehr oder weniger ihm gegenüber.«

Ich sah Kutzko an: Er war ebenso beunruhigt und unsicher wie ich. »Lord Kelsey-Ramos ...«

»Gehen Sie schon!« fiel er mir ins Wort, ging um die Rückseite des Autos herum und öffnete den von Kutzko bezeichneten Gepäckraum.

Ich rührte mich nicht. »Lord Kelsey-Ramos, wir können Ihnen nur wenig helfen, wenn wir nicht wissen, was Sie vorhaben.«

Er hielt inne, und ich spürte seine Unentschlossenheit. Im offenen Gepäckraum sah ich eine lange Metallkiste und ein schweres, undurchsichtiges Geflecht. Neben der Kiste lagen dicke Handschuhe. Aus der Kiste kam ein leises, kratzendes Geräusch ...

»Es ist eines der Wiesel, von denen Sie gestern gesprochen haben, nicht wahr?« fragte ich vorsichtig.

»Der wissenschaftliche Name lautet *laska myesist*-irgendwas«, antwortete er betont gleichgültig. »Außerdem sind es vier.«

»Sie wollen sehen, wie die Donnerköpfe kämpfen.« Kutzkos Hand näherte sich automatisch seiner Injektionspistole.

»Ich möchte sehen, wie sich die Donnerköpfe in der Wildnis verteidigen«, verbesserte ihn Lord Kelsey-Ramos. »Das ist ein Unterschied.«

Kutzko blickte auf den von uns angepeilten Donnerkopf auf dem Hügel, ließ den Riemen des Recorders von der Schulter gleiten und hielt das Gerät Lord Kelsey-Ramos hin. »Hier, Sir. Sie und Gilead begeben sich auf die Posten, und ich bringe den Käfig.«

Lord Kelsey Ramos schüttelte den Kopf. »Tut mir leid, Kutzko, das mache ich.«

»Ich bestehe darauf!« sagte Kutzko scharf.

»Ich auch«, erwiderte Lord Kelsey-Ramos eisig. »Es ist meine Idee und es könnte gefährlich werden. Ich werde es tun.«

Kutzko wurde noch härter. »Es ist meine *Aufgabe*, Sir, Sie zu beschützen. Ich werde diese Aufgabe erfüllen ... Wenn ich Sie ins Auto sperren muß, werden Sie nicht besonders gut sehen, was vorgeht.«

Lord Kelsey-Ramos gab nicht nach. »Das ist ein Befehl, Kutzko. Sie werden, verdammt noch mal, gehorchen!«

»Gilead?« forderte mich Kutzko auf.

Ich holte tief Luft. Beim letzten Mal hatten die Donnerköpfe nur den Verdacht gehegt, daß man sie angreifen wollte, und trotzdem so viel Wärmeenergie aufgewendet, daß Metall geschmolzen war. Was würden sie tun, wenn sie sich einem echten Angriff gegenüber sahen? — »Wenn Sie ihn in das Auto sperren müssen, dann werde ich eben den Recorder bedienen.«

Lord Kelsey-Ramos konnte es nicht fassen, aber ich spürte, wie er hinter seinem Zorn langsam nachgab ... und — wenn auch widerwillig — unsere Haltung schätzte. »Sobald wir zurück sind, werde ich Ihnen beiden den Unterschied zwischen Loyalität und Ungehorsam beibringen«, knurrte er schließlich und griff zögernd nach dem Recorder, den ihm Kutzko immer noch entgegenhielt. »Bringen Sie sie nicht näher als zehn Meter an den Donnerkopf heran, Kutzko, und achten Sie auf Zähne und Klauen, wenn Sie die Kiste aufmachen! Dann kommen Sie wieder den Hügel herunter.«

»Ja, Sir.« Kutzko nickte und nahm die Handschuhe.

»Seien Sie vorsichtig! Kommen Sie Gilead, gehn wir hinauf!«

Die ersten dreißig Meter blieben wir beisammen, dann trennten wir uns. Ich ging zu den Felsen, die er mir gezeigt hatte, und er schritt auf eine kleine Vertiefung im Boden zu, die ihn zumindest etwas schützen würde, sollte der Donnerkopf in seine Richtung schießen. Ich ließ den Donnerkopf nicht aus den Augen. Er hatte uns bemerkt, aber ich entdeckte keine Feindseligkeit und konnte nur beten, daß sich das nicht änderte.

Kutzko wartete, bis wir in Position waren, dann machte er sich auf den Weg. Ich behielt den Donnerkopf im Auge. Ob ich schnell genug einen Warnungsschrei ausstoßen konnte, sobald ich eine Feindseligkeit bemerkte? Würde ich überhaupt zeitgerecht bemerken, wie ein feindlich gesinnter Donnerkopf aussah? Das Herz schlug mir bis zum Hals, so daß ich Lord Kelsey-Ramos' leise Stimme im Telefon fast überhörte. »Er hat die Laskas freigelassen, Gilead. Er geht zurück — kein Zeichen von einem Angriff ... Die Laskas gehen vor ... Sie kommen. Beobachten Sie den Donnerkopf!«

Aus dem Augenwinkel sah ich jetzt die vier Laskas, die sich durch das leichte Unterholz anschlichen. Der Donnerkopf hatte sie bemerkt. Ich spürte die erhöhte Bereitschaft, doch ich konnte nicht sagen, wieviel davon sich auf die Tiere konzentrierte und wieviel auf uns. Ich wagte einen Blick auf die Laskas: Sie waren nicht beunruhigt.

Der Donnerkopf hatte noch nicht geschossen. Wartete er, bis die Räuber näherkamen? Ich dachte zurück an Butte City und versuchte, mich an die einzelnen Empfindungen zu erinnern, als die Donnerköpfe damals Kutzkos Waffe blockiert hatten. »Bis jetzt noch kein Laser.« Lord Kelsey-Ramos unterbrach meine Gedanken. »Vielleicht weiß er, daß wir eine Aufzeichnung machen und hofft, daß er uns seine Waffen nicht vorführen muß.«

Daran hatte ich noch nicht gedacht ... Aber wenn der Donnerkopf darauf baute, dann war das eine vergebliche Hoffnung. Die Laskas hatten ihn gesehen oder gerochen, und bewegten sich zielstrebig vorwärts.

Zielstrebig, aber immer noch langsam ... Das ergab doch keinen Sinn! »Etwas stimmt nicht«, murmelte ich in mein Telefon. »Die Laskas sollten auf den Donnerkopf zurennen — sie finden hier nicht soviel Deckung, daß sie sich anschleichen können!«

»Sind Sie sicher, daß der Donnerkopf sie erblickt hat?« fragte Lord Kelsey-Ramos.

»Ziemlich sicher. So viel ich sehe — beobachtet er und wartet.«

»Beobachten Sie ihn weiter!«

Die Laskas bewegten sich vorsichtig, bis sie den Rand der Vegetation rings um den Donnerkopf erreicht hatten. Hier hielten sie inne; ihre gesenkten Köpfe pendelten hin und her, als versuchten sie, mit Augen oder Ohren eine Gefahr zu wittern. Ich wartete, daß sie angriffen ... Geduldig wie zuvor setzten sie vorsichtig ihren Weg zwischen zwei buschähnlichen Pflanzen fort ...

Ohne Vorwarnung explodierte aus den Büschen plötzlich eine summende Insektenwolke.

Ich duckte mich tiefer hinter die Felsnase und erinnerte mich, wie sich die Männer, die die erste Donnerkopf-Drohne ausgruben, beklagt hatten. »Geben Sie acht — sie stechen«, rief ich ins Telefon.

»Verstanden«, antwortete Lord Kelsey-Ramos mit eisiger Ruhe ... in seiner Stimme schwang ein Gemisch von Ekel und Entsetzen. »Jetzt weiß ich, wofür der organische Laser gut ist — sie schießen nicht direkt auf die Räuber, sondern sie rütteln damit ihre Insektennachbarn auf. Bleiben Sie unten und beobachten Sie weiter!«

Ich biß die Zähne zusammen und tat wie geheißen. Zunächst geschah nichts; dann hörte ich trotz des lauten Summens der Insekten Blätter und Zweige knakken; die vier Laskas schossen aus dem Gebüsch heraus und rannten wie verrückt den Hang hinunter. Einen Moment hatte es den Anschein, als wollten die Insekten sie verfolgen, aber sie gaben sich offenbar damit zufrieden, die Eindringlinge vertrieben zu haben. Eine Weile umschwärmten sie noch den Donnerkopf, dann verschwanden sie allmählich wieder in der dichten Vegetation.

Lord Kelsey-Ramos richtete sich langsam auf. »Gilead? Was macht der Donnerkopf?« fragte er gespannt.

»Er beobachtet uns.« Ich zwang meine Stimme, ruhig zu bleiben. Es war noch nicht vorüber; ich hatte ein mulmiges Gefühl in der Magengrube. Wir mußten noch zum Auto zurück ... unterwegs gerieten wir in Sichtweite der Donnerköpfe auf den umliegenden Hügeln. »Ich weiß es nicht — warten Sie einen Moment.« Eine subtile Veränderung war mit dem Donnerkopf vorgegangen — »Er ist fort. Er hat seinen Körper verlassen.«

»Überrascht mich nicht, wenn ich das hier richtig verstehe«, brummte Lord Kelsey-Ramos. »Es ist an der Zeit für einen würdevollen, aber raschen Rückzug.«

»Bleiben Sie, Sir!« befahl Kutzko; diesen Ton kannte ich. »Ich hole Sie mit dem Auto.«

Lord Kelsey-Ramos zögerte. »Gut«, stimmte er dann zu. »Ich glaube nicht, daß wir wirklich in Gefahr sind ... Andererseits wissen wir nicht, wie weit sie gehen würden, um dieses Geheimnis zu bewahren.«

»*Welches* Geheimnis?« wollte ich wissen. Lord Kelsey-Ramos hatte bei der Szene, deren Zeuge wir eben geworden waren, offensichtlich etwas Wichtiges beobachtet, das mir entgangen war. Spannung und Gefahr verursachten mir bereits Magenkrämpfe; jetzt tat ein Anflug von Bescheidenheit noch das Seine dazu. »Ich verstehe nicht.«

Lord Kelsey-Ramos seufzte so leise, daß ich es gerade noch hörte. »Das glaube ich.« Er klang trotz der Spannung seltsam traurig. »Das Problem mit euch religiösen Typen ist, daß eure Auffassung von Realität begrenzt ist. In unserem Universum gibt es Dinge, die nur ein hinterlistiger, manipulierender Geist begreifen kann.«

Ich suchte noch nach einer Antwort, als Kutzko das Auto zwischen seinem Arbeitgeber und dem immer noch leeren Donnerkopf zum Stillstand brachte. Lord Kelsey-Ramos lief zum Fahrzeug; ich nahm die Beine in die Hand und tat das gleiche.

Kutzko fuhr den Hügel hinunter — immer noch kein Angriff. Ich versuchte, über die Schulter hinweg die verstreuten Donnerköpfe zu beobachten, als wir in ihre Sichtweite kamen. Doch wir waren zu weit weg und das Auto holperte so verrückt, daß ich nichts von Bedeutung erfaßte. Ich spürte nur, daß auch sie uns beobachteten. »Was jetzt?« fragte ich.

Lord Kelsey-Ramos holte tief Luft; die Spannung löste sich, und an ihre Stelle traten Müdigkeit und Zorn. »Wir fahren zurück«, antwortete er erschöpft, »und erzählen Admiral Yoshida und dem Rest der Kommission, wie uns die Donnerköpfe während all der Jahre benutzt haben.«

»Ich verstehe noch immer nicht.«

»Sehen Sie es denn nicht?« Er deutete ruckartig mit dem Kopf auf den Hügel hinter uns. »*Das* war eine Demonstration des natürlichen Abwehrmechanismus der Donnerköpfe. Diesen Mechanismus haben sie auf ihr System als Ganzes ausgeweitet.«

Endlich — endlich, wurde es mir klar. »Die Wolke ist nichts anderes, als eine riesige Version der Pflanzenbarriere.«

Lord Kelsey-Ramos nickte bitter. »Und wir sind die stechenden Insekten, die in ihr leben. Die Insekten, die sie hereingelockt haben, damit sie sie verteidigen.«

31. Kapitel

Am Abend zuvor waren die Temperaturen fast bis zum Gefrierpunkt gefallen, ein sicheres Zeichen, daß in diesem Teil von Spall der Winter nahte. Auch vier Stunden nach Sonnenaufgang war die Luft noch recht kühl — das erschwerte den Technikern die Arbeit an den neuen Unterkünften. Ich sah ihnen im Vorbeigehen zu und hatte Mühe, mich an das ursprüngliche Lager zu erinnern. Von einem einzigen Pravilo-Schiff und einer Handvoll Zelte, deren Bewohner widerwillig das Geplapper von zwei unter Wahrheitsdrogen stehenden Watchern überprüften, hatte es sich zu einer echten Bürostadt entwickelt, mit Laboratorien und vorgefertigten Privathäusern.

Durch den Zustrom von Geld und Personal war etwas verloren gegangen. Die beinahe kindliche Aufregung über eine wissenschaftliche Entdeckung war verschwunden. An ihre Stelle war die ebenso starke aber viel düsterere Motivation getreten, an einer wichtigen Aufgabe teilzuhaben, bei der es auf Leben und Tod ging.

Dr. Eisenstadt spürte es ebenfalls, auch wenn er es nicht offen zugeben wollte. Die meisten übrigen spürten nichts. Für manche hieß Fortschritt einfach größer, wichtiger — und mehr Geld.

Das Haus, das ich suchte, lag innerhalb der ursprünglichen Sicherheitsabgrenzung, ziemlich weit weg von dort, wo hauptsächlich gearbeitet wurde. Da hier Platz knapp war, so gehörte auch zu diesem Haus nur wenig Land. Aber als ich zur Vordertür kam, duftete es zart nach vertrauten Pflanzen; zwischen Haus und Zaun gab es also genug Platz für einen kleinen Garten. Das dumpfe Geräusch von Gartenwerkzeugen begleitete den Duft, und ich änderte die Richtung und ging um das Haus herum.

Der Hirte Adams kniete in der Mitte einer kleinen umgegrabenen Fläche und stocherte mit einem gegabelten Pflanzenstecher rund um die Wurzeln von drei kniehohen Pflanzen. Als ich um die Hausecke bog, blickte er auf. Im ersten Moment spürte ich seine instinktiv unfreundliche Haltung, voll unbestimmter Bitterkeit und Enttäuschung. »Mr. Benedar«, begrüßte er mich knapp mit neutraler Stimme.

»Hirte Adams.« Ich mußte kämpfen, um mich gegen seine starke Ausstrahlung zu behaupten. »Es tut mir leid, daß ich Ihre Einsamkeit störe ...«

»Es ist mir nicht viel mehr geblieben, als meine Einsamkeit«, erwiderte er.

Ein Hauch von Ironie lag in seiner Stimme; der Panzer, mit dem er sich umgab, hatte einen feinen Riß ... »Da bekommt man eine Vorstellung davon, was es heißt, ein Mönch zu sein«, warf ich ein. »Das wollten Sie ja einmal werden.«

Er schnaubte verächtlich, und wieder bröckelte ein Stück von seinem Panzer ab. Adams konnte einfach nicht lange grollen. »Ich hatte vergessen, wie wenige Gedanken einem gehören, wenn ein Watcher anwesend ist«, seufzte er. »Eine nützliche Erinnerung daran, wie wenig wir vor Gott verbergen können.«

Ich sah seinen stillen Schmerz. »Es tut mir leid«, sagte ich leise. »Alles ... tut mir leid.«

Er schenkte mir ein bittersüßes Lächeln. Er war auch ein wenig auf sich selbst zornig. »Sie meinen, daß Sie die Glorie Gottes als Lüge entlarvt haben?«

Ich erschrak über seine Direktheit. »Ein Fehler, Hirte Adams. Keine Lüge.«

»War es ein Fehler? Seit einem Monat stelle ich mir diese Frage. Schließlich wissen wir beide, daß die Glorie Gottes ohne die mystische Anziehungskraft nicht so schnell und so groß gewachsen wäre; die Möglichkeit, hier tatsächlich in der physischen Manifestation von Gottes Königreich zu stehen, reizte sehr.« Er wandte seine Augen ab. »Vielleicht habe ich vor den Widersprüchen in dieser Behauptung bewußt die Augen verschlossen.«

Ich schüttelte den Kopf. »Als wir einander kennenlernten, habe ich sehr genau nach Anzeichen für falschen Ehrgeiz gesucht — Calandra war noch gründlicher als ich. Keiner von uns hat etwas entdeckt.«

»Calandra hat uns nie wirklich getraut.«

Ich dachte über Calandras verlorenen Glauben nach. »Zur Zeit fällt es ihr schwer, jemandem zu trauen.«

»Der Grund liegt wahrscheinlich in der Situation der Watcher nach dem darMaupine-Fiasko.« Er berührte eine der Pflanzen mit dem Werkzeug. »Verstehen Sie etwas von Valeer-Pflanzen, Gilead?« fragte er.

Der Name kam mir vage bekannt vor. »Ein Gewürz, das Sie in Ihrer Küche verwenden?«

Er nickte. »Als mich Dr. Eisenstadts Leute nicht mehr brauchten und mich hier im Abseits begruben, habe ich sie innerhalb des Zauns gefunden. Diese Pflanzen sind nicht leicht zu ernten — das haben wir entdeckt, als wir es zum ersten Mal versuchten.« Er deutete auf fünf dikke blattähnliche Gebilde an der Spitze jeder Pflanze. »Das sind die Gewürzschoten. Wenn der Winter kommt, sammeln sich alle Nährstoffe der Pflanze — ihre Lebenskraft, wenn Sie so wollen — in den Samen, der in diesen Schoten ist. Die Pflanze vertrocknet zu einem toten Stengel, der nächste Windstoß öffnet die Schote und verstreut die Samen überall hin. Die Kunst des Gärtners besteht darin, lange genug zu warten, um so viel wie möglich herauszuholen, aber nicht so lange, daß der Wind die Ernte verbläst.«

Ich erkannte den Vergleich, den er machte. »Vielleicht ist für die Glorie Gottes die Zeit gekommen, sich zu zerstreuen.«

»Gewiß, sie werden sich zerstreuen, aber nicht als lebensfähige Samen«, seufzte er. »Die meisten sind zu jung, um eine solche Prüfung durchzustehen.«

»Glauben Sie, daß sie es schwerer haben als wir nach Aaron Balaam darMaupine?« Seine Miesmacherei ärgerte mich. »Seit zwei Jahrzehnten gelten die Watcher in den Patri und den Kolonien als latente Verräter. Dennoch überleben wir.«

Er lächelte bitter. »Sie sind alt und fest begründet gewesen, und man hat Ihnen Haß und Mißtrauen entgegengebracht. Wir sind jung, und müssen auf Spott gefaßt sein. Welche der beiden Reaktionen kann der menschliche Geist Ihrer Ansicht eher ertragen?«

Ich kannte die Antwort darauf nur zu gut. »Unterschätzen Sie sie nicht«, sagte ich statt dessen. »Sie sind vielleicht stärker, als Sie annehmen.«

Seine Blicke schweiften über den Zaun. »Ich sollte bei ihnen sein«, murmelte er, »und sie darauf vorbereiten.«

Ich holte tief Luft. »Hier sind Sie vielleicht nützlicher.«

Er zuckte die Achseln. »Ich bin zu nichts gut. Die Hirtin Zagorin ist vielleicht ...« Er brach ab; erst jetzt registrierte er den Ton meiner Bemerkung. »Ist ihr etwas zugestoßen?«

»Nein, es geht ihr gut«, beruhigte ich ihn. »Sie macht immer noch die gesamte Kontakt-Arbeit, aber sie hat sich gut eingewöhnt.«

»Es besteht kein Grund, daß sie alles allein macht. Man hat mir Herz und Gehirn schon vor Wochen wieder in Ordnung gebracht — ich kann ihr durchaus etwas von der Last abnehmen.«

»Ich weiß, Sir. Darum möchte ich Sie bitten, für mich die Donnerköpfe zu kontaktieren.«

Zuerst war er bestürzt, dann wurde er vorsichtig. »Warum ich?«

»Weil ich Hirtin Zagorin nicht verwenden kann.« Ich nahm meinen Mut zusammen; das Kommende würde weh tun. »Was wissen Sie von dem, was vorgeht?«

»Die Donnerköpfe sind intelligent und bilden eine

richtige Gemeinschaft, doch wir wissen noch nicht, wie sie funktioniert. Außerdem gibt es eine Flotte von Raumschiffen, die mit weniger als Lichtgeschwindigkeit unterwegs ist, derzeit nicht ganz ein Lichtjahr von Solitaire entfernt; sie wird uns in etwa siebzehn Jahren erreichen.«

»Wissen Sie, daß die Patri diese Flotte zerstören wollen?«

Er war entsetzt. »Gott schütze uns«, murmelte er. »Aber ... warum?«

»Weil wir Angst haben.«

Er versuchte, mit dieser Ungeheuerlichkeit fertigzuwerden. »Wie wollen sie es ... machen?«

»Einhundertzweiundneunzig von den größten Rocheoiden von Collet sollen mit Mjollnir-Lacings ausgerüstet und an Schleppschiffe mit Totmannschaltung angekoppelt werden.« Der Gedanke bereitete mir wie immer Übelkeit. »Die Todeskandidaten gehen an Bord, und die Donnerköpfe führen sie zu Punkten direkt vor jedem Schiff. Und zwar so nahe, daß die Feinde weder abdrehen, noch eine Gegenmaßnahme ergreifen können.«

Adams schwieg lange. Ich beobachtete wortlos, wie er langsam sein Entsetzen bezwang. »Woher wollen sie wissen, wie nahe sie kommen müssen?« fragte er.

»Das habe ich mich auch schon gefragt. Die Donnerköpfe wissen offensichtlich mehr darüber, als sie uns sagen wollen.«

»Dann wissen sie auch, wer die Invasoren sind.« Das war keine Frage.

»Davon bin ich überzeugt. Aber sie weigern sich, uns etwas zu sagen.«

Er dachte darüber nach. »Was wollen Sie sie fragen?«

»Ich möchte wissen, wie man mit den Aliens Verbindung aufnehmen kann. Wenn es eine Möglichkeit gibt, mit ihnen zu sprechen, dann können wir vielleicht herausfinden, was hier vorgeht und auf welcher Seite wir bei dieser Auseinandersetzung stehen sollen.«

»Warum glauben Sie, daß wir überhaupt auf einer Seite stehen müssen?«

Ich schaute verwundert; diese Frage überraschte mich. »Irgendwo müssen wir doch stehen!«

»Müssen wir? Selig sind die Friedensstifter — oder haben Sie das vergessen?«

Ich biß die Zähne zusammen, um den aufkommenden Zorn zu unterdrücken ... Zorn und ein unangenehmes Schuldbewußtsein. »Wollen Sie damit sagen, daß ich die Ziele meines Glaubens vergessen habe?«

»Haben Sie das?« fragte er schonungslos.

Ich wollte nachdrücklich verneinen, doch die Entgegnung blieb mir im Hals stecken. »Wenn mich acht Jahre in der Welt von Lord Kelsey-Ramos nicht gebrochen haben, dann haben es zwei Monate hier sicherlich auch nicht getan«, brachte ich heraus.

Ein schwaches Lächeln umspielte seine Lippen. »In der Geschäftswelt von Lord Ramos geht es um Gelderwerb und darum, Mitbewerbern den Dolch in den Rükken zu stoßen«, wandte er ein. »Hier hat man Ihnen eine Chance geboten, Ihre Talente einzusetzen, um einen Teil von Gottes Universum zu erforschen. In welche Welt könnten Sie sich leichter einfügen?«

»In keine.« Er hatte mich in die Defensive gedrängt. Die Unterstellung, daß mich die profane Welt so leicht verführen könnte, war absurd, ja sogar beleidigend. »Außerdem steht das nicht zur Debatte. Zur Debatte steht vielmehr, daß der Pravilo viele intelligente Leben auslöschen wird, wenn wir keine Alternative finden.«

Er gab mir recht, aber er hatte das Thema über meinen Lebensweg nur beiseite gelegt, noch nicht abgeschlossen. »Warum läßt man Sie nicht mit den Donnerköpfen sprechen?«

Ich zwang mich, wieder zur Sache zu kommen. »Weil ich mich nicht darauf beschränken werde, mit ihnen zu sprechen. Ich werde den Donnerköpfen eröffnen, daß wir eines ihrer Geheimnisse kennen.«

»Was für ein Geheimnis?«

»Ich kann beweisen, daß sie nicht die armen, verfolgten Opfer sind, für die sie sich ausgeben; daß sie uns mit der Absicht in das Solitaire-System gelockt haben, um uns in die Auseinandersetzung mit den Aliens zu verwickeln.«

»Interessant«, murmelte Adams. Er grübelte eine Weile nach. »Glauben Sie nicht, daß wir durch diese Enthüllung Schwierigkeiten bekommen werden?«

Ich schüttelte den Kopf. »Die Donnerköpfe wissen mittlerweile sicherlich, daß wir Bescheid wissen. Lord Kelsey-Ramos ist ihnen vor zwei Wochen auf die Schliche gekommen, aber es scheint sie nicht besonders zu stören.« Wenn das stimmte, so wird es mir nicht sehr viel nützen, sie mit diesem Wissen zu erpressen. Aber es blieb mir nichts anderes übrig, ich mußte mich an solche Strohhalme klammern.

Adams wandte mir sein Gesicht zu, und ich spürte seine rasch wechselnden Gefühle und Gedanken; unentschlossen suchte und erwog er verschiedene Möglichkeiten. Plötzlich klärte sich das Durcheinander. »In Ordnung. Sind Sie bereit?« fragte er energisch.

Seine schnelle Entscheidung überraschte mich. »Ich schon, aber *Sie* sind es nicht. Wir brauchen einige Medikamente, wie sie zur Vorbereitung der Hirtin Zagorin verwendet wurden.«

»Und Sie haben Zugang zu diesen Drogen?« fragte er anzüglich.

»Ich kann sie besorgen. Wir können nicht riskieren, daß Sie die gleichen Schwierigkeiten bekommen, wie beim ersten Mal.«

»Warum nicht? Ich habe damals etliche Minuten durchgehalten, und mit meinem neuen Herzen und dem neuen zerebralen Kreislaufsystem sollte ich diesmal nicht gefährdet sein.«

Ich wußte nicht, was ich tun sollte. Ich konnte ihn nicht darum bitten — nicht jetzt, ohne Vorbereitung.

Aber er hatte recht. Der erste Schub Rocheoide wurde bereits vorbereitet; der Rest sollte laut Zeitplan innerhalb eines Monats fertig sein. Je länger wir warteten, desto geringer wurde die Chance, daß wir den Holocaust durch unsere Erkenntnisse verhindern konnten. »Gut«, seufzte ich schließlich. »Im Augenblick dürfte niemand in Butte City sein.«

»Da bin ich aber froh«, sagte er trocken. Er legte sein Werkzeug beiseite, setzte sich mit gekreuzten Beinen hin und schloß die Augen.

Ich wurde rot, weil ich mir wie ein Idiot vorkam. Natürlich mußten wir nicht dorthin, wo sich die Körper der Donnerköpfe befanden! Ich setzte mich Adams gegenüber und schob alle unwesentlichen Gedanken beiseite. Adams glitt in seine meditative Trance ... erreichte, meinem Gefühl nach, das richtige Stadium ... »Donnerköpfe?« bat ich.

Die Antwort kam sofort. »Ich bin hier«, flüsterte Adams heiser. »Was willst du?«

Ich nahm mich zusammen. Es war soweit. »Ich brauche Informationen. Bitte lehrt mich, wie ich mit den Aliens, die sich dieser Welt nähern, in Verbindung treten kann.«

Eisenstadt hatte schon einmal genau die gleiche Bitte geäußert. Auch heute blieb es lange still, genau wie damals. Ich ließ Adams nicht aus den Augen, um Anzeichen für eine Überbelastung sofort zu erkennen. »Man kann mit ihnen ... nicht sprechen«, antwortete der Donnerkopf schließlich.

Das war vorherzusehen; die gleiche Antwort wie beim letzten Mal. »Dann werden wir Menschen vielleicht diesen Ort verlassen«, erklärte ich ihm. »Vielleicht werden sich unsere Machthaber dazu entschließen, weil sie sich nicht gern von anderen belügen und benützen lassen.«

Ich hatte erwartet, daß der Donnerkopf den Ahnungslosen spielen würde; aber ich hatte die Intelligenz der Geschöpfe unterschätzt. »Eure Rasse hat aus diesem Ort … großen Gewinn gezogen. Ihr sucht bestimmte Mine … rale für eure Maschinen. Sie sind euch Menschenleben wert. Ihr werdet bleiben und kämpfen … um das, was ihr haben wollt.«

»Unterschätzt den menschlichen Stolz nicht«, warnte ich ihn. »Wir kennen eure natürliche Verteidigungsstrategie mit den stechenden Insekten und alles das. Wir wissen, daß ihr genau das gleiche Spiel mit uns spielt: Ihr habt den Mineralreichtum auf den Ringen von Collet geschaffen und uns damit hierher gelockt.«

»Wir erschaffen nicht«, widersprach er.

»Wortspielereien. Vielleicht ist dir der Ausdruck ›vergrößern‹ lieber. Wir wissen alles darüber. Das muß ein gewaltiges Unternehmen gewesen sein: Ein ganzer Planet voller Donnerköpfe, die ihre organischen Laser jahrelang auf die Ringe richten; die leichteren Elemente verkochten allmählich, die Schwermetalle bleiben zurück.«

»Eine derartige Beschuldigung … ist vollkommen ab … surd.«

Ich schüttelte den Kopf. »Sie ist zwar abwegiger als die meisten anderen Theorien, die die Hitzebehandlung der Felsen erklären sollen. Aber sobald Lord Kelsey-Ramos den Zusammenhang erkannt hatte, konnte er mühelos beweisen, daß die Erhitzung durch die gleichen Wellenlängen erfolgte wie bei den geschmolzenen Flekken auf dem Grat in Butte City.«

Wieder herrschte lange Stille; ich spürte deutlich, daß die Donnerköpfe überrascht waren. Sie verfügten zwar über bemerkenswerte natürliche Fähigkeiten, aber sie kannten keine Technologien und daher waren ihre physikalischen Kenntnisse äußerst beschränkt. Für sie klang die eben beschriebene Analyse — eine sehr einfache Analyse, wie man mir gesagt hatte — wahrscheinlich wie Zauberei. »Nun?« Ich wollte eine Antwort.

Adams' Gesichtsausdruck wurde entschlossen. »Ihr

werdet bleiben und kämpfen, wegen ... der Minerale auf den ... Ringen«, wiederholte der Donnerkopf.

Ich biß mich auf die Lippe. So kam ich nicht weiter. »Sagst du mir zumindest, *warum* sie kommen?« fragte ich.

»Sie sind Invasoren.«

Die Standardantwort. »Das habt ihr uns schon gesagt.« Ich wurde immer frustrierter. »Aber *warum* kommen sie. Was ist das für ein Streit, daß sie bereit sind, hundert Jahre in der Wolke zu verbringen, um zu euch zu gelangen?«

»Sie sind Invasoren.«

Ich blickte Adams scharf an. Beim letzten Satz klang seine Stimme irgendwie ...? »Uns bleibt nicht viel Zeit, Donnerkopf.« Ich beobachtete Adams genau. Der Kontakt begann, ihm zuzusetzen. »Wir können die Aliens nicht kaltblütig umbringen — wir *können* das nicht. Versteht ihr nicht, wie unmoralisch das für uns Menschen wäre?«

Adams hob seinen Blick langsam zu mir ... Plötzlich lief mir ein Schauer über den Rücken. Er wirkte gereizt, und das war bisher bei einem Kontakt mit den Donnerköpfen noch nie der Fall gewesen. »Ihr seid Verteidiger«, flüsterte er, und selbst aus dem heiseren Flüstern hörte ich die Verachtung. »Ihr werdet sie zerstören ... weil es in eurer Natur liegt. Darum seid ihr hier.«

Ich war zornig und frustriert und spürte das wilde Verlangen, auf den Donnerkopf einzuschlagen. Aber ich konnte nichts tun. Ein Nerv an Adams Hals zuckte, die Halsschlagader pulsierte; ich mußte meine Wut hinunterschlucken und den Kontakt abbrechen. »Wir sind Menschen«, brachte ich mühsam heraus. »Wir gehen, wohin wir wollen, und tun, was wir wollen. Ihr werdet es schon noch merken! Adams! — unterbrechen Sie den Kontakt!«

Einen Augenblick lang hatte ich das furchtbare Gefühl, daß sich der Donnerkopf widersetzte, daß er

Adams sterben lassen würde, um seine Macht zu demonstrieren. Aber im nächsten Moment wich die Starre von Adams, und er war frei.

Ich hatte den Finger auf dem Alarmknopf meines Telefons und beobachtete ihn genau; doch meine Sorge war unnötig. Im Vergleich zum letzten Mal erholte er sich praktisch sofort. Nach einer Minute atmete er normal, seine Augen blickten klar und er konnte wieder aufrecht sitzen. »Es hat also nicht funktioniert«, stellte er schließlich fest.

Die Niederlage schmeckte bitter. »Nein. Ich hatte gehofft, daß ich etwas anderes herausfinden würde ... aber nichts. Für sie *sind* wir nichts anderes als eine Art Insekten. Sie spielen mit uns — spielen mit uns seit siebzig Jahren. Und wenn der Pravilo diesmal seinen Willen durchsetzt ...«

»Vielleicht sind sie nicht bloß blind oder gierig«, meinte Adams. »Es könnte sein, daß sie keine andere gefahrlose Möglichkeit zur Zusammenarbeit mehr sehen.« Er zögerte. »Die Laser der Donnerköpfe — haben sie wirklich die leichten Elemente aus den Ringen herausgebrannt?«

Ich wußte, worauf er hinauswollte. »Ja, aber Lord Kelsey-Ramos sagte mir, daß sie buchstäblich Jahre dafür gebraucht haben. Zumindest zehn, wahrscheinlich an die zwanzig. Der einzelne Laser ist nicht besonders stark — ihre hauptsächliche Aufgabe dürfte es sein, die schützenden Insekten aufzuscheuchen, sobald ein Räuber naht. Uns würde diese Waffe nicht besonders gefährlich werden.«

»Sie haben das Ende des Revolvers damit verschmolzen.«

»Sie haben ein paar Tropfen über die Öffnung geschmolzen«, verbesserte ich ihn. »Wahrscheinlich war die gesamte Bevölkerung von Butte City daran beteiligt gewesen. Eine direkte Konfrontation würde zwar eine gewisse Gefahr in sich bergen, aber ich kann mir einfach nicht vorstellen, daß die Patri deshalb klein beigeben.«

»Dann haben Sie recht: Dann ist es entweder Blindheit oder Gier.«

»Ich tippe auf Machtgier.«

Wir schwiegen eine Weile. Ich blickte zu den schimmernden weißen Wolken hinauf, die friedlich über den blauen Himmel zogen ... In meiner Phantasie wurde aus den Wolken Mjollnir-betriebene Rocheoide. Todesträchtige Blöcke, die sich auf die ihnen zugewiesenen Punkte vor den herankommenden Schiffen zubewegten. Schiffe, die wahrscheinlich niemals erfahren werden, was ihnen zugestoßen war.

»Sie können nicht aufgeben«, sagte Adams.

Ich drehte mich um. »Ich *will* nicht aufgeben«, entgegnete ich. »Aber ich habe alles versucht, was mir eingefallen ist, und jetzt sind mir die Ideen ausgegangen. Selbst wenn uns die Donnerköpfe sagen würden, wie wir uns mit den Aliens verständigen können, wer sagt uns, ob der Dialog schnell genug vorankommt, daß wir erfahren, worum es in der Auseinandersetzung zwischen den beiden Rassen geht.«

»Trotzdem, wenn uns die Aliens ihren Standpunkt klarmachen könnten, ich wette, dann würden die Donnerköpfe bestimmt auftauen und uns *ihre* Version mitteilen«, überlegte Adams.

»Falls es überhaupt noch nützt!« Ich zuckte die Achseln. »Abgesehen von der moralischen Seite, eines steht fest: Wenn wir mit den Donnerköpfen gemeinsame Sache machen, behalten wir die Ring-Minen. Die Donnerköpfe werden dafür sorgen, daß die Patri das nicht vergessen.«

»Als ob man die Patri daran erinnern müßte!«

»Stimmt.« Ich erhob mich und streckte vorsichtig meine schmerzenden Beine. »Ich danke für Ihre Zeit, Hirte Adams, und für Ihre Bereitschaft, Ihr Leben zu riskieren.«

Er machte eine abwehrende Handbewegung. »Was werden Sie jetzt tun?«

»Ich weiß es nicht. Wahrscheinlich mit Dr. Eisenstadt oder mit Lord Kelsey-Ramos sprechen; den Leuten so lange zusetzen, bis sie mich satt haben und etwas unternehmen.«

Er lächelte. »›Lange hat er sich geweigert, aber schließlich sagte er sich: Obwohl ich weder Gott fürchte noch vor einem menschlichen Wesen Achtung empfinde, so muß ich doch dieser Witwe geben, was ihr rechtens zusteht, denn sie hört nicht auf, mich zu quälen; sonst kommt sie noch und schlägt mich ins Gesicht‹«, zitierte er. »Ist das Ihr Hintergedanke?«

»Mehr oder weniger. Aber es besteht ein Unterschied zwischen dem Richter in dem Gleichnis und mir: Mit mir müßte man sich nicht länger herumschlagen als ...«

Ich unterbrach mich, weil mein Telefon zwitscherte. Wer konnte das sein? »Benedar«, meldete ich mich.

»Eisenstadt.« Die Stimme des Wissenschaftlers klang gepreßt. »Wo sind Sie, Gilead?«

»Draußen beim Zaun; ich unterhalte mich mit dem Hirten Adams. Was ist los?«

Er seufzte kaum hörbar. »Sie kommen besser sofort zum Schiff zurück. Einige Pravilos sind da ... mit einem Haftbefehl für Sie.«

32. Kapitel

Die Gefängniszelle war einfach, klein und schmucklos — eine spöttische Parodie meines kleinen Zimmers im Carillon-Gebäude auf Portslava. Natürlich ohne den überwältigenden Ausblick. Und ohne eine vernünftige Sprechanlage.

»Soweit ich sehe, ist es ein erzwungenes Mißverständnis.« Lord Kelsey-Ramos' Gesicht auf dem Bildschirm flimmerte, und es war zum Verzweifeln, wenn ich in seinem Gesicht lesen wollte. »Folgendes ist geschehen: Jemand hat beim Obersten Gerichtshof auf Portslava eine gerichtliche Verfügung durchgeschleust, durch die der Pravilo den Befehl erhält, Sie hier festzuhalten, und zwar auf Grund der Beschuldigung, daß Sie mit Calandra Paquin geflüchtet sind. Völlig unsinnig natürlich, wenn man bedenkt, was seither geschehen ist. Aber ich kann erst etwas dagegen unternehmen, wenn wir es zurückverfolgt haben.«

»Ich brauche wohl nicht zu raten, wer dahinter steckt?«

»Eigentlich nicht. Ich habe mit Randon gesprochen und wir sind uns darüber einig, daß es dieser verdammte Aikman war, mit dem Sie sich fortwährend in die Haare geraten. So etwas wie ein Abschiedsgeschenk für Sie.«

Ich sah ihn verständnislos an. »Abschiedsgeschenk? Ist er fort?«

»Er hat uns vor einer Woche verlassen und einen neuen Posten auf Janus übernommen, wie mir die HTI-Leute erzählt haben.«

»Wie praktisch für ihn.«

»Ganz richtig. Nur keine Sorge — wir erwischen ihn schon.«

Ich hatte einen bitteren Geschmack im Mund. »Machen Sie sich nicht die Mühe, er ist es nicht wert«, seufzte ich.

»Sie müssen schon entschuldigen, aber die andere Wange hinzuhalten gehört nicht zu meiner Philosophie.«

»Darum geht es nicht, Sir. Nur, er ist *wirklich* nicht die Mühe wert. Sie können mich durch die normalen Kanäle genauso schnell herausholen, als wenn sie ihm nachjagen. Es würde auch nichts bringen, wenn sie ihn hierher schleppen; es wäre nur eine Gelegenheit mehr für ihn, mir seine Schadenfreude zu beweisen.«

»*Sie* hätten Gelegenheit, schadenfroh zu sein, finden Sie nicht?«

»Nein, Sir. Er hat seine Schlacht bereits verloren — ich habe Calandra vor der Totmannschaltung bewahrt. Er kann mich nicht zwingen, ihrem Tod beizuwohnen, wie er es vorhatte ... Jetzt hat er dafür gesorgt, daß ich eingesperrt werde und hilflos zusehen muß, wenn statt ihr die Flotte der Aliens stirbt.«

Lord Kelsey-Ramos machte ein verdrießliches Gesicht. »Ich verstehe. In Portslave Klarheit zu schaffen und Antwort von dort zu bekommen, kann leicht die drei Wochen dauern, die wir noch haben.« Er studierte mich eingehend. »Es sei denn, ich gehe zu einer Großoffensive über.«

Ich zuckte die Achseln. »Wozu? Ich habe bereits alles getan, was ich konnte, um die Patri dazu zu bringen, daß sie zuerst mit den Aliens reden. Ob ich hier sitze oder im Lager von Butte City, das macht keinen Unterschied.«

Lord Kelsey-Ramos seufzte. »Es tut mir leid, Gilead. Wenn ich Ihnen helfen könnte, ich würde es tun.«

»Ich weiß, Sir. Sie haben alles getan, was *Sie* konnten.«

»Ja.« Er machte eine Pause. »Es ist interessant«, meinte er nachdenklich. »Seit ich Carillon übernommen habe, sind die Dinge nach meinem Kopf gelaufen — ich war derjenige, der die Entscheidungen trifft, die guten und die schlechten. Diese Kommission versetzt mich in frühere Zeiten.«

»Zeiten, die Sie lieber vergessen würden?«

»Es gefällt mir, Macht zu besitzen, Gilead — das gebe ich zu. Nur jemand, der die Macht liebt, erreicht eine Position wie diese. Was ich an der Kommission hasse, ist die Tatsache, daß ich die Verantwortung für Handlungen mittrage, die ich nicht beeinflussen konnte.«

Etwas in seiner Stimme ... »Wollen Sie damit sagen, daß der Pravilo unabhängig von der Empfehlung der Kommission bereits beschlossen hatte, die Aliens zu vernichten?«

»Ach kommen Sie — Sie glauben doch nicht, daß Aaron Balaam darMaupine der Erfinder des Pseudo-Rates war! Entschuldigen Sie meine Grobheit, aber es ist so. Natürlich hatte der Pravilo bereits erkannt, daß die Invasoren eine Bedrohung darstellen. Der Kommission blieben nur zwei Möglichkeiten zur Wahl: Entweder diese Meinung routinemäßig zu genehmigen, oder überzeugend zu beweisen, daß uns die Invasoren nicht gefährlich sind. Sie wissen, was es heißt, einen negativen Beweis zu liefern.«

Wie der Beweis, daß die Watcher keine Bedrohung der Menschheit darstellten ... »Das weiß ich nur zu gut, Sir.«

Er wußte, woran ich dachte. »Nun ... entschuldigen Sie, daß ich so heftig wurde. Aber wie gesagt, ich bin bereit, die Verantwortung zu tragen, die die Macht mit sich bringt, aber ich hasse es wie die Pest, nur die Verantwortung zu haben.«

Ich brachte ein Lächeln zuwege. »Darin unterscheiden Sie sich von den anderen, Sir. Die meisten Menschen ziehen es vor, Macht zu besitzen und keine Verantwortung zu tragen.«

»Jaja, wir bei Carillon sind ein nobler Verein«, sagte er trocken.

Ich dachte an die Befürchtungen der Unternehmer auf Solitaire, Carillon könnte ihrem einträglichen Schmuggel ein Ende bereiten. »Ja, Sir. Das stimmt in vieler Hinsicht.«

Er blickte mich prüfend an, und ich spürte seine Verlegenheit, selbst über den flimmernden Bildschirm. Bei seinen Konkurrenten wollte er nicht unbedingt als edelmütig gelten. »Danke für Ihr Vertrauensvotum«, polterte er. »Ich muß jedenfalls nach Spall zurück und mich mit meinen Kommissionsgefährten beraten. In einer Woche oder so bin ich wieder hier, und wir sprechen uns; wenn ich etwas bei Gericht erreiche, dann schon früher.«

»Danke, Sir. Ich weiß zu schätzen, was Sie tun.«

»Keine Ursache. Alles Gute.«

Er erhob sich und wandte sich ab; ich erhaschte gerade noch einen Blick auf die Wand des Besucherzimmers; dann schaltete der Wächter den Schirm ab. Ich starrte den leeren Bildschirm eine Weile an, weil ich nichts Besseres zu tun hatte. Aber die wütende Enttäuschung ließ mich nicht lange still sitzen. Ich stand auf und ging die vier Schritte zur Außenwand der Zelle.

Vor dem winzigen Fenster lagen fünfzig Meter freier Grund, anschließend ein zweigeschoßiger Flügel, das Pravilo-Hauptquartier. Die Fenster mir gegenüber waren schwarze Quadrate — neunzig Grad zu meinen polarisiert, wahrscheinlich um die dort arbeitenden Beamten vor neugierigen Blicken zu schützen. Gesichtslose Menschen hinter leeren Fenstern, dachte ich bitter. Gesichtslose Menschen, die Macht ausübten, ohne die Verantwortung dafür zu übernehmen. Sie verrichteten ihre tägliche Arbeit, ohne das Ergebnis dieser Arbeit zu kennen; wahrscheinlich war es ihnen völlig gleichgültig. Deshalb wuchs und blühte die Bürokratie. Deshalb war es Menschen wie Aaron Balaam darMaupine möglich gewesen, an die Macht zu gelangen ...

Ohne Vorwarnung stockten meine Gedanken, plötzlich und unerklärlich. Aaron Balaam darMaupine. Aaron *Balaam* darMaupine.

Balaam ...

Ich habe keine Erklärung für die Idee, die plötzlich fix und fertig vor mir stand. Vielleicht hatte ich mich im Unterbewußtsein bereits damit beschäftigt, und der Name war nur das auslösende Moment. Vielleicht war es ein Fall von echter göttlicher Inspiration. Jedenfalls hatte ich das Gefühl, daß in meinem Gehirn ein Stern explodiert war, der jetzt sein Licht überallhin ergoß, wo bisher nur Dunkelheit geherrscht hatte. In diesem Licht sah ich die Antwort.

Zumindest eine mögliche Antwort.

Ein paar Herzschläge lang stand ich am Fenster, meine gesamte Aufmerksamkeit war nach innen gerichtet, und ich überprüfte fieberhaft die Idee, suchte nach Fehlern und Mängeln. Wenn es welche gab, so konnte ich sie nicht entdecken. So könnte es gehen — bestimmt könnte es so gehen.

Dann erinnerte ich mich, wo ich war. Ich fuhr herum und stürzte zur Sprechanlage.

Es kam mir wie eine Ewigkeit vor, bis der Mann am Monitor mein Signal beantwortete. »Ist Lord Kelsey-Ramos schon gegangen?« fuhr ich ihn an.

Er nahm mir meinen Ton sichtlich übel, fand jedoch offenbar, daß Gefangene, die jemandem wie Lord Kelsey-Ramos einen Besuch wert waren, mit einem Mindestmaß an Höflichkeit behandelt werden sollten.

»Warten Sie, ich muß nachsehen«, brummte er.

»Ich muß sofort mit ihm sprechen«, bestand ich, als er sich einem anderen Schirm zuwandte.

»Ja, ja, wir werden sehen, ob er mit *Ihnen* sprechen will«, knurrte er. »Warten Sie ... Rayst? — Ruf den Kerl, der gerade vorbeigegangen ist! Sag ihm, Benedar will ihn sprechen.«

Ich bemühte mich, meine Gedanken zu ordnen; in meinem Mund spürte ich die bittere Ironie. Aikmans letzte erbärmliche Geste des Hasses ... Es sah so aus, als würde sie womöglich viel mehr Schaden anrichten, als er oder ich geglaubt hatten.

Einen Augenblick später verschwand das Gesicht des Technikers und Lord Kelsey-Ramos tauchte auf. »Was gibt es, Gilead?«

»Ich muß hier raus.« Ich bemühte mich, meine Stimme unter Kontrolle zu halten, trotzdem zitterte sie vor Aufregung. »Sofort. Es ist dringend.«

Er runzelte die Stirn. »Ich habe Ihnen doch eben erst erklärt, daß es Zeit braucht.«

Mir wurde plötzlich bewußt, wie leicht es für einen der Wächter war mitzuhören ... und daß meine Idee sehr leicht als Hochverrat dargestellt werden konnte. »Ich weiß, Sir.« Verzweifelt zermarterte ich mein Gehirn nach einem persönlichen Hinweis. Etwas, womit die Wächter nichts anfangen konnten ... und zum zweiten Mal innerhalb von zwei Minuten hatte ich eine Inspiration. »Es ist nur, daß der Raum zu *klein* ist — so klein und reizlos. Ich dachte, ich würde damit fertig werden, daß alles so langweilig ist, aber ich schaffe es nicht.«

Er zog überrascht die Augenbrauen hoch. Dann wurde sein Gesicht gespannt. »Ich verstehe.« Er schielte kurz zur Seite, wo vermutlich ein Wachtposten stand. »Ich kann ja verstehen, wie schwer erträglich das für Sie sein muß. Sie sind von Carillon viel mehr Luxus gewöhnt; und natürlich auch mehr Ungestörtheit.«

»Genau, Sir.« Ein wenig Hoffnung regte sich. Er folgte mir, hörte genau, was ich sagte und was ich nicht sagte. Während der acht Jahre bei Carillon hatte ich viel über diesen Mann erfahren. Jetzt wurde mir zum ersten Mal bewußt, wie viel er über mich im Lauf der Zeit erfahren hatte. »Außerdem hasse ich es, hier die Zeit zu vergeuden. Es gibt immer so viel Arbeit zu erledigen.«

»Ich kenne das Gefühl. Ich werde sofort mit Kommodore Freitag und Admiral Yoshida sprechen; vielleicht könnte man Sie … neu zuteilen, vielleicht irgendwo näher von zu Hause?«

Näher von zu Hause. Auf Solitaire konnte das nur eines heißen: die *Bellwether.* »Dafür wäre ich Ihnen sehr verbunden, Sir.« Ich sprach sehr deutlich. »Vielleicht sprechen Sie auch mit Gouverneur Rybakov — Sie schuldet uns noch einen Gefallen.«

»Das werde ich tun«, versprach er. »Ich fange sofort an; wir werden sehen, was ich erreiche.« Er machte eine kurze Pause. »Sind Sie sicher daß es zielführend ist?« fragte er beiläufig.

Ich schluckte. War ich sicher, daß ich das Problem mit den fremden Schiffen lösen würde? »Ich bin nicht sicher«, mußte ich zugeben, »aber ich glaube, es ist den Versuch wert.«

»Gut. Sie bleiben, wo Sie sind, und ich komme zurück.«

»Danke, Sir.«

Er verzog den Mund zu einem schmalen Lächeln. »Ich tue, was ich kann.« Ich entnahm seinem Ton ein Versprechen, das über die augenblickliche Situation hinausging. Er würde bis zum Ende hinter mir stehen, falls meine Idee Aussicht auf Erfolg hatte.

»Danke, Sir.« Sein Bild verschwand vom Schirm. Ich holte tief Luft, ging zum Fenster zurück und versuchte, meine gereizte Spannung abzubauen. Das Leben der Aliens hing immer noch an einem Faden, aber jetzt hatte ich zumindest einen Plan. Einen Plan, und was noch wichtiger war, einen Verbündeten.

Ich konnte nur hoffen, daß er weiterhin begeistert sein würde, wenn er erfuhr, worum es bei meiner Idee ging … und was die Ausführung kosten würde.

33. Kapitel

Drei Wochen. Einundzwanzig Tage. — Die Zahl schwebte mir wie ein Schreckgespenst vor Augen, und durchdrang jeden wachen Gedanken wie ein tödliches Gift. Die dicken Wände und die versperrte Tür meiner winzigen Zelle drückten auf meine Stimmung, und die Erinnerung an meine vollkommene Hilflosigkeit trieb mich zum Wahnsinn.

Jeden Morgen verhöhnte mich die Zahl, wenn sie um eins kleiner wurde.

Sehr viele Bibelstellen handeln von der Geduld; ebenso viele haben Glauben und Hoffnung zum Inhalt. In diesen langen Stunden rief ich mir jede einzeln ins Gedächtnis und suchte im wachsenden Sturm von Zorn und Enttäuschung verzweifelt nach einem festen Halt.

Es half nichts. Ich versuchte mir einzureden, daß es half, daß ich ohne die Tröstung der Bibel in lähmender Hoffnungslosigkeit versunken wäre. Im Hintergrund meines Denkens lauerte jedoch eine andere, ernüchternde Möglichkeit. Vielleicht hatte Hirte Adams recht gehabt: Es half nicht, weil ich mich wirklich zu sehr in die Annehmlichkeiten der diesseitigen Welt verstrickt hatte und im Reich Gottes keine Kraftquelle mehr sah. Es war ein erschreckender, lähmender Gedanke, ein düsterer Alptraum, der mich jeden Tag begleitete.

Schließlich — als ich glaubte, daß ich die Angst und erzwungene Einsamkeit nicht mehr länger ertragen konnte — ging endlich am vierten Tag die Tür meiner Zelle auf. Man brachte mich unter Bewachung zum Raumhafen Rainbow's End, und zur wartenden *Bellwether.*

»Ich habe alle nur erdenklichen Fäden gezogen«, bemerkte Lord Kelsey-Ramos, während er mir eine dampfende Tasse anbot. Ich nahm ihm gegenüber an seinem

Zwischendurch: [redacted] „Die Wärme beruhigt meine Hände… Es war genau die richtige Medizin…“ [redacted] Kann man die Wirkung eines heißen Drinks für zwischendurch besser beschreiben? Wohl kaum – denn genau deshalb genießen wir ihn, den… [redacted]

Schreibtisch Platz. »Einschließlich der Gefälligkeit, die uns der Gouverneur schuldete,« fügte er hinzu. »Obwohl sie bestimmt nicht glücklich darüber war, daß sie zurückzahlen mußte.«

»Ich weiß es zu schätzen, Sir.« Meine Finger zitterten immer noch, als ich vorsichtig nach der Tasse griff. Die Wärme beruhigt meine Hände, der Duft brachte Erinnerungen an zu Hause und an Sicherheit. Es war genau die richtige Medizin, und während ich langsam das warme Getränk schlürfte, wichen die Ängste und Zweifel, die mich in der Zelle gequält hatten.

»Ich habe es gern getan. Es tut mir nur leid, daß es so lange gedauert hat — in Portslava hätte ich Sie innerhalb einer halben Stunde herausgeholt.«

»Die vier Tage waren auszuhalten, Sir«, beruhigte ich ihn und gab mir Mühe, überzeugend zu klingen.

Er ließ sich nicht täuschen. »*Ich* habe den Eindruck, daß es in allerletzter Minute kam.«

Ich gab seufzend auf. »Es war schwieriger, als ich angenommen hatte, viel schwieriger. Allein der Gedanke an die Schiffe, die ihrem Tod entgegenfliegen — und ich war eingesperrt und konnte nichts dagegen tun ...« Ich schauderte und nahm noch einen Schluck.

»Interessant«, brummte er. »Ich habe immer gefunden, daß ein Zuviel von diesem Einfühlungsvermögen, auf das ihr religiösen Typen so stolz seid, manchmal von Nachteil sein kann. Andererseits ... Vielleicht waren Sie nicht ganz bei sich.«

»Wollen Sie damit andeuten, daß mich der Pravilo vielleicht unter *Drogen* gesetzt hat?« fragte ich langsam.

Er sah mich überrascht an; also hatte er etwas anderes gemeint. »Das ist möglich«, pflichtete er mir trotzdem bei. »Ich bezweifle, daß Admiral Yoshida so weit gehen würde, nur um Sie während dieser letzten zwei Wochen aus dem Weg zu haben. Aber ein eifriger Untergebener ist vielleicht auf die Idee gekommen, daß es ein hübsches verfrühtes Geburtstagsgeschenk für den

Admiral sein könnte. Ich dachte eigentlich an die Donnerköpfe.«

Der Nebel, der meine Erinnerung getrübt hatte, löste sich abrupt auf. Calandra und ich hatten überall auf Solitaire eine Spannung und ein Ringen gespürt, und genau dagegen hatte ich mich in den vergangenen vier Tagen gewehrt. Besser gesagt, gegen eine wesentlich verstärkte Form dieses Gefühls. Sie hatten ihre Fähigkeiten als Waffe eingesetzt! ... Meine Stimme zitterte vor Verachtung, Furcht oder Zorn: »Ja, sie waren es. Es muß so gewesen sein. Sie haben mich *angegriffen! Vorsätzlich angegriffen!*«

»Lassen Sie sich dadurch nicht aus der Fassung bringen.« Der Zorn in Lord Kelsey-Ramos' Stimme war deutlich herauszuhören. »Sie haben uns siebzig Jahre lang an der Nase herumgeführt und geduldig gewartet, bis sie uns an diesem Punkt hatten. Jetzt kommen Sie, und tun Ihr Bestes, um die Pläne der Donnerköpfe umzustoßen; kein Wunder, daß sie Ihnen nicht besonders freundlich gesinnt sind.«

»Dann werden sie umdenken müssen«, knirschte ich. Ich spürte immer noch den Druck; er lastete wie ein dumpfer Zahnschmerz auf meinem Bewußtsein. Aber jetzt kannte ich seinen Ursprung und sein Ziel; er hatte keine Macht mehr über mich.

»Das werden wir alles sehen«, erklärte Lord Kelsey-Ramos. »Erzählen Sie jetzt von Ihrem Plan!«

Ich holte tief Luft, und mein Zorn auf die Donnerköpfe verrauchte ... Eine leichte Unsicherheit blieb zurück. Was ich in meiner einsamen Zelle für eine glorreiche Idee gehalten hatte, verlor dummerweise unter Lord Kelsey-Ramos' ungerührtem Blick sichtlich an Glanz. Ich begann mit dem am wenigsten fraglichen Punkt: »Ich muß nochmals mit den Donnerköpfen sprechen. Wenn der Plan funktionieren soll, dann nur mit ihrer Zusammenarbeit.«

Lord Kelsey-Ramos war sichtlich enttäuscht und verärgert. »Meinen Sie die gleichen Donnerköpfe, die vier Tage lang versucht haben, Sie in einen Nervenzusammenbruch zu treiben?«

»Ja, Sir. Ich werde ihnen zeigen, warum ihr Plan nicht funktionieren kann. Und warum ihre buchstäblich einzige Chance in einer Zusammenarbeit mit mir liegt.«

Er überlegte lange, was er über mich wußte und wie groß sein Vertrauen in mich war, und bedachte gleichzeitig die Hindernisse, die uns im Weg standen. Das Vertrauen siegte. »Gut, ich nehme an, Sie brauchen dafür einen Halloa«, sagte er schließlich. »Kapitän Bartholomy soll sich beim Tower die frühest mögliche Startfreigabe geben lassen, und wir sind schon auf dem Weg nach Spall!«

»Ich darf Solitaire verlassen?« fragte ich überrascht.

»Solange Sie mit mir zusammen sind, ja. Sie wurden in meinen Gewahrsam entlassen, mit der einzigen Auflage, daß Sie das Solitaire-System nicht verlassen.«

Ein gewaltiger Stein fiel mir vom Herzen. Ich hatte schon befürchtet, daß ich noch einmal ein Schiff stehlen müßte, um von Solitaire auf eigene Faust zu fliehen. Jetzt ...

Jetzt stand mir Lord Kelsey-Ramos die ganze Zeit zur Seite, wenn es mir nicht gelang, ihn irgendwann abzuschütteln. Er teilte die Gefahren und die rechtlichen Konsequenzen mit mir, wenn es mißlang ... vielleicht sogar, wenn alles glatt ging. »Dann fangen wir an, Sir!«

Er schaltete die Sprechanlage ein, und im selben Moment spürte ich erneut die gesamte Last auf meinen Schultern. Vielleicht war sie sogar noch schwerer geworden.

34. Kapitel

Sechs Stunden später erreichten wir Spall; es war mitten in der Nacht, als wir auf dem neu gebauten Landeplatz etwa fünfzig Kilometer von Butte City entfernt aufsetzten. Ein Luftfahrzeug und eine Pravilo-Eskorte standen bereit, und zwanzig Minuten später waren Lord Kelsey-Ramos, Kutzko und ich im Lager.

Zu meiner Überraschung erwartete uns Dr. Eisenstadt; man hatte ihn offensichtlich davon in Kenntnis gesetzt, daß wir unterwegs waren. Bei unserem Eintritt erhob er sich von seinem Schreibtisch. »Lord Kelsey-Ramos! Schön, Sie wiederzusehen. Ich bin froh, daß Sie aus dem Gefängnis raus sind, Gilead.«

»Danke, Sir.« Ich ärgerte mich über Lord Kelsey-Ramos, der Eisenstadt hineingezogen hatte. Wir brauchten weder seine Hilfe noch seine Erlaubnis, um mit dem Hirten Adams zu sprechen, doch sobald alles vorbei war, und man meine Komplizen suchte, würde auch sein Name auf der Pravilo-Liste stehen. »Wenn Sie gestatten, Dr. Eisenstadt, würde ich gern mit dem Hirten Adams sprechen ...«

»Ja, Lord Kelsey-Ramos hat mich informiert, was Sie brauchen.« Er glitt rasch an mir vorbei zur Tür. »Wenn Sie bitte mit mir kommen! Den Korridor entlang, dort finden wir Adams.«

Er ging uns voraus, und ich unterdrückte wieder meinen Ärger. Wir hatten es nicht so eilig, daß wir nicht einfach zu Adams' Haus hinausfahren konnten, um dort mit ihm zu sprechen. Jetzt fehlte noch, daß wir in jemanden hineinrannten, der Überstunden machte und womöglich dumme Fragen stellte.

Eisenstadt war zumindest so vernünftig gewesen, Adams in der Nähe in einem der aufgelassenen Schlafräume unterzubringen, die hier nach dem Aufschwung im Wohnungsbau überflüssig geworden waren. Als wir leise eintraten und Eisenstadt die Lichter gedämpft einschaltete, döste er auf einem Feldbett, erwachte aber sofort. »Hallo?« rief er zögernd, drehte sich um und stützte sich auf einen Ellbogen.

»Ich bin es, Eisenstadt. Ich habe Besuch mitgebracht.«

Adams nickte Lord Kelsey-Ramos und mir zu; er wirkte eher besorgt und gespannt als wirklich überrascht. »Ist etwas schiefgegangen?« fragte er.

»Eher das Gegenteil«, knurrte Lord Kelsey-Ramos. »Vielleicht geht endlich einmal etwas in Ordnung. Jetzt sind Sie an der Reihe, Gilead.«

»Ja, Sir. Ich muß zu den Donnerköpfen sprechen«, bat ich Adams. »Vielleicht gibt es eine Möglichkeit, die Schiffe der Aliens nicht zu zerstören, aber ich brauche dazu die Mitarbeit der Donnerköpfe.«

Adams runzelte die Stirn, nickte aber. »In Ordnung. Nur eine Minute, bitte.« Er setzte sich mit untergeschlagenen Beinen hin.

Er schloß die Augen und versank in meditative Trance. »Ich habe ihm übrigens heute abend die stützenden Medikamente gegeben«, flüsterte mir Eisenstadt ins Ohr. »Er hat sie zum ersten Mal bekommen, aber wenn sie bei ihm so wirken wie bei der Hirtin Zagorin, dann sollte alles glatt gehen. Was haben Sie vor, Gilead?«

Ich ließ Adams nicht aus den Augen, während ich nach einer Antwort suchte, die keine Lüge war. »Ich glaube, daß ich einen Weg gefunden habe, mit den Aliens Verbindung aufzunehmen. Vielleicht. Donnerkopf? — Bist du da?«

Adams öffnete die glasigen Augen, blickte mich an ... Sein Ausdruck verhärtete sich. »Du bist Gilead Rac ... ca Benedar«, flüsterte er heiser. »Unser Feind.«

Ich erschauerte. Vor meinem inneren Auge tauchte die Mündung von Kutzkos Betäubungsrevolver auf ...

»Ich bin nicht euer Feind«, erwiderte ich so bestimmt ich konnte; mein Mund war plötzlich trocken geworden. »Ich strebe Leben und Sicherheit für alle an — auch für euch *und* eure Feinde.«

Adams schnappte jäh nach Luft und verkrampfte sich. Ich war mit einem Sprung bei ihm und versuchte zu erkennen, was vorging.

Mit zittriger Plumpheit streckte er seine Beine aus und stürzte sich auf mich.

Ich war völlig überrascht. Ich bewegte mich noch auf ihn zu, als mir sein Körper ungeschickt entgegenkam. Ich hob zwar die Arme, um mich zu verteidigen, wußte aber, daß es zu spät war. Seine Hände waren zu drahtigen Klauen gekrümmt und faßten nach meinem Gesicht …

Plötzlich ließ er sie sinken: Kutzko hatte seinen Revolver geschleudert und der Knauf traf Adams unterhalb des Brustkastens.

Der Donnerkopf schrie; ein dünner, unheimlich zittriger Laut der Enttäuschung, des Schmerzes oder der Angst. Er krümmte sich vor Schmerz und suchte nach der Pistole, doch er befand sich noch nicht einmal in ihrer Nähe, als Kutzko schon da war. Er schob mich gewandt zur Seite und hielt Adams an beiden Handgelenken fest, während er die Pistole außer Reichweite stieß. Der Donnerkopf kreischte wieder, diesmal unverkennbar aus Enttäuschung. Der Laut rüttelte Eisenstadt aus seiner Betäubung. »Adams! — Unterbrechen Sie den Kontakt!« fuhr er ihn an.

»Nein!« rief ich. Wenn wir diese Chance verlören … »Donnerkopf! — Wenn die fremden Schiffe ausgelöscht werden, so werdet ihr alle sterben. Hör mir zu — bitte!«

Kutzko hatte Adams wieder halb aufs Bett geschafft. »Ihr habt keine Gewalt üb … ber uns«, fauchte der Donnerkopf. »Eure Herrscher werden … die Invasoren vernichten.«

»Ja, das werden sie tun«, fuhr ich ihn an. »Und diese gleichen Herrscher werden *euch* zerstören.«

»Du lügst ...«

»So?« fiel ich ihm ins Wort. »Haben sie euch gefragt, was mit der Wolke geschehen wird, sobald die Invasoren tot sind?«

Ich spürte die plötzliche Unsicherheit in den glasigen Augen. »Nein.«

»Haben sie die Wolke überhaupt erwähnt?« drängte ich weiter. »Haben sie über den An- und Abflug zum und vom Solitaire-System gesprochen? Haben sie Fragen gestellt über die Totmannschaltung und über die Rolle, die ihr dabei spielt?«

»Nichts von all dem wurde erwähnt«, murmelte Lord Kelsey-Ramos hinter mir. Auch er hatte plötzlich die Bedeutung dieser Tatsache erkannt.

»Du begreifst sicherlich, Donnerkopf, wie schwierig es für uns ist, jedes Mal, wenn wir das System betreten oder verlassen wollen, ein Menschenleben opfern zu müssen. Die Kommission, die mit euch verhandelt, hätte doch sicherlich die Entfernung der Wolke als Preis für unsere Auseinandersetzung mit den Invasoren vorgeschlagen.«

Lord Kelsey-Ramos berührte mich warnend am Arm. »Wenn Ihre Unterstellung wahr ist, Gilead, könnte es äußerst gefährlich sein, jetzt darüber zu sprechen.«

Wie gut ich das wußte! ... Jetzt war es für einen Rückzug zu spät. Wenn die Donnerköpfe unfähig waren, rational zu denken und zu entscheiden, dann waren wir bereits tot. »Das spielt keine Rolle«, antwortete ich Lord Kelsey-Ramos so überzeugt wie möglich, für den Fall, daß die Donnerköpfe gelernt hatten, derartige Feinheiten der menschlichen Sprache zu deuten. »Sie können es jetzt nicht stoppen. Auf keinen Fall allein. Ihre einzige Chance besteht darin, mit mir zusammenzuarbeiten.«

Er blickte zu Adams hinüber. Zum ersten Mal sah er

klar, worauf er sich eingelassen hatte: Es war mehr, als er erwartet hatte. *Ich sage euch, wenn einer einen Turm bauen will, setzt er sich nicht zuerst hin und berechnet die Kosten, auf daß er sieht, ob er genug Geld hat, um ihn fertigzubauen …* »Wenn Sie wollen, Sir, können Sie und die anderen gehen. Ich kann das allein erledigen«, schlug ich ihm leise vor.

Einen Augenblick lang spielte er mit der Versuchung. Aber nur einen Augenblick … als er mich wieder ansah, lag in seinen Augen das kalte Feuer, das ich aus vielen hundert Firmenschlachten auf Portslava kannte. »Wir vergeuden Zeit, Gilead.«

Ich wandte mich wieder Adams zu. Kutzko hatte seine Handgelenke losgelassen, blieb aber in der Nähe, bereit einzugreifen. »Sie haben keinen derartigen Wunsch geäußert, nicht wahr Donnerkopf? Möchtest du wissen warum?«

Die glasigen Augen starrten einen Augenblick ins Leere; ich wußte mittlerweile, daß sich die Donnerköpfe jetzt berieten. Dann sahen mich die Augen wieder an. »Es ist unmöglich«, flüsterte er entschieden.

»Warum? Sind die Invasoren einmal weg, brauchen unsere Herrscher die Wolke nicht mehr — und da ihr offensichtlich die Ursache für die Wolke seid, folgt daraus, daß sie euch nicht mehr brauchen werden.«

»Wir werden kämpfen«, zischte der Donnerkopf.

»Und ihr werdet verlieren«, erklärte ich ihm schroff. »Selbst wenn ihr uns hier vernichtet — was ihr nicht könnt — der Mechanismus für eure Vernichtung befindet sich bereits in Position und ist scharf gemacht. Sobald die Invasoren vernichtet sind, wird er automatisch aktiviert.«

Eisenstadt machte einen Schritt vor, so daß er mir ins Gesicht sehen konnte. »Wovon sprechen Sie?« wollte er wissen. »Welcher Mechanismus?«

»Ich spreche von den Druckluftbomben«, erklärte ich ihm und drückte im Geist die Daumen, daß ihm meine

Idee vernünftig erschien. Wenn das nicht der Fall war — und er mich bloßstellte — dann würde das Gebäude, das ich so mühsam errichtet hatte, über meinem Kopf zusammenkrachen. Zu spät bedauerte ich, daß ich ihn nicht in sein Büro zurückgeschickt hatte. »Der Pravilo hat sie auf ganz Spall in den wichtigsten Wetterkorridoren verteilt. Sie sind mit speziell entwickelten Algen gefüllt, die den Säuregehalt des Bodens verändern. *Erheblich* verändern. Innerhalb eines, höchstens zwei Jahren — wird keine einzige heimische Pflanze und kein einziges heimisches Tier mehr am Leben sein.«

Ich hielt den Atem an. Aber falls mein Plan grobe Fehler enthielt, waren sie Eisenstadt entgangen. »Sie meinen … Wir sprechen über *Genozid*«, flüsterte er. »Nein. Nein — das ist einfach *undenkbar*.«

»Ich habe die Lieferunterlagen gesehen«, fügte Lord Kelsey-Ramos bedeutungsvoll hinzu — er klang so überzeugend, daß nicht einmal ich die Lüge heraushörte. »Sie befinden sich an Ort und Stelle — und sind mit automatischen Zeitzündern ausgestattet.«

»Die wahrscheinlich bereits eingestellt sind«, ging ich auf das Stichwort ein. »Der Pravilo braucht noch zwei Wochen, bis er soweit ist, einen oder zwei Tage, um die Invasoren zu vernichten und sich davon zu überzeugen, daß alle ausgelöscht sind, und vielleicht zwei Wochen, um die wichtigsten Leute aus dem System zu evakuieren, für den Fall, daß ihr euch zu Vergeltungsmaßnahmen entschließt. Das dauert vielleicht nochmals zwei Wochen. In vier bis fünf Wochen — nicht mehr — geht es los.«

Adams' Blick war voll Haß, mörderischem, außerirdischem Haß. … und zum ersten Mal auch voll Angst. »Sie werden nicht entkommen«, flüsterte er.

Ich schüttelte den Kopf. »Das spielt keine Rolle. Auch wenn ihr alle auf Solitaire tötet, sind die Herrscher der Patri bereit, diesen Preis zu bezahlen, um endlich freien Zugang zum System zu haben. Allein der Stolz der

Menschheit verlangt, daß ihr dafür bestraft werdet, daß ihr uns so viele Jahre hindurch manipuliert habt.«

Ein seltsamer Schmerz trat auf Adams' Gesicht — ein völlig fremder Schmerz. »Welche Alternative ... bietest du uns?« fragte der Donnerkopf.

Ich konnte es kaum glauben; den ersten, gefährlichsten Zug hatte ich gewonnen. »Ich habe es euch bereits gesagt: Ich biete allen das Leben. *Allen* — das seht ihr doch ein? Solange die Invasoren am Leben sind, kann euch der Pravilo nicht angreifen, denn sobald die Wolke weg ist, würde er einer Kriegsflotte mit Mjollnir-Technik gegenüberstehen.«

Der Donnerkopf dachte darüber nach. »Aber wenn die Invasoren am Leben bleiben ... dann werden sie bald hier sein.«

Daran hatte ich oft gedacht. »Wir haben siebzehn Jahre. In dieser Zeit können wir mit ihnen sprechen und vielleicht zu einem Übereinkommen zwischen euch und ihnen gelangen.«

Lord Kelsey-Ramos neben mir wurde unruhig; es war nicht schwer, seine Gedanken zu erraten. Die Patri hatten bereits abgelehnt, mit den Aliens zu reden. Wenn ich sie jetzt trotzdem dazu zwang, wäre ihnen das keinesfalls recht. Auch darüber hatte ich schon mehrmals nachgedacht ... »Nun? Wollen wir zusammenarbeiten oder nicht?« drängte ich den Donnerkopf.

Adams blickte wieder ins Leere ... Als sein Blick zurückkehrte, war der Widerstand verschwunden. »Wir sind bereit«, flüsterte der Donnerkopf.

Meine Knie zitterten. Die Anpassungsfähigkeit der Donnerköpfe hatten wir bereits kennengelernt, jetzt wußten wir auch, daß sie vernünftig waren. Hoffentlich waren ihnen die Aliens in beidem ähnlich! »Gut.« Ich gab mir Mühe, entschlossen und geschäftsmäßig zu klingen. »Ich werde wieder mit euch Kontakt aufnehmen; dann müßt ihr tun, was ich von euch verlange. Einverstanden?«

Kurze Pause. »Das werden wir«, zischte der Donnerkopf verächtlich. Bisher waren sie die Drahtzieher, jetzt wurden sie manipuliert, und das gefiel ihnen gar nicht.

»In Ordnung. Ich melde mich spätestens in ein paar Tagen, und dann aus dem Weltraum. Übrigens ... ihr *könnt* doch mit den Eindringlingen sprechen?«

Wieder eine Pause, diesmal etwas länger. »Ja.«

»Gut. Die Einzelheiten verschieben wir auf später, ich möchte diesen Kontakt nicht unnötig ausdehnen.« Dem Hirten Adams ging es gut, aber die Donnerköpfe ahnten nicht, daß ich das wußte. »Danke. Guten Tag. Hirte Adams? — Sie können den Kontakt jetzt abbrechen.«

Adams wurde starr und sackte dann nach Luft schnappend auf dem Bett zusammen. »Alles in Ordnung?« fragte ich und Kutzko beugte sich vor, um ihn zu stützen.

»Ja«, sagte er heiser. »Beansprucht den Hals.«

»Von Herz und Gehirn gar nicht zu reden«, erinnerte ihn Eisenstadt, der zu ihm trat. »Nein, versuchen Sie nicht aufzustehen.«

Er fühlte unter dem Kinn nach Adams' Puls; Lord Kelsey-Ramos trat näher. »Glauben Sie wirklich, daß die Patri die Donnerköpfe vernichten wollen?« fragte er leise.

Ein qualvoller Gedanke! »Sie haben es selbst gesagt, Sir — niemand aus der Kommission hat in den Gesprächen mit den Donnerköpfen die Wolke erwähnt. Ich kann mir nicht vorstellen, daß etwas so Offensichtliches zufällig übersehen wird.«

Er schüttelte ungläubig den Kopf. »Unglaublich. Einfach unglaublich, daß sie derart kaltblütige Überlegungen anstellen. Aber was ist, wenn ...?«

»Wenn uns die Donnerköpfe zwingen, Farbe zu bekennen?« Ich zuckte die Achseln. »Das können sie sich nicht leisten, und das wissen sie auch. Vergessen Sie nicht, daß sie nicht wissen können, ob es da draußen *wirklich* Algenbomben gibt, an denen der Zünder bereits tickt. Außerdem, wenn sie uns angreifen, dann haben sie keine Möglichkeit, die Aliens aufzuhalten.«

»Stimmt«, gab er zu. »Aber ich weiß nicht, die ganze Angelegenheit hat so viele offene Enden. Zum Beispiel die Verständigung — Sie hätten sie gleich festnageln sollen, auf welche Art und in welcher Sprache sie erfolgt.«

»Zugegeben. Ich hätte es auch getan ... nur war ich nicht sicher, ob die Donnerköpfe nicht lügen oder die Sache nicht verschleiern würden.«

»Sie erwarten hoffentlich nicht, daß die Donnerköpfe wie Haushundchen unterwürfig alles tun werden, was Sie verlangen, sobald Sie im Raum sind! Denn wenn Sie das glauben ...« Er vollendete den Satz nicht.

»Ich weiß, wie ich sie notfalls zur Zusammenarbeit zwingen kann. Ich möchte jetzt nicht mehr darüber sagen.«

Zweifel, Sorge und Vertrauen kämpften wild in seinem Innern. »Ich mag es nicht, wenn ich Ihre Pläne nicht kenne. Aber ... bisher haben Sie mein Vertrauen immer gerechtfertigt. Hoffentlich täuschen Sie sich in Ihrer religiösen Naivität nicht!«

Sehet, ich sende euch wie Schafe mitten unter die Wölfe; seid daher klug wie die Schlangen und arglos wie die Tauben ...

»Ich hoffe nicht, Sir.« Unwillkürlich erschauderte ich.

»Was jetzt?«

»Jetzt brauche ich eine Transportmöglichkeit hinaus zu den Aliens.«

»Einfach so?« fragte Lord Kelsey-Ramos. »Sind keine weiteren Vorbereitungen erforderlich?«

»Nein, Sir. Doch«, berichtigte ich mich, »ich brauche eine vernünftige, tragbare Funkausrüstung mit großer Reichweite, je technisch ausgereifter, desto besser. Das können wir sicherlich kurzfristig irgendwo auftreiben. Der Transport stellt das eigentliche Problem dar.«

»Möchten Sie die *Bellwether* nehmen?«

Ich hatte geahnt, daß er sie mir anbieten würde, das machte jedoch sein Angebot nicht weniger beeindrukkend. Daß er sein geliebtes Schiff einem unbekannten Schicksal aussetzte ... »Ich weiß Ihr Angebot zu schätzen, Sir, aber ich glaube nicht, daß wir so weit gehen müssen. Ich habe eher an einen der Rocheoide gedacht, die mit Mjollnir-Antrieb ausgerüstet wurden.«

Ich hatte leise gesprochen, aber offensichtlich nicht leise genug. Kutzko, der neben Adams und Eisenstadt hockte, hob den Kopf und blickte mich erschrocken an. Er erhob sich und kam zu uns herüber.

»Die *Bellwether* wäre beträchtlich einfacher«, erinnerte er mich. »Zum einen liegt sie hier — mit Mannschaft und startbereit — und nicht drei Tage entfernt auf Collet. *Außerdem* verfügt sie über die gewünschte Funkausrüstung.«

Ich dachte fieberhaft nach. »Leider wird sie unweigerlich mit Ihnen in Verbindung gebracht. Ich möchte nicht, daß Sie mehr als unbedingt nötig hineingezogen werden.«

»Ich stecke bereits bis über beide Ohren mit drin, das wissen Sie«, widersprach er. »Probieren Sie's noch einmal — diesmal aber ehrlich, wie ihr religiösen Leute es so schätzt!«

Ich sah ihn offen an. »Was ich vorhabe, ist gefährlich. Ich möchte nicht mehr Leute aufs Spiel setzen, als unbedingt notwendig. Die Mannschaft der *Bellwether* ist nicht unbedingt notwendig.«

Es blieb lange still. »Wann brauchen Sie den Rocheoid?« fragte er schließlich.

»Sir?« schaltete sich Kutzko ein, noch bevor ich antworten konnte. »Ich bitte um die Erlaubnis, ihn begleiten zu dürfen, zumindest bis an Bord des Rocheoiden.«

Ich begriff, was Kutzko vorhatte. »Danke, Mikha, aber ich möchte wirklich nicht, daß Sie mitkommen.«

»Sie werden mich brauchen.«

»Nein«, bestand ich entschieden. »Hirte Adams und ich schaffen es allein.« Adams blickte mich an. »Das heißt, wenn Sie bereit sind«, fügte ich zu ihm gewandt hinzu.

»Habe ich eine Wahl?« entgegnete er ruhig. »Sie brauchen jemanden, durch den Sie mit den Donnerköpfen sprechen können — wenn nicht mich, dann einen anderen Seeker.«

»Es wird gefährlich werden«, warnte ich ihn; seine rasche Zustimmung verursachte mir Gewissensbisse. »Ich kann Sie wirklich nicht *bitten* ...«

»Ach, kommen Sie, Gilead.« Er lächelte, und in seine Entschlossenheit mischte sich eine Spur Ironie. »Ich bin nur auf Spall, weil ich Gottes Königreich suche, erinnern Sie sich? Wenn ich sterbe, dann habe ich es gefunden.«

Er erkannte die volle Tragweite des Wagnisses, und war tatsächlich bereit, sich darauf einzulassen. »Ich danke Ihnen«, antwortete ich leise. Ich machte eine Pause; im Raum herrschte seltsame Stille. »Gut«, fuhr ich energisch fort und brachte die Stimmung wieder etwas in Schwung. »Das geht in Ordnung, Lord Kelsey-Ramos. Wenn Sie und die *Bellwether* uns zu den Ringen bringen ...«

»So einfach ist das nicht«, unterbrach mich Kutzko. »Wenn Sie den Invasoren entgegenfliegen wollen, dann brauchen Sie einen Zombie.«

Lord Kelsey-Ramos kannte meine Einstellung zur Totmannschaltung. »Er hat recht«, stimmte er vorsichtig zu. »Es kommt darauf an, wie lange sie draußen bleiben wollen, aber unter Umständen brauchen Sie sogar mehr als einen.«

»Und Sie brauchen jemanden, der sie bewacht«, fügte Kutzko hinzu. »Und jemanden ... der ihm die Nadel verpaßt. Deshalb brauchen Sie mich.«

»Nochmals vielen Dank für Ihr Angebot. Aber wir werden keine Zombies brauchen.« Ich deutete auf Adams.

»Was meinen Sie damit?«

»Er meint, daß die Donnerköpfe soeben etwas bestätigt haben, das wir schon seit einiger Zeit vermuten«, meinte Eisenstadt. »Sie können einen in Trance befindlichen Halloa körperlich genauso steuern wie einen richtigen Zombie.«

Kutzko murmelte erschrocken etwas vor sich hin, und Adams' Augen wurden groß. Er war in Gedanken bei den Gefahren und Unsicherheiten, die vor uns lagen, so daß er diesen Aspekt seiner Vermittlerrolle noch nicht bedacht hatte. »Gott schütze uns«, flüsterte er.

Lord Kelsey-Ramos wandte sich an Eisenstadt. »Hirte Adams ist offiziell immer noch Ihnen zugeteilt, deshalb brauchen wir Ihr formelles Einverständnis, damit wir ihn mitnehmen können.«

»Richtig. Ich muß Ihnen ein Papier ausstellen. Gehen wir in mein Büro — dort liegen die Unterlagen.«

Sie brauchten fast eine halbe Stunde, bis die Papiere genau der üblichen Form entsprachen und fertig waren. Dabei waren sie so vertieft, daß keiner der Männer bemerkte, wie ich für ein paar Minuten hinausschlüpfte und in einem der Labors am Korridor verschwand. Als Lord Kelsey-Ramos hatte, was er brauchte, war ich schon wieder da ... Das, was *ich* brauchte, hatte ich sicher in meiner Innentasche versteckt.

Eine Stunde später waren wir wieder auf der *Bellwether* und mit Höchstbeschleunigung unterwegs zu Collets Ringen. Dort würden wir herausfinden, ob die Eingebung, die ich in meiner Pravilo-Gefängniszelle gehabt hatte, auch wirklich funktionierte.

Und dort würde ich wahrscheinlich sterben.

35. Kapitel

Der Pravilo-Kommodore las die Seite zweimal durch, bevor er uns anblickte. »Sie bringen mich in eine recht unangenehme Lage, Lord Kelsey-Ramos.« Ich lauschte sehr aufmerksam, aber obwohl unter der Höflichkeit in seiner Stimme erheblicher Ärger zu spüren war, hörte ich keinen Verdacht heraus. »Ich achte Ihre Position; aber Sie sind sich doch auch im klaren, wie kurz vor dem Start sich das Projekt ›Lawine‹ befindet. Besuchertouren rangieren derzeit ziemlich weit unten auf der Prioritätenliste.«

»Das verstehe ich, Kommodore.« Lord Kelsey-Ramos gelang es, in seinem Ton verständnisvolles Mitgefühl und feste Entschlossenheit zu vereinen. »Sicherlich verstehen auch *Sie,* daß ich wissen möchte, wie gut die Anordnungen ausgeführt werden, wenn ich meinen Namen unter eine Empfehlung setze.«

In Wirklichkeit hatte er die offizielle Empfehlung der Kommission nicht unterzeichnet, aber der Kommodore wußte das wahrscheinlich nicht. »Sir, ich möchte Ihnen wirklich den Gefallen tun, aber wie schon gesagt, können wir keinen unserer Leute entbehren.«

»Nicht einmal eine Bürokraft?« beharrte Lord Kelsey-Ramos. »Kommen Sie, Kommodore, ich will ja keine Pravilo-Ehrengarde oder so etwas. Ich habe mein eigenes Schiff und meinen eigenen Piloten — was ich von Ihnen will, ist die Startfreigabe und jemanden, der uns unterwegs die wichtigsten Punkte zeigt.«

Der Kommodore griff ungeduldig nach der Fernbedienung. »Lord Kelsey-Ramos, ich habe wirklich keine Zeit für so etwas. Sie brauchen eine Startfreigabe? — Gut, die bekommen Sie. Aber Sie und Ihr Schiff sollten uns besser aus dem Weg gehen. Es brausen dreißig

Schlepper herum, und wenn Sie einem davon auch nur in die Nähe kommen, sind Sie erledigt.«

»Ich verstehe«, versicherte ihm Lord Kelsey-Ramos. »Machen Sie sich keine Sorgen, wir haben nicht vor, uns dort, wo gerade gearbeitet wird, lange aufzuhalten. Mein Hauptinteresse gilt den Rocheoiden, die bereits mit Mjollnir-Antrieb ausgestattet sind.«

Der Beamte war darüber nicht besonders erbaut, aber so viele Dinge erforderten dringend seine Aufmerksamkeit, daß er sich nicht mit der seltsamen Bemerkung eines Zivilisten abgeben konnte. »Gut«, brummte er, drückte ein paar Tasten und zog einen rot gestreiften Zyl aus seinem Schlitz. »Ersetzen Sie den Identitäts-Leitstrahl Ihres Schiffes durch diesen Zyl«, erklärte er und reichte ihn mir über den Tisch. »Ziehen Sie ihn nicht heraus, bevor Sie das Gebiet wieder verlassen — sonst löschen Sie ihn.«

»Danke.« Lord Kelsey-Ramos nahm den Zyl. »Was ist jetzt mit dem Führer?«

Ich hielt den Atem an. Wir wollten eigentlich keinen Führer — wollten *keine* Zeugen, wenn ich das Rocheoid entführte; aber Lord Kelsey-Ramos hatte mich davon überzeugt, daß es für jemanden in seiner Position äußerst unüblich wäre, keine offizielle Begleitung zu verlangen. Er hatte seine Forderung so gut es nur ging gedämpft, und der Pravilo-Kommodore hatte es bemerkt. Wenn der Kommodore nur ein wenig von der Vorschrift abwich ...

Er tat es. »Nochmals, es tut mir leid, Sir, aber ich kann Ihnen höchstens meinen Adjutanten für zwei Stunden anbieten, das ist alles.«

Lord Kelsey-Ramos nickte. »Das wird reichen, Kommodore. Steht er sofort zur Verfügung?«

»Wenn Sie es wünschen.« Er schaltete die Sprechanlage ein. »Grashchik? Beenden Sie, woran Sie gerade arbeiten, holen Sie sich die Datei mit dem allgemeinen Überblick. Ich habe Besucher hier, die Sie auf einer *kur-*

zen Führung begleiten sollen.« Er wartete die Bestätigung ab und schaltete die Sprechanlage aus. »Es dauert nur zwei Minuten.«

»Danke.« Lord Kelsey-Ramos betrachtete eine schematische Darstellung mit Echtzeit-Angaben des gesamten Gebietes für das Projekt ›Lawine‹. »Wie weit weichen Sie vom Terminplan ab?«

»Überhaupt nicht«, versicherte der Kommodore. »Nach dem ursprünglichen Plan sollten die Rocheoide heute in sechs Tagen einsatzbereit sein; sie werden in fünf Tagen soweit sein.«

Fünf Tage — nur fünf Tage! Ich hatte insgeheim gehofft, daß das Projekt hinter dem Zeitplan herhinken würde; wir hätten dann mehr Zeit für unsere Vorbereitungen gehabt. Aber das war nicht geschehen. Heute — jetzt — mußte es sein.

Ein kurzer Blickwechsel mit Lord Kelsey-Ramos, Bestätigung und Rückbestätigung. Dann wandte er sich an den Pravilo-Offizier. »Da die Zeit drängt, gehen wir zurück zur *Bellwether* und machen das Schiff startklar. Ihr Mann kann direkt dorthin kommen.«

Der Kommodore nickte geistesabwesend; er war bereits mit wichtigeren Dingen beschäftigt. »Wie Sie wünschen, Sir. Grashchick wird in wenigen Minuten bei Ihnen sein.«

»Ich danke Ihnen, Sir. Wir erwarten ihn.« Lord Kelsey-Ramos klang grimmig entschlossen.

Optisch war das Unternehmen ›Lawine‹ eine Enttäuschung.

Das war wahrscheinlich nicht verwunderlich. Mir hatte ein bestimmtes Bild vorgeschwebt: Zweihundert Rocheoiden, so groß wie Berge, schweben in Formation, und hundert Arbeitsschiffe sausen zwischen ihnen herum. Diese Vorstellung gab ich bald auf, nachdem ich begriffen hatte, daß es viel effizienter war, die Rocheoide in ihrem ursprünglichen Orbit zu belassen und die für das Mjollnir-Lacing notwendige Ausrüstung durch die Ringe vor und zurück zu transportieren. Doch ganz hatte ich das ursprüngliche Bild noch nicht verdrängt, und die Tatsache, daß die Arbeit an den letzten fünfzehn Rocheoiden von dieser Orbital-Station aus gleichzeitig durchgeführt wurde, belebte es wieder.

Aber auch diese fünfzehn Rocheoide waren über Tausende von Kubikkilometern im Raum verstreut; die Schleppboote und Arbeitsschiffe, die an ihnen arbeiteten, flogen zumeist mit Kalt-Stickstoff-Antrieben. Man konnte sich schwer vorstellen, daß etwas Ungewöhnliches vor sich ging, selbst wenn man sich mitten drin befand.

Genau das dürfte der Pravilo auch bezweckt haben.

»Da drüben, das ist er!« Leutnant Grashchick zeigte durch das Aussichtsfenster unseres Schiffes auf den von uns angepeilten Rocheoiden. »Wenn Sie genau hinsehen, erkennen Sie unterhalb der Mitte das Schleppboot, auf der dunklen Seite der Terminatorlinie.«

Lord Kelsey-Ramos stand neben ihm. »Ich sehe es. Können wir an Bord gehen?«

»Ich denke schon, Sir, wenn Sie unbedingt wollen.« Grashchick klang nicht besonders begeistert, was wir erwartet hatten. »Ich werde sehen, ob es unter Druck steht …« Er reichte am Piloten vorbei und gab einen telemetrischen Code ein. »Geht in Ordnung, Sir. Aber ich kann Ihnen gleich sagen, daß es wirklich nichts zu sehen gibt. Nur ein altes, abgetakeltes Schleppboot mit einer Totmannschaltung, nicht mehr.«

»Ist es mit einem Pseudoschwerkraft-Generator ausgestattet?« warf ich ein.

Der Leutnant drehte sich zu mir um und sah mich überrascht an. »Das weiß ich wirklich nicht. Für den Zombie spielt das kaum eine Rolle.«

»Ich möchte es gern sicher wissen.« Mein Herz klopfte mir bis in den Hals. Die Langeweile des Leutnants war verflogen. Er schöpfte noch keinen Verdacht, aber er bemerkte, daß es anders lief als erwartet. Das war nicht nur mein Eindruck. Kutzko schob nervös seine Hand näher an die Waffe heran; der Atemrhythmus des Hirten Adams änderte sich.

»Warum?« wollte Grashchick wissen.

»Weil es wichtig sein könnte«, kam mir Lord Kelsey-Ramos zu Hilfe. »Sie wissen, daß auf den Flügen in das System und wieder heraus die Pseudoschwerkraft routinemäßig auf der Brücke und im Schiff eingeschaltet bleibt. Die Donnerköpfe, die den Zombie steuern, sind mittlerweile daran gewöhnt. Es kann sogar sein, daß sie ohne die Pseudoschwerkraft die haargenaue Exaktheit, die wir brauchen, nicht zuwege bringen.«

Darauf war Grashchick noch nicht gekommen. »Ja ... Sir. Ich verstehe, was Sie meinen.« Seine Zweifel schwanden. »Ich werde es sofort überprüfen.«

»Ich möchte selbst sehen, ob der Pseudoschwerkraft-Generator betriebsbereit ist«, forderte ich, als er einen seiner Zyls einschob.

Lord Kelsey-Ramos sah verwirrt auf. »Mir ist gerade etwas eingefallen.« Solange Grashchick dasaß, konnte ich ihm nicht mehr erklären.

Lord Kelsey-Ramos begriff, daß ich nicht nur Konversation machte. »Nun, Leutnant?« fragte er. »Wir gehen auf alle Fälle an Bord, also schalten wir doch kurz den Strom ein, um zu sehen, ob es funktioniert.«

Grashchick zögerte. Er war unsicher, schöpfte aber keinen Verdacht. »Ich weiß nicht, Sir. Dazu müßte ich den Code des Schaltpults offenlegen; die Schiffe sollen aber tot bleiben, bis alle einsatzbereit sind.«

Mein Herz schlug schneller. Ein unerwarteter Vorteil! Ich hatte bisher nicht gewußt, wie, in aller Welt, wir ihn dazu bringen konnten, den Code für die Kontrollsysteme des Schleppers offenzulegen. Ich hatte Lord Kelsey-Ramos unabsichtlich einen guten Ansatzpunkt geliefert.

Er kapierte augenblicklich. »Dann holen Sie am besten die Erlaubnis des Kommodore ein«, forderte er. »Mr. Benedar hat recht — *jetzt* ist nicht der richtige Zeitpunkt für technische Experimente und Parameter.«

Der Leutnant seufzte. »Ja, Sir.« Ein anderer Offizier hätte vielleicht einfach nachgegeben, aber dieser wußte, was er zu tun hatte. Er griff nach dem Mikrophon und schaltete den Sprechfunk ein.

Der Kommodore war äußerst verärgert — soviel war aus der einseitigen Konversation zu entnehmen, obwohl er sie vorsichtig verschlüsselte. Die Diskussion nahm den Rest unseres Flugs zum Racheoiden in Anspruch; erst als wir an das stillgelegte Schleppboot ankoppelten, gab der Kommodore endlich nach.

»In Ordnung«, sagte Grashchick, als wir die Sitzgurte öffneten; er gab sich keine Mühe, seinen Ärger darüber zu verbergen, daß wir ihn da hineingezogen hatten. »Der Kommodore hat mir gestattet, die Pseudoschwerkraft *einmal* einzuschalten, nur kurz, damit wir feststellen können, ob sie funktioniert. Ich hoffe, Sie sind damit zufrieden, denn offen gesagt, mehr kann ich nicht für Sie tun.«

»Das reicht«, versicherte ihm Lord Kelsey-Ramos. »Gehen Sie voraus ...?«

Der Leutnant glitt an uns vorbei; er bewegte sich in der Schwerelosigkeit wesentlich eleganter als wir es je zustande bringen würden. Eine kurze, gewissenhafte Kontrolle der Abdichtungs-Anzeige, dann stieß er die Tür zur Schleuse auf. Eine Welle kalter Luft strömte in das Schiff, als er den Schlepper öffnete und hineinschwebte. Vor nervöser Erwartung und Kälte zitternd, folgte ich ihm.

Im Schlepper war es dunkel; nur durch die kleinen Aussichtsluken kam etwas Licht, und einige Kontrolllichter leuchteten wie Leuchtkäfer. Ein dunkler Schatten — Grashchick — schwebte zum Hauptschaltpult. Der Zyl glitzerte schwach, als er ihn einschob.

Schalter klickten, dann ging die Hauptbeleuchtung

gedämpft an. Grashchick schaltete das Licht etwas heller und bewegte sich zur anderen Seite des Steuerpults. »Sind Sie bereit, Lord Kelsey-Ramos?« fragte er über die Schulter. »Hören Sie auf das Summen.«

Er betätigte einen Schalter und in der Stille des Schleppers hörten wir das leise Summen des Hochfrequenzoszilators. Im Mjollnir-Raum nimmt der Hochfrequenzstrom — vielmehr das zuckende elektrische Feld, das er schafft — den Charakter eines Schwerkraftfeldes an; hier, im normalen Raum sandte er nur ein deutliches elektromagnetisches Signal durch diesen Teil des Ring-Systems.

Der Leutnant dachte ebenfalls daran. »Mehr kann ich nicht tun.« Damit schaltete er nach zwei Sekunden wieder ab. »Wir wollen lieber nicht hinausposaunen, daß Schiffe unterwegs sind, die nicht auf den Verkehrs-Monitoren aufscheinen. Wenn Sie noch Fragen haben, Lord Kelsey-Ramos, so werde ich versuchen, sie zu beantworten.«

Lord Kelsey-Ramos blickte mich fragend an. Ich schwebte zum Steuerpult, um es mir kurz anzusehen. Die Bedienungselemente sahen einfach aus, vor allem im Vergleich zum simulierten Steuerpult, das Kapitän Bartholomy für meinen zweitägigen Schnellkurs in Raumschiffsteuerung an Bord der *Bellwether* aufgebaut hatte. Über der Mitte des Pultes war die mittlerweile vertraute schwarze Totmannschaltung angebracht. »Scheint alles in Ordnung zu sein.« Ich war derart nervös, daß ich die Worte nur schwer herausbrachte. Jetzt mußten Lord Kelsey-Ramos und Kutzko Grashchick zurück ins Schiff manövrieren.

Lord Kelsey-Ramos verstand. »Gut, wenn Sie mich für einen Augenblick ins Schiff begleiten, Leutnant ...«

»Jeder bleibt, wo er ist«, sagte Kutzko von der Schleuse her. Er sprach so leise, daß das Klicken deutlich zu hören war, als er seine Injektionspistole entsicherte ...

Im Umdrehen bemerkte ich Lord Kelsey-Ramos' Verblüffung. Offenbar hatte jetzt Kutzko die Sache in die Hand genommen. »Kutzko ...«

»Ruhe, Benedar«, unterbrach er mich. »Lassen Sie den Zyl, wo er ist, Leutnant, und gehen Sie weiter! Langsam!«

»Was immer Sie vorhaben«, knurrte Grashchick, »es wird Ihnen nicht gelingen. Der Sicherheitsdienst ist *zu Fuß* schneller hier, als Sie dieses Monstrum fliegen können.«

»Vielen Dank für Ihre Ratschläge«, antwortete Kutzko ruhig. »Tun Sie, was ich gesagt habe — ich möchte Sie wirklich nicht erschießen müssen. Auch Sie, bitte, Lord Kelsey-Ramos.«

Adams schwebte ruhig hinter Lord Kelsey-Ramos. Kutzkos Aktion hatte ihn als einzigen nicht überrascht. Sie hatten es zusammen ausgeheckt, wahrscheinlich während ich mit meinen Flugstunden beschäftigt war. Offensichtlich versuchten sie, Lord Kelsey-Ramos damit so weit wie möglich aus dem Unternehmen rauszuhalten. Ich war zu sehr mit meinen eigenen Sorgen beschäftigt gewesen, um diesen Plan zu bemerken.

»Sie nicht«, unterbrach Kutzko ruhig und entschlossen meine Überlegungen. »Sie bleiben mit mir an Bord. Sie auch«, fügte er mit einem kurzen Blick auf Adams hinzu.

Grashchick blieb auf halbem Weg zur Schleuse abrupt stehen; ich spürte, wie sich sein hilfloser Zorn in Entsetzen verwandelte; er begriff plötzlich, daß Kutzko den Schlepper nicht durch den Normal-Raum fliegen wollte ... und er wußte, was das für Adams und mich bedeutete. »Warten Sie einen Augenblick — nur einen Augenblick.« Seine Stimme zitterte. »Sie können doch nicht — hören Sie, verdammt, das ist vorsätzlicher *Mord.* Der Schlepper kann Ihnen doch nicht *so viel* wert sein!«

»Diese Entscheidung überlassen Sie *mir,* ja?« fiel ihm

Kutzko kaltblütig ins Wort. »Seien Sie ein braver Junge und gehen Sie zurück ins Schiff.«

Grashchick strahlte wütende Panik aus, die auf Pflichtgefühl, Stolz und Wut zurückging. Einen Augenblick lang glaubte ich, er würde doch noch kämpfen. Ich ballte meine Hände zu Fäusten — aber er zögerte, und die Panik verflog. Sein gesunder Menschenverstand gewann die Oberhand, und er wußte, daß Widerstand nichts half; er würde nur sein Leben sinnlos opfern. Er biß die Zähne zusammen und ging starr vor Wut und schweigend durch die Schleuse.

Kutzko entspannte sich etwas; auch er hatte gespürt, wie hart am Abgrund Grashchick gewesen war. »Jetzt Sie, Sir«, sagte er.

Lord Kelsey-Ramos folgte Grashchick wortlos. »Jetzt — Sie, Benedar.« Kutzko deutete auf mich. »In der Schleuse steht eine Tasche. Holen Sie sie — und vergessen Sie nicht, daß ich eine Waffe auf Sie gerichtet habe.«

Er zwinkerte mir zu, als ich mich auf die Schleuse zu bewegte. Das war nicht notwendig, denn ich wußte, daß die Drohung nur Grashchick täuschen sollte.

Wie sich herausstellte, war auch diese Geste unnötig. Als ich die schwere Tasche holte, war Grashchick nirgends zu sehen. Ich manövrierte die Tasche in der Schwerelosigkeit vorsichtig in den Schlepper und verstaute sie behutsam in einer Ecke. »Er schlägt wahrscheinlich Alarm. Sehen Sie zu, daß Sie weiterkommen — wir machen die Schleuse von hier aus dicht.«

»Kümmern Sie sich nicht darum«, antwortete Kutzko und schloß die Schleusentür.

Ich starrte ihn entsetzt an. Wie konnte mir das entgangen sein? — »Verschwinden Sie, Kutzko!« fuhr ich ihn an.

»Starten Sie den Antrieb!« Er überging meine Anweisung einfach. »Sie erinnern sich doch hoffentlich, wie das geht!«

»Mikha ...«

»Beeilen Sie sich lieber — wie Sie selbst gesagt haben, holt Grashchick schon Hilfe! Jammerschade um unsere schöne Entführung, wenn man uns schon erwischt, solange wir noch hier sitzen und streiten.«

Es war sinnlos. Er war entschlossen mitzukommen, und ich konnte ihn nicht aufhalten. Das wußten wir beide.

Ich ging hinüber zum Armaturenbrett, wo Adams bereits auf dem Platz am Steuer saß. Als die Anzeigen Betriebsbereitschaft meldeten, war er in Trance.

»Donnerkopf«, rief ich. »Bist du da?«

Eine Ewigkeit kam keine Antwort. Mein Herzschlag dröhnte mir in den Ohren; ich beobachtete Adams' schlaffes Gesicht und dachte an Betrug und Verrat ...

»Ich bin hier«, flüsterte Adams.

Ich war erleichtert; langsam löste sich die ärgste Spannung. »Wir sind soweit. Weißt du genau, wo sich die Invasoren im Augenblick befinden?«

»Das weiß ich. Aber ich brauche einen Zombie — wo ist er?«

Menschenleben bedeuteten ihnen also überhaupt nichts. »Es gibt keinen Zombie«, erwiderte ich hart. »Der Hirte Adams — der Mann, durch den du sprichst — wird dir als Hand dienen.«

Ein fremder, überraschter Ausdruck lag auf Adams' Gesicht. Daß ihre Seeker-Kontaktleute auch dazu zu gebrauchen waren, daran hatten die Donnerköpfe offenbar noch nicht gedacht. »Ich weiß nicht, ob es ... möglich sein wird ...«

»Versuch es!« schaltete sich Kutzko brüsk ein. Er deutete auf den Bildschirm. »Wir bekommen Gesellschaft.«

Adams' Gesicht zuckte, seine Hände griffen zögernd nach den schwarzen Hebeln der Totmannschaltung. Ich hielt den Atem an ... und plumpste zu Boden, als der Mjollnir-Antrieb ansprang und die Pseudoschwerkraft einsetzte.

Mein Atem ging stoßweise, und ich schwankte ein wenig, da sich mein Kreislauf erst wieder an mein Gewicht gewöhnen mußte. Einen Augenblick später sah ich wieder klar … Ich suchte Kutzko. »Es hat funktioniert.«

»Bis jetzt zumindest. Was jetzt?«

»Wir werden sehen, wie lange er es aushält. Schafft er es ohne Pause bis zur Flotte der Aliens in einem, ist es gut. Wenn nicht … wir werden sehen, wie lang die Erholungsphasen zwischen den Kontakten sein müssen.«

»Und wenn wir dort sind?« beharrte Kutzko. »Er kann doch nicht ständig in Trance fallen und wieder aufwachen, während Sie versuchen, sich mit den Invasoren zu unterhalten.«

»Wir werden alles sehen!« erwiderte ich knapp. Ich wußte, was hinter seinen beiläufigen Worten steckte.

Kutzko musterte mich, dann wandte er sich der Tasche in der Ecke zu. »Wie Sie meinen, es hat Zeit. Kommen Sie, helfen Sie mir, Ihre Funkanlage aufzustellen.«

Ich zitterte vor Zorn und Furcht. Nein, es hatte keine Eile. Und wenn wir Glück hatten, dann brauchten wir nicht bis ans bittere Ende zu gehen.

Aber Kutzko glaubte nicht daran. Tief in meinem Innern glaubte ich es auch nicht.

36. Kapitel

Wir waren fünfundvierzig Minuten von Solitaire entfernt und hatten drei Viertel unseres Wegs zur Flotte der Aliens zurückgelegt, als uns das Glück verließ.

Ohne Vorwarnung — nichts in Adams' Gesicht oder in seiner Körperhaltung hatte sich verändert. Er saß an der Totmannschaltung, und seine glasigen Augen starrten angespannt in den Raum. Im nächsten Augenblick krachten die Unterbrecher, die Schwerkraft verschwand, und Adams schnappte verzweifelt nach Luft.

Wir stürzten gleichzeitig zu ihm, Kutzko preßte ihm den mitgebrachten Sauerstoffinhalator über Nase und Mund, und ich suchte in seinem Gesicht nach weiteren Symptomen.

Es sah nicht gut aus.

»Es geht schon ... wieder«, brachte Adams schließlich heraus, nachdem er zwei Minuten lang reinen Sauerstoff geatmet hatte. »Laßt mich ... nur ... zu Atem kommen, ja?«

Kutzko sah mich fragend an. »Wie geht es ihm?«

»Ich glaube nicht, daß er sich in unmittelbarer Gefahr befindet.« Vor Aaron Balaam darMaupine und der darauf folgenden Paranoia hatten manche Krankenhäuser ergänzend zu den üblichen medizinischen Meßgeräten Watcher eingesetzt. Jetzt bedauerte ich, daß ich diese Spezialausbildung nicht erhalten hatte. »Herzschlag wird wieder regelmäßig, Blutdruck scheint in Ordnung, Gehirnfunktionen ...« Ich starrte in Adams' Augen. »Pupillen reagieren normal ... Nichts deutet darauf hin, daß er Schmerzen hat.«

»Mir tut nichts weh«, bestätigte Adams immer noch atemlos. »Nur noch ein paar Minuten ... Erholung.«

Kutzko sah mich an ... Ich wußte, woran er dachte.

»Wir werden den Rest der Reise in kürzere Abschnitte aufteilen«, erklärte ich entschieden. »Wir sind nur etwa fünfzehn Minuten von der Flotte der Aliens entfernt — er soll sich ausruhen; dann machen wir weiter.«

»Und was ist mit dem Gespräch mit den Invasoren?« fragte er. »Beschränkt sich das auch auf jeweils fünfzehn Minuten?«

»Wenn notwendig, ja.« Diese Lüge war vielleicht eine unnötige Vorsichtsmaßnahme, denn die Donnerköpfe hörten uns wahrscheinlich nicht mehr zu ... Aber es stand auf Messers Schneide, und ich war lieber unnötig vorsichtig, als daß ich ein unnötiges Risiko einging.

Wie leicht ich die Kunst des Lügens erlernt hatte! Und ich hatte immer gute Gründe für meine Lügen. *Es gibt Wege, die scheinen euch gerade, trotzdem führen sie in den Tod ...* Ich schüttelte diesen Gedanken ab und fügte hinzu: »Außerdem wird unser Gespräch mit den Aliens zwangsläufig in kurze Abschnitte zerfallen. Vergessen Sie nicht, daß sie mit zwölf Prozent Lichtgeschwindigkeit an uns vorbeischießen.«

Zumindest für den Augenblick vertraute er mir. »In Ordnung«, sagte er schließlich. »Wir gönnen ihm ein wenig Zeit — vielleicht sollten wir ihm noch eine Spritze mit Dr. Eisenstadts Wundermittel geben. Kommt darauf an, wie schnell er sich erholt.«

Falls Adams das unausgesprochene *und wenn nicht* in Kutzkos Ton gehört hatte, so zeigte er es nicht. »Einverstanden.« Mein Magen krampfte sich zusammen. *Und wenn nicht ...* Entweder Kutzko oder ich würden nicht nach Solitaire zurückkehren.

Wir warteten über eine Stunde ... Eine Stunde, die mir für immer im Gedächtnis bleiben wird.

Es geschah nichts Besonderes. Im Gegenteil, das Hauptmerkmal dieser Stunde war die Langeweile. Jeder war in seine eigenen Gedanken und Ängste versponnen, keinem war nach Reden zumute; unsere Ausrüstung war aufgebaut, und wir hatten absolut nichts zu tun. Ich weiß nicht, wie oft ich am Steuerpult vorbeischwebte und die Anzeigen studierte, die sich nicht veränderten; ich verbrachte viel Zeit an der Aussichtsluke, blickte hinaus auf die Sterne und in ihrem Dämmerlicht folgten meine Augen angestrengt den Konturen unseres an uns gefesselten Rocheoids.

Vor allem aber kämpfte ich gegen das Entsetzen.

Nicht gegen die Angst. Angst hatte ich erwartet und war mehr oder weniger auf sie vorbereitet. Aber während die Minuten verstrichen, und ich nicht mehr wußte, woran ich denken sollte, sah ich immer öfter das Bild der fremden Schiffe vor mir, die unerbittlich auf uns zurasten. Obwohl ich mir sagte, daß sie mit ihrer Raum-Normalgeschwindigkeit zwei Jahre entfernt waren — mein Instinkt hatte sich bereits darin verbissen: Für uns waren sie nur noch fünfzehn *Minuten* entfernt. Es war ein völlig irrationales Entsetzen, und wenn ich mir diese Tatsache vor Augen führte, schämte ich mich nur um so mehr, so daß ich mit den anderen nicht darüber sprechen konnte. Ich sagte mir mehr als einmal, daß vielleicht die Donnerköpfe hinter diesem Gefühlsaufruhr steckten, daß sie meine Empfindungen verstärkten, wie sie es seinerzeit in der Pravilo-Zelle auf Solitaire getan hatten. Aber jetzt half mir nicht einmal dieses Wissen.

So litt ich eine Stunde lang; allein, gelangweilt, entsetzt und voll Scham. So mußte die Hölle sein ... der Vorgeschmack reichte mir für den Rest meines Lebens.

Wahrscheinlich stimmte ich deshalb sofort zu, als Adams schließlich behauptete, er sei so weit. Ich habe mich oft gefragt, ob sich die Dinge anders entwickelt hätten, wenn ich vorsichtiger gewesen wäre.

»Ihr werdet die In ... vasoren in drei Minuten erreichen«, flüsterte der Donnerkopf durch Adams' Lippen. »Was soll ich tun?«

Mein Hals war so trocken, daß er schmerzte. Trotz aller Widrigkeiten — trotz aller Hindernisse, hatten wir es geschafft. Jetzt lag alles allein in meiner Hand. »Wir warten hier«, befahl ich. »So nahe wie möglich der Bahn des Leitschiffes, falls du unsere Position so genau bestimmen kannst.«

»Ich kann«, zischte der Donnerkopf, und ich spürte deutlich, daß ich seinen Stolz verletzt hatte. Ich hatte diese Reaktion erwartet; hoffentlich wirkte sich das auf die punktförmige Genauigkeit aus, die ich brauchte. Ich hielt den Atem an, als Adams' Hand sich bewegte und eine kleine Kurskorrektur vornahm. Dann knackten wieder die Unterbrecher, die Schwerkraft verschwand und durch die Aussichtsluke sah man wieder die Sterne.

Wir waren da.

»Gib jetzt acht, Donnerkopf, denn dieser Teil ist entscheidend.« Ich bemühte mich, das Zittern in meiner Stimme zu unterdrücken. Ich schwebte zu Adams und zeigte auf ein Instrument, das Kutzko und ich an das Hauptschaltpult angeschlossen hatten. »Diese Vorrichtung mißt die Stärke des Magnetfeldes außerhalb des Schleppers«, erklärte ich. »Die Invasoren saugen mit Hilfe von Magnetfeldern Wasserstoff für ihren Antrieb an; Magnetfelder dieser Größenordnung sind für unsere Rasse gefährlich. Verstehst du?«

»Ja«, flüsterte er.

»Gut. Wir haben hier eine Warnvorrichtung, die sich kurz vor Erreichen des Grenzwertes — und zwar sehr kurz davor — einschaltet. Wenn *dieses* rote Licht aufleuchtet ...« — ich berührte den Knopf, um es ihm zu zeigen —, »mußt du uns sofort wieder in den Mjollnir-Raum bringen. Verstehst du? — *Sofort!*«

»Ich verstehe.«

Das konnte ich nur hoffen. Nach Lord Kelsey-Ramos' Schätzung hatten wir nach Aufleuchten des Lichts kaum drei Sekunden Zeit, um vor den Aliens zu fliehen. Ein hauchdünner Spielraum, obwohl wir froh sein mußten, daß wir bei der Geschwindigkeit der Flotte so viel Vorwarnung bekamen. »Gut, du beobachtest also das Licht, und ich schalte unser Sendegerät ein«, erklärte ich dem Donnerkopf und versuchte dabei, so zu wirken, als wäre ich von seinen Fähigkeiten überzeugt.

Während ich mich auf unsere Kommunikationsanlage zu bewegte, beobachtete ich Adams aus dem Augenwinkel ... Es war leicht zu sehen, daß der Donnerkopf überrascht war. »Du bist schon be ... reit, den Invasoren ... deine Nachricht zu übermitteln?« fragte er.

»Ich muß natürlich das Gerät erst einstellen«, antwortete ich leichthin. »Danach mußt du mir genau erklären, was ich sagen soll. Du weißt doch, wie man sich mit den Aliens in Verbindung setzt?«

Die Nervosität der Donnerköpfe klang ab. »Ja ... Wir haben euch unsere Hilfe versprochen, ... wenn ihr sie braucht«, flüsterte er.

Ich tat so, als ob ich seinen Worten glaubte und wandte mich meinen Instrumenten zu.

Ich hatte Lord Kelsey-Ramos um das beste Gerät gebeten, das er auftreiben konnte; er hatte meinem Wunsch mehr als entsprochen. Der Sender war nicht besonders groß, aber er verfügte über ganze Batterien von Skalen, Schaltern, Anzeigern und Reglern. Ich tat so, als wäre ich in die Einstellung vertieft, ließ aber Adams und die Warnlampe vor ihm nicht aus den Augen. Wenn die Warnung kam, und der Donnerkopf sie nicht bemerkte ...

Plötzlich leuchtete das Licht auf. »Donn ...!« schrie ich — und schon setzte die Schwerkraft ein, und wir befanden uns wieder im Mjollnir-Raum.

Ich holte zitternd Luft und verdrängte krampfhaft das Bild eines flammenden Todes, der auf mich zuraste. »Das war sehr gut, Donnerkopf«, brachte ich heraus. »Es kam früher als erwartet. In welche Richtung bewegen wir uns?«

»Nach außen, an den Invasoren vorbei.«

»Wir wollen sie umrunden«, wies ich ihn an. »Bring uns wieder in eine Entfernung von etwa drei oder vier Minuten vor das Leitschiff.«

»Warum voraus?« fragte Kutzko. »Warum können wir nicht seitlich bleiben, wo wir nicht Angst haben müssen, daß sie mit uns zusammenstoßen?«

Ich mußte mich beherrschen. »Weil das zu viele komplizierte Doppler-Effekte verursachen würde.« Ich bediente mich des lässig aufrichtigen Tons, in den ich meine Lügen neuerdings problemlos verpackte. »Vor ihnen gibt es nur eine gleichbleibende Leistung, die sie entschlüsseln müssen. So sollte es zumindest sein, sobald dieses Ding hier funktioniert.«

»Lassen Sie mich helfen«, bot sich Kutzko an und machte einen Schritt vor. Der Schritt endete in einem langsamen Bogen, als die Unterbrecher wieder einrasteten und die Mjollnir-Schaltung ausfiel. Er fluchte leise und suchte mit den Armen fuchtelnd nach einem Halt. »Können wir nicht zumindest die verdammte Pseudoschwerkraft ausschalten? Bei diesem ewigen Flipflop bricht sich noch einer von uns das Genick.«

»Nein!« fuhr ich auf, als Adams schon die Hand am Schalter hatte. »Ich möchte, daß sie eingeschaltet bleibt.«

»Warum?«

Ich suchte verzweifelt nach einem Grund, den er nicht widerlegen konnte ... und fand einen: »Weil die Geschichte, die wir Leutnant Grashchick erzählt haben, kein reiner Unsinn ist, deshalb. Wir wissen nicht, ob und wie die Schwerelosigkeit die Kontrolle der Donnerköpfe beeinflußt. Ich leide lieber einmal öfter an Übelkeit, als daß ich riskiere, unsere Position zu verlieren. Wenn wir schon von der Position sprechen, wo befinden wir uns, Donnerkopf?«

»Ungefähr zwei ... Minuten vor den ... Invasoren«, flüsterte er.

»Ich hatte drei oder vier gesagt. Soviel zu punktförmiger Genauigkeit. Vergiß nicht, das Licht zu beobachten.«

»Das mache ich. Bist du soweit, daß wir dir ... helfen können?«

»Nicht annähernd. Warte — laß mich herausbekommen, wie das hier funktioniert ...«

Aus dem Augenwinkel bemerkte ich Kutzkos Erstaunen. »Wollen Sie damit sagen, daß Sie vier Tage auf der *Bellwether* gelernt haben, wie man dieses Ding in Betrieb nimmt, und es *noch* nicht können?«

»Halten Sie den Mund und lassen Sie mich arbeiten, ja!« fauchte ich ihn an. »Ich weiß, was ich mache — es dauert nur ein wenig.«

Kutzko war verwundert; er vertraute mir mehr oder weniger immer noch, nur schwand dieses Vertrauen rapide dahin. »Wenn das so lang dauert, dann vergessen wir doch die drei Minuten und ziehen wir uns in sichere Entfernung zurück — vielleicht eine Stunde oder so, und Sie machen dort weiter. Es wäre verdammt unangenehm, wenn der Donnerkopf das Signal verpaßt, noch bevor Sie das blöde Ding überhaupt in Betrieb gesetzt haben.«

»Es dauert *nicht* so lange!« In der Aufregung kamen die Worte schärfer als notwendig. Ohne es zu wissen, war Kutzko der Wahrheit gefährlich nahe gekommen. Aber die Donnerköpfe durften nicht ahnen, was ich wirklich beabsichtigte; das war das letzte, was ich wollte. »Einen Augenblick noch, dann habe ich es, okay?«

»Schön.« Auch Kutzkos Geduld ging jetzt zu Ende. »Sie werden hoffentlich nicht genauso lange brauchen, um die richtige Sende-Frequenz zu finden *oder* die richtigen Worte, die Sie sagen wollen.«

»Hoffentlich muß ich keine bestimmte Frequenz finden«, knurrte ich. »Es handelt sich hier um einen Multispektrum-Sender — deshalb ist unter anderem auch die Einstellung so kompliziert. Was meine Nachricht betrifft, so werde ich einfach die Grüße der Patri überbringen und sie dann in der Sprache wiederholen, die uns die Donnerköpfe angeben. Dann ziehen wir uns zurück und warten auf eine Antwort. Sind Sie jetzt zufrieden?«

Kutzko wollte gerade antworten, als die Schwerkraft wieder einsetzte. »Nur noch eine Minute, was?« knurrte er.

Ich drehte ihm bewußt den Rücken zu. »Tut mir leid, Donnerkopf, aber wir müssen das ganze nochmals versuchen. Genau wie vorhin, ja?«

»Sehr wohl ...«, seufzte er. Seine Stimme ...

Ich fuhr herum. Ein Blick genügte; meine Ohren hatten mich nicht getäuscht. Adams wurde schwächer. Wir mußten den Kurs der Aliens sofort verlassen und ihm eine Erholungspause gönnen. »Donnerkopf!«

Aber es war zu spät. Die Unterbrecher knackten, und die Schwerkraft schwand ... Adams holte keuchend Luft.

Kutzko schoß an mir vorbei und bremste sich mit einer Hand am Pilotensessel ab. Mit der anderen riß er den Sauerstoffinhalator aus seiner Halterung und preßte ihn auf Adams' Gesicht. »Wie weit?« fuhr er ihn an. »Kommen Sie, Adams — wie weit sind wir vor ihnen?«

»Dr ... rei Mi ... nu ... ten«, keuchte Adams.

Kutzko blickte mich über Adams hinweg an ... Zum ersten Mal, seit ich ihn kannte, sah ich seine Angst. Angst — und Resignation. »Drei Minuten«, murmelte er. »Drei Minuten ... dann sind wir alle tot.«

37. Kapitel

Der Augenblick war also gekommen; ich hatte gehofft und gebetet, daß er mir erspart bliebe. *Wenn es möglich ist, so gehe dieser Kelch an mir vorüber ...* »Überprüfen Sie die Kursdaten«, wies ich Kutzko an; das Blut dröhnte mir in den Ohren und mir wurde plötzlich übel vor Angst. »Vergewissern Sie sich, ob wir uns wirklich in der Bahn der Aliens befinden.«

Kutzkos Augen suchten die Instrumente ab ... Sobald er seine Aufmerksamkeit von mir abgewandt hatte, bewegte ich mich leise auf ihn zu und griff in meine Seitentasche. Ich spürte die Injektionsnadel, die ich im Labor auf Spall gestohlen hatte, hart, kalt und tödlich. »Helfen Sie mir, Hirten Adams aus dem Steuersitz zu heben«, bat ich Kutzko. Ich zog die Spritze aus der Tasche und hielt sie in der rechten Hand verborgen.

Ich weiß nicht, wieso ich auf die Idee kam, daß es mir gelingen würde. Kutzko drehte sich mir zu, seine linke Hand übernahm Adams' Sauerstoffinhalator und seine rechte zog die Injektionspistole aus dem Halfter. »Versuchen Sie es nicht, Gilead«, sagte er ruhig. »Ich habe ein Schlagschußmagazin geladen — ein Schuß, und die Nadel ist weg, ohne daß ein Tropfen Blut fließt.«

Ich holte tief Luft. »Es muß sein, Mikha.«

»Ich weiß.« Er ließ die Pistole los, die vor ihm in der Luft schweben blieb, und griff in die Tasche. »Sie werden es nicht tun.« Damit zog er eine Injektionsspritze aus der Tasche. »*Ich* werde es tun.«

Ich war enttäuscht, zornig und verzweifelt. Ich hatte diesen Augenblick vorhergesehen, bereits als Kutzko in letzter Minute darauf bestanden hatte mitzukommen. Ich hätte ihn damals oder irgendwann in der Zwischenzeit damit konfrontieren können. Aber ich hatte es aufgeschoben, in der unvernünftigen Hoffnung, daß es nicht notwendig sein würde ... Jetzt blieben uns weniger als drei Minuten, und die Gelegenheit, es behutsam zu tun, war für immer vorbei.

Ich würde ihn in den letzten Augenblicken meines Lebens verletzen müssen. »Das ist nicht deine Aufgabe, Mikha!«

»Seit wann?« Er fing die Pistole ein und steckte sie in das Halfter zurück. »Ich bin der professionelle Beschützer, vergiß das nicht! Es ist mein Job, mein Leben für andere einzusetzen.«

»Ich weiß, aber du hättest diese Aufgabe nie übernehmen dürfen ... Du tust es aus den falschen Gründen.«

Er schnaubte verächtlich, aber ich spürte die Nervosität dahinter. »Für euch religiöse Typen ist es doch die höchste Form des Martyriums, wenn man für seine Freunde stirbt.«

»Ja, ich glaube daran. Auch deine Eltern haben daran geglaubt. Aber *du* nicht. Nicht wirklich.«

»Meine Eltern haben nichts damit zu tun ...«

»Sie haben sehr wohl etwas damit zu tun«, fuhr ich ihn an. Noch zwei Minuten ... Eine davon brauchte die Droge in meiner Spritze, um mich zu töten. »Du bist in einem religiösen Haushalt aufgewachsen. Versuche nicht zu leugnen — alle Anzeichen sprechen dafür. Du hast viele Prinzipien deiner Eltern übernommen ... Aber du hast es nur mechanisch getan, in Wirklichkeit glaubst du nicht an Gott und auch nicht an ein absolutes Maß, an dem deine Handlungen gemessen werden. Du setzt dein Leben für Lord Kelsey-Ramos und die anderen aufs Spiel, weil deine Eltern dich gelehrt haben, daß das edel sei. Das ist der *einzige* Grund, warum du mit der Spritze in der Tasche an Bord des Schleppers gekommen bist. Du lebst eine Lüge, Mikha. Ich lasse nicht zu, daß du dafür auch stirbst.«

Sein Gesicht war wie aus Stein gemeißelt. »Meine Vergangenheit geht dich nichts an«, fuhr er mich bissig an. Einen Moment lang erinnerte er mich an Aikman. »Und warum ich es tue, geht dich auch nichts an.«

Er war fest entschlossen. Noch anderthalb Minuten ... Die Zeit wurde knapp. »In diesem Fall«, seufzte ich ...

Ich riß den Sicherheitsverschluß meiner Spritze ab. *In Deine Hände empfehle ich meinen Geist* ... Ich fühlte nach der Vene am Handgelenk und stach zu.

Ich hätte wissen müssen, daß es nicht funktionieren würde. Die Nadel war noch fünf Zentimeter von der Vene entfernt, als die Schlagschußkügelchen meine Hand trafen und die Spritze durch das Schiff schleuderten; meine leeren Finger waren gefühllos und prikkelten. »Mikha! — Nein!«

»Tut mir leid, Gilead.« Seine Stimme zitterte, aber ich spürte den eisernen Willen dahinter. »Richtige oder falsche Gründe, es ist immer noch *mein* Job ... und ich werde ihn machen.« Er ließ den Griff seiner Pistole los und tastete nach dem Sicherheitsverschluß seiner Injektionsspritze.

Ich weiß nicht, warum ich mich auf ihn warf. Es war eine aussichtslose Geste — selbst wenn ich die Entfernung zwischen uns rechtzeitig geschafft hätte, ich hätte ihn niemals überwältigen können. Aber in meiner Enttäuschung konnte ich nicht einfach dastehen und zusehen, ohne diesen letzten Versuch zu unternehmen.

Das dachte ich jedenfalls ... aber während ich auf ihn zuflog — während er zögerte und eine Hand hob, um mich abzuwehren — wurde mir ein Umstand bewußt, den mein Unterbewußtsein vielleicht bereits registriert hatte. »Mikha — stop!« schrie ich ...

Weiter kam ich nicht, denn ich prallte mit Gesicht und Brust auf den Boden.

Ich blieb lange liegen, halb gelähmt vor Schreck und atemlos vom harten Aufprall. Der Kolben von Kutzkos Waffe befand sich in Sicht, ebenso seine noch unbenutzte Spritze. In der plötzlich wiedergekehrten

Schwerkraft kämpfte er schweratmend um sein Gleichgewicht und fluchte.

Adams saß immer noch am Steuer; von ihm hörte ich nichts. Kein Keuchen, keine Bewegung.

Kein Atmen.

Langsam und vorsichtig stützte ich eine Hand auf und richtete mich auf. Zwei Arme faßten mich unter den Achseln und halfen mir auf die Beine. »Adams!« sagte Kutzko erschrocken und gleichzeitig entsetzt.

Mein Kopf schmerzte heftig vom Fall. »Ich weiß. Er hatte aufgehört zu keuchen — ich habe nicht bemerkt, wann.« Ich nahm mich zusammen und drehte mich zu ihm um.

Er war tot. Der leere Ausdruck in seinem Gesicht — seine schlaffen Muskeln und Augen — ich erinnerte mich unvermittelt an die *Bellwether* und an den Mann, dessen Hinrichtung ich miterlebt hatte. Ich hatte mehr als einmal bemerkt, daß Adams und Zagorin fremde Züge angenommen hatten, wenn sie mit den Donnerköpfen in Kontakt standen. Diese fremden Züge waren jetzt geblieben, nachdem alles Menschliche aus dem Gesicht gewichen war. Es war unheimlich und abstoßend; mir wurde übel.

Und ich wollte weinen.

Kutzko holte keuchend Luft. »Wie steht es mit dir? Bist du in Ordnung?«

»Ich glaube schon. Und du?«

»Ja.« Seine Stimme klang bitter. Er war bereit gewesen zu sterben, Adams war ihm zuvorgekommen ... Der berufsmäßige Beschützer war wieder einmal gezwungen, über die Grenzen seiner Macht nachzudenken. »Was jetzt? — Fliegen wir nach Hause?«

Ich wischte mir die Tränen aus den Augen. Ich hatte Adams zu dieser Reise überredet — hatte ihn auch dazu überredet, sich überhaupt mit den Donnerköpfen einzulassen. Meine Idee, mein Ehrgeiz, meine Fehler. Er hatte für sie bezahlt. »Wir bleiben«, seufzte ich.

»Donnerkopf, wenn du mich noch hörst, mach weiter, wie zuvor. Bring uns in eine Position drei oder vier Minuten zurück Richtung Solitaire.«

Ein Augenblick des Zögerns; die Reaktion auf den Befehl war deutlich langsamer als beim Kontakt des lebenden Adams mit dem Donnerkopf. Vielleicht war der Donnerkopf auch nur überrascht, daß wir weitermachten.

Überrascht oder enttäuscht.

Kutzko stand die Frage ins Gesicht geschrieben. »Wir müssen es weiter versuchen, sonst war sein Opfer umsonst«, erklärte ich ihm.

Er blickte mich eine Weile an, zuerst fragend, dann vorwurfsvoll: Wäre ich bereit gewesen zu senden, als wir zum ersten Mal in Position waren, dann wäre das Opfer vielleicht nicht notwendig gewesen. Ich machte mich auf einen neuerlichen Streit gefaßt, aber die emotionelle Belastung der vergangenen Minuten hatte ihn ebenso erschöpft wie mich. Er nickte nur und drehte sich um. Ich wischte noch eine letzte Träne von den Wangen, ging zurück zum Funkgerät und begann wieder daran herumzubasteln.

Wenige Sekunden später schwand die Schwerkraft wieder. Dreieinhalb Minuten später war ich immer noch mit der Einstellung beschäftigt, als das rote Licht anging und der Donnerkopf, der jetzt Adams' toten Körper kontrollierte — ich brachte es nicht über mich, ihn als Zombie zu bezeichnen —, schaltete wieder auf Mjollnir-Antrieb. Kutzko beobachtete mich teilnahmslos und verbittert, weil ich nicht imstande war, die — wie er immer noch glaubte — Vorbereitungen für unseren Kontakt mit den Aliens abzuschließen. »Beim nächsten Mal habe ich es!« kündigte ich an. »Wenn du uns noch einmal in Position bringst, Donnerkopf!?«

Das vertraute Knacken der Unterbrecher ertönte, und wir befanden uns wieder in Schwerelosigkeit. Ich wandte mich meinem Sendegerät zu ...

Ohne jede emotionelle Ausstrahlung erhob sich Adams' Körper an der Totmannschaltung und wandte sich mir zu. »Du — Benedar«, flüsterte er.

Ich schauderte vor Entsetzen über diese Stimme. Sie hatte nichts Menschliches an sich, obwohl sie aus einem menschlichen Mund kam. Adams' Seele war nicht mehr da, und mit ihr waren alle menschlichen Elemente verschwunden ... Übriggeblieben war die Stimme eines Donnerkopfs, wie wir sie unverfälschter nie zu hören bekommen würden. »Was ist, Donnerkopf?« brachte ich schließlich heraus.

Die toten Augen blickten mir ausdruckslos ins Gesicht. »Verräter«, flüsterte der Donnerkopf. »Du wirst sterben!«

Er bewegte sich ungeschickt durch die Schwerelosigkeit auf mich zu.

38. Kapitel

»Nicht schießen!« Warnend hielt ich Kutzko meine ausgestreckte Hand entgegen. Er zögerte, hielt aber seine Pistole immer noch auf Adams' Körper gerichtet, und seine Fingerknöchel traten weiß hervor. In acht Jahren hatte ich ihn nie so fassungslos erlebt wie jetzt — ich konnte es ihm nicht übelnehmen. »Nicht schießen!« wiederholte ich und unterdrückte gewaltsam mein Entsetzen über den Anblick. »Was willst du tun, ihn töten?«

Er zischte nur durch die zusammengebissenen Zähne.

»Ich weiß. Bleib ruhig, ich werde das schon schaffen.«

»Was willst du schaffen? Kannst du mir das sagen?«

Ich blickte dem toten Adams ins Gesicht. »Sagst du es ihm, Donnerkopf, oder soll ich es tun?«

»Du hast uns angelogen.« Das fremdartige Flüstern war grauenhaft; der Leichnam kam mir langsam und unbeholfen so nahe, daß es unangenehm wurde. Ich machte ein paar Schritte zurück. »Du hast uns verraten. Du wirst sterben.«

»Wieso habe ich euch verraten? Habe ich nicht genau das getan, was ich gesagt habe?«

Wie erwartet überging der Donnerkopf die Frage. Im Augenblick interessierten ihn eindeutig weder Logik noch frühere Vereinbarungen. »Du wirst sterben«, wiederholte er.

Ich biß die Zähne zusammen und bemühte mich, ein wenig Energie in mir wachzurütteln. Die Schlacht war vorüber, und ich hatte gesiegt — die Wut des Donnerkopfs war der Beweis dafür. Mit dem Sieg war die Dynamik der vergangenen Woche einer tiefen Erschöpfung gewichen. Im Augenblick war es mir egal, ob mich die Donnerköpfe töteten oder nicht.

Aber wenn ich jetzt starb, so würde Kutzko mit mir sterben. Um seinetwillen mußte ich die Sache zu Ende führen. »Hat das, was ich erreicht habe, eure Lage verschlimmert?« Ich zwang mich, dem Toten in die Augen zu sehen. »Oder hast du vergessen, daß euer Bestehen als Rasse vom Überleben der Invasoren abhängt?«

»Du wirst sterben ...«, flüsterten die Lippen des Leichnams.

»Jetzt reicht es! Beantworte meine Frage — oder gib zu, daß ihr niemals die Absicht gehabt habt, mit mir zusammenzuarbeiten. Daß ihr von Anfang an vorhattet, meine Pläne zu sabotieren.«

»Es gab keine Sabotage.«

»*Noch* nicht! Aber sobald ich dich gefragt hätte, was ich den Aliens sagen soll, wäre der Zeitpunkt für Sabotage gekommen gewesen.«

Er gab keine Antwort. »Mach weiter, Gilead!« forderte mich Kutzko nervös auf. »Wenn er sich nicht in den nächsten Minuten wieder ans Steuer setzt, werden wir zu Staub zermahlen.«

»Wir haben jede Menge Zeit, Kutzko. Die Flotte ist nicht mehr hinter uns — sie ist von ihrem Kurs auf Solitaire abgebogen.«

Er starrte mich an. »Sie tun *was?*«

»Sie ziehen es vor, zu leben.« Ich ließ Adams' Gesicht nicht aus den Augen. »Jetzt bleibt nur die Frage, ob die Donnerköpfe klug genug sind, um die gleiche Entscheidung zu treffen.«

»Willst du um dein Leben feilschen?« zischelte der Donnerkopf.

»Feilschen?« Ich schüttelte den Kopf. »Nein. Der Handel ist bereits abgeschlossen. Ich weise dich nur darauf hin, daß es euch nichts bringt, wenn du uns tötest.«

»Es wird unsere Rache sein.«

»Rache, wofür?« fauchte ich. Die verbissene Sturheit des Donnerkopfes ging mir plötzlich auf die Nerven.

»Dafür, daß euer großer Plan fehlgeschlagen ist und wir eure Feinde nicht vernichten? Ihr hättet das schon vor Jahren wissen müssen, daß das nie funktionieren kann. Menschen sind keine hirnlosen Insekten, die ihr gefahrlos manipulieren könnt — wir hassen und wir ärgern uns, und wir haben Angst; früher oder später hätten wir euch auf alle Fälle auf Spall ausgerottet.«

Ich verstummte, weil meine Stimme im Schlepper widerhallte; ich hatte laut geschrien. Ich bezwang Frustration, Zorn und Müdigkeit und wurde ruhig. »Ihr habt zwei Möglichkeiten zur Auswahl: Entweder ihr akzeptiert uns als Vermittler, vielleicht auch als Verbündete, *falls* es euch gelingt, uns davon zu überzeugen, daß eure Seite im Recht ist ... Oder wir schließen uns als eure Feinde den Invasoren an. Andere Möglichkeiten gibt es nicht.«

Adams' Körper schwebte lange bewegungslos mitten im Schlepper. Auch das fremde Leben war jetzt aus ihm gewichen. »Was geschieht?« fragte Kutzko.

»Er berät sich vermutlich mit den anderen. Du hast alles kapiert?«

Er grinste mich schief an. Seine Ausstrahlung enthob mich zumindest einer Sorge: Er nahm es mir nicht übel, daß ich ihn nicht in meine Pläne eingeweiht hatte. »Ich bin vielleicht langsam, aber ganz blöd bin ich auch wieder nicht. Schlau — und ganz schön verschlagen, in jeder Hinsicht. Das hätte ich dir nie zugetraut.«

Eine seltsame Traurigkeit überkam mich. »Die Fähigkeit zur Täuschung schlummert in jedem von uns, auch in einem Watcher«, seufzte ich.

»Wie Aaron Balaam darMaupine so anschaulich bewiesen hat.«

Aaron Balaam darMaupine. »Etwas ist komisch. In den vergangenen zwanzig Jahren hatte jeder Watcher seinetwegen zu leiden — die Strafe für die Sünden der Väter ist wirklich auf die Kinder und Kindeskinder gefallen. Sein Name ist überall in den Patri und Kolonien ein Fluch und ein Schimpfwort — ich habe ihn jahrelang verachtet, und auch jetzt noch überläuft mich eine Gänsehaut, wenn ich ihn höre. Aber dieser Name war der Schlüssel zu dem, was wir eben getan haben.«

Kutzko runzelte die Stirn. »Das verstehe ich nicht.«

»Sein Demutsname. Balaam.« Plötzlich hatte ich Tränen in den Augen. »Erinnerst du dich an die Geschichte von Balaam?«

»Sicherlich — er war ein Prophet, der ausgeschickt wurde, um die Israeliten zu verfluchen. Sein Esel hat zu ihm gesprochen.«

»Sein Esel hat ihm verkündet, was ihn auf der Straße erwartete ...«

Ich hielt inne, als Adams' Leichnam sich wieder bewegte. »Nun? Was habt ihr entschieden?« fragte ich den Donnerkopf.

Keine Antwort. Aber die toten Hände tasteten nach den Haltegriffen an der Decke, und Adams' Körper drehte sich wieder dem Platz am Steuer zu. Kutzko nahm sich sichtlich zusammen und half ... Zwei Minuten später verschwanden die Sterne und die Schwerkraft setzte wieder ein.

Kutzko lehnte sich über Adams' Schulter und studierte die Anzeigen. Noch bevor er etwas sagte, erkannte ich aus seiner Haltung, was die Donnerköpfe beschlossen hatten. »Es geht zurück nach Solitaire«, verkündete er leise.

Ich schloß die Augen. *Gott öffnete Balaams Augen, und er sah den Engel Gottes; er stand auf der Straße, das gezogene Schwert in der Hand. Und er beugte seinen Kopf und warf sich aufs Antlitz ...* »Selbst die Donnerköpfe erkennen wahrscheinlich den Engel Gottes, wenn er vor ihnen steht«, murmelte ich.

Kutzko wandte den Kopf. »Die Invasoren?«

»Nein, wir.«

39. Kapitel

Der Wind war in der letzten halben Stunde stärker geworden; er fuhr zwischen die Klippen von Butte City und trieb den Schnee in unzähligen kleinen Wirbeln vor sich her. Ich war den Grat, den Calandra und ich vor so langer Zeit erklommen hatten, einige Meter hinaufgeklettert, saß da und lauschte dem Pfeifen des Windes. Unten bedeutete Lord Kelsey-Ramos Kutzko gerade, auf ihn zu warten; der Schnee knirschte, als er zu mir heraufstieg. »Lord Kelsey-Ramos«, rief ich, sobald er in Hörweite war. »Das ist eine Überraschung — ich habe erwartet, daß Sie anrufen.«

»Das habe ich auch erwartet«, knurrte er und setzte sich vorsichtig neben mich. Ein paar Schneeflocken landeten auf seiner Schulter und schmolzen rasch wieder. Sein Insul-Overall mochte zwar teuer gewesen sein, aber er war nicht so gut wie meine einfache Pravilo-Ausgabe. »Dann ist mir eingefallen, daß Sie wahrscheinlich den stillsten und einsamsten Platz hier in der Gegend gefunden haben, und das wollte ich ausnützen. Das Lager ist immer noch ein Irrenhaus.«

»Wissen Sie etwas Neues über mein Schicksal?«

»Eigentlich bin ich hierher gekommen, um zu reden. Offiziell schickt der Pravilo Ihren Fall immer noch von einer Abteilung zur anderen. Aber inoffiziell hat Admiral Yoshida zugegeben, daß man im Grund keine andere Wahl hat, als Sie freizulassen. Auch wenn er Sie lieber an die Wand nageln möchte, weil Sie seinem Angriff zuvorgekommen sind. Er ist klug genug, um zu wissen, daß er gegen Eisenstadt und mich ebenso Anklage erheben muß, wenn er es bei Ihnen tut.«

»Und Sie beide haben zu viele Freunde an höchster Stelle.«

Er nickte, ohne verlegen zu werden. »Auch das; außerdem ziehen Schleierfische mehr Aufmerksamkeit auf sich als Guppies. Wenn man uns vor Gericht bringt — besonders wenn die Anklage auf Verrat lautet — dann ist es mit der sorgfältig um Solitaire gelegten Sicherheits-Abschirmung innerhalb von zwei Wochen vorbei. Die Patri sind noch nicht soweit, daß sie die Geschichte an die Öffentlichkeit dringen lassen.« Er kicherte. »Außerdem hat der Plan *funktioniert.* Erfolg ist das beste Argument.«

»Ich komme also ungeschoren davon.«

»*Wollten* Sie denn ins Gefängnis?«

Ich ballte meine Hände zu Fäusten und mein Blick glitt über die schneebestäubten Donnerköpfe. Jeder von ihnen hatte im Verlauf der letzten Tage dünne, schwarze Linien auf dem Körper bekommen — jahreszeitlich bedingt, hatte man mir gesagt; es hatte etwas mit einer hormonellen Reaktion auf das kalte Wetter zu tun. Ich beobachtete eine Weile die feinen Veränderungen in den hohen weißen Gestalten, wenn die darin wohnenden Seelen hin- und herhuschten. Wie konnte ich in ihnen jemals nur Pflanzen gesehen haben! »Haben die Donnerköpfe die Lage akzeptiert?« fragte ich.

Ich spürte, daß sich Lord Kelsey-Ramos deswegen Sorgen machte. »Wie der Pravilo, so haben auch sie keine andere Wahl. Wie Sie so elegant durchgesetzt haben, sind ihre Leben im Augenblick sowohl mit unserem Leben als auch mit dem der Invasoren eng verknüpft. Auch wenn sich das Seitenverhältnis in diesem Dreieck geändert hat.«

Der Zweifel in seiner Stimme war unmöglich zu überhören. »Die Kommission ist vom letzten Punkt noch immer nicht überzeugt?«

Er seufzte, und die warme Luft beschlug kurzfristig seinen Augenschirm. »Leider nicht«, gab er zu. »Was das angeht, so bin ich auch nicht völlig überzeugt. Ich zweifle Ihre Argumentation nicht an, aber in meinen

Augen gibt es keine Garantie dafür, daß die Invasoren der gleichen Logik folgen wie wir.«

»Ihre Logik reichte aus, um zu verstehen, was ein Rocheoid bedeutete, das immer wieder vor ihnen auftauchte und verschwand«, erinnerte ich ihn.

»Das war kaum zu mißverstehen. Besonders da Sie die ganze Zeit auf der Funkfrequenz des Pseudoschwerkraft-Generators gesendet haben. Auch ein noch so fanatischer Admiral wird es sich zweimal überlegen, bevor er es mit einer Verteidigungsstreitmacht aufnimmt, deren Mjollnir-Antrieb dort funktioniert, wo es seiner nicht tut.«

»Auf alle Fälle wissen sie eines: Wir hätten sie alle töten oder zur Warnung zwei Schiffe zerstören können, aber wir haben es bewußt vermieden.«

»Das stimmt. Andererseits haben wir sie *gezwungen,* einen Plan fallen zu lassen, den sie fast ein Jahrhundert lang verfolgt haben. Das könnte ihre Dankbarkeit uns gegenüber ganz schön dämpfen!«

»Leicht möglich«, gab ich zu. »Aber alles, was sie bisher getan haben, weist auf Wesen hin, die sehr langfristig planen. Ich glaube, daß unsere Rechnung mit ihnen aufgeht, wenn wir es endlich schaffen, mit ihnen zu reden.«

»Vielleicht. Im Augenblick bleibt uns nur die Hoffnung, daß Sie recht haben.« Er schüttelte den Kopf. »Sie sind da draußen ein schreckliches Risiko eingegangen, Gilead!«

Ich blickte über den Hang hinunter zu Kutzko, der wie immer lässig Wache hielt. »Ich weiß. Sie erinnern sich, Sir, daß ich das Risiko auf den Hirten Adams und mich beschränken wollte.«

»Das heißt, Sie haben von Anfang an gewußt, daß die Donnerköpfe Sie vielleicht da draußen umkommen lassen.«

Die unaufdringliche Frage in seiner Stimme war nicht zu überhören. »Ich ging bei der Lagebesprechung mit Absicht nicht darauf ein, Sir. Unsere Beziehung zu den Donnerköpfen ist ohnehin sehr gespannt; durch meine Erklärung, warum sie so wütend auf mich waren, hätte ich sie nur noch verschlechtert, und das wollte ich nicht.«

»Waren sie so wütend, weil Sie sie angelogen hatten?«

Ich schüttelte den Kopf. »Sie hatten einen anderen Plan. Dazu mußten sie ganz sicher sein, daß ich *keine* Verbindung zu den Invasoren bekam.«

Er schaute verdutzt. »Aber Sie haben ihnen doch bereits bewiesen, daß die Invasoren am Leben bleiben mußten!«

»Habe ich nicht, Sir. Ich hatte nur bewiesen, daß *einige* am Leben bleiben mußten.«

Er schwieg lange ... Dann fluchte er leise. »Richtig. Absolut richtig. Sie mußten wirklich nur so tun, als würden sie mit uns kooperieren. Sie hätten alle Rocheoide planmäßig hinausgeleitet ... und dann hätte eines sein Ziel verfehlt.«

Die Vorstellung jagte mir kalte Schauder über den Rücken. »Im nachhinein hätten wir nichts mehr dagegen tun können. So lange noch einer der Invasoren am Leben war, hätten wir die Wolke an ihrem Platz belassen müssen — andernfalls wären die Überlebenden mit Mjollnir-Antrieb nach Hause geflohen und hätten berichtet, was geschehen war.«

»In kürzester Zeit hätten wir den schönsten Krieg am Hals gehabt.« Lord Kelsey-Ramos fluchte. »Einen Krieg, den wir selbst begonnen hätten.«

Ich spürte fast die körperliche Hitze seines Zorns. »Ich wäre Ihnen dankbar, Sir, wenn Sie all das für sich behielten«, bat ich. »Es gibt schließlich keinen Beweis dafür, daß die Donnerköpfe darauf abzielten.«

»Außerdem halten Sie nichts von Zorn und Haß, auch nicht, wenn sie begründet sind.«

Wenn dein Feind hungrig ist, so gib ihm zu essen ... »Wir

müssen mit ihnen zusammenarbeiten. Es sei denn, Sie sind bereit, Solitaire aufzugeben. Vergessen Sie nicht, wir kennen die Ursache des Streits zwischen den Donnerköpfen und den Invasoren nicht... Wir kennen auch die Folgen für die Donnerköpfe nicht, falls sie unterliegen.«

Sein Ärger verebbte nur langsam und widerwillig. »Wegen einer einzigen Täuschung durch die Donnerköpfe werden die Patri nicht weniger umsichtig mit ihnen verkehren. Außerdem kann es nicht schaden, wenn wir noch ein Druckmittel gegen sie haben.«

»Danke, Sir.«

»Danken Sie nicht *mir*. Für mich ist das nur ein zeitlich äußerst begrenztes Geheimnis, das ich früher oder später gegen Sie verwenden werde.« Der Fels war schlüpfrig, und er stand vorsichtig auf. »Die Pause ist zu Ende. Ich gehe besser zurück, bevor irgendein verdammter Hitzkopf Yoshida überredet, Anklage gegen Sie zu erheben und auf die Folgen zu pfeifen. Wollen Sie mit mir ins Lager zurückfahren?«

»Wenn Sie gestatten, bleibe ich noch etwas hier.« Ich wich seinem Blick aus.

Er hielt einen Augenblick lang inne; ohne sein Gesicht zu sehen wußte ich, daß er meine Antwort mißbilligte. »Wenn Sie möchten, halte ich Sie über die Entwicklung auf dem laufenden.« Seine Stimme klang betont gleichgültig.

»Danke, Sir. Ich weiß es zu schätzen.«

»Keine Ursache. Ich möchte nur alle offenen Fragen klären und nach Portslave zurückkehren. Wenn möglich, zusammen mit meinem Watcher.«

Er drehte sich um und ging den Hügel hinunter. Unten sprach er kurz mit Kutzko. Gleich darauf ging er quer durch Butte City zum Auto zurück und Kutzko stieg zu mir herauf. »Vernachlässigst du nicht deine Pflichten?« fragte ich ihn, als er näherkam. »Läßt ihn ganz einfach allein!«

»Daiv Ifversn wartet im Auto«, antwortete er unbeeindruckt. Er setzte sich genau dorthin, wo vor wenigen Minuten sein Arbeitgeber gesessen hatte. »Er hat mich außerdem heraufgeschickt — er hat gedacht, ich möchte vielleicht mit dir reden.«

»Ich hatte den Eindruck, daß es *deine* Idee war, heraufzukommen.«

Es störte ihn nicht, daß ich ihn wieder einmal durchschaut hatte. »Er war jedenfalls damit einverstanden.« Sein Blick wanderte über das Meer der Donnerköpfe unter uns. »Hübscher Ausblick. Wartest du hier, um zu sehen, ob Ninive zerstört wird?«

»Wie bitte?«

»Die Geschichte von Jona«, erläuterte er. »Der Prophet, der den Befehl erhalten hatte, Ninive den Untergang anzudrohen; er lief davon und wurde von einem Fisch verschluckt. Dann tat er, wie ihm befohlen war und wurde wütend, als die Stadt verschont blieb.«

»Ich erinnere mich an die Geschichte, danke. Ich glaube nicht, daß sie hier angebracht ist. Vergiß nicht, ich habe mein Leben riskiert, damit die Donnerköpfe *nicht* vernichtet werden.«

»Das habe ich auch nicht gemeint. Ich habe vielmehr den Abschnitt gemeint, wo es heißt ›Und als die Sonne aufging, schickte Gott einen heißen Ostwind. Die Sonne schien so heiß auf Jonas Kopf, so daß er fast ohnmächtig wurde. Da wünschte er sich den Tod und sagte: Es ist besser für mich zu sterben als zu leben.‹ Kommt dir das bekannt vor?«

»Wie ich sehe, hast du dich wieder mit deinem persönlichen Erbe befaßt!«

»Ein wenig. Wirst du jetzt endlich auftauen und mir erzählen, warum du hier sitzt! Hoffst du, daß dich die Donnerköpfe verbrennen?«

»Deshalb bin ich nicht hier«, knurrte ich. »Egal, was sie von mir denken ... wenn sie das wollten, dann hätten sie es schon vor Tagen getan.«

»Ohhh«, spottete er. »Der Gedanke ist dir also doch gekommen!« Dann wurde sein Ton weicher. »Ist es wegen Calandra?«

Mein Magen krampfte sich zusammen. »Eigentlich nicht. Du kennst die Geschichte?«

»Das meiste davon«, gab er zu; sein Unbehagen verstärkte sich. »Ich habe Lord Kelsey-Ramos geholfen, die Kopien der ersten Verhandlung durchzugehen ... Schau, Sie war keine Mörderin. Sie hatte den Saboteur erwischt und ihm die Bombe entrissen; sie aus dem Fenster zu schleudern, war wahrscheinlich die einzige Möglichkeit, sie aus dem Gebäude zu kriegen. Daß sie nicht weit genug geworfen hat, das ändert doch nichts.«

»Sie hat gesagt, daß sie unschuldig ist. Sie hat nicht von mildernden Umständen gesprochen und nicht spitzfindig zwischen Totschlag und Mord unterschieden. Unschuldig!«

»Laß dir eines sagen, Gilead. Eigentlich zwei Dinge. Erstens: Als sie dir das gesagt hat, nahm sie an, daß sie in zwei Wochen tot sein würde. Damit wäre alles zu Ende gewesen ... Dafür hätte sie in diesen letzten Tagen einen Freund gehabt. Sie hat nicht erwartet, daß du auf ein weißes Pferd springst und dich ins Getümmel stürzt, was du aber getan hast.«

Worte und Ausdruck waren sehr bestimmt. Keine Vermutungen, sondern Wissen. »Ich bin froh, daß sie wenigstens *mit dir* gesprochen hat, bevor sie nach Outbound abreiste.«

»Nimmst du ihr übel, daß sie dich nicht sehen wollte?« fragte er anzüglich. »Vor allem wenn du jetzt so dazu stehst!«

»Nimmst du es *mir* übel, daß ich Ehrlichkeit wollte und keine Lügen?« gab ich zurück.

»Das ist es also! Gut, dann werde ich dir einmal ehrlich etwas sagen: Erstens hat sie geglaubt, daß sie in zwei Wochen tot sein wird und zweitens *wolltest* du glauben, daß sie es nicht getan hat.«

»Du meinst, weil ich bereit war, an ihre Unschuld zu glauben, solange kein Beweis ...«

»Ach komm doch! Ich bin *dabeigewesen,* vergiß das nicht! Selbst *ich* habe bemerkt, wie sehr es dich gestört hat, daß ein Watcher so tief fallen konnte — und wenn *ich* es gesehen habe, verdammt noch mal, dann hat sie es auch bemerkt. Sie hat nur das gesagt, was du hören wolltest.«

Ich seufzte. Mein Zorn verflog, und ich empfand nur noch Kummer. Was ich hören wollte. Nach Aikmans Haß und Paranoia — nach den Verdächtigungen und Ängsten der Patri — stellte sich heraus, daß ich genau wie alle anderen Vorurteile hegte und fähig war, meine Augen vor der Wahrheit zu verschließen. Wahrscheinlich wollte ich in meinem Innersten daran glauben, daß sie und ich als Watcher anders waren als die anderen — ich war schließlich in diesem Geist erzogen worden. In der Welt von Lord Kelsey-Ramos, die die Seele stumpf machte, war mir dieser Glaube immer ein fester Halt gewesen.

Jetzt wußte ich es besser. Ein Beispiel mehr dafür, wie man willentlich die Augen verschließen kann.

»Es ist nicht nur wegen Calandra«, erklärte ich Kutzko. »Einfach die Art, wie alles ...« Mit einer hilflosen Handbewegung versuchte ich, die richtigen Worte zu finden. »Nichts ist so gekommen, wie es hätte kommen sollen.«

Er sah mich verblüfft an. »Wir haben mit einer fremden Rasse Kontakt aufgenommen, wir wurden *nicht* in einen Krieg verwickelt und Calandras Verfahren wird neu aufgerollt. Wie hätte es *anders* kommen sollen?«

»Du verstehst das nicht.«

»Dann erkläre es mir!«

Ich holte tief Luft. »Ich habe das Ganze angefangen, Mikha. Ich habe gelogen und gestohlen, habe links und rechts das Vertrauen der anderen schamlos ausgenützt — ich habe meine moralischen Grundsätze über den

Haufen geworfen, zuerst für Calandra, dann für die Invasoren.«

»Und du erwartest dafür mehr Anerkennung?«

»Du siehst das völlig falsch«, sagte ich bitter. »Lord Kelsey-Ramos und Dr. Eisenstadt stecken bis über die Ohren in Schwierigkeiten mit dem Pravilo, die religiöse Gemeinde der Glorie Gottes ist zerschlagen, Hirte Adams ist draußen *gestorben*, um Himmels willen ... Und ich bekomme nicht einmal einen Klaps auf die Hand dafür.« Tränen traten mir in die Augen, und ich unterdrückte sie zornig. »In jedem einzelnen Fall mußte ein anderer für mich bezahlen.«

Ich erwartete eine rasche, schlagfertige Antwort. Statt dessen blieb es lange still. »Meine Eltern haben früher auch so gesprochen.« Kutzko klang ungewöhnlich nachdenklich. »Sie sagten, daß wir leben, um zu leiden. Nicht mit genau diesen Worten — sie redeten über Entwicklung des Charakters, Geduld und Ähnliches. Aber am Ende kam es immer auf eines heraus: Im Leiden beweist der Mensch, ob er sich auf dem richtigen Weg befindet.« Er deutete auf die Donnerköpfe. »*Ich* sehe die Dinge anders, ich vergleiche das, was ich erreicht habe, mit dem, was es zusätzlich gekostet hat. Ich sage dir eines, Gilead, bis auf Adams, hast du verdammt viel für praktisch nichts erreicht.«

»Du hältst Lord Kelsey-Ramos und die Glorie Gottes nicht für besonders wichtig?«

»Ich habe von *Extra*kosten gesprochen.« Er zwang sich zur Geduld. »Du weißt sehr gut, daß Lord Kelsey-Ramos und Eisenstadt zu bedeutend sind; sie wird man dafür sicherlich nicht bezahlen lassen. Und wenn du dich nicht so in dein Selbstmitleid verbeißen würdest, dann müßtest du zugeben, daß das, was du den Halloas angetan hast, die Donnerköpfe in ein paar Monaten mit ihnen angestellt hätten. Sie *mußten* verdammt bald mit uns Kontakt aufnehmen, wenn sie wollten, daß wir für sie gegen die Invasoren kämpften; sie warteten wahrscheinlich nur, bis uns gerade noch ausreichend Zeit für die Sache blieb, aber nicht mehr genug Zeit, um darüber nachzudenken.«

Ich war verärgert, denn ich wußte, daß er recht hatte. »Es kommt mir nicht gerecht vor.« Ich sagte es nur, um irgend etwas zu sagen.

»Ist es auch nicht. Aber seit wann kümmert es dich, ob etwas gerecht ist?«

Ich sah ihn überrascht an. »Immer schon.«

»Nie. Du möchtest keine Gerechtigkeit, Gilead — du hast sie *niemals* gewollt. *Jeder* kann Gerechtigkeit bekommen — *das* schaffen die Gerichte der Patri für gewöhnlich.«

»Wirklich!« entgegnete ich sarkastisch. »Bist du vielleicht auch so freundlich und sagst mir, *was* ich will!«

Er zuckte die Achseln. »Du bist der Religiöse von uns beiden. Du sagst *mir,* was du verkünden sollst.«

Ich starrte ihn zornig an, aber in meinem Zorn lag keine Kraft mehr. Er hatte mich, und wir wußten es beide. »Mitgefühl, Barmherzigkeit und Vergebung«, murmelte ich.

Er breitete die Hände aus. »Da haben wir's! Nichts geht über ein kleines, heidnisches Streitgespräch; das schärft das Denkvermögen.«

»Danke«, brummte ich. »Danke vielmals.«

Er grinste, dann wurde er ernst. »Ich habe es offenbar endlich begriffen. Erinnerst du dich an die Geschichte mit dem Salz der Erde?«

Ihr seid das Salz der Erde ... »Ja.«

»Nun, ihr seid nicht das Salz — du auf keinen Fall. Du bist so etwas wie ein Katalysator.«

»›Ihr seid der Katalysator der Erde.‹ Es verliert in der Übersetzung.«

»Nein, ich meine es ernst. Es stimmt, du bist bei der Sache ziemlich gut weggekommen. Aber sieh dir die Leute an, die im Lauf der Ereignisse etwas für andere getan haben.« Er hielt seine behandschuhte Hand hoch und zählte an den Fingern ab. »Adams, Lord Kelsey-Ramos und Eisenstadt sowie die Halloas. Über die Auswirkung auf die Totmannschaltung will ich gar nicht reden.«

Ich starrte ihn an. »Was ist mit der Totmannschaltung?«

»Die Halloas übernehmen natürlich die Rolle der Zombies. Oder hast du geglaubt, es wäre den Patri nicht aufgefallen, daß es mit Adams genauso lief wie mit einem Zombie?«

»Es ist ihnen aufgefallen, und es ist nicht annähernd so gut gelaufen«, entgegnete ich bitter. Das war auch eine meiner geheimen Hoffnungen ... Besser gesagt, es war meine Hoffnung gewesen, bevor ich die Reaktion der Kommission erlebte. »Die Kommission hat klargestellt, daß niemand daran interessiert ist, zehn oder fünfzehn Leute für einen Flug nach Solitaire mitzuschleppen, wenn es zwei Gefangene genauso tun.«

»Schon. Aber du gehst davon aus, daß Adams' fünfundvierzig Minuten die oberste Grenze sind. Vergiß nicht, daß er von Anfang an gesundheitliche Probleme hatte — *außerdem* hatte er keine allzu große Erfahrung. Vielleicht weißt du es noch nicht, aber Zagorin hat bereits problemlos zwei Stunden in einem geschafft; es gibt keinen Grund, warum das das Maximum sein sollte.«

Ich seufzte. »Nur, daß die Kommission kein Interesse daran hat, egal *wo* das Maximum liegt. Wenn sie die Totmannschaltung ersetzen, so würde das bedeuten, daß man die Navigation nach Solitaire — oder zumindest die Ausbildung des Navigators — in die Hände von Menschen legt, die sie für religiöse Fanatiker halten. Das tun sie nicht, das weiß ich. Ich habe ihre Gesichter nach meiner Aussage gesehen.«

Er grinste. »Schon, aber du hast ihre Gesichter nicht nach *meiner* Aussage gesehen.«

»Worüber hast du ausgesagt?«

»Ach, nichts Besonderes«, antwortete er unschuldig. »Ich habe ihnen nur beschrieben — verdammt *gut* beschrieben — wie die Donnerköpfe Adams' Körper hochgehoben haben und dich damit angreifen wollten.«

Ich schauderte zwar noch immer bei dem Gedanken daran, aber er hatte recht. Ein Zombie, der friedlich und gehorsam an der Totmannschaltung sitzt, ist eine Sache; ein Zombie, der im Kommandoraum herumspaziert, etwas ganz anderes. Ein gespenstisches Scheusal, das den tiefsten und dunkelsten Ängsten der Menschheit entstiegen ist. Ich versuchte, das Bild zu verdrängen. »Ich kann verstehen, daß sie das ... gestört hat.«

»*Gestört* hat? Sie waren vor Entsetzen halb verrückt. Sobald ich fertig war, konnten sie es nicht erwarten, Studiengruppen auf die Beine zu stellen. Es dauert vielleicht ein oder zwei Jahre, aber die Zeit der Totmannschaltung ist vorbei — darauf kannst du dich verlassen.«

Tod, wo ist dein Stachel? »Das ist kein schlechter Erfolg«, gab ich zögernd zu.

»Sehr großzügig von dir«, bemerkte Kutzko trocken. »Hast du jetzt einen anderen Blickwinkel bekommen? — oder bist du darauf versessen, einmal als Märtyrer zu gelten?«

Märtyrer. Ich lauschte dem Klang des Wortes nach. *Märtyrer.* Eine edle, ehrenwerte Weise, der Menschheit zu dienen ... Oder eine scheinheilige, feige Art, sich diesem Dienst zu entziehen. Welches davon war mein Beweggrund, als ich bereit war, mein Leben an Bord des Schleppers zu opfern?

Ich hatte immer noch keine Antwort auf diese Frage ... Aber ich wußte plötzlich, daß ich keine brauchte. Kutzko hatte recht: Es gehörte nicht zu meiner Aufgabe, mich auf Leiden und Opfer zu konzentrieren, sondern auf meinen Dienst an meinen Nächsten.

Lord Kelsey-Ramos setzte sich beim Pravilo ein, um mich vor dem Gefängnis zu bewahren; damit war es ziemlich klar, wer diese Nächsten waren. Zumindest für den Augenblick. »Märtyrer?« Ich erhob mich. »Hat dir schon jemand gesagt, daß Takt nicht zu deinen Stärken zählt?«

»Das höre ich ständig«, bekannte Kutzko fröhlich und stand ebenfalls auf. »Warum, glaubst du, habe ich mir einen Beruf ausgesucht, in dem ich eine Waffe tragen kann? Du hast dich recht schnell von deiner Depression erfangen!«

»Da hast du recht. Du gibst auch keinen schlechten Katalysator ab.«

»Fang mir nicht damit an!« warnte er mich scherzhaft. »Ich habe schon vor langer Zeit mit der Religion gebrochen, vergiß das nicht.«

»Gewiß.« Ich lächelte vor mich hin, als wir zusammen den Grat hinunterstiegen.